KB118033

견습환자

문 학 동 네
한국문학전집

0 0 6

최인호
대표중단편선

견습환자

문학동네

차례

견습환자

참으로 이상한 일이다. 나는 지금껏 그 사람들에게서 웃음을 본 일이 없다.

이 병원에 입원하고 오늘로 꼭 열닷새가 되는 날인데, 잰걸음으로 층계를 오르내리는 의사들이나 체온계를 가지고 부산스레 복도를 왕래하는 간호원들에게서 웃음을 본 적이 없다는 것은 정말 이상한 일임에 틀림이 없다.

나는 거의 쓰러질 듯한 고열에 들떠 이 병원에 입원을 했었다. 환절기에 흔히 있는 감기로만 알았던 증세가 연 닷새를 계속해서 맹렬한 기세로 덤벼들었기 때문에 나는 어째 남양지방에서 밀수입한 열병에 걸린 거라고 제법 농담까지 해가며 이 병원을 찾았고, 진찰 받을 때까지도 내과 과장을 보고 뱃심 좋게 웃어 보일 용기도 있었다. 그리고 뢴트겐 결과가 판명된 후 내가 그동안 앓았던 병이 단순한 몸살감기가 아니라 습성濕性 늑막염이었다는 사실을 알았을 때도 별로 놀라지 않았고, 병동을 안내하며 병실을 정해주는 간호학교 학생과 농담까지 나누었을 정도였다.

그러나 내가 정말로 아프기 시작한 것은 늙은 간호원이 병실 앞에 내 이름이 새겨진 문패를 걸어준 후, 수의囚衣 같은 환자복을 주었을 때였다. 누가 입던 환자복이었는지 몰라도 체구에 맞지 않는 환자복을 입고 우두커니 서 있는 꼬락서니는 평소에 생각하던 자기의 이미지를 완전히 깨뜨려버리기에 충분하였으며, 내 얼굴엔 완연히 병색이 드러나 보이기 시작했다. 누구의 부축 없이는 변소에도 가지 않았고, 의사만 보면 공연히 매어달리고픈 충동을 받곤 했다.

입원한 다음날, 한 떼의 의사들이 병실로 몰려와, 겁에 질려 있는 나를 전범戰犯 다루듯 사납게 벽 쪽을 향하게 한 다음, 주삿바늘로 옆구리를 찔러 굉장한 양의 노르께한 액체를 빼내었고, 나는 집행을 기다리는 죄수처럼 유난히 하얀 병실 벽을 마주 바라보며 그들의 작업이 끝날 때까지 약간 울고 있었다.

그리고 작업을 끝마치고 사라져가는 그 집행인들의 흰 가운에서 병실 벽처럼 차디찬 체온을 절감했다.

나는 이렇게 입원생활을 시작했으며, 어느 틈엔가 아침이면 체온계를 입에 물고 사탕을 깨물세라 조심스럽게 녹이는 유아처럼 체온을 재는 모범환자가 되고 말았다. 그러나 입원한 지 일주일

쯤 후부터는 어느 정도 병이 차도를 보이기 시작해서 열도 정상으로 내려갔고, 더욱이 내 병은 가벼운 폐결핵에서 기인된 늑막염으로 까짓 폐결핵이야 요새 약들이 좋으니까 감기 정도로 생각해두면 틀림없다는 의사의 말투에, 한편은 불안도 하고 한편 위안도 되어, 언제는 반쯤 남기던 죽을 꾸역꾸역 모조리 긁어 먹게 되었던 것이다. 그러면서도 차츰차츰 결핵에 걸린 자신이 실감되어오고, 아무리 약이 좋다고 하나 앞으로는 긴 시간 창백한 얼굴로 낙엽 구르는 소리에도 눈물을 흘려야 하는 폐병 환자 노릇을 해야 한다는 사실이 억울해져서, 나는 몇 번이고 세면대 긴 체경 앞에 서서 메기처럼 눈을 껌벅껌벅이며 혼자 울었다.

그러나 도대체 병이라면 어디를 만지면 통증이 오고, 어디를 움직이면 감지할 수 있는 감각이 와야 할 텐데, 이건 어디를 만져도 아프지 않고, 그저 오후만 되면 끈적끈적한 늪지대에 빠져버린 듯한 미열만 오는 것으로, 좀 후에는 에잇 모르겠다는 안이한 체념으로 시간 맞추어 밥을 먹고, 빈 시간이면 잠을 자는 입원생활에 만족하게 되어버렸다.

입원생활은 금붕어 같은 생활이었다. 모든 환자들은 양순한 민물고기처럼 조용히 지느러미로 미동을 하면서 병원을 부유하고 있었다. 나는 이 붕어 같은 병원생활이 무척 마음에 들었다. 오랜 방황 끝에 고향에 닻을 내린 범선처럼 나는 한가로웠고, 그리고 즐거웠다.

그즈음 나는 간호원들에게 흥미를 갖기 시작했다. 나는 각 간호원들의 주사 놓는 특징, 이를테면 K는 파리 잡기나 하듯 세게 살갗을 때리며 주삿바늘을 꽂는다거나, L은 약솜으로 어르듯이 슬슬 문지르다가 기회를 봐서 기습하듯이, Y는 파충류처럼 유난히 찬 손길로 사뭇 애무라도 하는 양 살갗을 어루만지다가 주사를 놓는다는 식의 개개인의 하찮은 특징에도 어느 틈엔가 친숙해져 있었다.

그러나 이러한 관심은 그녀들에게 무슨 연정을 품어보겠다는 우스꽝스러운 속셈에서 출발된 것은 아니었다. 단지 그중에서 내가 생각하는 이미지에 가장 부합된 여인을 선택해서 그 여인이 약을 갖다주는 시간을 기다리는 것으로 길고 긴 하루를 보내자는 생각 때문이었다.

그래서 나는 기대하는 마음으로 칫솔을 물고 오가면서 흘금흘금 간호원실을 기웃거렸다. 허나 나는 이내 그 작업에 권태를 느끼게 되었다. 왜냐하면 간호원들의 얼굴은 지극히, 지극히 사무적으로 뻣뻣해 있었고, 그녀들의 얼굴에선 웬일인지 잘 소독한 통조림 깡통 같은 쇳녹 냄새가 나는 듯한 착각을 받았기 때문이었다. 그녀들은 전염병이 휩쓰는 우기雨期에 마스크를 하고 무표정한 얼굴로 골목골목을 돌아다니며 소독약을 살포하는 방역원 같은 모습으로 층계를 오르내리고 있었다. 그녀들에게 필요 이상의 관심을 쏟으려는 생각은 확실히 어리석은 짓이었다. 때문에 좀 후에는 그녀들

왼쪽 가슴 위에 붙은 명찰을 보는 것으로 나의 권태를 메워갈 수밖에 없었다.

그러다가 나의 관심대상을 의사들에게로 돌려버렸다. 그들은 모두 수염을 바싹 깎아서 동안童顔 같은 얼굴을 하고 있었고, 언제나 가운 주머니에 손을 찌르고 육상 선수처럼 복도를 뛰어다니고 있었다. 나는 그들을 햇볕 잘 드는 마당에다 일렬횡대로 늘어세우면 그들의 얼굴이 모두 알루미늄 식기처럼 반짝반짝거릴 게라는 생각을 하고 있었다. 그들은 빛깔 없는 테를 두른 안경 밑으로 눈빛을 번득이면서 병동을 오가고 있었다. 병원 전체는 실상 어항 속처럼 권태로웠으나, 그들 몇 명의 부산스러운 행동으로 말미암아, 어딘지 모르게 어색하고 시취屍臭가 나는 병원 분위기가 융해되고 있는 것이었다.

언제나 그들의 곁에선 약품 냄새가 나고 있었고, 그들의 희고 투명한 손가락은 햇살 속에서 메스처럼 번득이곤 했다. 그들의 깨끗이 세탁한 가운을 보노라면 주사액이 통 안에 가지런히 놓여 있는 정밀성 같은 것을 느껴야 했다. 때문에 나는 어느 의사의 가운 앞소매쯤에 머큐롬 한 방울이 얼룩진 흔적을 보았을 때, 지독한 쾌감을 맛보았다. 굉장히 예쁘고 성장한 여인의 옷차림 어딘가에서 가느다란 실밥을 발견했을 때와 같은 아슬아슬한 승리감이 가슴에 충만되기 시작했다.

오전 아홉시. 서너 명의 담당 의사들이 환자들을 회진하게 되어 있었다. 의사들에게 흥미를 느낀 후부터는, 나는 오전 아홉시만 오기를 기다리는 것으로 아침을 끝마쳤고, 이윽고 그들의 발소리가 낭하를 울린 후, 병동 전체가 나지막한 정숙에 빠져버리면 나는 팽팽한 긴장상태에서 헛기침을 반복하면서 그들을 기다리는 것이었다. 그리고 가장 나이들어 뵈는 의사가, 옆구리가 뜨끔거리지 않는가, 가래침은 받아두었는가, 영양가 많은 음식을 먹는가 따위의 의례적인 질문을 보낸 뒤, 나이 젊은 인턴이 옆에 서서 간호원들이 기재한 체온표를 들여다보며 확인한 다음, 드디어 세금을 징수한 수금원처럼 너무도 빠른 시간에 하나둘 병실을 빠져나가고 나면, 나는 동정童貞을 잃은 소년처럼 쓸쓸한 얼굴로 무릎을 세우고 한참 동안이나 그들이 사라져가는 발소리에 귀를 기울이는 것이었다.

종합병원은 하나의 살아 있는 동물이었다. 병동에 밤이 오면 많은 환자들이 그러하듯, 느릿느릿한 걸음걸이로 옥상 휴게실에서 제라늄 화분들에 둘러싸여 네온이 반짝이는 야경을 바라보노라면 나는 불균형적인 우울한 희열에 빠져버리는 것이었다. 어떤 환자는 손수레에 앉아서, 어떤 환자들은 무장한 군인처럼 가슴에 온통 깁스를 대고, 어떤 환자는 가족에게 부축되어 한결같이 어두운 모습으로 조용히 시내 쪽을 내려다보고 있었으며 묵묵히 로터리를 향해 달려가는 자동차와 전차의 경적 소리를 듣고 있었다. 그러면서 그들은 옆 병동에 입원했던 사내가 오늘 아침에 죽었다는 얘기를 나지막한 소리로 중얼거렸으며, 몇몇 여자 환자들은 소리 죽여

울어주었다. 그것은 마치 정숙한 제전 같았다. 저들은 자기들이 깁스를 풀 때까지 붕대를 끄를 때까지, 목발을 던져버릴 때까지 언제든 밤이 오면 이런 제전을 벌일 것이다.

그러다가 반대편에 서서 어둠에 웅크리고 있는 병동을 바라보면 참으로 기괴한 감격에 싸여버리는 것이었다. 병동은 파도가 밀려오는 철 지난 해변에 서 있는 방갈로처럼 우울하게 해감 냄새를 피우고 있었다. 모든 병실엔 형광등 불빛이 차갑게 빛나고 있었으며 그 유리창 너머로 환자들의 움직이는 모습이 내다뵈는 것이었다. 마치 우리가 투명한 바닷물 속을 들여다볼 때, 그 속에 수많은 해초와 생물이 수런거리고 있는 것처럼 모든 병실이 제각기 움직이고 있는 것이었다. 그들은 보육기 속에서 생명을 키워가는 유아와 같은 행동을 하고 있었다. 그것은 정말 생생한 경이였다.

일층, 이층, 삼층, 사층, 모든 병동은 밤에도 환히 눈을 뜨고 있었다. 간호원들은 병실과 병실 사이를 부산스레 헤매고 있었고, 간혹 의사들은 '비상'을 알리는 주번 하사 같은 기민한 동작으로 층계를 오르내리고 있었다. 나는 그들이 균을 잡아먹는 백혈구와 같다고 생각했다. 그리고 그들의 무표정하고 뻣뻣한 얼굴에서, 균을 거부하는 강력한 항생제의 효능을 느껴야 했다.

그즈음, 나는 새로운 사실을 발견했다. 입원한 이후 저들의 얼굴에서 웃음을 발견치 못했다는 중대한 사실이었다. 그런 생각은 참으로 불쑥 일어난 느낌이었다.

언젠가 나는 외국 잡지에서 잘 인쇄된 화장품 광고를 본 일이 있었다. 그 광고는 남자들이 면도 후에 바르는 미안수를 선전하고 있었는데, 나는 지금도 그리스 조각처럼 잘생긴 그 남자가 유난히 파르스레 빛나는 턱 위에 지극히 자연스럽고도 세련된 웃음을 띠고 있는 모습을 기억해낼 수 있다. 그것은 일종의 심리적인 광고여서, 그 잘 깎은 턱과 웃음을 쳐다보고 있노라면 누구라도 그 미안수를 사지 않고는 못 배길 그런 것이었다. 그런데 만일 그 사내가 그 최면술 거는 듯한 매혹적인 웃음을 제거하고 무표정하게 서 있었다면, 나는 그 화보가 미안수 선전 광고라고는 생각지 않았을 것이다.

그 병원 의사들은 미안수 선전 광고에 나올 만한 사내들이 미소를 결여하였음으로 하여, 자기 병원 왕래를 권장하는 무표정한 히포크라테스의 모델로 아깝게 전락해버린 듯 보였다. 그들은 일 초의 주저함도 없이 내장을 자르고, 뼈를 긁을 수 있는 권위를 보여주는 모델로서 만족하고 있는 것 같았다. 저들이 만약 외무사원처럼 웃으며 환자의 증세를 물어본다면, 그 환자는 얼마나 심리적인 위안을 받을 것인가.

이리하여 나는 그들을 웃기기 위해서 고용된 사설 코미디언 같은 무거운 책임의식을 갖게 되었고, 밤낮으로 그들이 무엇을 원하고 있는가를 알아내려 애를 썼다. 나는 스스로의 청진기를 들고 그들을 진단하기 시작했고, 웃음을 불러일으킬 수 있는 소인素因이 그들의 어느 부분에서 강하게 생겨나는가 하는, 임상 실험의 과정에 굉장한 열의를 기울이게 되었다. 그러나 가령 어느 한 곳이 가려울 때, 정확히 그곳을 집어서 긁어주는 쾌감이라든지, 어린애가 사과를 먹고 싶어할 때는 직접 사과를 사다주면 충족한 웃음을 볼 수 있다는 프로이트의 가장 기본적인 이드Id와 에고Ego 학설을 응용해서 그들을 웃겨보려던 나의 첫번째 시도는 곧 좌절되고 말았다. 왜냐하면 그들은 유난히 가려운 곳도 없었고, 무언가 가지고 싶은 욕구본능도 퇴화되어버린 것 같았기 때문이었다.

그들은 잠을 자야 할 땐 수면제를 먹었으며, 배가 고플 땐 의사 전용식당에서 영양이 풍부한 햄버거스테이크를 뜯었다. 소화가 안 될 땐 소화제를 먹었으며, 음악이 듣고 싶으면 환등실에서 발랄한 간호학교 학생들과 구운 토스트를 씹으며 음악을 들었다. 피로할 땐 가루 비타민 C를 물에 타 먹었으며, 성욕이 고개를 들면 간단히 진통제로 말살해버렸다. 도대체가 그들은 충분한 영양을 취하고 있는 온상 속의 귀족 식물이었던 것이다. 며칠이 지나도 나는 그들이 가려워하는 곳을 발견하지 못하였다.

별수없이 나는 오전 아홉시, 그들이 회진을 하는 시각이면 일부러 병색을 완연히 나타내려고 상을 찌푸리며 허리를 꾸부리고는 급성 카타르성 인두염으로 입원한 5호실의 중학교 교사처럼 더듬더듬 기어들어가는 목소리로 병세를 과장해서 호소했던 것이다.

"굉장히 아픕니다."

나는 믿어달라는 표정으로 말했다.

"옆구리가 굉장히 아프단 말입니다. 열도 올라서 밤이면 갈증을 느껴야 합니다. 정말입니다."

순간 의사들은 난감한 표정으로 나를 내려다보았다.

"언제부텁니까?"

우두머리로 생각되는 반백의 의사가 은단을 주머니에서 꺼내 두서너 알 입에 넣고 그것을 굴리면서 거짓말을 하는 절도범을 취조하는 민완 형사 같은 소리를 내었다.

"어제부텁니다. 아니, 정확하게 말해서 저녁 여덟시부텁니다."

"닥터 김."

갑자기 그 의사는 신경질적으로 그의 모르모트를 잠시 내려다보고 나서, 뒤에 선 의사들 중의 어느 누구를 불렀다.

"이틀 전의 엑스레이 검사는?"

"이상 없습니다."

"체온은?"

"이상 없는데요."

간호원들이 기재해놓은 도표를 들여다보고 있던 인턴이 계산기 같은 입놀림을 했다.

"정상입니다."

나는 순간 그 인턴을 저주했다. 차라리 나는 지금 이 순간 원인 모를 고열이라도 엄습해서 자신 있게 단정하는 그 잘생긴 인턴의 얼굴을 당황하게 만들어놓고 싶을 정도였다.

"당장 간호원을 불러주게."

그 의사는 가운에 손을 찌르며 사탕이라도 꺼내줄 듯이 의미심장한 몸놀림을 했다. 나는 내장을 자르고 실로 꿰매는 일에 수십년을 보낸 그 의사의 손가락이 마치 거짓말탐지기 같은 착각이 들었고, 학교 가기 싫어 꾀병 부린 막내둥이처럼 불안하게 아픔을 과장해서 앉아 있었다. 나는 정말 열이 나기 시작하는 것 같았다. 간호원은 금방 뛰어왔다.

"처방약들의 투입량은 정확한가?"

"틀림없습니다."

"체온은?"

"보시다시피 정상입니다."

"환자 자신은 열이 굉장히 심하다는데."

순간 간호원은 나를 보았다. 나는 그녀의 낯에 장난꾸러기 웃음을 터뜨리고 싶었다.

"체온을 다시 재보기로 하지."

나는 내 몸에서 갑자기 열이 상승되어 그 온도계의 수은주가 비등점까지라도 도달해주었으면 하는 기원으로 포로처럼 앉아 체온계를 받아 물었다. 그러다가 나는 인턴이 무심코 하품을 하는 모습을 보았다. 나는 그가 이미 내게서 흥미를 잃은 것이라고 생각했다.

나는 갑자기 그 체온계를 깨물어버렸으면 하는 충동을 받았다.

"정상입니다."

인턴이 체온계를 들여다보며 그것이 자기의 의무인 것처럼 대답했다.

"삼십칠 도입니다."

나는 그 인턴의 반짝거리는 구두와 넥타이핀을 번갈아 바라보았다. 나는 심한 굴욕을 느끼며 몇 가지의 상투적인 주의말과 더불어 사라져가는 백혈구들의 뒷모습을 노려보았다. 그들의 뒷등은 영원히 거부하겠노라는 강한 의지를 담은 뼈라 조각처럼 생경해 보였다.

다음에 내가 취한 행동은 그 젊은 인턴에 대한 관찰이었다. 그는 병동 지하실, 인턴과 레지던트의 합숙소 B의 2호실에서 지내고 있었다. 요 며칠간은 산부인과 야근이었는지 복도에서 만났을 때, 그는 동료 인턴에게 이틀 동안 눈 한 번 붙여보지 못했다네라며 약간 신경질적인 목소리를 내고 있었다. 그는 굉장히 잘생긴 사내였다. 모든 잘생긴 남자에게서 볼 수 있는 여유만만한 몸짓과 어딘지 우수에 찬 듯한 눈썹과 어깨, 그러면서도 눈에서 빛나는 의욕.

나는 그 눈을 보며 이 인턴이 분명 이제 곧 우수한 성적으로 인턴과 레지던트 과정을 마치고 해외유학을 해 박사학위를 따고, 고국에 돌아와 종합병원 외과 과장쯤의 관록으로, 점점 그 알맞게 균형잡힌 몸매는 당연한 듯이 체중이 늘어, 드디어는 환자로 하여금 그 몸매만 보아도 병이 나아버릴 만큼 권위를 보이는 의사가 되리라는 것을 예감할 수 있었다. 그리고 그 의사가 여성잡지 화보, '행복한 부부상'란에 곱게 늙어 제 나이의 절반으로밖에 안 보이는 아내와 비타민 공급상태가 원활한 이남 일녀를 거느리고 화단에 물을 주고 있는 모습으로 등장할 수 있으리라는 것도 믿어 의심치 않았다. 어쨌든 그의 태도와 눈빛은 자신의 성공을 미리부터 확신하고 있는 것 같았다.

나는 그 인턴이 정원 휴게실의 비치파라솔 밑에 앉아, 혼자서 우유를 마시고 있는 모습을 본 적이 있다. 어둑어둑한 저녁이었는데 그는 한차례의 수술을 끝내고 왔는지, 잔뜩 늙은 표정을 하고 있었다. 그는 방금 썩은 내장을 잘라내는 모습을 보았을지도 모른다. 백열전구 밑에서 음영이 없어서 마침내 하얀 가면을 쓴 피에로처럼 마취상태에 빠져 있는 환자의 모습도 보았을 것이다. 그는 숱한 수술을 보았을 것이며, 앞으로도 그보다 더 많은 수술을 보고, 또한 자신이 집도를 해야 할 것이다.

그리고 짧은 시일 내에 거리의 수많은 사람들이 모두 환자로 보일 것이며, 실제 사람들이 약간의 부종과 약간의 노이로제를 가지고 있다는 사실을 알고는 스스로 소외되어버릴 것이다. 그는 비치파라솔 밑에서 홀로 우유를 마시듯, 언제나 강한 고독을 느껴야 할 것이다. 실상 자기 자신도 메말라 파삭파삭이는 정결한 소독환경 속에서 병리학 사전에도 없는 묘한 병을 가지고 있는 건조성 환자라는 것을 의식하지 못한 채.

'나는 그를 웃겨야 한다. 2병동 15호실의 환자, 습성 늑막염 환자인 나는 그 건조성 환자를 웃겨야 할 의무를 가지고 있는 것이다.'

어느 날, 나는 옥상 휴게실에서 그 인턴을 만난 적이 있다. 그는 석간신문을 펴고 비스듬히 제라늄 화분에 둘러싸여 건포도를 씹으며 신문을 읽고 있었다. 나는 그에게 얘기를 걸고 싶은 강렬한 기대를 안고 맞은편에서 그를 쳐다보고 있었다. 거리에서 방금 켜진 네온사인이 그의 잘생긴 얼굴에서 너울너울 춤을 추어 그의 얼굴을 몇 번이고 현란하게 채색시켰다. 이윽고 나는 내가 알고 있는 한도 내에서 가장 그럴듯한 유머를 생각해내었고, 곧 그 인턴에게로 다가갔다.

"수고하십니다."

"아, 예."

인턴은 의무인 것처럼 대답했다. 나는 그가 보고 있는 석간을 같이 들여다보았다. 거기엔 현미경을 통해 본 세균 같은 작은 활자로 실상 진부해져버린 사건, 사건 들이 신문 전면을 깨알처럼 메우고 있었다. 나는 그 의사가 무엇을 보고 있는가를 알아냈다. 그것은 토요일판 부록으로 나온 어린이용 만화였다. 나도 그 내용을 알고 있는, 어린이들 간에 선풍을 불러일으키고 있는 만화였다. 내용은 한국의 과학 박사가 로봇을 만들어 가상 적국과 싸움을 벌인다는 것으로 제법 색도 인쇄까지 했으나, 채 이가 맞지 않아 투박한 물감이 번진 덤핑책 표지 같은 만화였다. 한국의 로봇이 적국의 과학자가 발명한 살인 광선 때문에 위협을 받게 된다는 서투른 데생의 만화를 젊은 의학도가 초가을의 바람이 불어오는 병동 휴게실에서 우두커니 보고 있다는 사실은 묘한 뉘앙스를 불러일으켜 나를 즐겁게 했다.

"그 만화가 재미있습니까?"

"아, 예. 아주 재미있는데요."

"물론 우리나라의 로봇이 살인 광선쯤에 끄떡할 리 있겠습니까?"

"그렇지요. 아! 그런데 제법 아슬아슬한 데서 다음 호로 미루었군요."

"그건 만화가들의 상투 수단이죠."

나는 즐거워서 쿡쿡 웃었다.

"다음 호를 기다리십니까?"

"아, 아니에요. 실상 저는 말입니다. 달력을 보며 세월을 의식하는 게 아니라 이 만화를 보면서 일주일이라는 공간을 의식하는 것뿐입니다."

"하하하."

웃어야 할 듯싶은데도 인턴은 웃지도 않았고, 웃은 것은 나 혼자였다. 만화가 연재되는 이십삼 회 동안, 이 의사는 옥상 휴게실에서 무표정하게 만화를 보면서 백육십일 일을 보냈을 것이다.

나는 담배를 피워물었다. 날이 어두워져 주의해서 들여다보지 않으면 글씨가 안 보일 때까지 인턴은 신문을 놓지 않았고 우리는 쓸데없는 얘기를 간간이 나누며 시간을 보냈다.

"제가 재미있는 얘기를 하나 할까요?"

나는 적당한 기회를 노려 그를 유혹했다.

"아, 예."

"병원에 입원하고 며칠 후였지요. 눈을 감으면 공상만 늘고, 도무지 잠을 잘 수가 없었답니다. 웬 망할 놈의 공상이 그리 많던지, 그래 별수없이 저는 어느 날 간호원에게 열시쯤에 수면제를 갖다 달라고 했습니다."

나는 일단 말을 끊고 피우던 담배를 던졌다. 담배는 긴 포물선을 그리며 어둠 속으로 사라져버렸다.

"그런데 그날은 제법 피로했던 모양으로 저녁밥을 끝낸 후, 곧 운수 좋게 베드 위에서 잠을 잘 수가 있었지요. 그래 다행히 며칠 간의 불면이 겹쳐 나는 꿈도 꾸지 않고 깊은 잠에 들었습니다. 그때였습니다. 간호원이 제 병실로 들이닥쳤던 것입니다."

나는 다시 말을 끊고 상대편의 눈치를 살폈다. 나는 남을 웃기려 할 땐, 적당한 기회에서 숨을 돌려야 하는 법을 알고 있었기 때문이었다.

"그리고 제 이름을 부르며 황급히 깨우는 것이었습니다. 나는 놀란 나머지, 그렇습니다. 제가 만일 1병동의 애를 밴 아낙네였다면 분명히 유산을 했을 겝니다만, 벌떡 일어나서 베드 위에 앉았지요. 핫하, 그러자 그 간호원은 약봉지를 내밀며 '수면제 잡수실 시간입니다'라고 속삭이는 것이었습니다. 핫하, 핫하하."

인턴은 웃지 않았다. 상식 정도의 에티켓을 지키는 의미로서도 그는 약간의 반응을 보였어야 할 텐데 웃지 않았다. 마치 웃는 방법을 잊어버린 사내처럼 그는 어리둥절해서 서 있었다.

오히려 웃는 쪽은 내 쪽이었다. 허나 내 웃음은 자신의 무안을 감추기 위한 과장의 폭소로서 곧 어색하게 사라져버렸고, 이내 묘한 수치 같은 것이 덤벼들었다. 우리는 무책임하게 지껄인 유머가 주고 간 뻣뻣하고 불유쾌한 여운 속에서 무슨 말을 꺼내야 할까 하는 식의 끈적끈적한 침묵을 동시에 응시했다. 우리는 서로의 약점을 알고 있는 사내들처럼 멍하니 상대편의 어두운 얼굴을 쳐다보며 이상하게 굳어버린 침묵 속에서 헤어나려고 결사적으로 애를 썼다. 그때 다행인 것은 어색한 침묵을 깨뜨리며 간호원이 뛰어온 것이었다.

"어머나 김선생님, 여기 계셨군요. 한참을 찾았는데, 아래층에서 부르세요."

그러자 인턴은 비로소 비상구를 발견했다는 듯, 잰걸음으로 문 앞으로 다가섰고, 잠시 그것도 의무인 듯한 몸짓으로 나를 돌아보았다.

"참 몸은 괜찮으시오?"

"정상, 정상입니다."

나는 거수경례하는 훈련병처럼 큰 소리를 냈다. 그리곤 한기가 스미는 휴게실에서 새로운 담배를 피워물었다.

그즈음 내 몸은 적이 쾌조를 보이고 있었다. 원래 늑막염이야 일이 개월이면 완쾌될 수 있는 병으로 문제는 폐결핵인데, 결핵이 나을 때까지의 긴 세월을 팔자 좋게 입원생활을 하며 지낼 수는 없는 형편이었기 때문에, 나는 불원간 퇴원을 해야 할 판이었다. 허나 나는 그네들이 진단을 하고, 뢴트겐을 찍고, 가래 검사를 한 후, 이제는 퇴원해도 좋습니다라는 확인을 주고 나서도 약간의 미열에 들떠 있어야 했다. 그것은 물론 결핵의 증세인, 그후에 상승하는 미열 때문이기도 하지만, 그 인턴을 웃길 수 없다는 초조감 때문이었다. 사실 나는 그즈음 아침에 일어나서부터 자리에 들 때까지 상한 짐승처럼 끙끙거리며 나의 거대한 작업을 완성시키려고 애를 썼고, 토요일 오후, 퇴원하기로 작정한 날이 다가올수록 그를 아직 웃기지 못했다는 불안과 초조로 봄닭처럼 안절부절못하고 있었던 것이다.

나는 복도 한가운데 붙어 있는 일직 당번 칠판에 그 젊은 인턴의 이름이 분필로 적혀 있는 것을 발견할 때마다 주위의 눈을 피해, 그것을 지우고 대신 그곳에 '망아지'라는 동물 이름을 쓰고 싶은 충동을 받곤 했다. 그렇다면 그는 무심코 자기의 이름 대신 '망아지'라는 동물이 씌어진 것을 보고는 얼핏 웃을지도 모르는 일이었기 때문이었다. 어떻게 운수 좋으면, 재재거리기 좋아하는 간호학교 학생들이 그것을 발견한 다음, 그에게 '망아지'라는 닉네임을 선사할는지도 모른다. 도대체 한 인간에게 '망아지'와 같이 좀 얼빠진 별명이 붙는다는 사실은 얼마나 유쾌한 일인가.

아니면 나는 가장 못생긴 간호원의 이름을 도용해서 그 인턴에게 연애편지를 써 보낼까도 생각했다. 그러면 그 인턴은 쉽사리 마음이 풀어져 정구 치는 사내처럼 유연한 몸짓으로 가끔 웃음을 뿌리며 다니게 될지도 모른다.

아니면 그에게 독한 술을 두어 병 먹여볼 수는 없을까. 그러면 그 사내의 오랫동안 누적되고 억제된 유희본능이 해빙되어 어쩌면 병동 한복판에서 〈노란 샤쓰 입은 사나이〉를 큰 소리로 부르게 될지도 모르는 일이었다.

아니면 의사들은 모두 발달되고, 때문은 인간과의 유머에 권태를 느꼈기 때문에 단순히 원시적인 행동에서 순수한 카타르시스를 느낄지도 모르는 일이었다.

가령 어떤 나이 어린 여자애가 병동 한복판에서 배설을 하고 있는 모습을 보았다면 그들은 엉거주춤한 모습에서 통쾌한 희열을 느낄지도 모르는 일이었으며, 변소에 누군가가 유치한 내용으로 낙서를 하고 거기다가 춘화까지 대담무쌍하게 그려놓았다면, 의사들은 별로 변의便意를 느끼지 않으면서도 그 수세식 변소에 틀어박혀 치졸한 나상裸像을 쳐다보며 마구 문명을 비웃어주고 싶은 통쾌한 해학을 느낄지도 모르는 일이었다.

나는 퇴원하기 하루 전, 휴게실에서 어두워져가는 병동을 바라보며 그런 생각을 했고 형광등이 환히 빛나는 병동이 흡사 여러 갈래로 유리된 미로와 같다고 생각했다. 그때 내게 떠오른 것은 강의 시간에 미로에 빠진 채, 강렬한 먹이의 유혹을 몸부림치며 반추하던 실험용 쥐의 모습이었다. 교수는 엄숙하게 '이 쥐는 미로에 빠져버린 것이다'라고 말을 했지만, 내겐 그렇게 생각되지 않았다. 새로운 방황이 그 쥐에게 열린 것이다. 반복, 반복으로 터득한 안이한 먹이로의 길보다는 충분한 포식을 즐길 수 있는 새로운 미로가 쥐 앞에 전개된 것이다. 나는 그 쥐에 대해 열렬한 성원을 보냈다.

　나는 이 철근콘크리트로 격리한 견고한 미로 속에 쥐 대신 그 젊은 인턴을 삽입해보자고 생각했다. 그리하여 그날 밤, 나는 병동이 잠들기를 기다려 간호원의 눈을 피해 1병동에 있는 문패와 2병동에 있는 문패를 모조리 바꿔버렸다. 나는 그 거창한 작업에 거의 온밤을 새워야 했을 정도였다. 가을밤, 환자복만을 입고 층계를 수십 번 오르내린 피로와 추위 끝에 나는 둔한 통증을 느끼며, 그러나 유쾌한 마음으로 잠자리에 들었다. 내 병실 앞에 걸려 있는 이름은 해산일을 앞둔 여인의 문패였으니까 나는 그날 밤만은 늑막염 환자가 아니라 만삭의 여인이 된 셈인 것이다. 자, 이 병동의 의사와 간호원 들은 어떤 방황을 시작할 것인가. 나는 나의 인턴이 새로운 방황의 길로 떠나주기를 기원했다. 뛰어라, 미로에 빠진 나의 투사여.

다음날 나는 늦잠을 잤다. 나는 잠을 자면서도 병동 전체가 달라질 것임을 의심치 않았다.

오전 여덟시경. 나는 칫솔을 들고 병실 복도를 어슬렁거리며 무언가 달라진 낌새가 있는가를 관찰하였다. 하지만 섭섭하게도 아무것도 달라진 것이 없었다. 언제나 그러하듯 간호원들은 잰걸음으로 복도를 뛰어다니고 있었고, 의사들은 알루미늄 식기 같은 얼굴을 반짝거리며 이층 계단을 오르내리고 있었다.

아침을 치우는 작업부들은 엘리베이터로 식기를 부산스럽게 운반하고 있었고, 병동은 그대로 어항처럼 투명한 건물 속에서 끓고 있었다. 나는 어젯밤 내가 기를 쓰며 가까스로 바꾸어놓았던 병실 문패가 제각기 제자리에 놓여 있는 것을 보았다. 어느 틈엔가 고등동물인 그들은 저 스스로 미로를 제거할 줄 알게 사육된 것이다. 나의 마지막 시도는 그들 앞에서 완전히 좌절되고 만 것이었다.

오전 아홉시. 의사들은 동물원에서 갓 수입한 열대동물처럼 떼를 지어 회진을 시작했다. 간밤에 수면을 잘 취했는지 그들은 더욱 정결해 보였다.

"오늘 퇴원이시죠?"

우두머리 의사가 가운에 손을 찌르며 여전히 사탕이라도 꺼내줄 듯한 몸짓으로 물었다.

"그렇습니다."

나는 정확하게 대답했다.

"몸은 어떻습니까?"

"정상입니다."

"퇴원하실 때 간호원에게 약을 받아가십시오."

"알겠습니다."

이윽고 젊은 인턴이 나를 쳐다보았다.

"어젯밤 뭐 잃으신 물건은 없는지요?"

"글쎄요. 없는 것 같은데요. 뭐 도둑이라도 들었나요?"

"아, 예. 다행이군요. 어젯밤에 굉장히 장난꾸러기 소질을 지닌 도둑놈이 들었습니다."

"핫하하."

나는 유쾌하게 웃었다.

"병원에 피해라도 있습니까?"

"글쎄요. 아직까진 발견 못 하고 있습니다만 오전중으로는 판명이 되겠지요. 저, 그럼 항상 건강하시길 빕니다."

그들이 제각기 무어라고 주의말을 주면서 사라져버리자, 젊은 의사는 내게 악수를 청했다. 나는 그의 손을 마주잡았다.

그날 오후, 나는 퇴원했다. 병원 앞뜰까지 택시를 불러다놓고, 나는 동생과 더불어 짐을 날랐다. 병실에서 죽어가고 있던 국화꽃 두어 송이를 가슴에 꽂고, 우리 형제는 결혼식장에 들어간 귀빈처럼 즐거웠다. 동생은 내게 축하한다는 의미로 시내를 한 바퀴 드라이브하자고 했다.

우리는 곧 차에 탔고 차는 발동을 걸기 시작했다. 그때 나는 차창 너머로 그 젊은 인턴이 어떤 아름다운 여인과 파라솔 밑에서 콜라를 마시고 있는 모습을 발견했다. 그 모습은 한 폭의 그림처럼 인상적이었다. 그 순간 차는 급커브를 틀었고, 나는 온몸에 돋친 비늘이 반짝이는 것처럼 병원 창문마다 비낀 햇살의 반사를 무표정한 자세로 반추하고 있는 병원 자신을 쳐다보았다.

그리고 나는 점점 멀어져가는 병원 한구석 코스모스 피기 시작하는 병원에서 방금 그 젊은 인턴이 웃음을 띤 것 같은 환영을 보았다. 나는 그것이 사실인가를 확인하기 위해서 바짝 차창에 눈을 밀착시키고 무어라고 손짓을 해가며 얘기를 나누고 있는 나의 사랑스러운 환자를 쳐다보았다. 하지만 내가 보았던 것이 한 개의 착각이었을까, 아니면 찰나적인 웃음에 틀림없었는가 하는 문제는 이미 별스런 의미를 가질 수 없었다. 왜냐하면 이제 우리는 상대적으로 환자가 아니기 때문이었다. 나는 그에게서 퇴원을 했고, 또 그는 내게서 퇴원을 한 셈이었던 것이다. 그러나 나의 환자였던 사내가, 초추의 햇살이 분수처럼 떨어져 쌓이는 뜨락에서 언젠가 내가 보았던 것처럼 고독하게 홀로가 아니라 예쁜 여인과 둘이서 콜라를 마시고 있다는 사실이 나를 감격하게 만들었다. 나는 마음속으로 그 여인이 그를 잘 요양시켜주기를 기원했다.

어느새 차는 로터리 신호등에 걸려 있었고, 이제 나는 통행금지 시간을 걱정하고, 신호등에 위반되지 않으려 걱정하고, 시민증을 꼭꼭 가지고 다녀야 하는 새로운 소시민으로서 파스와 나이드라지드를 하루에 꼭꼭 세 번씩 복용하며, 낙엽 떨어지는 소리에도 슬퍼해야 하는 길고 긴 방황의 생활과 서서히 마주하고 있는 것이다.

동생은 내게 유혹하는 목소리로 자기가 최근에 발견한, 술값이 싼 술집과 재미있는 영화를 하는 극장이 어디인가를 알려주었다.

(1967)

2와 1/2

아무래도 그 주사만큼은 맞지 않았어야 했다. 다른 사람들처럼 잘 봐줍쇼라고 담배나 권하며 슬슬 우물쭈물 꽁무니 뺄 것을 무슨 큰 영웅이나 된 듯이 팔뚝을 걷어붙이고, 예방주사를 맞아버린 것은 아무래도 틀려먹은 짓이었다. 그따위 주사를 맞아야 꼭 장티푸스가 예방된다면 지금껏 난 매해 여름이면 소위 옘병에 걸려 머리털이 빠졌어야 했을 것이다. 그렇다고 이번 여름은 유독 덥고, 어딘가 몸 한구석이 망가져버린 듯 피로하니, 그런 예방주사쯤 맞아두어 만일을 예비하자는 뚜렷한 목적의식하에 방역원 앞에 팔을 내민 것은 아니었다. 그 이유는 나도 잘 모른다.

아, 아, 이 따분한 토요일 오후, 다른 회사 사람들은 이미 퇴근해서 껄껄거리며 술을 마시며, 여인을 유혹하며, 오줌을 질질 흘리며, 제 시간을 즐기고 있을 시간에, 특근이랍시고 사무실에 붙잡아

두고, 덜컹이는 윤전기 소리와 활자공들의 고함소리 속에서 권태롭기 짝이 없는 사무를 보아야 한다는 사실에 잔뜩 분노를 느끼고 있을 때였으니까, 사실 그것이 장티푸스 예방주사가 아니고 비소砒素 주사였더라도 나는 맞았을 것이다. 하지만 권태로운 것보다는 차라리 그 예방주사로 가벼운 장티푸스를 앓으며 따분한 주말의 오후를 보내자는 나의 막연한 기대는 완전히 오산이었다.

오후 세시부터 굉장히, 굉장히 아파오기 시작했다. 주사를 맞은 오른팔은 꼼짝도 할 수 없을 정도로 무거워왔고, 확확 달아올라, 깁스를 댄 사람처럼 오후 내내 나는 왼손으로만 오자誤字를 골라내고, 왼손으로만 전화를 받아야 했다. 그뿐인가. 덥기도 하고 몹시 춥기도 한 사뭇 미묘한 열 때문에 나는 마치 기름독에 빠진 곤충처럼 필사적으로 땀을 흘리며 허우적거려야 했다.

이러한 때 오후 아홉시까지의 근무는 무리였다. 하지만 나는 참을 수 있을 때까지 참기로 했다. 저 아우성치는 기계 소리와 타이프 소리, 외무사원들의 농지거리, 전화벨 소리, 부장의 하품, 이상하게 더운 화학섬유로 만들어진 남방 밑으로 끈적이는 땀—이 모든 것을 참기로 했다.

나는 실로 이를 악물고 망할 놈의 소小장티푸스와 타협해보려고 노력하였다. 오후 일곱시까지는 그래도 용케 참을 수 있었다.

유리창 밖으로 어둑어둑 밤이 깃들이고 사나운 거리가 값싼 화장품 냄새로 점점 익숙해지고 노골화돼가자, 나는 더이상 참는 것은 무모한 짓이라고 결심을 하고는 불쑥 부장 앞으로 갔다.

"이런 말씀을 드린다면 기분이 어떠실지 모르겠지만 전 지금 굉장히 아픕니다. 저……"

나는 그것이 나의 책임인 것처럼 비굴해져 있었고, 속마음은 꾀병이 아니라는 것을 어떻게 표현하는 것이 가장 실감나는 것일까라는 어처구니없는 문제로 갈팡질팡하고 있었다.

"정말입니다. 전 지금……"

"아, 알겠네. 그만 퇴근해도 좋겠네."

부장은 웬일일까, 선뜻 응낙을 했다. 나는 밀린 초교 한 뭉치를 서랍 속에 집어넣고, 경리과로 내려갔다.

"기분 어떠실지 모르지만……"

경리과에선 언제든 전당포 냄새가 났다.

"돈을 좀 가불할까 하는데요."

주판을 튀기던 못생긴 여인이 나를 올려다보았다. 그 눈빛엔 도대체 이 녀석 어딘가에 흠잡을 곳이 없는가, 일테면 전당포 창구에 밀려진 철 지난 외투처럼, 좀먹은 데는 없는가, 속으로 빵꾸가 나지는 않았는가, 과연 철이 지나긴 했지만 저당잡아도 좋을 만큼 천이나 디자인이 괜찮은가 하는 기막힌 가치판단의 예지가 번득이고 있었다. 나는 그녀에게 내 인생을 맡겨버리고 싶었다.

"아까 오전에 과장님에게 말씀드렸었고, 어느 정도 응낙을……"

"알고 있어요."

"이런 말을 해야 할지는 모르겠습니다만 내일 아버지 산소에 가야 하기 때문에 적어도……"

"얼마라고 하셨지요?"

"일천원입니다."

"차용증을 써주십시오."

나는 빠닥이는 돈을 받았다. 그리고 토요일이 교회당의 비둘기처럼 자글자글 끓어대는 거리로 나섰다.

거리는 은밀하게 타오르고 있었다. 사람들은 담배를 짓씹으며 불한당처럼 여인들을 유혹하고 있었고, 젊은 축들은 침을 퉤퉤 뱉으며 거리를 방황하고 있었다. 아무 곳에도 갈 곳이 없고 누구와 만나기로 한 약속도 없었지만 나는 일주일이 쓰레기통 속에 버려지는 토요일 저녁을 사랑하고 있었다. 나는 즐거운 마음으로 사람들 사이를 헤엄쳐다니기도 했고, 어느 술집에서 술을 마셨고, 중국 검술 영화 하는 극장 앞에서 집에 들르지 말고 낯익은 창녀애와 하룻밤을 잘까, 잠시 궁리하다가 버스를 타고 집으로 돌아왔다. 좀더 돌아다닐 수 있었지만 일요일 아침 일찍부터 내게 할 일이 있었기 때문이었다. 며칠 전 아침신문 아래칸에서 서울시장 명의로 된 분묘이장 공고를 보았는데, 바로 아버님 산소 있는 곳에 새로 주택단지가 들어서기 때문에 절반 너머나 이장된다는 것이었다. 때문에 나는 일요일 아침에 시외버스를 타고 아버님의 산소는 그 커트라인에 들어가는가, 제외되는가를 알아봐야 하는 스케줄이 있는 것이다.

버스에서 내리자 또 몸이 아파왔고, 완전히 오른쪽 팔목이 마비 상태에 빠져 있었다. 망할 놈의 예방주사. 나는 뻔뻔스럽게 생긴 보건소 직원과 그의 주사약을 원망했다.

갑자기 이슬비가 내리기 시작했다. 끈끈한 비의 감촉이 술 몇 잔에 달아오른 목덜미를 핥아대고 있었다.

이상하게도 어디선가 시금치 끓이는 냄새가 났다. 나는 단골 약방에서 진통제 몇 알을 샀고, 삼십 분가량이나 약방 주인과 같이 텔레비전을 보았다. 텔레비전에서는 권투 중계방송을 하고 있었다.

"우리는 이길 겁니다."

아나운서가 흥분해서 소리를 질렀다. 나는 다시 약방을 나와 집으로 가는 골목으로 들어섰다. 눅눅한 습기 냄새가 골목골목에서 음산하게 풍겨왔고, 애 우는 소리와 그릇 달그락대는 소리 같은 것이 뒤범벅되어 내리는 빗속에 가라앉아 있었다. 대문은 그냥 열려 있었다. 나는 천천히 어두운 집안으로 들어섰다.

"이씨유?"

문간방 문이 예기치 않게 드르륵 열렸다. 그 계집애였다.

"담배 있으면 한 대 주고 가요."

"그거야 어렵지 않지."

나는 후줄그레 젖은 상의 포켓에서 담배를 하나 꺼내주었다.

나이답지 않게 근육, 근육이 비상하게 발달된 계집애. 검은 살결
밑에 풍만하고도 거대한 갈색 정욕을 비장하고 있는 계집애. 저 노
골적이고, 피로에 젖은 눈매로 담배를 뿜어대는 귀엽고도 작은 입
술을 보라. 슈미즈 속으로 알 밴 게처럼 터져나올 듯한 유방과, 육
감적인 어깨의 선. 기대감을 불러일으키는, 범람하는 강처럼 엄청
난 둔부, 짧은 다리 위에 저처럼 무르익은 과일들을 지탱하고 있는
질기디질긴 본능. 동물적인, 너무나 동물적인 음탕하게 빛나는 눈.

나는 강한 갈증을 느꼈다. 갑자기 계집애가 내 옆으로 다가왔
다. 살찐 그녀의 유방이 마비된 나의 오른팔 위에서 꿈틀거리고 있
었다. 차라리 그것은 통렬한 쾌감이었다.

"이씨, 오늘밤에 우리 방에 오지 않을라우? 내 밤에 문 따놓구
잘게. 밤 한시쯤 살짝 와요."

그 계집애의 입에선 술냄새가 났다. 나는 제법 공범자처럼 낄낄
웃었다. 내 머릿속에 한 편의 영화처럼 완전히 구상된 이 계집애와
의 정사. 어두운 밤 꿈결처럼 이 방문을 열고 들어서서 옷깃 스치
는 소리를 내가며 차례차례 아주 수일을 두고 생각했던 대로 그녀
의 몸을 정복하는 계획. 그 치밀하고도 완전한 여름밤의 정사. 나
는 상상만으로도 적이 피로해졌다.

"이씬 꼭 우리 오빠 같애."

"못 하는 소리가 없다니까."

"오빠 같은 사람하고 하룻밤 자봤으면."

계집애의 몸에선 썩은 땀냄새가 났다. 나는 식인종처럼 그녀의 몸에 상상의 칼을 대었다.

"보는 사람 없다니까요. 자, 뽀뽀 한번 해줘요. 오빠."

나는 멍청하니 서 있었다. 아, 아, 망할 놈의 토요일 저녁에, 망할 놈의 예방주사다. 순간 계집애의 입술이 번쩍이며 내 얼굴을 날쌔게 문지르더니 웃음소리와 함께 덜컹 문이 닫혔다.

"내 문 따놓고 잘게요. 깔깔."

나는 순간적인 그녀의 입술이 주고 간 끈적끈적한 타액을 혀끝으로 핥으며 서 있었다. 내 머릿속으로는 어둡게 빛나는 칼날의 번득임 같은 것과 보지는 않았지만 말은 들어본 남양지방의 이상한 식물—날아가는 곤충이 꽃잎에 앉으면 주머니 같은 꽃잎이 오므라들어 곤충을 체액으로 융해하여 흡수해버린다는 식물—같은 것이 뒤범벅되어 떠올라 새로운 아픔이 나를 괴롭히기 시작했다. 나는 바깥채로 들어서서 이층 내 방으로 들어왔다. 열쇠를 따고 문을 여니 동생에게서 편지가 와 있었다. 보나마나 그 내용은 뻔할 테지. 형님. 우리 집안은 지금 결속해야 할 때입니다, 형님. 오냐, 결속해야 할 때고말고.

나는 진통제를 두 알이나 먹고 자리에 들었다. 곧 잠이 들었다.

다음날 새벽 나는 잠이 깼다. 무언가 왁자지껄한 소음이 아래층에서 들려오고 있었다. 호루라기 소리도 들려왔고, 비명소리 같은 것도 들려왔다. 나는 어렴풋이 잠결 속에서 그 소리를 듣고 있었다. 바로 그때 이층 내 방으로 누군가 쿵쾅거리며 올라섰다. 그리고 문이 부서질 듯이 방문을 두드렸다. 나는 벌거벗은 채로 일어섰다. 제기랄, 나는 툴툴거리며 방문을 땄다.

"당신이 이서영씨요?"

"그렇습니다."

나는 맥빠진 하품을 했다. 비, 비가 자욱이 내리고 있었다. 조용히, 비가 퇴색해가는 어둠 속에서 내리고 있었다. 플래시가 갑자기 내 얼굴을 비춰왔다.

"옷 입고 나오쇼."

"아니, 저, 도대체 무슨 일입니까?"

"어쨌든 나와보쇼."

아직까지 잠에서 덜 깨어났던 나는 그제서야 그들이 경찰이라는 것을 알았다. 플래시를 든 경찰의 우의에선 물방울이 함부로 튀고 있었다. 나는 공연히 떨리는 손으로 옷을 주워입었다. 아, 오른손이, 오른손이 칼로 에이는 듯한 통증을 주어왔다. 망할 놈의 예방주사. 애당초 그놈의 주사를 맞지 않았어야 했는데……

먼동이 빗줄기 속에서 터오고 있었다.

"이런 말씀 드리면 기분 나쁘시겠지만 도대체 뭡니까?"

"살인사건입니다."

경찰은 무표정하게 뇌까렸다.

"예? 살인사건이라고요? 아니 그럼 누가 죽었다는 겁니까?"

그러자 내 머릿속엔 그 갈색 피부의 계집애가 직감적으로 떠올랐고, 나는 갑자기 온몸의 힘이 빠져나가는 것을 느꼈다. 아래층 마당엔 이 집 가족들 모두가 나와 있었다. 몇 명의 여자들은 소리 죽여 울고 있었고, 남자들은 멍하니 하품을 하고 있었다. 새벽 잔영이 쓸쓸히 머무른 퇴락한 집안으로 이상하게 여느 때에는 느낄 수 없던 술렁이는 생활 냄새가 느껴지기도 했다. 나는 사람들 어깨 너머로 그 계집애의 방을 넘겨다보았다. 계집애는 벌거벗은 채로 침대 위에 넘어져 있었다. 평소엔 볼 수 없던 몇 개의 유치한 문신이 계집애의 배 위에 새겨져 있었다. 사방에서 터지는 플래시 속에서 통통하고 온통 매니큐어를 칠해버린 듯한 비로드 색깔의 계집애 몸뚱어리는 영원한 포즈를 취하고 있는가 움직이질 않았다. 매우 서투른 화가가 아무렇게나 데생해버린 구도처럼 계집애는 쓰러져 있었다. 슈미즈가 찢겨 있었고, 목에는 브래지어가 감겨 있었다. 아아, 무엇을 보았을까, 저 계집애는. 죽는 순간에 바로 무엇을 보았을까. 탐스러운 갈색 유방은 핑크색 조명을 받고 올리브유를 바른 것처럼 번쩍이고 있었다.

우리는 비를 맞으며 마당에 서 있었다. 집 뒤에 서 있는 교회당에선 순간 맹렬히 거룩한 일요일을 알리는 종소리가 들려왔고, 우리는 완전히 잠이 깼었다. 나는 오슬오슬 한기를 느끼며 부산스레 왔다갔다하고 있는 순경에게, 이층에 가서 스웨터를 입고 와도 괜

찮은가고 물었다. 그러자 갑자기 신경질적으로 안 된다고 고함을
질렀다. 별수없이 나는 추위를 참기로 작정해야만 했다.

"자살이 아닐까요?"

뒤에 서 있던 아낙네가 은밀한 목소리로 내게 물었다.

"글쎄요."

"아닙니다. 분명히 타살입니다."

연극 같은 것에서 조명을 맡아보고 있는 사내가 단호하게 말을
뱉었다. 그리고 그는 나지막한 소리로 불운한 동료들에게 물었다.

"누구 혹시 간밤에 이상한 소리 못 들었나요?"

"못 들었는데요."

"저두요."

"간밤에 비가 내렸잖아요."

"난행당한 흔적이 있다던데요."

"몇시에 발견됐대요?"

"두시라던데요. 왜 주인집 둘째아들 있잖아요? 그 사람이 발견
했다던데요."

"그런데 왜 그 사람은 두시에 그 여자 방을 들여다봤담."

누군가 약간 장난기 어린 소리로 말을 했고 여러 아낙네가 이번
엔 숨죽여 웃었다.

"원래 바람기가 있는 애 아녜요. 열아홉 살 아이치곤 못 하는 짓
이 없었잖아요?"

"맙소사. 난 그래도 스물대여섯 살은 더 먹은 줄 알았는데."

"그런데 난 일 년 가까이 같이 있었는데도 그애가 뭘 해서 먹고 사는지 모르겠다니까요."

"뻔하지요."

한 여인이 눈을 반짝이었다.

"아무렴요. 그거야 뻔하지요."

모두들 한마디씩은 동조를 했다. 나는 한기와 더불어 굉장한 몸살을 느끼고 있었다. 이번엔 그냥 막연한 아픔이 아니었고, 온 관절이, 온 부분이 그냥 내리 콱콱 쑤시는 아픔이었다. 나는 이를 악물고 진땀을 흘리고 있었다. 정말이지 이럴 바엔 차라리 장티푸스를 그대로 앓아버리는 게 나을 성싶었다.

마당 아래로 게딱지 같은 지붕들이 내다보였고, 부우연 빗줄기 속에서 지붕들은 어깨를 이고 침전해 있었다.

날이 완전히 밝자 우의를 입은 경찰관이 우리를 이끌고 작은 스리쿼터에 태웠다. 우리는 피난민 시절 배급을 기다리는 사람들처럼 피로한 표정으로 차례차례 올라탔고, 무언가 불안한 마음으로 차 속에서 서로의 얼굴을 쳐다보고 있었다. 차는 흙탕물을 튀기며 달리기 시작했다. 차 후미 빠끔히 열린 아가리로 비 오는 일요일 아침이 전개되고 있었다. 일요일은 편물기 속에서 실들이 직조되듯 가로로, 세로로 질서정연하게 엉키기도 하고 풀리기도 하고 있었다. 나는 어두운 얼굴 가운데서 주인집 둘째아들의 얼굴을 찾아내었다. 그는 침착하게 담배를 피우고 있었다. 평소에는 별로 같이 말을 나눈 적은 없었지만 동리 어귀 술집에서는 몇 번 술을 같이했던 청년이었다. 그는 언제나 술을 혼자 먹었다. 그렇다고 유별나게 많이 먹는 것도 아니었고 꼭 제 주량만큼만 비우곤 했다. 나는 언제든 그 청년을 별로 좋아하지 않았다. 그 청년의 몸에선, 이상하게도 암울한 곳에 떨어진 동전 한 닢이 일순 반짝거리는 것과 같은, 안간힘을 쓰고 진땀 흘리는 조바심 같은 것이 엿보였기 때문이었다. 생활에 찌들어가는 냄새라든가 어린애가 앙앙거리며 우는 생활 같은 것에 초연하여 청년의 몸가짐은 마치 온몸에 스스로의 방부액으로 밀초를 칠해놓은 사내처럼 유독 돋보이곤 했다.

"도대체 우리는 어디로 가는 것일까요?"

한 아낙네가 내게 물었다. 그 여인의 입에서는 일요일 아침에 늑장부리는 여편네들 입에서 흔히 나는 단호박 냄새가 났다.

"글쎄요."

나는 그제서야 주머니 속에 어제 저녁때 사둔 진통제가 있음을 알았다. 나는 두 알을 꺼내 천천히 침으로 녹이었다. 차는 로터리에서 급커브를 틀더니 쿨럭이며 정지했다. 운전대 옆에 앉았던 우의 입은 경찰이 뒤쪽으로 와서 우리에게 내릴 것을 명령했다. 우리는 양순하게 차례차례 내렸다. 나는 게시판에서 '우리는 싸우면서 건설한다'라는 구호를 보았다. 어린애들 두 명이 지나가면서 "간첩인가부다, 간첩" 하며 시시덕거렸다. 나는 약간 절망했다.

그래 오늘 아침엔 내게 할 일이 있었다. 존경하는 아버지의 묘지가 불도저에 싹둑 밀려나갈지도 모르는 일 아닌가. 우리는 수사계로 끌려들어갔고, 잠시 의자에 앉아 쉬고 있었다.

"이것 보세요."

조명을 맡아보고 있는 사내가 탁자 위에 아무렇게나 놓여 있는 조간신문을 펼쳐들었다. 신문 사회면에는 토요일 밤과 일요일 아침의 틈바구니 속에서 벌어진 바로 우리집 안채의 살인사건을 취급하고 있었다.

"어쩌면. 아, 아."

그 남자의 부인이, 우리가 일요일 아침마다 들여다보았던 신문 속의 기사가 모조리 요원하고, 딴 나라 사람 얘기 같았던 전례를 깨뜨리게 해준 계집애의 사진을 들여다보며 어쩐지 의기양양하게 감탄사를 발했다. 나는 모든 여인들은 어떤 면에선 저러한 죽음과 갈색 정욕 따위 마구 부패해가는 타락 같은 것을 원하며, 은밀한 동경을 금치 못하고 있을지도 모른다는 충격을 받았다. 잠시 후 사복을 한 눈매 매서운 사내가 우리들 앞에 나타났다.

"여러분들 아주 죄송하게 됐습니다."

사내는 별로 죄송하지 않은 표정으로 서두를 꺼냈다. 그러고는 여러분들을 이곳에 모셔온 것은 어떤 참고될 만한 단서를 얻을까 해서 그런 거니까 마음을 푸욱 놓으셔도 괜찮겠고, 묻는 말엔 솔직 담백하게 대답해주길 바라며, 사실 죽은 사람이 별로 반항한 흔적이 없는 것으로 보아 여러분들 중에 한 명이 범인일지도, 핫하하, 이 말은 농담이지만, 모르니까 지시사항 이외에 함부로 자리를 이탈하지 말아줄 것과 조금 후부터 진지한 토론이 있을 예정이니 배가 고픈 사람들은 경찰서 뒤쪽에서 음식을 시켜다 먹어줄 것을 당부하고는 사라져버렸다. 우리는 각각 주머니를 털어 맹물처럼 허연 곰탕을 한 그릇씩 먹은 후 다들 의자에 몸을 기대고, 부족한 아침잠을 충당하려고 작정했다. 서민적인 것들은 어디서든지 잘 먹고, 또 어디서든지 잘 잘 수 있다. 비록 의자가 나무의자로 딱딱하고 수사계 안이 어딘지 모르게 식민지 냄새를 음산하고 차갑게 풍긴다 할지라도 그들은 의좋게 하나둘, 어깨를 기대고, 머리를 기대고 잠을 잘 수 있는 것이다.

　소위 그들이 말하는 진지한 토론은 오전 열시부터 시작되었다. 한 사람, 한 사람 따로 불리어서 옆방으로 끌려들어갔다. 아, 아, 나는 또다시 지독한 아픔과 싸워야 했다. 그것은 정말 무지막지한 통증이었다. 사실 나는 오래전부터 아주 적은 시간 이외엔 끊임없이 혹사당하고 있었던 것이다. 토요일 오후까지, 어떤 때는 일요일까지도 나는 근무를 해야 했고, 그것은 이번주만이 아니었다. 어제도, 그제도 내가 기억하는 내 인생 저 깊은 곳에서부터 나는 줄곧 부림을 당하고 있었다. 그리고 이렇게 예방주사를 맞은 것과 같은 본의 아닌 아픔도 이번이 처음이 아니었다. 집단적인 이웃과 이웃 사이에서 따스한 체온을 나누려면, 그저 세금을 꼬박꼬박 낸다거나, 시민증을 꼭꼭 가지고 다니거나, 국민의 의무인 통행금지 시간을 엄수하고, 군복무를 필한다는 자격 이외에도, 예방주사처럼 합리화된 독소에 몸을 떨어야 했다. 사회를 움직이는 것은 모두 우리네 생활과는 동떨어진 것이었다. 가령 투표를 한다는 최대의 권리 밖에서 사회는 움직여지고 있었고, 그저 나는 언제나 아픈 곳이라고는 없이 생이빨을 빼야 하는 듯한 본의 아닌 아픔 속에서 양순하게 사육되어온 것이다. 그것은 아버지의 시대에도 그러하였다. 내가 신화처럼 존경하는 아버님은 일제시대 때 아무런 이유도 없이 일본놈들에게 처형된 사람이었다. 마치 헤엄도 칠 줄 모르면서 물에 빠진 사람을 구하러 물에 뛰어든 어처구니없는 사람처럼 아버지에겐 아주 서민적인 퇴폐한 도덕이 있었을 것이다. 아버지나 내게 끊임없이 요구되고 있는 것은 바로 그처럼 서민적인 희생 같은 것뿐이었다. 우리는 모두 약간의 돈을 가지고 있으면서도 도박판에 끼어들지 못하고 그저 단지 내가 이 판에 끼어들어 이 돈을 잃어버리면 어쩌나 하는 막연한 불안의식과 체념 같은 것을 가지고 있기만을 강요받아왔던 것이다. 돈을 따고 잃는 것은 그들의 권리요, 훈장을 나눠 달고 마침내 열쇠장수처럼 온몸에 훈장을 달고 쩔 그렁거리는 분열식分列式을 올리는 것은 모두 그들의 것이었다.

이처럼 멍청하게 이상한 곳에 있어야 하는 경우도 이번이 처음은 아니었다. 분명히 예매권을 사두었는데도 미리 예약된 다른 사람이 앉아 있는 것과 같은 수없는 착오 속에서 나는 살아온 것이다. 그것은 스스로 걸어온 상태가 아니라, 탁한 물밑에 가라앉은 앙금처럼 밀려온 상태였다. 그곳이 어딘가 돌아보려면 나는 또다시 다른 곳에 밀려와 있었다.

아, 원칙적으로 내가 있어야 할 곳은 이곳이 아니었다. 바로 아버님의 산소였던 것이다. 이 음울한 일요일 아침, 아버님 산소에서 부드러운 풀을 뜯으며 약간의 우수 속에 잠겨야 했을 것이다. 그런데 망할 것, 아버님의 산소도 재수없으면 본의 아니게 이장될 우려가 있는 것이다. 새로운 서울이 무덤 위에 건설되는 것이다. 말하자면 죽은 자 위에 산 자가 솟아오르는 것이다.

"이서영."

누군가 나를 불렀다. 호출되는 상태. 어릴 때부터 나는 호출되는 상태 속에서 자라왔다. 얼마나 많은 입들에서 나의 이미지가 반짝이었는가.

나는 그 방으로 들어섰다. 아까의 사복 입은 사내와 정복 경찰들이 나무의자에 앉아 있었다. 밝은 백열전등이 얼굴의 음영을 벗겨, 그들은 마치 가면을 쓴 것처럼 뻣뻣하고 무기미해 보였다.

"앉으시오."

그들은 낮게 그러나 명령하는 투로 말을 뱉었다. 나는 덩그러니 방 한복판에 놓여 있는 의자 위에 앉았다.

"내 묻는 말에 솔직히 대답해주시오. 아, 뭐 그렇게 딱딱해하실 필요는 없구, 담배 피우시나요?"

"죄송하지만 피웁니다."

"태우십시오."

사복 입은 사내가 신탄진 한 개비를 권했다. 나는 담배를 받아 물었다.

"올해 몇입니까?"

"서른입니다. 본의 아니게 나이만……"

"결혼은?"

"아직 못 했습니다."

나는 좀 씁쓸해져서 웃었다.

"뭘 하고 계십니까?"

"뭘 하다니요?"

"아, 저 직업 말씀이죠."

"어떠실지 모르겠지만 아주 자그마한 출판사에 나가고 있습니다."

"어제 몇시에 퇴근하셨습니까?"

"오후 일곱시입니다."

"정확한 시간입니까?"

"제가 기억하는 한으로는 맞을 겁니다."

"집에 들어오셨을 때까지의 경위를 말씀해주십시오."

"퇴근하고 나서 술을 한잔 마셨지요."

"어디서요?"

"이름이야 어디 기억할 수 있습니까?"

그런 식이었다. 천주교 교리문답처럼 나의 소재는 이렇게 간단히 정의되는 것이다. 간추리고 보면 나의 몸무게는 몇 온스나 나갈 것인가. 나는 면접하는 생도처럼 정확한 발음으로 모조리 대꾸했다. 허나 이상한 것은 열심히 대꾸하다보니, 내가 기억하는 어제의 기억이 그 이전의 기억과 자꾸 혼동되는 것이었다.

이를테면 어제저녁 술을 마셨던 술집은 무교동에 있는 술집이 아니었고, 혹시 우리 동리 어귀에 있는 대폿집인지도 모른다는 착각에 진땀을 흘려야 했다. 나에 대한 진지한 토론은 이십여 분 동안에 모두 끝이 났다. 그러나 그동안에 그들은 나에 관한 거의 모든 것을 캐치해버렸다. 내 주량까지도, 내 버릇까지도, 학벌도, 출생지도, 예방주사 맞은 것도, 내가 왼손잡이라는 것도, 성병에 걸려 있다는 것도, 잠을 잘 때 약간의 몽유병이 있다는 것도, 광장공포증이 있다는 것도, 군에 있을 때 연락병 노릇을 했다는 것도 모조리 알아버렸다. 그리고 마지막엔 정복한 사내가 내민 종이 위에 푸줏간 정육 위에 검정필을 낙인하듯 나의 왼손과 오른손 열 손가락을 모두 인장 찍고 나와버렸다.

우리는 모두 매우 피로하고 쓸쓸해서 아무런 말도 하지 않았다. 우리 모두가 가엾게도 실험대에 놓여 어떠한 반응을 실험하고 있는 게라고 의과대학생이 불평했다. 그는 이름있는 대학의 의과대학 본과 졸업반으로, 집은 전라도 어디라던데, 안경을 끼고 언제나 수면에 취해 있는 듯이 보이던 학생이었다. 어느 날 그는 내가 지나가는 말 비슷이 내 건강을 진단해달라고 요구하자, 대뜸 비타민 C가 부족하다고 사뭇 비장한 표정으로 선언을 했던 학생으로 그 후로 나는 그를 어느 정도 존경하게 되었다. 그는 비단 나 혼자뿐 아니고 온 집안의 건강 담당 카운슬러였다. 나는 그 갈색의 계집애가 이 안경 낀 대학생에게 비상한 관심을 가지고 있었음을 알고 있다. 걸핏하면 그녀는 아프다고 능청을 떨었고, 대학생은 그 밀실에 들어가 슈미즈 바람의 계집애에게 유혹을 당하곤 했다. 표본보다 더 현실적이요, 차가운 이지보다 더 뜨거운 계집애의 관능 앞에서 저 사내는 얼마만큼 진땀을 흘렸을까. 언젠가 그 계집애가 장난삼아 배가 아프다고 엄살해서 그 대학생을 당황하게 만든 것을 기억한다. 그때 그는 계집애의 몸과 맥을 짚어보더니, 옆에서 어리둥절해서 서 있는 내게 "임신입니다. 아저씨, 임신이에요"라고 쩔쩔매던 사내였는데, 그의 말이 맞았다면 그 계집애는 벌써 애어머니가 되어 있어야 했을 것이다. 엉터리. 그 자식도 엉터리인 것이다. 돌팔이 의사 후보생.

"우리 같은 선량한 사람을……"

그는 손마디를 꺾었다.

"이처럼 푸대접한다는 것은 너무한 일인데요."

작은 밀실에서 자기를 몽땅 털어놓고 나왔을 때 우리들 마음에 충만이 되는 것은, 파장이 되고 만 듯한 공허감과 엄청난 고독감이었다.

"글쎄 내게 그 여인과 한번 관계해본 적이 있는가 묻잖아요."

그는 분개한 듯이 침을 퉤퉤 뱉었다.

"그건 제게도 물었지요."

이번엔 머리가 까지고, 고등학교 수학 선생을 하고 있는 사내가 말을 받았다.

"그래 없다고 했더니 그걸 어떻게 보증하나, 그래도 최소한 관계는 하고야 싶었겠지 하고 웃는단 말이에요, 망할."

갑자기 나는 뜨거운 침을 꿀꺽 삼켰다. 그래, 관계야 맺고 싶었지. 시치미떼고 있지만 남자라면 모두 그랬을 게다. 그 작은 계집애의 슈미즈를 난폭하게 찢어내리고 유방을 이빨로 씹어버리며, 수천만 개의 세포로 깔깔거리는 계집애를 태워버리고도 싶었지. 우리 모두가 그랬다.

"그래서요?"

아무런 말도 하지 않고 있던 주인집 둘째아들이 물었다.

"그 질문에 무어라고 대답하셨습니까, 김선생?"

"에끼, 여보슈. 난 두 애와 마누라가 있는 몸이외다. 헛허허."

그는 난감한 표정으로 사람 좋은 웃음을 웃었다. 한 사람씩 묻는 심문이 끝나자 경찰측에서는 아낙네 축들을 미리 귀가시켜버렸다. 그녀들은 재재거리며 나가버렸고, 남은 축들은 다섯 명의 남자들뿐이었다.

"우리는……"

조명하는 사내가 하품을 했다.

"남아 있으랍니다. 아, 아."

　오후부터 잠시 끊겼던 비가 다시 뿌리고 있었다. 일요일의 서울 거리는 무참하게 던져진 채 비를 맞고 있었다. 머리가 까진 고등학교 선생은 심심풀이로 일본 군대에 있었던 얘기를 했고 우리들은 듣고 있거나 딴생각을 하고 있었다. 나는 창밖으로 끽끽거리며 달리는 전차를 보고 있었다. 전차에 탄 사람들과 내 시선이 마주 닿을 때도 있었지만 대부분 그들은 멍하니 흐르는 빗줄기를 바라보고 있었다. 나는 이제 너무 아프고, 또 아파서 감각을 잃어버리고 있었다.

　"오늘밤에 우리 방에 오지 않을라우? 내 문 따놓고 잘게. 뽀뽀 한번 해줘요. 깔깔."

　나는 수많은 밤을 그 계집애와 정사하는 꿈을 꾸었다. 이상하게도 그 정사는 정상적인 정사는 아니었고, 언제나 강간이었다. 나는 난폭하게 그 계집애의 모든 것을 갈가리 찢어버리는 것이었다. 내가 창녀집에 갔을 때, 진딧물의 꽁무니를 노리는 개미인 양 냄새나는 요강을 핥는 것처럼, 그 계집애의 몸에서는 평상시에도 어딘지 모르게 절박한 그 무엇이 번득이고 있었다. 말하자면 쌓고 조립하는 쾌감이 아니라, 빨랫줄에서 한 방울 두 방울이 낙수하듯 허물어져가는 썩은 향내가 물씬거리는 섹스였던 것이었다.

　"내가 알기로는……"

선생의 얘기는 계속되고 있었다.

"중국 여자애들이 최고요. 최고."

나는 마지막 남은 두 알의 진통제를 침으로 녹이었다. 진통제를
먹어서 조금도 차도가 있는 것은 아니었지만 나는 그것이라도 먹
어야 할 것 같았다. 기묘하게도 어제저녁부터 나는 줄곧 땀을 흘리
고 있었는데 누구 하나 그것을 물어준 사람은 없었다. 텔레비전을
켜고 볼륨을 죽였을 때 그 맥빠진 아나운서의 유희를 보듯, 우리
모두에게 칸막이가 쳐진 이 일요일 오후의 유리상태 속에서 아, 아,
망할 놈의 나는 도무지 남에게는 전염되지 않는 장티푸스를 혼자
서만 끙끙 앓고 있는 것이 아닌가.

오후 세시부터 다시 심문이 계속되었다. 나는 굉장한 땀을 흘리
며 그들 앞에 섰다.

"피차 편견은 제거되어야 합니다."

사복 입은 사내가 흰 이빨을 보였다.

"어제저녁, 우리가 알기로는 이서영씨와 죽은 여인과의 정사관
계가 사전 합의된 것으로 알고 있습니다. 다시 말하면 이서영씨는
죽은 여인과 한시쯤 정사를 나누리라 미리 약속이 되어 있었단 말
입니다."

"이런 말씀을 드려서 어떠실지는 모르겠습니다만 그런 따위의
얘기라면 토요일 저녁이면 누구나 흔히 나눌 수 있는 그런 음담패
설 같은 게 아닐까요?"

"피차 물론 편견은 제거되어야 합니다."

사내는 희게 웃었다. 나는 무언가 거대하고 신비로운 힘에 의해서 타의로 소용돌이 속으로 빠져들어가는 듯한 환각을 보았다. 사내는 다시 여인의 난행당한 성기에서 임균을 검출해냈다는 것과 그것은 이서영씨도 지금 현재 가지고 있는 것이라는 것, 이서영씨에게 몽유병이 있어 가끔 한밤중에 죽은 여인의 방 앞을 서성이는 것이 발견되었다는 것, 꿈이라는 것은 현실생활의 연장이요 내심의 세계가 녹을 벗기면 그런 무의식적인 증세로 돌출된다는 것 등을 미리 외워두었던 것처럼 분명하게 얘기했다. 나는 기묘한 충격을 받았다. 아주 재미있기도 해서 쿡쿡 웃을 뻔도 하였다. 또하나의 나의 부분이 나 아닌 그들에 의해서 질서 있게 정리되고, 껍질이 벗겨지고 있는 것이다. 저들의 얘기는 도대체 무엇을 의미하고 있는가. 내가 어떠한 위치에 서 있기를 바라는 것일까. 과연 저 얘기는 내가 범인이기를 바라는 의미일까. 아, 아, 내가 한 일이 있었다면 상상으로만 그 계집애를 강간했다는 것뿐이고 그것이 도대체 이 살인사건과 무슨 관련이 있는 것일까. 내 주머니 속에 얌전하게 접혀 있는 또하나의 내가 그럼 그 계집애를 죽였다는 것일까. 대한민국, 본의 아니게 나이만 서른 살 이상 먹어버린 사람들이 주머니 속에 으레 스페어로 가지고 다니는 또하나의 나. 열 걸음 이상은 군이 택시를 타고, 예쁜 영화배우에게 몹쓸 병을 옮겨놓고, 일류 레스토랑에서 점심을 먹는 또하나의 나. 햇볕 부서지는 밀림 속에서 방금 뛰쳐나온 듯한 싱싱하고 씩씩한 또하나의 내가, 그 통통한 계집애를 죽였다는 것은 사실일지도 모른다. 그를 자유롭게 하라. 친구여, 밤마다 휘발유로 때를 벗기고, 브러시로 먼지를 털고, 버릇이라고는 눈곱만치도 없어, 기분 나쁜 말을 하는 놈에겐 철권을 휘두르는, 또하나의 나를 사랑하라. 마음대로 그를 방목하여 그의 자존심에 조금도 금가지 않게 하라. 우리가 적어도 백원짜리를 내고 파고다 한 갑을 샀을 때 어처구니없게도 사백육십원을 거슬러 받았을 때와 같이 거리에서 벌어지고 있는 방화와 살인. 그것을 그의 책임으로만 돌리지 마라.

심문은 다섯시쯤 끝났다. 우리는 딱딱한 나무의자에 앉아서 뜨개질을 하고 있는 아낙네처럼 차디찬 콘크리트 바닥을 궁상맞게 바라보고 있었다. 꽤 오랜 시간이 경과한 끝에 조명 하는 사내와 학교 선생이 먼저 불려나갔고 그들은 "우린 먼저 갑니다. 뒤차로 오쇼"라고 껄껄거리며 사라져버렸다. 남은 세 사람은 무거운 여름옷을 윗단추까지 꼭꼭 채우고 도사리는 자세로 땀을 흘리고 있었다.

"결국엔 우리 세 명뿐이군."

주인집 둘째아들이 조용히 속삭였다. 나머지 대학생은 어디서 사왔는지 양갱을 얌전히 까서 먹고 있었다.

"이선생."

무슨 생각이 났는지, 주인집 아들이 침묵 끝에 은밀하게 나를 불렀다. 나는 그를 쳐다보았다.

"우리 여기서 나가지 않겠습니까?"

"나가다니요? 이런 말을 물어본다고 어떠실지 모르겠습니다만, 누가 우리를 내보내주기나 한답니까?"

"그러니까……"

그는 잠시 주위를 살폈다.

"도망가잔 말입니다. 이거 어디 사람이 할 노릇입니까?"

"……"

나는 잠시 망설였다.

"변소로 도망가는 길을 봐두었습니다. 아무래도 며칠 후면 진범이 잡힐 테고 전 그동안 마침 약간의 돈이 있으니, 남해지방으로 여행이나 떠날 텝니다."

"그럼 나는, 아니 당신도 모두 무죄란 말입니까? 죄송합니다."

나는 의아스러워 열쩍은 목소리로 얼빠진 소리를 냈다.

"이선생, 농담을 할 때가 아닙니다. 우린 지금 고놈의 망할 년 때문에 이렇게 무더운 여름날 오후에 욕을 보고 있는 것입니다. 학생은 어쩔 테요?"

"잡히지 않을까요?"

대학생은 겁먹은 소리로 말을 했다.

"나만 따라오면 안전해요. 설사 잡힌다고 해도 우리가 무슨 겁날 게 있습니까? 자 나갑시다."

그는 나를 돌아보았다. 그 눈에 어떤 우수와 비애 같은 것이 있었다. 나는 대학생을 쳐다보았다.

"이런 말 물어본다고 어떠실지 모르겠습니다만 학생은 어쩔 테요?"

"저도 도망갈 텝니다. 고향에 내려갈랍니다."

"난……"

나는 무언가 즐거운 마음이 들었다. 서른의 나이에 내가 배운 바로는 저들이 놓아준 자리에 박물관에 진열된 자기처럼 앉아 있어야만 된다는 확신, 그 순종하는 희열 같은 것에 나는 이미 친숙해져 있었던 것이다.

"난 그냥 있을랍니다. 난 아주 재미있어요. 내일이면 또 월요일 아닙니까? 선생들."

"그럼."

사내는 주위를 보았다. 수사계실엔 두어 사람들이 오가고 있을 뿐, 아무도 그들을 아랑곳하지 않았다.

"저희들은 갑니다. 안녕히 계십시오."

그들은 뒤도 안 보고 변소 쪽으로 사라져버렸다. 나는 그들이 가버린 방향을 한참이나 쳐다보았다. 장티푸스 예방주사는 끈질기게도 나를 괴롭히고 있었다. 아무래도 그놈의 예방주사는 맞지 않았어야 했다.

나는 갑자기 심한 고독을 느꼈다. 내 눈앞엔 홀로 죽어간 그 갈색의 계집애가 떠올랐고, 나는 그것이 나의, 우리의 책임인 것 같은 생각이 들었다. 그것은 실로 불쑥 일어난 느낌이었다.

　일요일 저녁. 차창으로 어둠이 몰려들어 차창에 맺힌 수많은 물방울들이 전등불을 받아 일순 반짝이기 시작했다. 나는 아버님 산소에 가려던 계획이 휴지 조각처럼 던져진 일요일의 절정에서 그들이 나를 부를 때까지 얌전하게 앉아 있을 계획이었다. 아침 한 끼밖에 안 먹은 배고픔과, 주사 덕분의 아픔 그리고 가슴을 저미는 듯한 고독감으로 나는 천천히 울고 있었다. 차라리 이만한 아픔이라면 아예 꾀병을 앓아버리는 게 나을 성싶다는 체념과 같이 차라리 이만한 고독과 슬픔 같은 것이라면 아예 그들에게 내가 범인이라고, 당신들이 원하는 것처럼 내가 범인이라고, 그 갈색의 계집애는 지금 우리 시대, 나이 서른 이상 먹은 자식들이라면 내가 아니더라도 누구든 망가뜨리고, 학대하고, 울리고, 때리고, 죽일 수 있는 여인이라고 고백하는 편이 더 홀가분하리라 생각들었다. 그러면 그들이 잘 해결해주리라 믿고 싶었다. 그래서 나는 어제 비 오는 토요일 밤 한시, 통통하고 귀여운 갈색 유방을 가진 계집애를 죽였노라고, 나 아닌 딴사람이 죽이기 전에 내가 먼저 죽여버렸노라 고백하리라 작정했다. 그러자 나는 무척 홀가분해졌다.

(1967)

술꾼

작은 아이의 머리가 술집 안으로 들이밀어졌다.

"안녕허세요."

그 작은 아이는 문가에 앉아 있는 술꾼들에게 알은체를 했다. 대부분의 술꾼들이 그를 발견하지 못했으나 그중 한 사내가 용케도 그를 보았다.

"보게. 이보게들, 저 녀석을 보게그려."

발견한 사내는 마침 떨어져가는 안주 접시 위에 풍요한 화제를 제공했다.

이미 막소주에 취한 술꾼들은 지글지글 타오르는 연탄불에 정신마저 아리숭 달아올라서 열린 문틈으로 찬 겨울 한기와 더불어 나타난 꼬마가 뭘 하는 녀석인가 알아보기엔 약간 힘이 들었다.

"저 녀석이 뭐란 말인가."

네댓 사람의 취한 눈길은 남루한 그 아이에게서 멎었다. 그 아이는 모두의 눈길이 자기에게 멎어주자, 당황해서 쓰레기통을 뒤지다 들킨 아이처럼 비실비실 별스러운 몸짓으로 물러나려 했다. 그 녀석은 지독하나 못생긴 녀석이었다.

머리는 기계총의 상흔으로 벽보판처럼 지저분했고, 중국식 소매에서 삐져나온 작은 손은 때에 절어 잘 닦은 탄피처럼 번들거렸다.

"얘야. 우리 한잔하지 않으련?"

처음 그 아이를 발견했던 사내가 술병을 들고 아이를 유혹했다.

"싫어요."

갑자기 아이는 울어버릴 듯이 강하게 부르짖었다.

"난 아바질 다리러 왔시요."

"알구 있다. 얘야."

여전히 그 사내가 말을 받았다.

"난 네가 아버질 모시러 온 줄 알고 있단다. 우리는 모든 것을 알고 있단다. 헛허허. 우리같이 큰 어른들은 환히 다 알고 있거든. 여보게들 그렇지 않나?"

사내가 어깨를 으쓱거리며 이 기묘한 아이에게 차츰 관심을 보이고 있는 친구들에게 동의를 구했다. 그러자 다른 한 친구가 도화역자의 얼치기 사기꾼 같은 웃음을 껄껄거리며 맞장구쳤다.

"그래 우리 나이쯤 되면은 모르는 게 없단다. 얘야, 너 이 지구가 왜 도는지 아니?"

"몰라요."

"술 먹으라고 돌아간단다. 애야, 잘 기억해둬라. 이 지구는 술
먹으라고 돌아간단다. 알아듣겠냐?"

"예."

"또하나 내 가르쳐줄까, 우리 똘똘아."

처음의 그 사내가 비틀거리며 그 아이를 내려다보았다.

"너 개가 왜 한 다리 들고 오줌 싸는 줄 아니?"

"건 알아요."

아이는 비굴하게 웃었다.

"두 다리 다 들면 넘어디디요."

"맞았다. 역시 넌 똘똘이야. 한번 가르쳐준 건 잊어먹지 않는 쫄
망포시란 말이다."

"너희 아버진 뭣 하는 어른이냐?"

다른 낯선 사내가 젓가락으로 빈대떡을 잘라내며 꼬마에게 물
었다.

"국승현이야요. 국승현."

갑자기 꼬마의 얼굴이 대백과사전 한 페이지처럼 충만하기 시
작했다. 그것은 마치 전진하는 인형 병정 같은 몸짓이었다.

"왜 아실 거야요. 눈 우엔 커다란 사마귀가 있시요. 몸에선 언제
나 양파 냄새가 나구, 뒷주머니엔 항상 마늘을 넣고 다녔시요. 그
리고 술만 먹으믄 항상 울곤 했댔시요."

"너희 아버진 왜 찾냐?"

말없이 술잔을 비우던, 염색한 미군 작업복을 입은 사내가 아이의 말을 막았다.

"아, 아."

아이는 순간 극적인 표정으로 허공을 쳐다보았다.

"오마니가 죽어가고 있시요."

그 아이는 어느새 훈기가 도는 술집 안으로 기어들어와 있었다. 지독하게 못생긴 아이의 얼굴 위로 삼십 촉짜리 전등 불빛이 그럴싸한 조명 역할을 했고, 연탄불 위로 타오르는 생선의 비릿한 연기는 술집 안을 연막탄 뿌린 것처럼 부옇게 탈색했다.

"좀 전에 피 토하는 걸 보구 막 뛰어나왔시요. 아바지는 날 보구 오마니가 죽게 되든 이 술집에서 술이나 퍼먹구 있갔으니, 이리로 오라구 했시요."

"너희 아버진⋯⋯"

처음에 그 아이를 발견한 사내가 담배꽁초에 불을 그어대며 공허하게 웃었다.

"갔다. 아암, 갔다니까."

"갔다구요? 그러면 어디로 간다고 했나요?"

"네가 오면 저쪽 평양집으로 보내달라구 했던가."

아이의 몸 구조는 스위스제 시계 부속처럼 생생하고 앙증스러웠다. 엉뚱하게도 US ARMY의 표지가 아이의 가슴팍에서 계급장처럼 반짝이고, 녀석의 얼굴은 비로드 색깔로 번들거렸다. 옷은 되는대로 껴입어서 마치 갑각류 곤충처럼 부자연스러워 보였다.

"나 폐양집으로 가갔시요."

그 아이는 약간 주춤거렸다. 마지막 잔을 비우고 술집을 떠나는 술꾼들에게서 흔히 볼 수 있는 우울한 고독 같은 것이 순간 아이의 얼굴에서 번득이었다. 그러자 처음에 그를 불렀던 사내가 빈 잔에 소주를 따르며 그 아이에게로 내어밀었다.

"한 잔만 하구 가렴, 우리 똘똘이."

"먹디 않갔시요. 난 아바질 찾아야 해요."

"네 아버진 그 술집에서 또 딴 술집으로 갔을지 모르잖니?"

"기래두 찾을 수 있시요. 밤새도록 찾아볼 테야요."

"그동안 늬 엄마가 죽어버려두?"

"아버지만 찾으믄 만사 오케야요. 울 아바진 아즈반들하구는 달라요. 아바진 술꾼이긴 하디만, 하려구만 하믄 못하는 게 없시요. 아, 구릴 가디구두 금을 만들었댔으니까요. 금 말이야요."

어느새 아이의 손은 허물 벗는 애벌레처럼 그 중국식 소매 속에서 슬그머니 솟아나와, 시장판 소매치기꾼들이 슬쩍해가듯 술잔을 들어 잽싸게 잔을 비웠다. 가득 채워져 있던 잔이었는데 아이는 요술 부리는 사람처럼 한 방울도 흘리지 않고 그것을 삼켰다. 작은 한 입에 그득히 채워진 충족감 때문인지 소년은 만족한 표정으로 깍두기를 집어들었다.

"담배두 필 테냐?"

"놀리디 마시라우요."

아이는 잠시 옷깃을 여미고 허리를 웅크리었다. 그는 마치 배면을 섬유질 같은 탄력성 있는 물질로 꽉 조였다가 일순에 뛰쳐나가려는 노련한 단거리선수처럼 매우 기민하고 민첩해 보였다.

"잊디 마세요. 우리 아버지 이름 말이야요. 국, 승, 현, 나중에 혹 술집에서 만나더라두 내가 술 먹더란 말 하디 마세요. 정말이야요."

압도당한 술꾼들은 멍하니 눈길로만 그를 전송했다. 새벽 잔영 같은 쓸쓸한 냉기가 그 아이의 얼굴을 순간 스치고 갔다. 술꾼들은 이제 너무 취해서 한 사람 한 사람 집을 저주하고, 마누랄 저주하고, 맏아들을 둘째아들을 저주하고, 생활을, 미래에 대한 희망을, 원수놈의 월급을, 도대체가 살아가는 그 자체를, 그리고 자기 자신을 저주하기 시작했다.

시장 골목으로 찬 겨울바람이 신문지를 날리면서 불어오고 있었다. 사막 위를 구르는 사진沙塵처럼 겨울바람은 얼굴 가득히 깔깔했다. 아이는 주머니에 손을 찌르고 무어라고 중얼거리며 걷고 있었다. 벌써 해질녘부터 다섯 집을 들렀고, 그는 덕분에 최소한 일곱 잔은 넘어 들이켠 셈이었다. 그는 그동안 여러 종류의 술을 들이켰다. 막소주도 들이켰고, 부우연 막걸리도, 그리고 약주도 들이켠 것이었다. 그만하면 목구멍으로 헛헛한 온기가 올라오고, 삶이 머리에서부터 어딘가로 이전해버리기엔 충분히 마신 셈이었으나 아이는 아직도 공복상태처럼 부족했다. 아버지를 찾을 때까지 아직도 대여섯 잔은 더 마실 수 있을 것이었다.

시장 끝에서부터 끝까지 바람은 매웠다. 겨울은 도처에서 낄낄거리고 있었다. 하늘로는 가등街燈이 투명하게 빛나고 있었고, 어디선가 고양이가 울었다. 철수한 시장가엔 낡은 차일막이 바람에 펄럭이며 아이의 얼굴을 유령처럼 스치곤 했다. 고맙게도 술기가 인화되어서 아이의 작은 몸은 스위치가 잘 듣는 전기풍로처럼 달아오르기 시작했다.

'아, 아, 이 망할 놈의 머리통.'

순간 아이는 제 머리통이 제 몸에 비해서 엄청나게 무거운 듯한 생각이 들었다. 자기로서는 주체할 수 없는 머리통을 노상 이고 다녀야 한다는 사실이 갑자기 억울해졌다.

시장 끝에 평양집이 있었다. 빈 시장길로 평양집에서 내비친 다디단 불빛이 투영되고 있었다. 아이는 숨을 죽이고 유리창 너머로 낯익은 얼굴이 있는가 없는가를 들여다보았다. 낯익은 얼굴이 없다면 술도 더 마실 수 없을 테고 아버지도 만날 수 없을 테니까.

다행히도 낯익은 얼굴 두 명이 술잔을 기울이고 앉아 있는 것이 보였다. 아이는 돋움했던 발을 꺾고 바람 부는 한데에서 잠시 자신을 저주하기 시작했다.

'망할 놈의 술이다.'

익숙하고 노련한 술꾼들이 누구나 그러하듯 이번 기회로 한번쯤 절제하리라 작정했을 때, 갑자기 어정쩡해지고 늙어 뵈는 것처럼 순간적인 절망, 슬픔, 비애가 아이의 작은 얼굴을 우울하게 스쳐지나갔다. 그러나 술집 창문 너머 탁자 위 투명한 유리컵이 빛나고, 껄껄거리는 술꾼들의 떠들썩한 농지거리가 들려오자, 아이의 못생긴 얼굴은 놀라울 정도로 변화하였다. 참회를 하는 죄수처럼 비장한 표정으로 그는 천천히 술집 문을 잡았다. 그의 손에 익은 문고리였다.

"안녕허세요."

아이는 고개만을 들이밀고 엿보는 식의 인사를 했다. 그러나 아무도 그를 쳐다보지 않았고 술집 작부만이 그를 쳐다보았을 뿐이었다.

"얘, 늬 아버진 갔어."

"……"

"과붓집으로 갔단다."

아이는 막연하게 그녀를 올려다보았다.

"증말이란다. 얘."

그제서야 안쪽에 앉았던 술꾼들이 그 아이를 발견했다. 구레나룻 기른 사내가 껄껄거리며 웃었다. 술만 취하면 그는 늘 웃었다. 제 여편네가 피난통에 총알 맞아 배에 공기구멍이 휑하니 나서 죽어버렸다는 얘기를 하면서도 웃었고, 자기는 이제 혼자 살아갈 수밖에 없다면서도 웃었다. 나이 오십 되기 전에 자살하겠다면서도 웃었다. 도대체가 그 사내는 웃는 것밖에 모르는 모양이었다. 그는 역에 숨어들어가 연탄을 훔쳐 빼돌리는 것으로 직업을 삼았었는데, 한번은 감시원에게 걸려 얼굴 형태가 바꾸어지도록 맞았는데도, 연신 헛허허 웃으며 입이 부었으면 코로 술을 먹지 하면서 술을 마시던, 좀 모자란 사람 같기도 하고 품이 넉넉하게 남아돌아가게 보이기도 하는 별스러운 사람이었다. 어쨌든 그들이 얼굴을 분별 못하도록 취하기 전에 자기를 발견해주었다는 것은 아이에겐 너무나 고마운 일이었다.

"여보게, 난 조만한 애새끼를 보면 칼칼칼, 우리 죽은 애새끼 생각이 나서 말이야, 칼칼칼. 꼭 조만한 새끼였는데 말이야, 칼칼칼. 날 닮아서 잘생기구 영리한 영악쟁이였는데 말이야, 칼칼칼. 크면 한자리할 만한 새끼였는데 말이야, 칼칼칼."

그 사람과 비교하면 또 한 사내는 아주 달랐다. 그는 술만 취하면 벙어리처럼 말이 없었다. 걷어올린 팔뚝에 문신이 거뭇거뭇한 사내로, 말없이 가만히 앉아 있다 나이프를 던지곤 했다. 아이는 그 사내의 웃음을 꼭 한 번 본 일이 있었다. 언젠가 이 평양집의 문을 열고 안녕허세요 하며 인사를 했던 순간 부웅 하고 무엇이 날랜 생선비늘처럼 공기를 가르며 자기 얼굴을 지나, 자기 머리하고는 한 뼘도 떨어지지 않은 문설주에 꽂힌 것을 아이는 보았다. 그것은 그의 나이프였다. 전쟁에서 잃은 그의 오른손의 분신이었던 것이다.

"봐라. 이 꼬마야."

그때 그 사내는 앉은자리에서 외쳤었다.

"내 오른손을 봐라. 얼마나 날카롭고 날랜지를……"

그리고 그는 거품을 흘리는 희한한 웃음을 웃었다. 그것이 바로 그 웃음이었다.

그의 직업은 나무 인형을 깎는 일이었다. 아이는 그 사내가 왼손으로만 병정인형 깎는 것을 본 적이 있었다. 움막 밖으로 따가운 햇살이 이글거리던 성하盛夏의 지난여름 한낮 벌거벗고 인형을 깎던 그는 갑자기 나이프를 들어 먼 나무 벽을 향해 던지곤 했다. 지금도 아이는 유치하게 그려진 남자의 성기 위로 혹은 심장 위로, 번득이며 달리던 나이프의 금속성 소리 그것이 허공을 가르며 나무판자 벽을 뚫었을 때의 견고하고 건조한 음향, 열린 문틈으로 내다뵈는 한낮의 중유처럼 뜨거운 땡볕, 미칠 듯한 땀냄새 들로 하여 무언가 숨이 막히고 막연한 적의가 끓어오르던 그 여름을 생생하게 기억하고 있다.

하지만 그 사내가 그때 아이에게 낮은 목소리로 친근하게, 꼬마야 저 칼 좀 떼어온, 했다고 해도 아이는 그 사내가 자기를 좋아하고 있지 않다는 것을 잘 알고 있었다. 아이를 바라볼 때마다 사내의 눈에선 노골적인 경멸이 번득이었다. 얼마 전 아이가 길을 지나가고 있을 때, 사내가 그의 일터에서 고개를 내밀고, 작은 목소리로 아이를 유인했다. 그의 손엔 술병이 들려 있었고 그는 벌써 흠

뻑 취해 있었다.

"애. 우리 한잔하지 않으련. 해장술 말이다."

아이가 해죽이 웃으며 방심한 채 그 움집에 막 들어섰을 때였다. 갑자기 한 팔만 남은 사내의 왼손이 아이의 목을 조르기 시작했다. 사내의 왼손이 무서운 기세로 계속 목을 졸라오자, 아이는 혼신을 다해서 사내의 왼손을 이빨로 물어뜯었다. 그리고 사내의 손이 느슨해진 틈을 타서 큰길로 뛰쳐나갔는데, 그때 아이는 자기도 모르게 바보처럼 울고 있었던 것이다. 그후 잠시 그들은 술집에서 마주치지 못했었다. 그런데 오늘 그 일이 있은 이후 처음 상면한 것이었다.

"난 울 아바지 찾으러 왔시요."

아이의 기어들어가는 목소리는 외팔이 쪽은 보지 않고 구레나룻을 건너다보며 말했다.

"봤어, 캴캴캴, 조금 전에 내가 봤어. 그것뿐인 줄 아니? 캴캴캴, 같이 술도 마셨는걸. 캴캴캴."

"오마니가, 오마니가."

아이는 목이 멘 소리로 손짓을 했다.

"죽어가구 있시요. 피 토하는 걸 보구 막 나왔시요."

아이는 주춤주춤 탁자 쪽으로 다가갔다. 그의 작고 긴 눈은 확확 달아오른 술기운에 잔뜩 충혈되어 있었고, 눈곱이 끼기 시작했다. 탁자 위엔 투명한 막소주가 놓여 있었다. 새로 마개를 딴 꼭지까지 차 있는 술병이었다.

아이는 그 소주의 맛을 알고 있었다. 이제 한 잔 더 마신 후에 자기가 어떻게 되리라는 것도 잘 알고 있었다.

그 막소주 한 잔이 항상 미만未滿의 입안을 윤택하게 적실 때, 그는 자기의 생명이 어떻게 밀도를 더해나가는가도 잘 알고 있었다.

그는 긴 걸상 끄트머리에 앉았다. 구레나룻은 긴 하품을 입에 가득히 베어물며 기지개를 켰다.

"너희 아버진 오늘밤 찾을 수 없을 게다."

"찾을 수 있시요."

그는 단호하게 단정을 내렸다.

"컬컬컬, 그래 오늘 못 찾으면 내일 찾아도 되지 않느냐?"

"아니야요. 오늘 안으로 찾아내야 해요. 오마니가 죽어가구 있시요. 방금 피 토하는 걸 보구 막 뛔나왔시요. 입으로 뻘건 피를 토하고 누워서 가느다란 목소리루 날더러 아버지를 찾아오라구 했시요. 아바지만 찾으믄 오마니는 나을 수 있시요."

아이는 가장 알맞은 기회를 잡아 제멋대로 탁자 위의 술잔을 들었다. 그리고 날렵하게 입안에 털어넣었다.

"아바진 술꾼이긴 하지만 아즈반하구는 달라요. 아, 구리 가디 구두 금을 만들었으니까요. 금 말이야요."

그 한 잔의 술이 그를 자유롭게 했다. 헤어질 때 들이켜는 마지막 술처럼 그 한 잔의 새로운 술은 그를 기쁘게 했다. 그는 젓갈을 들고 탁자를 두들기며 노래를 부르기 시작했다.

옛날 옛날 옛적에 예쁜 딸 가진 사람이 살고 있었도다.
동리방천 언덕에 광고 냈도다.
술 잘 먹고 노래 잘하는 사윗감이면
이리로 와서 시험해보아라.

구레나룻은 별로 놀란 기색도 없이 수염 속에서 종이 먹는 양처럼 소리없이 웃었다. 다른 사내는 어안魚眼 같은 눈으로 술집 안 천장만을 노려보고 있었다. 누가 방해만 하지 않는다면 그는 며칠이고 그렇게 앉아 있을 것 같았다. 아이는 기회를 보아 손을 뻗쳐 술병을 집어 다시 술을 따랐다.

"울 아바진 술만 먹으믄 항상 울었댔시요."

아무도 그의 말을 듣지 않았다. 구레나룻마저 이젠 웃지 않았다. 어디선가 밤고양이가 울었고 피로와 슬픔이 천장에서부터 무겁게 내려앉았다. 아이는 자기가 따른 술잔을 들어 눈치를 보아가며 조금씩 혀끝으로 핥았다. 술집 작부는 담배를 피우며 가끔 이쪽을 쳐다보았고, 기묘한 구성을 이루고 있는 세 사람을 훑어보았다. 이제 아이는 홍당무처럼 상기되고 딸꾹질을 시작했다.

"내 재미있는 문제 하나 낼라요. 왜 개가 오줌을 눌 때 한 다리들고 누는 줄 알아요?"

"모른다."

"두 다리 다 들면 넘어디잖아요. 피걱."

술은 이제 그의 온몸을 취하게 하고 아이는 지극히 만족한 상태로 술의 유희를 지켜보고 있었다. 그의 눈앞으로 모든 것이 스쳐지나가기 시작했다. 그는 다시 젓갈을 들어 탁자를 치며 되지못한 노래를 부르기 시작했다.

어느 날 달밤에 대머리 까진 총각이 찾아왔도다.

깡깡 깡깡이 너의 깡깽이 소리는 듣기는 좋으나

너의 인물이 못나서 나는 싫도다.

파장이 다가온 술집 한구석에서 탁자를 두드리며 술을 마시는 꼬마의 체구는 비록 작긴 했지만 그의 몸짓 하나하나는 노련했고 또한 자기 몫을 다해나가겠다는 듯한 기묘한 냄새를 풍기고 있었다.

아이는 노래 부르기를 끝마치고 조용히 혀를 길게 내밀어 담뱃불을 끄기 시작했다. 따가운 담뱃불은 그의 혓바닥에서 예민한 소리를 내가며 꺼졌고, 그는 마치 요술 부리는 곡마단의 소년처럼 보였다.

그때였다. 갑자기 사내가 잠에서 깨어난 듯 흠칫하며 나이프를 꺼내들었다. 그리고 눈 깜짝할 사이에 그 나이프가 아이의 목을 겨누었다. 아이는 멍하니 그를 올려다보았다. 사내의 눈이 병적으로 빛나고 있었으며 말린 입술 아래로는 흰 웃음이 무기미하게 빛나고 있었다.

"요 술주정뱅이 꼬마 자식아."

사내는 짖었다.

"내 널 편하게 죽여주마."

아이는 무어라고 항거하려 했으나 혀를 놀리는 것이 쓸데없는 짓임을 알았다.

"꼼짝 마라, 이 꼬마야."

그의 왼손 안에서 번쩍이는 나이프는 그 아이의 목을 노리고 있었다. 아이는 목 근처에 가벼운 통증이 오는 것을 느꼈었고 그는 안이한 생명의 탄식 소리를 들었다.

'망할 놈의 목이다.'

사내의 손이 출발을 알리는 체육 교사의 그것처럼 잔뜩 추켜졌다. 그의 손아귀에서 칼날은 작은 새처럼 불꽃이 튀었다. 그리고 그 칼은 순간 허공을 그어내렸다. 아이는 공기와 마찰하는 가벼운 소리와 함께 부싯돌을 긋는 것 같은 찰나적인 섬광이 그의 손에서 번쩍이는 것을 보았다. 그리고 그 사내의 손이 제 가슴을 찌르고 탁자 앞으로 꼬꾸라지는 것을 보았다. 아이는 총알처럼 술집에서 퉁겨져나왔다.

'바보 같은 자식이다.'

거리는 어두웠다. 구석구석에서 바람이 불고 하늘은 납색으로
투명했다. 그 추위는 아이에겐 굉장히 익숙한 것이었다. 언제나 어
디서나 그는 이 추위를 이겨내야 했다.

시장 거리는 이미 텅 비어 있었다. 그의 코밑으로 수증기처럼
하얀 콧김이 새어나와 어둠으로 녹아 사라지곤 했다. 딸꾹질은 아
직 멎지 않았고, 그는 다행히도 아직 죽지 않았다. 술은 여느 때보
다 많이 마신 셈이나 그렇다고 지나친 것은 아니었다. 그는 차가운
벽 앞에 붙어 단추를 끌렀다. 되는대로 껴입고 있었기 때문에 그의
보온기保溫器를 찾기엔 힘이 들었다. 그는 오줌을 누며 기어드는 듯
한 목소리로 노래를 부르기 시작했다.

어느 날 달밤에 대머리 까진 총각이 찾아왔도다.
깡깡 깡깡이 너의 깡깽이 소리는 듣기는 좋으나
너의 인물 못나서 나는 싫도다.

그는 자기가 갈 곳이 어딘가를 잘 알고 있었다. 아무리 취해도
그는 자기의 노정路程을 잊어버린 적이 없었다.

'오마니가 죽어가고 있는데 아바지는 뭘 하고 있을까.'

그는 검은 물감을 풀어놓은 듯한 하늘을 쳐다보았다. 아버지를
찾을 희망은 없었지만 그렇다고 아이는 마지막 보루를 포기할 수
는 없었다.

그는 비틀대며 걷기 시작했다. 시장 거리 끝에서 술 취한 주정뱅이 하나가 길바닥에 몸을 누인 채 자고 있었다. 아이는 천천히 그리로 다가가 주정뱅이의 얼굴을 살폈다. 아이는 그 사내의 주머니를 뒤지기 시작했다. 아이는 이 사내가 날이 밝기 전에 동사해버릴 것이라고 생각하며 거리낌없이 그 작업을 계속했다. 주머니는 비어 있었다. 꽁초 몇 개와 먹다 남긴 북어가 왼쪽 주머니에서 나왔고 오른쪽 주머니에서는 전차표 두 장이 나왔을 뿐이었다.

아이는 이번엔 속주머니를 뒤지기 시작했다. 지폐의 감촉이 손끝에 느껴지자, 아이는 거친 호흡을 해가며 두 장의 지폐를 끄집어내었다. 그는 그것을 손에 든 채 다시 걷기 시작했다. 그의 가슴은 술을 더 마실 수 있으리라는 기대로 뛰기 시작했다. 그는 이 두 장의 지폐로 막소주 두 잔쯤은 더 마실 수 있으리라는 것을 알고 있었다. 그리고 비굴하지 않게 떳떳이 홀로 마시는 막소주 두 잔이 자기를 어떻게 만드리라는 것도 잘 알고 있었다. 아픔도 없이 날갯죽지가 양 옆구리에서부터 돋아나와, 자기를 새처럼 가볍게 하리라는 것도 알고 있었다.

아이는 늦게까지 문을 여는 술집을 알고 있었다. 하지만 아무리 늦게까지 문을 연다고 해도 지금은 거의 닫을 시간이므로 그는 뛰기 시작했다. 아이의 발소리는 언 땅 가득히 울려퍼졌다. 그가 기대했던 술집은 이미 문이 닫혀 있었다.

그는 불 꺼진 술집 문 앞에서 고양이처럼 숨을 죽이고 문틈으로 새어나오는 술내를 맡았다. 바람이 그의 머리칼을 날리고 그는 허리를 웅크리었다. 그는 잠시 자기가 취할 행동을 생각하다가 이윽고 결심했다는 듯 유리창을 두드리기 시작했다. 유리창은 얼음장 깨지는 소리를 냈다. 유리창엔 하얀 성에가 꽃무늬처럼 피어 있었다. 아이는 얼마만큼 두드리다가는 귀를 기울이고 얼마만큼 두드리다가는 귀를 기울이곤 했다. 그가 귀를 기울일 때마다 아득히 먼 곳 차가운 바람 소리가 들려왔다. 한참 후에 안에서 인기척이 나고 드디어는 사람 하나가 창 앞으로 다가왔다. 안쪽의 사람은 성에를 닦기 시작했다. 좀 후엔 동전닢만한 구멍이 뚫렸고 그 구멍으로 시선 하나가 다가왔다.

"안녕허세요."

아이는 공손히 인사를 했다. 그러자 봉창문이 열리고 머리를 풀어헤친 작부가 나타났다.

"없대두. 너희 애빈 안 왔다니까."

"알구 있시요."

아이는 추워하면서 두 손을 마주 비볐다.

"그런 것쯤은 알구 있시요."

"그럼 뭣 땜에 잠도 안 자고 이러지?"

"아바진 이제 필요 없시요."

소년은 짧게 그러나 분명하게 단정을 내렸다. 그리고는 얼굴의 근육을 움직였으나 그것은 우는 것처럼 뒤틀리었다. 그는 석양을 향해 우는 거위처럼 목 쉰 소리를 냈다.

"아주머니. 나 술, 술 마시러 왔시요."

그는 자기 말을 믿어달라는 듯 애원하는 시선을 보냈다.

"……이애가 미쳤나?"

"딱 두 잔만 먹갔시요. 돈두 있시요."

아이는 여인 앞에 지폐 두 장을 내어 보였다.

"정말이지 취하고 싶어요. 내 주량은 내가 잘 알고 있시요. 두 잔만, 딱 두 잔 더 먹으믄 꿈도 없이 잘 잘 수 있갔시요. 지금 이 정도에서 그치면 안 먹은 것보담 더 못하구, 잠두 잘 오딜 않으니끼니."

아이는 민물고기처럼 웃었다. 주방의 불빛이 쓸쓸히 한줌 그의 얼굴에 비끼고 있었다. 여인은 잠시 생각해보는 얼굴이더니 그런 여인들에게서 흔히 보이는 갑작스런 몸짓으로 문을 열어주었다. 아이는 비실비실 술집 안으로 들어섰고 여인은 하품을 해가며 주방으로 걸어가 술병을 날라왔다.

아이는 한기가 도는 탁자에 주저앉았다. 그녀는 술병을 들고 아이에게 술을 따라주었다. 아이는 석유내 나는 막소주잔을 앞에 놓고 잠시 숨을 가누었다. 어두운 불빛 속에서 술잔을 마주하고 앉은 소년의 모습은 어딘지 모르게 엄숙해 보이기도 했다. 그가 단정하게 앉아 손을 들어 술잔을 쥘 때마다 불빛이 하얗게 불나방 비늘처럼 흩어져서 그는 마치 파종을 하는 소년처럼 보였다. 한 잔이 다 비워지자 그는 가볍게 손끝으로 탁자를 두들기었고, 그녀는 술병을 들어 인심 후하게 가득 따라주었다.

"우리 아바진 술만 먹으믄 울었시요. 기리티만 난 보다시피 울 딘 않아요."

방안에서 어린애 우는 소리가 났다. 그러나 여인은 내버려두었다. 어린애는 제풀에 울다 그쳐버릴 것이다. 그는 수전증에 걸린 사람처럼 떨리는 손으로 다시 잔을 들어 마셨다. 그것은 매우 짧은 환희였다. 아이는 천천히 일어섰다.

"아주마니. 내가 클 때까지만 죽디 말라요. 그저 이 꽉 물구 참아보라요."

아이는 문간에서 고개를 숙였다. 여인은 문을 닫으며 큰 소리로 무어라고 소리쳤다.

"잘 가거라. 그리고 다신 오지 말아라."

아이는 이제 태엽 풀린 인형처럼 걷고 있었다. 그는 자기가 갈 곳을 잘 알고 있었다. 그는 언덕길로 접어들었다. 무너진 집더미가 어둠 속에 짐승처럼 서 있었다. 거기서 밤고양이가 울었다. 언제든 그 고양이는 이맘쯤이면 불도 없는 폐허에서, 녹슨 철근이 하늘을 그물처럼 엮고 있는 그 폐허에서 울었다.

언덕 위 바람은 한층 더 매서웠다. 그는 주머니에 손을 찌른 채 언덕길을 오르고 있었다.

언덕 위에 고아원이 서 있었다. 불도 꺼져 있었고 이제 아이들은 작은 공처럼 될 수 있는 한 추위를 막으려고 몸을 웅크리고 잠들어 있을 것이다. 어떤 녀석은 이를 갈고 자고 있을 테고 다른 녀석은 밤마다 그러하듯 어둠이 무섭다고 칭얼대고 있을 것이다.

'아, 아, 이 어두운 밤 아버지는 정말 어디에 있는 것일까.'

그는 잠시 비틀거렸다. 허나 술에 취했다고 해서 자기가 빠져나온 철조망 개구멍이 어디에 있을까 잊어버린 그는 아니었다.

그는 잠시 비로드 색깔로 빛나는 어둠 속에서 보모에게 들키지 않고 체온이 아직 남아 있을 침구 속으로 어떻게 무사히 기어들어갈 수 있을까 걱정을 했다. 허나 그는 술 취한 사람 특유의 자기 나름식 안이한 낙관에 자신을 맡겨버렸다.

언덕 아래에서 차가운 먼지 냄새 섞인 바람이 불어왔다. 그는 사냥개처럼 그 냄새를 맡으며 이를 악물고, 내일은 틀림없이 아버지를 찾을 수 있을 것이라고 단정했다.

(1970)

타인의 방

그는 방금 거리에서 돌아왔다. 너무 피로해서 쓰러져버릴 것 같았다. 그는 아파트 계단을 천천히 올라서 자기 방까지 왔다. 그는 운수 좋게도 방까지 오는 동안 아무도 만나지 못했고 아파트 복도에도 사람은 없었다. 어디선가 시금치 끓이는 냄새가 나고 있었다. 그는 방문을 더듬어 문 앞에 프레스라고 쓰여진 신문 투입구 안쪽의 초인종을 가볍게 두어 번 눌렀다. 그리고 이미 갈라진 혓바닥에 아린 감각만을 주어오던 담배꽁초를 잘 닦아 반들거리는 복도에 던져버렸다. 그는 아주 참을성 있게 기다리고 있었다. 그의 아내가 문을 열어주기를. 문을 열고 다소 호들갑을 떨며 눈을 동그랗게 뜨고 자기를 맞아주기를. 그러나 귀를 기울이고 마지막 남은 담배에 불을 댕기었는데도 안쪽에서는 소식이 없었다. 그는 다시 그 작은 철제 아가리 속에 손을 넣어 탄력감 있는 초인종을 신경질적으로 누르기 시작했다. 손끝에 가벼운 경련이 일었다. 그리고 그는 또 기다리기 시작했다.

처음에 그는 초인종이 고장난 것이 아닐까 하는 의심도 들었다. 그러나 그가 초인종을 누를 때마다 아득한 저쪽에서 희미한 소리가 반향되어오는 것을 꿈결처럼 듣고 있었기 때문에, 필시 그의 아내가 지금쯤 혼자서 술이나 먹고, 그러고는 발가벗은 채 곯아떨어졌을 것이라고 단정했다.

나는 잠이 들어버리면 귀신이 잡아가도 몰라요.

아내는 그것이 자기의 장점인 것처럼 자랑하고 있다. 그래서 그는 분노를 느끼며 숫제 오 분 동안이나 초인종에 손을 밀착시키고 방 저편에서 둔하게 벨소리가 계속 울리고 있는 것을 초조하게 느끼고 있었다. 물론 그의 집 열쇠는 두 개로, 하나는 아내가 가지고 있고 또하나는 그가 그의 열쇠 꾸러미 속에 포함시켜서 가지고 있는 것이다. 원하기만 한다면 그는 자기 자신의 열쇠로 문을 열 수 있을 것이었다. 그러나 그는 어느 편이냐 하면 그런 면엔 엄격해서 소위 문을 열어주는 것은 아내 된 도리이며, 적어도 아내가 문을 열어준 후에 들어가는 것이 남편의 권리가 아니겠느냐는 생각을 고수하고 있는 편이었다.

그래서 그는 이번엔 주먹으로 문을 두드리기 시작했다. 처음에는 천천히 두드렸지만 나중에는 거의 부숴버릴 듯이 문을 쾅쾅 두들겨대고 있었다. 온 낭하가 쩡쩡 울리고 어디선가 잠을 깬 듯한 어린아이의 울음소리가 들려왔다. 그러자 아파트 복도 저쪽 편의 문이 열리고, 파자마를 입은 사내가 이쪽을 기웃거리며 내다보았는데 그것은 그 사람 한 사람뿐만이 아니었다. 왜냐하면 그는 남의 시선을 개의치 않고 문을 두드리고 있었기 때문에, 그 사람뿐만 아니라, 다른 집의 사람들도 문을 열고 조심스럽게, 그러나 사뭇 경계하는 듯한 숫돌 같은 얼굴을 하고 이쪽을 노려보고 있었다.

"여보세요."

마침내 그를 유심히 보고 있던 여인이 나무라는 목소리로 말을 꺼냈다.

"그 집에 무슨 볼일이 있으세요?"

"아닙니다."

그는 피로했으나 상냥하게 웃으면서 그러나 문을 두드리는 것을 계속하면서 말을 했다.

"그 집엔 아무도 안 계신 모양인데 혹 무슨 수금 관계로 오셨나요?"

그는 그를 수금사원으로 착각케 한 여행용 가방을 추켜들며 적당히 웃었다.

"그런 일로 온 게 아닙니다."

"여보시오."

이번엔 파자마를 입은 사내가 손마디를 꺾으면서 슬리퍼를 치륵치륵 끌며 다가왔다.

"벌써부터 두드린 모양인데 아무도 없는 것 같소. 그러니 그냥 가시오. 덕분에 우리집 애가 깨었소."

"미안합니다."

그는 정중하게 사과를 하였다. 하지만 그는 더러워서 정말 더러워서, 침이라도 뱉을 심산이었다.

"사실은 말입니다."

그는 방귀를 뀌다 들킨 사람처럼 무안해하면서 주머니를 뒤져 열쇠 꾸러미를 꺼냈다. 그리고 그는 익숙하게 짤랑이는 대여섯 개의 열쇠 중에서 아파트 열쇠를 손의 감촉만으로 잡아들었다.

"전 이 집의 주인입니다."

"뭐라구요?"

여인이 의심스럽게 그를 노려보면서 높은 음을 발했다.

"당신이 그 집 주인이라구요?"

"그런데요."

그는 대답하였다. 그러자 여인은 고개를 갸우뚱거렸다.

"아니 뭐 의심나는 것이라도 있습니까?"

"여보시오."

아무래도 사내가 확인을 해야 마음놓겠다는 듯 다가왔다. 사내는 키가 굉장히 큰 거인이었으므로 그는 사내를 올려다보았다.

"우리는 이 아파트에 거의 삼 년 동안 살아왔지만 당신 같은 사람을 본 적이 없소."

"아니 뭐라구요?"

그는 튀어오를 듯한 분노 속에서 신음소리를 발했다.

"당신이 나를 한 번도 본 적이 없다고 해서 그래 이 집 주인을 당신 멋대로 도둑놈이나 강도로 취급한다는 말입니까? 나두 이 집에서 삼 년을 살아왔소. 그런데두 당신 얼굴은 오늘 처음 보오. 그렇다면 당신도 마땅히 의심받아야 할 사람이 아니겠소?"

그는 화가 나서 고래고래 소리를 질렀다.

"어쨌든."

사내는 집요하게 물고늘어졌다.

"당신을 의심하는 것은 안됐지만 우리 입장도 생각해주시오."

"그건 나두 마찬가지라니깐."

그는 화가 나서 투덜거리면서 열쇠구멍에 열쇠를 들이밀었다. 문은 소리없이 열렸다.

"정 못 믿겠으면 따라 들어오시오. 증거를 뵈주겠소."

그는 안으로 들어섰다. 집안은 캄캄하였다.

"여보!"

그는 구두를 벗고, 스위치를 찾으려고 벽을 더듬거리면서 분노에 차서 소리를 질렀다. 하지만 집안은 어두웠고 아무도 대답하질 않았다. 제기랄. 그는 너무 피로해서 통통 부은 다리를 질질 끌며 간신히 벽면의 스위치를 찾아내었고, 그것을 힘껏 올려붙였다. 접속이 나쁜 형광등이 서너 번 채집병 속의 곤충처럼 껌벅거리다가는 켜졌다. 불은 너무 갑자기 들어온 기분이어서, 그는 잠시 동안 낯선 곳에 들어선 사람처럼 어리둥절하게 서 있었다. 그때 그는 아직도 문밖에서 사내가 의심스럽게 자기를 쳐다보고 있는 것을 보았고, 그는 조금 어처구니없어서 문을 쾅 닫아버렸다. 그때 그는 화장대 거울 아래 무슨 종이가 놓여 있는 것을 발견하였고, 그래서 그는 힘들여 경대 앞까지 가서 그 종이를 주워들었다.

여보, 오늘 아침 전보가 왔는데, 친정 아버지가 위독하시다는 거예요. 잠깐 다녀오겠어요. 당신은 피로하실 테니 제가 출장 갔다고 잘 말씀드리겠어요. 편히 쉬세요. 밥상은 부엌에 차려놨어요.

당신의 아내가.

그는 울분에 차서 한숨을 쉬면서, 발소리를 쿵쿵 내면서, 한없이 잠겨들어가는 피로를 느끼면서, 코트를 벗고 넥타이를 풀고, 와이셔츠를 벗는 일관작업을 매우 천천히 계속하였으며 그러고는 거의 경직이 되어 뻣뻣한 다리를, 접는 나이프처럼 굽혀 바지를 벗고 그것을 아주 화를 내면서 옷장 속에 걸었다. 그때 그는 거울 속에서 주름살을 잔뜩 그린 늙수그레한 남자를 발견했고, 그는 공연히 거울 속의 자기를 향해 맹렬한 욕을 퍼붓기 시작했다.
제기랄, 겨우 돌아왔어. 제기랄, 그런데 아무도 없다니.
그는 심한 고독을 느꼈다. 그는 벌거벗은 채, 스팀 기운이 새어나갈 틈이 없어 후텁지근한 거실을, 잠시 철책에 갇힌 짐승처럼 신음을 해가면서 거닐었다. 가구들은 며칠 전하고 같았으며 조금도 바뀌지 않은 것처럼 보였다. 트랜지스터는 끄지 않고 나간 탓에 윙윙거리고 있었다. 그는 그것을 껐다. 아내의 옷이 침실에 너저분하게 깔려 있었고, 구멍난 스타킹이 소파 위에 누워 있었다. 다리 안쪽을 조이는 고무줄이 탁자 위에 놓여 있었다. 루주 뚜껑이 열린 채 뒹굴고 있었다.

그는 우선 배가 고팠으므로 부엌 쪽으로 갔는데, 상 위에는 밥 대신 빵 몇 조각이 굳어서 종이처럼 딱딱해져 있었다. 그는 무슨 고무를 씹는 기분으로 차고 축축한 음식물을 삼켰다.

이건 좀 너무한 편인걸.

그는 쉴새없이 투덜거렸다. 그는 마땅히 더운 음식으로 대접을 받았어야 했다. 그뿐인가. 정리된 실내에서 파이프를 피워물고, 음악을 들어야 했을 것이다. 하지만 그는 운수 나쁘게도 오늘밤 혼자인 것이다.

그는 신문을 보려고 사방을 훑어보았지만 신문은 아무데도 없었다. 그래서 그는 신문 볼 생각을 포기하였다. 그는 시계를 보았는데, 시계는 일주일 전의 날짜로 죽어 있었다. 그것은 그의 아내가 사온 시계인데, 탁상시계치곤 고급이긴 하나 거추장스러운 날짜와 요일이 명시되어 있는 시계로, 가끔 망령을 부려 터무니없이 빨리 가서 덜거덕하고 날짜를 알리는 숫자판이 지나가기도 하고 요일을 알리는 문자판이 하루씩 엇갈리기도 했는데, 더구나 시간이 서로 엇갈리면 뾰족한 수 없이 그저 몇천 번이라도 바늘을 돌려야만 겨우 교정되는 시계였으므로, 그는 화를 내면서 시계의 바늘을 돌리기 시작하였다. 더구나 환장할 것은 손톱을 갓 깎은 후였으므로 그는 이빨 없는 사람이 잇몸으로만 호두알을 깨려는 듯한 무력감을 손톱 끝에 날카롭게 느끼고 있었다. 그는 망할 놈의 시계를 숫제 바닥에 내동댕이쳐버리고 싶은 충동을 가까스로 참아가면서 참으로 무의미한 시간의 회복을 반복해나가고 있었다.

그는 오랫동안 그 작업을 하였다. 그래서 그는 더욱 지쳐버렸다.

그는 천천히 아픈 다리를 질질 끌며 욕실로 갔다. 욕실 안의 불을 켜자, 욕실은 아주 밝아서 마치 위생적인 정육점 같아 보였다. 욕조 안엔 아내가 목욕을 했는지 더러운 구정물이 그대로 담겨 있었다. 아내의 머리칼이 욕조 가장자리에 붙어 있었고, 그것은 마치 살아 있는 벌레처럼 꿈틀거렸다. 그는 손을 뻗쳐 더러운 물 사이에 숨은 가재 등과 같은 고무 마개를 뺐다. 그러자 작은 욕조는 진저리를 치기 시작했고, 매우 빠른 속도로 물이 빠져나가 좀 후에는 입맛 다시는 듯한 소리를 내면서 더러운 때의 앙금을 군데군데 남기고는 비었다.

그는 우선 세면대의 고무 마개를 틀어막은 후 더운물과 찬물을 동시에 틀었다. 더운물은 너무 찼다. 그는 얼굴에 산뜩 비누거품을 문질렀고, 그래서 그는 마치 분장한 도화역자의 얼치기 바보 같아 보였다. 그는 면도기가 일주일 전 그가 출장 가기 전에 사용했던

그대로 날을 세우고 놓여 있는 것을 발견했다. 면도기의 칼날 부분
엔 아직도 비눗기가 남아 있었고 그 사이로 자른 수염의 잔해가 녹
아 있었다. 그는 화를 내면서 아내의 게으름을 거리의 창녀에게보
다도 더 심한 욕으로 힐책하면서 수염을 깎기 시작했다. 수염은 거
세었고, 뿌리가 깊었으므로 이미 녹슬고 무디어진 칼날로 잘라내
기란 용이한 일이 아니었다. 때문에 그는 얼굴 두어 군데를 베었고
그중의 하나는 너무 크게 베어 피가 배어나왔으므로 얼핏 눈에 띄
는 대로 휴지 조각을 상처에 밀착시켰다. 휴지는 침 바른 우표처럼
얼굴 위에 붙여졌다. 우표는 매끈거리는 녹말기로 접착된다. 하지
만 그의 얼굴 위에선 피로 붙여진다.

　그는 화를 내었다. 그는 우울하게 서서 엄청난 무력감이 발끝에
서부터 자기를 엄습해오는 것을 느꼈으며 욕실 거울에 자신의 얼
굴이 우송되는 소포처럼 우표가 붙여진 채 부옇게 떠오르는 것을
보았다. 그때 그는 거울에 무엇인가 붙어 있는 것을 발견했다. 그
는 손을 뻗쳐 그것이 무엇인가 확인을 했다.

　그것은 껌이었다. 아내는 늘 껌을 씹고 있었는데, 그것은 아내
의 버릇 중의 하나였다. 밥을 먹을 때나 목욕을 할 때면 밥상 위 혹
은 거울 위에 껌을, 송두리째 뜯어내려는 치밀한 계산하에 진득한
타액으로 충분히 적신 후에 붙여놓는 것이었다. 그는 잠시 낄낄거
렸다. 그는 그 껌을 입안에 털어넣었다. 껌은 응고하고 수축이 되
어 마치 건포도알 같았다. 향기가 빠져 야릇하고 비릿한 느낌이었

지만 좀 후엔 말랑말랑해졌다. 아내의 껌이 그를 유일하게 위안해 주었다. 그래서 그는 한결 유쾌해졌고 때문에 노래를 부르기 시작했다.

나뭇잎에 놀던 새여. 왜 그런지 알 수 없네.
낸들 그대를 어찌하리. 내가 싫으면 떠나가야지.

그의 목소리는 목욕탕 속에서 웅장하였다. 온 방안이 쩡쩡거리고, 소리가 빠져나갈 구멍이 없었으므로 종소리처럼 욕실을 맴돌았다. 그는 휘파람도 후이후이 불기 시작했다.

역시 집이란 즐겁고 아늑한 곳이군 하고 그는 중얼거렸다. 무심코 중얼거렸지만 그는 순간 그 소리를 타인의 소리처럼 느꼈으며 그래서 놀란 나머지 뒤를 돌아보았다. 그는 누군가의 인기척을 느꼈다. 그러나 개의치 않기로 하였다.

그는 욕실 거울 앞에 확대경이 놓여 있는 것을 발견했다. 물론 그는 그것의 용도를 잘 알고 있었다. 그것은 아내가 겨드랑이의 털이나, 코밑의 솜털을 제거할 때, 족집게와 더불어 사용하는 것으로 그는 그것을 쥐어들었다. 그는 그것을 들고 그것을 통하여 자신의 얼굴을 비춰보았다. 뚜렷한 형상을 가지지 않은 사내가 이상하게 부풀어서 확대되어 있었다. 그는 그것을 움직여 욕실의 형광 불빛을 한곳으로 모으려고 애를 쓰기 시작했다. 햇빛 밑에서 확대경을 움직거리면 날개 잘린 곤충을 태워버릴 수도 있다. 그는 끈끈하고 축축한 욕실에서 한기를 선뜻선뜻 느껴가면서 형광 불빛을 한곳으로 모으려고, 빛을 모아 뜨거운 열기를 집중시키려고 땀을 흘리고 있었다. 그는 긴 지난 여름날의 하지夏至를 느끼고 있었다.

지난여름은 행복하였다고 그는 생각하였다. 그러자 그는 그것을 입으로 중얼거리고 싶은 충동을 느꼈다. 그래서 그는 소리를 내었다.

그럼 행복했었지. 행복했었구말구. 그는 여전히 자신의 소리에 놀라면서 뒤를 돌아보았다. 그러나 그의 곁엔 아무도 없었다. 그는 좀 무안해졌고 부끄러워졌으므로 과장해서 웃어젖혔다.

그는 키 큰 맨드라미처럼 우울하게 서서 그를 노려보고 있는 샤워기 쪽으로 다가갔다. 샤워기 쪽으로 갈 때마다 그는 키를 재고 싶은 충동을 느낀다. 샤워기의 모가지는 사형당한 사형수의 목처럼 꺾이어서 매우 진지하게 그를 응시하고 있다. 그는 샤워기의 줄기 양옆에 불쑥 튀어나온 더운물과 찬물을 공급하는 조종간을 잡았다. 그는 더운물 쪽을 조심스럽게 매우 조심스럽게 틀었다. 그러자 뜨거운 비가 쏟아져내리기 시작했다. 욕실 바닥의 타일을 때리고 금세 수증기가 되어 올랐다. 그는 신기하다. 이것은 어제의 더운물이 아니다라고 그는 의식한다. 그는 갑자기 오랜 암흑 속에서 눈을 뜬 사내처럼 신기해한다. 그는 이번엔 찬물을 더운물만큼 튼다. 그 차가운 물은 이제 예사의 찬물이 아니다라고 그는 의식한다. 물은 그의 손바닥 위에서 너무 뜨겁기도 했고 차갑기도 해서 그는 잠시 망설이다가, 이윽고 껌을 질겅질겅 씹으며 사나운 비바다 속으로 뛰어든다. 그는 더운물이 피로한 얼굴을 핥고 춤의 신발을 신어버린 소녀처럼 매끈거리면서 몸을 타고 흘러내리는 감촉을 즐기고 있다.

그는 비누를 풀어 온몸을 매만진다. 거품이 일어 온몸이 애완용 강아지의 흰 털처럼 무장하였을 때, 그는 그의 성기가 막대기처럼 발기해서 힘차고 꼿꼿하게 피어오르는 것을 보았다. 욕망이 끓어오르고, 그는 뜨거운 물속으로 다시 뛰어들면서, 신음을 발하면서, 세찬 물줄기가 가슴을, 성기를 아프도록 때리는 감촉을 느끼고 있었다. 뜨거운 빗물은 싱싱한 정육 냄새 나는 발그스레 상기한 근육을 적신다. 이윽고 온몸에 비눗기가 다 빠져도 그는 한참이나 물속에 자신을 맡긴 채, 껌을 씹으면서 함부로 몸을 굴리고 있었다. 피로가 어느 정도 풀리자 그는 물을 잠그고 몸을 정성들여 닦는다. 그는 심한 갈증을 느낀다.

그는 욕실을 나와 한결 서늘한 거실 찬장 속에서 분말 주스와 설탕을 끄집어낸다. 그는 바닥에 가루를 흘리지 않으려고 조심을 하면서 주스를 타고 설탕을 서너 숟갈, 그러다가 드디어 거의 열 숟갈도 더 넣어버린다. 그것에 그는 차가운 냉수를 섞는다. 그리고 손잡이가 긴 스푼으로 참을성 있게 젓는다. 그는 컵을 들고 한 손으로는 스푼을 저으면서 전축 쪽으로 간다. 그는 많은 전축판 속에서 아무 판이나 뽑아든다. 그는 그 음악의 이름을 알지 못한다. 전축에 전기를 접속시키자, 전축은 돌연히 윙 - 거리면서 내부의 불을 밝혀든다. 레코드판 받침대가 원을 그리면서 돌기 시작한다. 그는 원반을 가볍게 날리는 육상 선수처럼 얇은 레코드를 그 받침대 위에 떠올린다. 바늘이 나쁜 전축은 쉭쉭 잡음을 내다가는 이윽고 노래를 토하기 시작한다. 그는 음악을 들으면서 소파에 길게 눕는다. 아직 정리되지 않은 것이 몇 가지 있긴 하지만 그는 안정을 느낀다. 갓 스탠드의 은밀한 불빛이 온 방안을 우울하게 충전시킨다. 그는 천장 위에서 보면 사람처럼 보이지도 않는다. 그는 부동의 자세로 누워 있다. 때문에 그는 가구 같은 정물로 보인다. 그러다가 그의 눈엔 화장대 위에 놓인 아내의 편지가 들어온다. 그러자 그는 아내의 메모 내용을 생각해내고 쓰게 웃는다. 아내가 그에게 거짓말을 하였다는 사실을 그는 깨닫는다. 그는 원래 내일 저녁에야 도착하였어야 할 것이었다. 그는 출장 떠날 때도 내일 저녁에 도착할 것이라고 아내에게 일러두었었다. 그런데도 아내는 오늘 전보를 받았다고 잠시 다녀오겠노라고 장인이 위독해서 가보겠다고 쓰고 있다. 그는 웃는다. 아주 유쾌해지고 그는 근질근질한 염기를 느낀다. 나는 안다라고 그는 생각한다. 아내는 내가 출장 간 그날부터 어디론가 사라져버렸을 것이다. 아내는 내일 저녁 내가 돌아올 것을 예측하고 잘해야 내일모레 아침에 도착할 것이다. 다소 민망하고 부끄러워하면서 아내는 내게 나지막하게 사과를 할 것이다.

나는 아내가 다른 여인과 다른 성기를 가진 것을 잘 알고 있다. 그녀의 성기엔 자크가 달려 있다. 견고하고 질이 좋은 자크이다. 아내는 내가 보는 데서 발가벗고 그 자크를 오르내리는 작업을 해 보이기 좋아한다. 아내의 하체에 자크가 달린 모습은 질 좋은 방한 용 피륙을 느끼게 하고 굉장한 포용력을 암시한다.

그는 웃으면서 스푼을 젓는다. 그때였다. 그는 무슨 소리를 들었다. 공기를 휘젓고 가볍게 이동하는 발소리였다. 그는 귀를 기울였다. 그는 욕실 쪽에서 무슨 소리가 들려오고 있는 것을 눈치챘다. 그는 난폭하게 일어나서 욕실 쪽으로 걸었다. 그는 분명히 잠근 샤워기에서 물이 쏟아져내리고 있는 것을 보았다. 제기랄. 그는 투덜거리면서 물을 잠근다. 그리고 다시 소파로 되돌아온다. 그러자 이번엔 부엌 쪽에서 소리가 들려오기 시작한다. 그는 될 수 있는 한 불평을 하지 않으려고 이를 악물고 부엌 쪽으로 간다. 부엌 석유 풍로가 불붙고 있다. 그는 투덜거리면서 그것을 끈다. 그리고 천천히 소파 쪽으로 왔을 때, 그는 재떨이에 생담배가 불이 붙여진 채 타고 있음을 발견한다. 그는 반사적으로 주위를 둘러본다. 그는 엄청난 고독감을 느낀다.

"누구요?"

그는 조심스럽게 소리를 지른다. 그의 목소리는 진폭이 짧게 차단된다. 그는 갇혀 있음을 의식한다. 벽 사이의 눈을 의식한다. 그는 사납게 소파에 누워, 시선에 닿는 가구들을 노려보기 시작한다. 모든 가구들이 비 온 후 한결 밝아오는 나뭇잎처럼 밝은 색조를 띠고 빛나기 시작한다. 그는 스푼을 집요하게 젓는다. 설탕물은 이미 당분을 포함하고 뜨겁게 달아 있으나 설탕은 포화상태를 넘어 아직 풀리지 않고 있다. 그래도 그는 계속 스푼을 젓는다. 갑자기 그는 그의 손에 쥐어진 손잡이가 긴 스푼이 여느 스푼이 아님을 느낀다. 그러자 스푼이 그의 의식의 녹을 벗기고, 눈에 보이는 상태 밖에서 수면을 향해 비상하는, 비늘 번뜩이는 물고기처럼 튀어오르는 것을 보았다. 그는 힘을 다해 스푼을 쥔다. 그러자 스푼은 산 생선을 만질 때 느껴지는 뿌듯한 생명감과 안간힘의 요동으로 충만된다. 그리고 손아귀에 쥐어진 스푼은 손가락 사이를 민첩하게 빠져나간다. 그는 잠시 놀란 나머지 입을 벌린 채 스푼이 허공을 날면서 중력 없이 둥둥 떠서 흐르는 것을 보았다. 그는 온 방안의 물건을 자세히 보리라고 다짐하고는 눈을 부릅뜬다. 그러자 그의 의식이 닿는 물건들마다 일제히 흔들거리면서 흥을 돋우기 시작하는 것이었다. 그는 비틀거리면서 일어나 거실에 스위치를 넣으려고 걷는다. 그는 스위치를 넣는다. 형광등의 꼬마전구가 번쩍번쩍거리며 몇 번씩 반추한다. 그러다가 불쑥 방안이 밝아온다.

그는 스푼이 담수어처럼 얌전하게 손아귀 속에 쥐여 있는 것을 발견한다. 그는 조심스럽게 온 방안의 물건들을, 조금 전까지 흔들리고 튀어오르고 덜컹이던 물건들을 하나하나 훑어보기 시작한다.

물건들은 놀라웁게도 뻔뻔스러운 낯짝으로 제자리에 가라앉아 있었다. 그는 비애를 느낀다. 무사무사無事無事의 안이 속에서 그러나 비웃으며 물건들은 정좌해 있다. 그는 투덜거리면서 스위치를 내린다. 그리고 소파에 앉아 단 설탕물을 마시기 시작한다. 방 안 어두운 구석구석에서 수군거리는 소리가 들려온다. 어둠과 어둠이 결탁하고 역적모의를 논의한다. 친구여, 우리 같이 얘기합시다. 방 모퉁이 직각의 앵글 속에서 한 놈이 용감하게 말을 걸어온다. 벽면을 기는 다족류 벌레의 발소리가 들려온다. 옷장의 거울과 화장대의 거울이 투명한 교미를 하는 소리도 들려온다. 그는 어둠 속에서 눈을 부릅뜬다. 벽이 출렁거린다. 그는 천천히 몸을 움직인다. 방 벽면 전기 다리미 꽂는 소켓의 두 구멍 사이에서 소리가 들려온다. 친구여, 귀를 좀 대봐요. 내 비밀을 들려줄게. 그는 그의 오른쪽 귀를 소켓에 밀착한다. 그의 귀가 전기 금속 부품처럼 소켓의 좁은 구멍에 접촉된다. 그러자 그의 온몸이 고급 전기 난로처럼 달아오르기 시작한다. 그의 몸에 스파크가 일고, 그는 온몸에 충만한 빛을 느낀다.

잘 들어요. 소켓이 속삭인다. 마치 트랜지스터 이어폰을 꽂은 것처럼 그의 목소리는 귓가에만 사근거린다. 오늘밤 중대한 쿠데타가 있을 거예요. 겁나지 않으세요?

그는 소켓에서 귀를 뗀다. 그리고 맹렬한 기세로 다시 스위치를 올린다. 불이 들어오면 이 모든 술렁임이 도료처럼 벽면에 밀착하

94

고 모든 것은 치사하게도 시치미를 떼고 있다. 그는 불을 켠 채 화장대로 다가간다. 그는 투덜거리면서 키가 크고 낮은 모든 화장품을 열어 검사한다. 그리고 찬장을 열어 그 안에 가지런히 빈 그릇들, 성냥통, 촛대. 옷장을 열어 말리는 바다 생선처럼 걸린 옷들. 그리고 그들의 주머니도 검사한다. 옷들은 좀 괘씸했지만 얌전하게 주머니를 털어 보인다. 그는 하나하나 보리라고 다짐한다. 서랍을 뒤져 남은 물건도 조사한다. 그러다가 이미 건조하여 건드리기만 해도 부서질 듯한 낙엽 몇 장을 발견했다. 그것은 그에게 지난 가을을 생각나게 했고 그는 잠시 우울해졌다. 그는 사진틀 속의 퇴색한 사진도 유심히 들여다보았다. 책장에 꽂힌 뚜껑 씌운 책들도 관찰하였다. 그는 부엌으로 가서 석유 풍로의 심지도 관찰하고, 낡은 구두 속도 들여다보았다. 다락문을 열어 갖가지 물건도 하나하나 세밀히 보았고 욕실에서 그는 욕조 밑바닥까지 관찰하였다. 덮개가 있는 것은 그 내용물을 검사하였으며 침대도 들어서 털어도 보았다. 심지어 변기도 들여다보았고, 창틈 사이도 들여다보았다. 물건들은 잘 참고 세금 잘 무는 국민처럼 얌전하게 그의 요구에 응해주었다. 그러나 그가 들여다보는 물건은 본래 예사의 물건은 아니었다. 그것은 이미 어제의 물건이 아니었다.

　그는 한층 더 깊은 피로를 느끼면서 거실로 돌아와 술병의 술을 잔에 가득히 부어 단숨에 들이마셨다. 그러자 그는 아주 쓸쓸하고 허무맹랑한 고독감을 느꼈다. 그래서 그는 다시 한 잔을 그득히 부어 연거푸 단숨에 들이마셨다. 술맛은 짜고도 싱겁고, 달고도 썼다.

그는 어디쯤엔가 피우다 남은 꽁초가 있을 것이라고 생각하고 서랍을 뒤지다가 말라빠진 담배꽁초를 발견했다. 그는 그것에 불을 붙였다. 술기운이 그를 달아오르게 하고 그를 격려했기 때문에 그는 아동처럼 큰 소리로 노래를 부르기 시작했다.

나뭇잎에 놀던 새여. 왜 그런지 알 수 없네.
낸들 그대를 어찌하리. 내가 싫으면 떠나가야지.

그는 벌거벗은 채 온 방안을 서성거리기 시작했다. 그는 그것이 일상사인 것처럼 걷고, 그리고 뛰었다. 그는 부엌을 답사하였고 그럴 때엔 욕실 쪽이 의심스러웠다. 욕실 쪽을 보고 있노라면 그는 거실 쪽이 의심스러웠다. 그는 활차滑車처럼 뛰고 또 뛰었다. 그러나 그는 아무것도, 아무런 낌새도 발견해낼 수 없었다. 무생물에 놀란다는 것은 부끄러운 일이다라고 그는 생각했다. 그러자 그는 비로소 안심이 되었다. 그래서 거만스럽게 걸어가서 스위치를 내렸다. 그는 소파에 앉아 남은 설탕물을 찔금찔금 들이켜기 시작했다. 그가 스위치를 내리자, 벽에 도료처럼 붙었던 어둠이 차곡차곡 잠겨서 덤벼들고 그들은 이윽고 조심스럽게 수군거리더니 마침내 배짱 좋게 깔깔거리고 있었다. 말린 휴지 조각이 베포처럼 늘여져 허공을 난다. 닫힌 서랍 속에서 내의가 펄펄 뛰고 있다. 책상을 받친 네 개의 다리가 흔들거리기 시작한다. 찬장 속에서 그릇들이 어깨를 이고 달그럭거리며 쟁그렁거리면서 모반을 시작한다.

그것은 그래도 처음엔 조심스럽게 시작되었다. 하지만 그들의 대상이 무방비인 것을 알자, 일제히 한꺼번에 고래고래 소리를 지르면서 날뛰기 시작했다. 크레용들이 허공을 난다. 옷장 속의 옷들이 펄럭이면서 춤을 춘다. 혁대가 물뱀처럼 꿈틀거린다. 용감한 녀석들은 감히 다가와 그의 얼굴을 슬쩍슬쩍 건드려보기도 하였다. 조심해, 조심해. 성냥갑 속에서 성냥개비가 중얼거린다. 꽃병에 꽂힌 마른 꽃송이가 다리를 번쩍번쩍 들어올리면서 춤을 춘다. 내의가 들여다보인다. 벽이 서서히 다가와서 눈을 두어 번 꿈쩍거리다가는 천천히 물러서곤 하였다. 트랜지스터가 안테나를 세우고 도립하기 시작한다. 그러자 재떨이가 박수를 치기 시작한다. 소켓 부분에선 노래가 흘러나온다. 낙숫물이 신기해서 신을 받쳐들던 어릴 때의 기억처럼 그는 자그마한 우산을 펴고 화환처럼 황홀한 그의 우주 속으로 뛰어든 셈이었다. 그는 공범자가 되고 싶은 욕망을 느낀다.

그때였다. 그는 서서히 다리 부분이 경직되어오는 것을 느꼈다. 그것은 우연히 느낀 것이었다. 처음에 그는 이 방에서 도망가리라 생각했었기 때문에, 될 수 있는 한 소리를 내지 않고 살금살금 움직이리라고 마음먹고 천천히 몸을 움직이려 했을 때였다. 그러나 그는 다리를 움직일 수가 없었다. 이상한 일이었다. 그래서 그는 손을 내려 다리를 만져보았는데 다리는 이미 굳어 석고처럼 딱딱하고 감촉이 없었으므로 별수없이 손에 힘을 주어 기어서라도 스위치 있는 쪽으로 가리라고 결심했다. 그는 손을 뻗쳐 무거워진 다리, 그리고 더욱더 굳어져오는 다리를 끌고 스위치 있는 곳까지 가려고 안간힘을 썼다. 그러나 그는 채 못 미쳐 이미 온몸이 굳어오는 것을 발견하였다. 그래서 그는 숫제 체념해버렸다. 참 이상한 일이라고 생각하면서 그는 조용히 다리를 모으고 직립하였다. 그는 마치 부활하는 것처럼 보였다.

다음다음날 오후쯤 한 여인이 이 방에 들어왔다. 그녀는 방안에 누군가가 침입한 흔적을 발견했다. 매우 놀라서 경찰을 부를까고도 생각했지만, 놀란 가슴을 누르며 온 방안을 조심스럽게 살펴보았는데 틀림없이 그녀가 없는 새에 누군가가 들어온 것은 사실이긴 했지만 자세히 구석구석 살펴본 후에 잃어버린 것이 없다는 것을 발견하자, 안심해버렸다.

그러나 그녀는 곧 잃어버린 것이 없는 대신 새로운 물건이 하나 놓여 있는 것을 발견했다.

그 물건은 그녀가 매우 좋아했던 것이었으므로 며칠 동안은 먼지도 털고 좀 뭣하긴 하지만 키스도 하긴 했다. 하지만 나중엔 별소용이 닿지 않는 물건임을 알아차렸고 싫증이 났으므로 그 물건을 다락 잡동사니 속에 처넣어버렸다. 그리고 그녀는 다시 그 방을

떠나기로 작정을 했다. 그래서 그녀는 메모지를 찢어 달필로 다음
과 같이 써서 화장대 위에 놓았다.

　여보. 오늘 아침 전보가 왔는데 친정 아버지가 위독하시다는 거
예요. 잠깐 다녀오겠어요. 당신은 피로하실 테니 제가 출장 갔다고
할 테니까 오시지 않으셔두 돼요. 밥은 부엌에 차려놨어요.

당신의 아내가.

(1971)

처세술개론

노老할머님이 아흔한 살로 돌아가셨다. 그날은 어찌나 더운 날이 었는지 거리엔 사람이 하나도 없었고, 기온은 삼십오 도를 가리키고 있었다. 그것은 수년 내 최고의 기온이라고 아나운서가 말을 했다.

"삼십오 도라면 실감이 오지 않으시겠지만……"

우스갯소리 잘하는 재담가가 만담 시간에 익살을 부렸다.

"우리 체온이 삼십육 도가량이니 이런 날씨에 거리를 나다닌다 는 것은 여편네 속살을 종기에 고약 붙이듯, 피부에 밀착시키고 다 니는 셈이니까요." 운운.

그래서 그 노할머님이 돌아가셨다는 전보를 받았을 때 나는 하 필이면 이처럼 무더운 날씨에 돌아가실 게 뭐냐고 투덜거렸지만, 투덜거리긴 노할머님이 선선한 가을 날씨에 돌아가셨다 해도 마 찬가지였을 것이다. 왜냐하면 아흔한 살이란 나이는 좀 너무하다

싶은, 거의 일 세기에 걸친 나이기 때문이었다. 그러나 그것보다도 내가 투덜거렸던 이유는 다른 곳에 있다. 그 노할머님의 죽음을 알리는 전보로 내 어린 날의 기묘했던 추억담이 생각나서 씁쓸해졌기 때문인 것이다.

나의 아버지는 키가 크고, 거인이었고 술주정뱅이였다. 술만 먹으면 우리들 형제를 때리거나 공술이나 얻어먹은 날이라야 그 거끌거끌한 수염의 감촉을 누이들 얼굴에 부비곤 했으므로, 우리들은 어려서부터 아버지의 표정을 판독하고 아버님의 발소리를 듣기만 해도 그날의 아버지가 과연 기분좋은가 기분 나쁜가를 점치는 데 익숙해져 있었다. 그에 비하면 어머니는 키가 아주 작아 두 분이 서 있는 모습은 그 모습에서부터 웃기려는 싸구려 쇼 코미디언처럼 희화적이었었는데 성격도 아주 달라서, 어머니는 그래도 일요일이면 예배당에도 나가시고 주기도문도 외우고 그러다가는 가끔 훌쩍훌쩍 울다가 이내 깔깔 웃기도 잘하는 여인이었다.

두 분은 다산성 동물처럼 기회만 있으면 아이를 낳았기 때문에 어머니는 늘 뱃속에 됫박을 차고 있는 것처럼 애를 배고 있어서 지금은 옛말하듯 우스갯얘기 하지만, 그 한창 시절에 무려 열두 명의 아이들을 순산하셨던 것이다. 연필을 한 다스 사면 꼭 한 개씩 돌아갔고, 축구팀을 짜도 한 명의 후보선수쯤은 낼 수 있는 여유도 있었다. 그러나 축구팀이란 좀 무리인 게 열두 명 중에서 일곱 명은 여자였고 다섯 명만 남자였기 때문이었다.

만약에 그 열두 명이 몽땅 살아서 집안에 같이 있었다면 정말 무슨 식용동물 기르는 축사 같은 기분이 들었을 것이지만, 다행인 것은 참으로 다행인 것은, 그 열둘 중에서 다섯 명만 살아남아 있다는 것이다. 열두 명 중에서 다섯 명만 살아남아 있다는 것은 참 어처구니없는 거짓말 같지만 그것은 사실이다.

전란이 있을 때마다 으레 두셋은 죽었고, 제일 멋쩍게 죽은 편이라면 내 동생으로 겨우 걸음마를 배울 무렵 우물에 빠져 죽었다. 죽음이란 체에 용케 걸려 남은 다섯 명을 나는 뭐 새삼스레 신의 가호가 두터운 편이라고 변명하고 싶지는 않다.

물론 죽은 사람은 죽은 사람들대로의 이유가 있다. 전쟁통에 전사한 형으로부터 아기를 낳다 죽은 누이로부터, 무슨 몹쓸 유행병이 돌 때 자꾸 설사를 하다 죽은 동생으로부터 나는 죽음만을 보아왔고 죽음에 익숙해져 있었다.

어린 나이에 죽음에 익숙해져 있다는 것은 우울한 일일 것이다. 나는 죽은 형의 옷을 줄여 입고, 죽은 누이의 책가방을 들고 학교에 가야 했고, 그리고 자라왔다. 때문에 나는 투명한 죽은 이의 혼, 보이지 않는 죽은 이의 감촉과 체취, 언제나 어디서나 조용히 속삭이는 죽은 이의 언어, 이런 모든 것에 익숙해져 있었다. 그래서 나는 어린 나이였지만 크게 웃는 일도 없이 언제나 과묵하였고 행동이 신중하였으며, 교회에서는 어린이 합창대의 가장 높은 소프라노 고음을 내는 성가대원이었다.

아버지는 술을 마신 후 간혹 동리 망나니 같은, 유행가를 흥얼 거리며 길거리에서 시비를 하고 아버지의 반뼘만큼이나 작은 사내들을 때리고, 욕지거리하는 일이 왕왕 있었는데 으레 그때엔 내가 나갔고, 그 떠들썩한 군중들 틈에 끼여 서 있노라면 아버지는 이내 나를 발견하고는

"여어 되련님, 되련님. 저 같은 놈두 죽으면 천당에 갈 수 있을까요. 회개해주세요. 꼬마 신부님 꼬마 신부님."

하고 사람들이 보거나 말거나 무릎을 꿇고 눈물을 두어 방울 흘리는 시늉을 하다가 그러고는 느릿느릿 집으로 돌아오곤 하는 것이었다. 그래 동리 사람들은 아버지가 술이 취하기만 하면 남의 집 부부싸움 구경하는 것 이상으로 재미있어하였고, 심지어 동리 조무래기들은 졸졸 따라다니기까지 하였다. 그러나 아버지가 나를 꼭 그럴 필요가 없는데도 사람들이 구경하는 가운데 목말을 태우고 신부님 도련님 어쩌고저쩌고해가며 집으로 왔다 해도, 그것은 형제 중에서 누구보다 나를 사랑하고 있기 때문은 아니었다. 오히려 내가 아버지를 미워하고 있듯이 아버지도 나를 미워하고 있는 것이 사실이었다. 아버지가 진실로 사랑한 아들이라면 우리 형제들 가운데 첫째 형으로, 나는 그 얼굴도 본 적이 없는 친구였지만, 거의 전설에 가까운 일화를 남기고 있다. 그 이야기인즉 힘이 세어서 씨름대회에 나가 곧잘 황소도 끌고 오던 사람이었던 모양으로 그 한창나이에 도박판에서 칼침 맞고 죽었는데, 죽은 지 사흘이 지

났는데도 심장이 펄떡펄떡 뛰더라는 관우 장비 같은 일화가 구전으로 전해오고 있었다.

나는 어릴 때 남자답지 않게 예쁘게 생겨서 국민학교 거의 졸업할 때까지 어머니를 따라 여자 목욕탕에 가곤 했었는데 그래서 가끔 차라리 여자로 태어날걸 그랬지 하고 생각할 때도 있을 정도였다. 나는 어머니를 빼다박은 듯 닮아 키는 작았으나 살결이 희었고 입술은 연지를 바른 듯 붉었으며 행동도 예의발라 거리를 지나노라면 동리 사람들이 "아아, 고 녀석, 지 애비하구는 영 딴판으로 생겼네" "거, 지 엄마 닮아서 그렇지 않나" 하는 소리를 듣는 적이 많았다. 그래서 나는 항상 모범생 같은 표정을 짓고 다녔으며, 어머니의 광적일 정도로 강한 애정을 받고 성장했다. 어머니는 언제나 조산원같이 사근사근하셨고 아버지한테 큰 목소리를 한 번도 낸 적이 없으셨지만 내 문제만 나오면 어머니는 큰 소리로 아버지에게 덤벼드셨고, 그럴 때마다 아버지는 좀 어정쩡한 얼굴이 되어 물러서곤 하는 것이었다.

한번은 아버지가 술이 취해서 집안에 들어와서는 고래고래 창가를 하고, 지금은 아기 낳다 죽은 누이를 붙들고 상소리로 욕을 하다간 무슨 생각이 났던지 구석진 의자에 얌전히 앉아 있는 나를 보더니 갑자기

"여어 도련님. 꼬마 신부님. 찬송가 좀 불러주세요. 거 왜 있지 않아요. 나의 사랑하는 책 비록 해어졌으나, 어머니의 무릎 위에

앉아서 어쩌구저쩌구하는 노래 말이에요."

하고 노래를 청하였는데 내가 쉽사리 응하지 않자, 좀 화가 났던지

"인마, 애비가 자식새끼한테 노래 좀 듣자는 게 아니꼽냐."

하고 언성을 높였다. 그러나 그때 어머니가 들어오시면서

"뭐라구요? 노래를 불러보라구요? 이거 어따 대구 술주정이에요."

하며 소리를 지르시기에 나는 그 광경을 쳐다보며 무슨 일이 벌어지지나 않을까 불안해하고 있었지만, 이상하게도 아버지는 풀 덜 먹인 빨래처럼 시선을 피하며

"난 그저 노래 한번 불러보라구 했을 뿐이오."

하고 수그러지는 것이었다. 그러자 어머니는

"이애에게 악을 배워주지 말아요, 그 더러운 손으로."

하고는 갑자기 울기 시작하셨는데 오히려 아버지는 술이 일순에 깬 사람처럼 멀쩡해져서

"난 그저 노래 불러보라구 했을 뿐인데 거 왜 울구 야단이오. 제기럴, 내가 또 잘못했지. 그저 내가 죽일 놈이지."

하고 거실로 사라져버리는 것이었다. 그때 나는 어머니의 품에 안겨서 그 의미 모를 눈물을 볼에 받으며, 대체로 아버지란 좀 거추장스런 존재여서 차라리 일찌감치 죽어버리고 어머니를 내가 아버지 대신 차지해버리면 어떨까 하는 생각을 하고 있었던 것이다.

어머니의 큰어머님이 미국에서 오셨는데 대충 얘기를 들으면 구한말 하와이에 사진결혼으로 이민 간 후 갖은 고생 끝에 무지무지 돈을 벌어, 말년에 고향에 뼈나 묻힐까 하고 그 많은 재산을 모조리 정리하고 오신 모양으로, 그때 나이는 일흔여섯인데 아주 정정하시며, 더구나 재산이 그처럼 많으시면서도 슬하에 자식이 한 명도 없다는 얘기가 우리들 가족들 간에 무슨 예수님의 재림같이 떠들썩하게 대두된 것은 바로 그 무렵이었다. 어머님의 생각은 일찍이 남편을 여의고 자기 자식도 없고 오직 있는 친척이라면 그녀 동생의 두 딸, 즉 어머님과 어머님 동생 두 명뿐으로, 더구나 이모는 품행이 나빠 벌써 네 번씩이나 결혼했다가 겨우 나만한 나이 또래의 계집애를 하나 가지고 있을 뿐, 그래도 대부대의 식솔을 거느리고 군림하는 어머니 편에 고무적인 무엇이 있을 게 아니냐는 공론으로, 아버지는 단연 술도 끊고 수염도 깎았으며, 하루아침에 밭 가운데서 유전을 발견한 앞니 빠진 시골뜨기 같은 좀 얼떨떨한 미남자가 되어버렸던 것이다. 며칠 동안 집안은 붐비기 시작했다. 일 년에 한 번 볼까 말까 하는 이모는 자주 집에 드나들면서 같이 공항에도 나가고 아주 붙임성 있게 놀았다. 그 노할머님은 거처가 마땅치 않아 우선 간단한 살림채를 하나 얻고, 연신 들락거리는 아버님 부부와 이모의 접대를 받으며 노후를 즐기고 계신 모양이었는데, 어느 날 밤은 바로 그 노할머님 댁에 다녀오신 이후로 아버지와 어머니는 대판 싸움을 하기 시작했다. 대충 얘기를 들으면 식사

중에, 아버지가 좀 주책없게 자식을 열두 명 낳았지만(그것은 아버지의 유일한 자랑거리였고, 빨강머리 이모에 대한 유일한 우월성이었다) 그중 다섯 명만 살아 있는 경위를 자세히 설명했던 모양인데, 그깟것 얘기를 왜 하느냐는 어머니의 반론과, 하면 어떠냐는 아버지의 변명으로 모처럼 엄숙하게 실연했던 모범 부부의 묘가 깨뜨려지기 시작했던 것이다. 어머님 말에 의하면 그때 노할머님이 "에그, 그렇다면 자네가 어디 사람인가, 짐승이지" 하고 낯을 찡그리시자 아버지는 아버지대로 "건 모르시는 말씀입니다요. 애 많이 낳았다고 어디 꼭 짐승인가요" 하고 낄낄거렸다는 것인데, 바로 그것이 더욱 큰 아버지의 주책이었다는 것이 어머니의 주장인 것이었다. 차라리 가만히 있을 것이지 무슨 장한 일이라고 말대꾸는 말대꾸냐 하고 핀잔을 주자, 아버지는 아버지대로 "그건 내 잘못 때문만은 아니야. 당신도 책임이 있어. 좀 건드렸다 하면 뒷박을 차던 것은 바로 당신이었어" 하고 덤벼들어 별수없이 어머니는 또 그 예의 눈물을 터뜨리셨고, 아버지는 에잇 모르겠다, 찬장에서 소주병을 꺼내 들고 잔에 따라 마실까 말까, 며칠간의 금주를 깨뜨릴까 말까 아주 위태위태하였었다. 그러나 곧 잠잠해졌고 형제들은 자리에 들었는데 어머님이 상냥하게 거의 잠이 들어 있는 나를 깨웠고, 나는 눈을 비비며 아버지가 한결 기분이 좋아져서 껄껄거리고 있는 마루로 나갔었다.

"쟤가 해낼 수 있을까."

아버지는 침착한 목소리로 귀를 새끼손가락으로 쑤시기도 하고, 또 그것을 톡톡 털어버리는 불결한 행동을 반복해가며 나를 쳐다보았다.

"왜요? 얘가 어때서요?"

어머니는 뜨개질을 하시면서, 그러나 정확히 그 올 사이사이로 대나무 바늘을 찔러넣으면서 반문을 했다.

"우리 정아가 어때서요?"

"글쎄."

아버지는 손으로 배를 긁으면서 하품을 했다.

"워낙 그 계집애가 별종이라고 하니 말이야."

"그래두 얘라면 문제없어요."

어머니는 강하게 대답하셨다.

"그 계집애가 지 에미를 닮아서 별난 애라 해두 우리 정아는 문제없어요."

나는 무슨 소린지는 몰랐지만 약간 부끄러움을 느끼면서 얌전히 앉아 있었다.

"얘야, 어디 일어서봐라."

아버지는 부드럽게 늙은 간호부 같은 소리를 냈다. 그래서 나는 일어났는데 아버지는 미술 감상이나 하듯 눈을 가느다랗게 뜨고 이모저모로 나를 훑어보았고, 심지어는 몸까지 만져보더니

"됐다. 그만하면 충분하다. 아주 잘생긴 도련님인데. 그만하면

할머님이 너한테 홀랑 빠져버리실 게다."

하고는 껄껄 웃었고, 어머니도 자못 대견하다는 듯 내 머리를 자신의 무릎 위로 껴안아 올려놓으시며

"얘야, 오늘은 푹 자두렴. 내일 아침엔 노할머님한테 가야 하니까."

하고는 내게 입을 맞추시는 것이었다.

나는 왜 내가 우리집 형제들을 대표해서 다음날 아침 그 노할머님 집을 찾아가야 했었는지 모른다. 그리고 그날 하루종일 할머님 집에서 저질렀던 실수는 지금도 내 얼굴을 뜨겁게 한다.

물론 부모님들이 다섯 형제 중에서 나를 골라내었던 것은 그중 내가 제일 예쁘게 생기고 공부도 잘하고, 주기도문을 잘 외우는 모범 소년이라는 것 때문이었지만, 할머님의 환심을 사야 하는 일 같은 것에 관해서는 오히려 나는 무자격자였던 것은 숨길 수 없는 사실이었다. 차라리 그것이 목사님 앞에서 예수님의 행적에 대해 교리문답을 하는 것이었다면 모른다. 아니면 노래를 부르는 경연대회였다면 나는 적격자였겠지만, 거의 반백 년가량 외국에서 고생을 해온 질기고 편협적이고 단순한 할머님의 환심을 사야 하는 일에는 말주변이 없는 나로서는 영 젬병이었던 것이다.

어쨌든 나는 다음날 아침 죽은 누이가 입던 옷을 줄여 갑자기 남성용으로 변조시킨 빨강 색깔에 흰 무늬가 물방울처럼 점점이 있는 옷을 입고 할머님 집으로 갔다. 아버지가 다 큰 애한테 그게 무슨 망할 놈의 옷이냐고 한마디하셨지만, 어머니는 모르는 소리 말아

요, 이애는 이런 색깔이 어울려요 하고 아버지에게 핀잔을 주셨다.

그리고 우리는 출발하였다. 다음날은 일요일이었으므로 우리는 마땅히 교회에 가야 했던 것이다. 그러나 우리는 밀수업자 같은 단단한 복장을 하고, 찬송가가 울려퍼지는 교회를 지나 할머님 집으로 향하였다.

우리가 할머님 집에 당도하였을 때 할머니는 노인답지 않게 노오란 원피스를 입고 안락의자에 앉아서 주스를 마시고 계셨다. 그곁에는 갈색 머리를 한 계집애가 앉아 있었는데 나는 그애가 행실나쁜 이모의 딸인 것을 알아차렸다. 그 계집애는 참으로 이상한 몸매를 하고 있었다. 나이는 내 나이하고 동갑으로 열 살가량이었으나 몇 살은 족히 더 먹어 보였다. 푸른색 원피스를 입고 있었는데 앞쪽엔 희고 큰 단추가 점점이 달려 있었기 때문에 마치 배추벌레 같은 옷차림이었다. 등뒤에는 큰 리본을 매고 있었고 머리는 굉장히 파마를 해서 토인용 가발을 쓴 것처럼 보였다. 얼굴은 붉었는데 그것은 원래 붉어서라기보다는 연극 배우용 화장품을 너무 발랐기 때문이었다. 매우 말라빠져서 할머님이 마시는 주스에 꽂힌 밀짚대같이 보였지만, 그러면서도 이상하게 얼굴만은 살이 쪄 있었다. 손가락에는 모조 반지가 빛나고 있었고 손톱엔 붉은 매니큐어가 칠해져 있었다. 한마디로 말해서 그 계집애는 어미를 닮아서 예쁘고 매혹적이긴 했지만 그러나 제 어미를 닮아서 속되어 보였다.

계집애는 방금 양지바른 황톳길에서 말똥을 굴리는 곤충처럼 재빠른 손짓으로 빵조각을 뜯어 조그맣게 둥근 알을 만들어내고 있는 중이었다. 나는 매우 점잖게 앉아 있었다. 하지만 그 계집애가 나이 먹은 사람들이 하듯 손으로 입을 가리며 웃는다든지, 무용을 하듯 리본을 팔랑거리며 걷는다든지, 한시도 쉬지 않고 곁눈질을 살짝살짝 하거나 할머님이 묻는 말에 아주 진지한 태도로 대답하는 것을 보노라면 어쩐지 슬그머니 겁이 나는 것은 사실이었다.

할머니는 나를 굉장히 반갑게 맞아주셨고 제 어미를 닮아서 아주 예쁘고 착하게 생겼다고 칭찬을 한 다음, 내게 몇 살이냐고 물었는데 나는 그만 조심했던 나머지 내 이름을 큰 소리로 대답해버렸다. 그러나 조금 후에 할머님이 내게 물으신 것이 이름이 아니고 나이라는 것을 깨닫자, 곧 수정해서 나이를 대고는 눈을 내리깔았다. 그 순간 할머님 곁에 앉아 있던 계집애가 킥킥거리면서 웃는 것을 나는 보았다.

"넌 이제 보니 늬 에미를 빼다박은 듯 닮았구나."

할머니는 서너 번이나 그런 얘기를 했고, 그럴 때마다 아버지는 좀 무안해서 헛기침을 큼큼했다.

"교회에 갔다오는 길이에요."

어머니는 조용히 거짓말을 하셨는데 하등 이상스레 보이지 않았다. 그러자 아버지도 거짓말을 하기 시작했다.

나는 어른들 얘기에 귀를 기울이지 않고 얼핏얼핏 내게 적의의 눈빛과 또 한편으로 이상야릇한 유혹의 눈빛을 보내고 있는 계집

아이를 쳐다보고 뜨거운 침을 삼키고 있었다. 그 계집애는 참 이상한 계집애였다. 할머님이 얘기 도중에, 얘야 저기 가서 담배 좀 가져온 하고 말을 시키자 그 계집애는 그 넓은 초록색 원피스를 펄렁거리며 발끝으로만 서는 발레리나처럼 탁자 옆으로 가더니 담배를 한 개비 입에 물고, 싸악 성냥을 그어서 자기가 두어 모금 빨아 그 불티를 확인한 다음 할머님께 주는 것이었다.

어머니와 아버지는 그냥 얘기를 계속하고 계셨지만, 그것은 일부러 못 보는 척하는 것뿐으로, 공연히 아버지는 애꿎은 담배만 연신 피우고 있었고, 어머니는 아직 그럴 철이 아닌데도 콧등에 땀이 솟아 있었다.

거의 한낮이 다 되었을 때 어머니와 아버지는 볼일이 있다고 자리를 일어나셨고 나는 그냥 집에 남아 있기로 했다. 저녁때쯤 아버지가 나를 데리러 오겠다고 말하고는, 할머님이 안 보시기를 기다려 내게 잘해보라는 듯 눈을 두어 번 꿈쩍꿈쩍했다.

집은 넓었고 따뜻한 봄햇살이 정원의 잔디밭을 비추고 있어 실내는 좀 무더운 감이 들었다.

그래서 우리는 정원으로 향한 유리문을 모두 열고 안락의자에 앉아 있었다. 꿀벌의 닝닝거리는 소리가 정원 쪽으로부터 들려오고 조춘早春의 햇살 속에서 꽃들은 유리 제품처럼 투명하게 빛나고 있었다. 계집애가 내게 주스를 타주었는데, 나는 그것을 흘리지 않으려고 매우 조심스럽게 조금씩 빨아먹었다.

할머니는 아주 기분이 좋아 보였다. 햇볕을 가리려고 챙이 큰 모자를 쓰고 앉아 있었고 움직일 때마다 넓은 블라우스 위로 늘어진 젖가슴이 푸대자루처럼 흔들거리고 있었다. 손과 발이 몸집에 비해 매우 커서 거의 남자의 그것처럼 보일 때도 있었다. 계집애는 앉아서 할머님에게 얘기를 해주고 있었다. 매우 카랑카랑하고 높은 목소리로 얘기를 했는데, 그러자 할머니는

"얘야. 이 할미는 아직 귀가 먹지 않았으니까 좀 조용히 얘기해라. 얘야."

하고 웃으셨다. 계집아이는 평판이 나쁜 자기 어머니에 대해서 얘기를 하고 있었다. 할머니는 때때로 눈을 감고 있거나 주스를 마시면서 꽤 열심히 얘기를 듣고 있었다.

"세상 사람들이 우리 어머니를 무어라고 욕하는 것쯤은 나두 알아요. 허지만 세상 사람들이 우리 어머니를 망친 거예요."

계집아이는 연극 배우처럼 강하게 말을 했다.

"어머니는 늘 할머니를 생각하고 있었어요. 건 정말이에요."

"늬 에미 두번째 남편은 뭘 하던 사내였지?"

"밴드마스터였대요."

계집애는 손으로 나팔 부는 시늉을 했다.

"트럼펫을 불었는데 매일같이 술만 마시구 어머니를 때렸대요. 건 정말이에요. 그래서 어머니는 참다참다 못해서 나를 안고 도망쳤대요. 나는 지금도 그날 밤을 잘 기억할 수 있어요. 그날은 흰 눈

이 평평 쏟아지는 밤이었어요. 어머니는 나를 껴안구 끝없이 우셨어요."

"애야. 꼭 영화 같은 얘기로구나."

할머님은 높은 소리로 웃었다.

"정말이에요. 꼭 영화 같은 얘기예요. 어머니가 고생한 얘기는 책으로 열 권 엮어두 모자랄 지경이에요."

갑자기 계집애 눈에서 눈물이 굴러떨어졌다. 그것은 아주 사실 무근한 눈물이어서 마치 안약처럼 보였다. 계집애는 그것을 닦을 염도 하지 않고 내버려두었다가 좀 후에 원피스에 꽂혀 있던 손수건을 꺼내 꼭꼭 집어서 눈물을 닦아냈다. 그것은 참으로 알맞게 흘린 눈물이었고, 그래서 나는 아주 감동을 하면서 그 계집애에게 일종의 존경심까지 느끼게 되었다. 하지만 할머니는 여전히 카이카이 웃으시었다.

"애야, 꼭 넌 늬 에미를 닮았구나. 어떻게 꼭 그렇게 닮아버렸냐. 얘기하는 투도 꼭 같구나 애야. 도대체 넌 이다음에 뭐가 될 테냐?"

할머니는 손녀의 큰 눈을 쳐다보며 부드럽게 물으셨다. 그러자 계집애의 얼굴은 아주 진지한 얼굴로 되어버렸다.

"전 발레리나가 되겠어요."

계집애는 언제 울었냐는 듯이 아주 생생한 얼굴로 대답했다.

"우리 이쁜이는 뭐가 될 테냐?"

이번엔 할머님이 나를 쳐다보았다.

"전, 전."

나는 당황해져서 볼 안에 가득 사탕을 문 것 같은 어정쩡한 대답을 했다.

"소설가가 되겠습니다."

"소설가라구?"

할머니는 순간 쿡쿡 어깨로만 웃으셨다.

"얘야, 왜 하필이면 배고픈 소설가가 되겠다는 말이냐? 건 아주 헐 일 없는 사람들이나 허는 게란다. 수염이나 기르구 침이나 탁탁 뱉어내는 사람들 말이다."

나는 얌전하게 앉아 있었다. 나는 차라리 의사가 되겠다고 말할 걸 그랬다 후회를 하고 있었다. 하지만 그런 내색은 하지 않았다. 나는 무언가 골똘히 생각하는 듯한 표정을 짓고 앉아 있었다.

"얘, 늬 아버진 아직두 그렇게 술 많이 마시니? 동리에서 소문 났더라."

이번에는 계집애가 아주 지나가는 말 비슷하게 그러나 날카로운 목소리로 내게 물어왔고, 나는 좀 어리둥절했던 나머지 정직하게 얘기해버렸다.

"전에는 조금 마셨지만 할머님이 오신 후부터 끊어버리셨어요."

"얘야, 늬 엄마한텐 너희 애비가 좀 과했지. 그게 무슨 소린지 아느냐?"

"……모르겠는데요."

나는 대답했다.

"난 늬 엄마를 굉장히 귀여워했단다. 난 늬 엄마가 거의 걸음마를 배우고 났을 때 미국으로 떠나버렸지만 그때 벌써 늬 엄마는 동리에서 첫째가는 미인이었지…… 그런데 얘기를 듣자니까, 늬 아버진 뭐랄까, 늬 아버진 거 술만 마시는 알부랑당이라던데……"

"아닙니다."

나는 조금 분개에 차서 할머님의 말을 막았다.

"아버지는 술을 마시지만 지금은 끊어버렸습니다. 그리구 저희들두 아버지를 사랑하고 있습니다."

"허기야."

할머님은 떴던 눈을 다시 감으시면서 말을 이으셨다.

"부부 사이가 나쁘다면 새끼를 열둘이나 낳았겠느냐."

나는 그 순간 계집애를 쳐다보았는데 계집애는 손톱을 물어뜯으면서 내게 유쾌한 웃음을 보내고 있었다.

우리는 그 이외에 여러 가지 얘기를 많이 하였다. 하지만 주로 이야기는 계집애가 하는 편이었고, 할머니는 듣거나 듣지 않거나 하고 있었다. 얘기에 지치자 할머니는 내게 노래 한 곡 부르라 하셨고, 나는 찬송가 한 곡을 불렀는데, 원래 고음에 자신 있던 나는 일부러 높은 음으로 노래를 불렀지만 흥분했던 탓인지 고음에서 삐익거리는 비낀 음을 발하고 말았다. 허나 할머니는 아주 흡족해하시면서 박수를 치셨다. 그러자 계집애는

116

"전 무용을 할 줄 알아요."

하고는 혼자서 마루에 있는 전축에 레코드를 걸더니 이윽고 춤을 추기 시작했다. 그것은 굉장한 춤이었다. 지금 생각하면 그 춤은 서부 개척시대에나 추었을 그런 폴가 조의 경쾌하고 날렵한 뜀박질 같은 춤이었다. 하지만 어린 내가 보기에도 그 춤은 좀 야한 춤이어서 간혹 다리를 번쩍번쩍 들 때마다 붉은 내의가, 넓적다리가 들여다보였고, 그 춤은 어찌나 요란했던지 탁자 위에 놓였던 꽃병이 울림에 떨어져 깨어졌을 정도였다. 그것뿐만이 아니었다. 노래를 부르다가 계집애는 간혹 기묘한 함성을 질렀고, 그럴 때마다 더욱 이상한 것은 할머니도 따라 교성을 지르며 마루를 구르고 박수를 쳐대는 꼬락서니였다. 나는 한심했으나 얌전하게 앉아서 세상이 점점 내가 어릴 때하고 많이 달라져가는구나 하는 격세지감을 느끼고 있었다.

"넌 늬 에밀 닮아서 그저 사내를 홀리는 것이라면 무엇이든지 잘하는구나."

춤이 끝나자 손수건으로 땀을 닦으시며 할머니는 명랑한 목소리로 말씀하셨다.

그리고 또 우리는 여러 가지 하면서 많이 놀았다. 점심도 먹었고 주기도문도 외웠는데 나는 좀 느릿느릿하게 외울 참이었으나 계집애가 책상 밑을 통해 손톱으로 내 넓적다리를 슬쩍 꼬집어서 빨리 끝내고 말았다. 기도가 끝나 눈을 뜨고 보니 계집애는 아주

천연덕스러운 낯짝으로 아멘 하고 중얼거리면서 나를 보고 웃었
다. 나는 원래 포크질을 할 줄 몰랐으므로 할머님이 일일이 가르쳐
주셨고 계집애는 혼자서 나이프와 포크질을 썩 잘하면서 이 인분
이나 먹어치웠다.

점심을 먹고 난 후 우리는 목욕을 했다. 원래 목욕을 하려던 것
은 아니었다. 그런데 웬일인지 계집애가

"할머니 제 몸 좀 씻어주시겠어요."

하고 청을 했는데 그러자 할머님은 의외로 천천히 응시하면서 계
집애를 목욕탕으로 끌고 가셨다.

그러나 문을 꼭꼭 잠그었는데도 계집애는 내게 뒤로 돌아서 있
으라고 목욕탕 안에서 신경질적으로 소리를 질렀고, 내가 좀 무안
해서 뒤로 돌아서 있자, 이번엔 거실에 있지 말고 잔디밭에 나가
있으라고 떼를 썼으므로, 나는 우울하게 햇살이 가득한 잔디밭으
로 나와 천천히 앉았다.

잔디밭은 아주 아름다워 생생한 생명감이 넘쳐흐르고 있었다.
무슨 꽃일까, 담 밑에 가득한 꽃 사이로 꿀벌들이 닝닝거렸고, 햇
빛이 찬란한 잔디밭 위에 핀 꽃의 순색은 눈이 부시게 눈을 찌르
고 있었다. 나는 넓은 정원 속에 혼자 앉아 있었다. 온 정원은 꽃의
향기로 충만되어 있었다. 나는 차라리 작문을 짓느니보다는 그림
을 그리는 화가가 되고 싶다고 생각하고 있었다. 그러나 나는 형제
가 많은 집에서 자라난 애들 특유의 우울한 비애감으로 그 꽃잎을

118

뜯어버리고 싶은 충동감과, 누이의 옷을 줄여 입어야 하는 소년 특유의 고집, 질긴 인내를 동시에 느끼고 있었다. 목욕탕에서 유쾌한 물장난 소리가 들려왔다. 또 할머님이 계집애의 엉덩이를 때리는지 찰싹찰싹 하는 소리가 났고, 그 소리에 맞춰 계집애의 높은 비명소리가 들려왔다. 그리고는 옷을 입는지 좀 조용해지더니 곤충의 날갯짓 같은 수상스런 옷깃 소리가 들려오고 있었다.

나는 참 오랫동안 앉아 있었다. 초봄의 따가운 햇살을 몸 가득히 받으면서, 초조하게 조용히 귀를 기울이고 있었다. 나는 땀을 흘리고 있었다.

"들어와두 좋아요."

한참 후에야 유리창 사이로 고개가 밀려나오더니 우윳빛처럼 환한 얼굴을 하고 계집애가 말했다. 그러나 나는 조금 더 앉아 있었다. 흰 나비 한 마리가 햇빛 속을 열대어처럼 비상하더니 꽃 사이로 사라져가는 모습을 쫓으면서.

"들어오라니까."

다시 계집애의 고개가 나왔을 때야 나는 천천히 마루로 들어갔다. 햇볕에 앉아 있었으므로 어둠에 익숙지 않았는데 갑자기 계집애가 내게 등을 내어밀더니

"애 자크 좀 올려줘."

하고는 천연덕스럽게 아직 마르지 않은 머리에서 뚝뚝 듣는 물방울을 함부로 뿌리면서 말을 했다. 내가 좀 우두커니 서 있자 할머

니는 카이카이 웃으시면서

"얘야, 동생 자크 좀 채워줘라."

하고 재촉하셨다. 나는 비누 냄새를 맡으면서 쑥스럽고 분한 기분
으로 계집애의 자크를 올려주었다.

"넌 어쩔 테냐. 목욕할 테냐?"

"싫어요."

나는 대답했다.

"목욕하지 않겠어요."

"얘야."

할머니는 열린 목욕탕 저편에서 욕조의 물을 뽑으시면서 나를
쳐다보셨다.

"난 손주새끼 목욕시켜주고 싶은데. 자, 부끄러워 말구 이리 들
어오라니까."

나는 별수없이 목욕탕으로 들어갔다. 그러자 할머님은 목욕탕
문을 안에서 잠그시면서 손으로 찬물과 더운물을 알맞게 조종하
신 다음, 옷을 벗기기 시작했다. 할머니는 아주 오랫동안 그런 일
에 익숙해오신 듯 조금도 주저하지 않으시며 내 단추를 끄르고 옷
을 벗기셨는데 할머님의 차디찬 손길이 내 몸에 닿을 때마다 나는
깜짝깜짝 놀라곤 했다. 나는 곧 발가벗기었고 할머니는 내가 옷을
입었을 때보다 발가벗을 때 더욱 기분좋으신 모습으로, 내 몸을 찰
싹찰싹 가볍게 때리시며 우선 나를 뜨거운 물속에 집어넣고는 향

기 나는 비누를 물속에 가득 풀었고 그 속에 향수를 반병 넘게 뿌리시었다. 그리고 거품이 자꾸 일어나 이윽고 내가 온통 햇솜 같은 비누거품 속에 파묻히게 되자, 천천히 거품 속으로 손을 뻗어 노인 특유의 완만한 몸짓으로 내 몸의 때를 벗기기 시작했고, 나는 할머님의 손이 겨드랑이나 목덜미나 아랫부분을 스칠 때마다 간지럽기도 하고 즐겁기도 하고 또 한편 부끄럽기도 해서 몸을 비틀었는데, 할머니는 아주 자상하게 내 몸 구석구석을 문지르고 긁어내리고 그리고는 아주 오랫동안 정성 들여 아랫부분을 닦아주시는 것이었다.

"얘야, 넌 꼭 늬 에미를 닮아서 아주 살결이 부드럽구나."

할머니는 내 몸을 문지르시며 몇 번이고 같은 말을 반복하셨다.

목욕탕의 젖빛 유리창으로 스며들어온 회색의 빛 속에서 묵직하게 가라앉아, 나는 점점 배포가 유해져 이미 수치심도 상실하고, 할머니가 요구하실 때마다 몸을 뒤로 젖히거나 옆으로 비켜주고 있었다. 아주 오랜 후에 목욕이 끝나고 나는 샤워를 했는데 할머니는 갑자기 찬물을 내게 끼얹어주시면서

"얘야, 저기 마른 타월이 있으니까 그걸로 닦은 후에 옷을 입어라." 하시고는 문을 열고 나가셨다.

나는 벌겋게 상기되어서 욕탕 거울을 쳐다보았다. 수증기 어린 부연 거울 위에 아주 예쁘게 생긴 소년이 부표처럼 떠 있었다. 그것은 참으로 뻔뻔스런 얼굴이었다. 나는 충분히 물기를 닦으면서 그 모범생 같은 모습으로 단아하게 서 있는 자신의 모습에 혀라도

내보이고 싶은 혐오감을 느끼고 있었다. 나는 이미 알고 있었다. 나는 어린아이가 아니다. 그러나 그들은 내게 어린아이이기를 요구하고 있다. 나는 실제로 모든 것에 곁눈질하고 있었지만 겉으로는 모르는 체하고 있을 뿐이었다. 아아, 저 예쁘게 생긴 소년은 나쁜 자식이다. 나쁜 자식. 형편없는 자식인 것이다.

우리는 좀더 이야기를 하였다. 벌써 짧은 봄의 햇살은 어느덧 뉘엿뉘엿 사라지려 하고 정원의 푸른 잎들은 사라지려는 잔영 속에서 날카롭게 빛나고 있었다. 해질녘의 푸른 잎들은 한결 생생한 빛깔로 불타오르고, 짙은 향기를 풍기고 있었다. 계집애는 다시 자기 어머니 얘기를 하기 시작했다. 그 목소리는 사라져가는 빛을 역광으로 받고 앉아 있는 우리들의 분위기를 매우 천연덕스럽게 가라앉히고 있었다. 할머니는 눈을 감고 계셨는데 아마도 우리 둘을 손수 목욕시킨 후 매우 피로해지신 것 같았다. 우리 셋은 거의 아무런 움직임도 없었다. 나는 의자에 단정히 앉아서 목욕 후의 나른함을 손끝으로 느끼고 있었다.

"어머니가 고생한 얘기는 이것뿐 아니에요."

소녀는 마치 솜씨 좋은 외무사원처럼, 말과 말 사이에 화제를 풍부하게 하는 침묵도 배치할 줄 알았다. 그러다가는 발작적으로 손을 흔들며 목소리를 높였고, 그럴 때마다 일몰하는 빛 속에서 계집애의 모조 반지는 둔중하게 번득이고 있었다.

"어머니는 패션 모델도 했었으니까요. 그것뿐인 줄 아세요. 노래

122

두 부르고, 춤도 추고, 할 수 있는 것이라곤 모조리 했었으니까요."

계집애는 말을 끊었다. 나는 거의 수면상태 속에서 계집애의 얘기를 듣고 있었는데 갑자기 계집애는 말을 끊더니 소파에 누워 있는 할머님의 표정을 살폈다. 할머님은 안락의자에 몸을 파묻고 잠이 든 것처럼 보였다. 그러자 소녀는 살금살금 몸을 떼어 할머니 곁으로 가더니 조심스럽게 "할머니, 할머니" 하고 불러보았다. 그러나 할머니는 조금도 움직이시질 않으셨다. 이번엔 소녀는 손끝으로 할머님의 눈썹을 건드려보았다. 그래도 할머님은 움직이시지 않으셨다.

"잠이 들었군."

할머님이 잠에 완전히 빠지신 것을 확인하자, 계집애는 무언가 즐거운 듯 몸을 크게 움직이면서 중얼거렸다.

"지독한 할망구 같으니라구."

소녀는 이를 악물며 어리둥절해서 앉아 있는 나를 쏘아보았다. 커튼 사이를 통한 우울한 빛 속에서 계집애의 눈은 짐승처럼 빛나고 있었다.

"얘, 넌 참 바보 얼간이같이 생겼구나 얘. 거짓말 잘하는 사기꾼 같이 생겼어."

소녀는 갑자기 소파 위에 놓여 있는 스펀지를 내게 던졌다. 나는 피할 길 없이 그 스펀지를 얼굴에 얻어맞았다.

"얘, 너무 젠체하지 마라. 난 다 알구 있다. 이 뻔뻔스런 바보 자식아."

이번엔 계집애는 던져도 깨어지지 않을 플라스틱 접시를 내게
던졌다. 허나 나는 이번에는 주의를 했으므로 맞지 않았다. 플라스
틱 접시는 벽에 부딪친 후 마룻바닥에 굴렀다.

"니가 내 친척이라니. 애, 더럽다 더러워. 가서 그 애 많이 낳는
늬 엄마한테 가서 얘기해라. 이 할망구는 곧 죽을 테니까 염려 말
라구."

계집애는 아주 성이 난 듯 보였다. 얼굴은 발갛게 달아올랐고,
목은 성난 뱀의 그것처럼 부풀어 있었다.

나는 주춤주춤 일어났다.

"애, 너 미쳤니?"

나는 될 수 있는 한 나지막하게 얘기했다.

"미쳤다, 미쳤어. 왜, 고소하니?"

계집애는 이번엔 던지는 것을 중지하고 숫제 몸째로 덤벼들었
다. 나는 계집애의 손을 피해 슬슬 뒷걸음질쳐서 거실로 밀려들어
갔다. 계집애의 힘은 무척 강했고 독이 올라 있었으므로 마치 쌈닭
처럼 사나워 보였다. 계집애는 방 한구석에 쌓아놓은 방석을 차례
차례 던지기 시작했다. 나는 얼떨떨해서, 그러나 용케 피하며 그
방석이 벽에 걸린 액자를 깨거나 꽃병을 깨뜨리는 것을 멍하니 바
라보고 있었다. 계집애의 행패는 그것뿐만이 아니었다. 처음엔 깨
어지지 않는 물건들만을 던졌으나 좀 후엔 손에 잡히는 대로 마구

내어던지고 있었다.

레코드가 날아와서 깨어졌고 스푼이 번득이며 물고기의 흰 배처럼 날았다. 덕분에 유리창이 깨어졌다. 참으로 어처구니없는 일이었다. 나는 조금 무서워져서 엎질러진 꽃병을 바로 세우고 흘러나온 물을 걸레로 훔치려고 했다. 그러나 이러한 나의 성의의 시도는 계집애의 다음번 행동으로 말미암아 무참하게 좌절되었다. 구석으로 몰린 내게 이번엔 계집애의 몸이 달려와서 내 얼굴을 할퀴기 시작했던 것이다. 아주 사나운 기세였다.

정말이지 나는 참을 수 있는 데까지는 참아보려 했다. 그것은 사실이다. 그것은 꼭 이해해주길 바란다. 나는 결단코 형제 많은 집에서 자라난 특유의 질기디질긴 인내성으로 참아나가려 했던 것을 꼭 기억해주길 바란다. 그러나 참는 것에도 한계가 있었다.

나는 유약하고, 신중하고, 주기도문을 외우는 소년이었지만, 비록 처음엔 무슨 영문인지 잘 몰라서 뒷걸음질치는 소년이었지만, 계집애의 손톱이 내 얼굴을 할퀴고 후비고 주먹이 발길질이 내 몸을 향해 돌격해올 때엔 분명히 분노할 수 있는 남자임을 이해해주길 바란다. 그것은 비단 그 계집애뿐만 아니라 온 세상 여자에 대한 최소한도의 우월감 때문이었다.

나는 순간 계집애를 때리기 시작했다. 계집애의 머리칼을 쥐고 머리통을 벽에 두어 번 쾅쾅 부딪쳤다. 그것은 아버지가 가끔 술이 취해서 집에 왔을 때, 누이에게 했던 것으로 구태여 그 방법을 모방했던 것은 아니었다. 그러나 역시 남자가 여자에게 타격을 가할 때는 그같이 하는 것이 제일 손쉬운 방법이라는 것은 내가 실제로 실행해보니까 증명되었다.

"사람 살려요! 이 자식이 날 죽여요!"

계집애는 갑자기 소리를 지르기 시작했다. 그래서 손을 늦추어 주었더니 계집애는 엉엉 울면서 마루로 뛰어나갔다. 그녀는 잠들어 있는 할머니를 흔들어 깨우기 시작했다.

"할머니, 할머니!"

할머님은 아주 늦게야 눈을 떴다. 그리고는 머리를 풀어헤치고 얼굴에 멍이 든 채 울고 있는 손주딸을 의아하게 쳐다보았다.

"무슨 일이냐?"

"저 오빠가 날 때렸어요."

"뭐라구?"

할머님이 일어서서 아직 방안에 서 있는 내게로 다가오셨다.

"얘들아, 이게 무슨 꼴이냐? 유리는 누가 깨었니? 꽃병은 누가 엎질렀구?"

허나 계집애는 대답하지 않았다. 나도 변명하지는 않았다. 그러나 내가 매우 못된 난폭한 소년처럼 방 한가운데 서서 엎질러진 꽃 몇송이를 들고 있었기 때문에, 범인으로 보이리라는 것은 의심할 여지가 없었다.

"갓뎀."

할머님은 아주 젊은 여자 같은 비명소리를 내셨다.

"얌전한 줄 알았더니 이제 보니 지 애빌 닮았군. 저 자식이 왜 널 때렸는지 아느냐 아가야?"

"모르겠어요."

계집애는 서럽게 울면서 대답했다.

"할머님이 잠이 드신 바로 직후였어요. 저는 조용히 앉아서 얘기를 하고 있었는데 갑자기 저 오빠가 듣기 싫다고 하면서 날 때리기 시작했어요."

"미친 자식. 꼴두 보기 싫다. 얼른 내 눈앞에서 없어져버려."

할머니는 고래고래 소리를 지르셨다. 그때 우리는 초인종 소리를 들었고, 좀 후엔 아버지가 월부책 팔러 온 외판원 같은 표정으로 정원에 서 있는 것을 볼 수 있었다. 아버지는 할머님께 드릴 생과자를 손에 들고 있었다.

"이리로 들어와보라구."

"무슨 일입니까?"

할머니는 무서운 기세로 아버지께 대들었다.

"무슨 일입니까?"

"애를 똑똑히 교육시키라구. 부랑배 만들지 말구."

"뭐, 뭐라구요?"

아버지는 좀 얼버무리는 듯한 웃음을 웃으려고 했다.

"저 자식이 이애를 때렸단 말야. 보라구. 이 상채기를 보라구."

"글쎄요."

아버지는 애매하게 대답하며 나를 쳐다보았다. 나는 서글퍼져서 고개를 숙인 채 서서히 몇 방울의 눈물이 흘러내리는 것을 느끼고 있었다.

"빨리 데리구 가. 이 주정뱅이야."

나는 눈물 어린 눈으로 아버지를 바라보았는데 아버지는 갑자기 결심했다는 듯 뚜벅뚜벅 내게 오더니 좀 우악스럽게 내 손을 거머쥐었다.

"이 생과자두 가지구 가라구."

할머니는 소리를 질렀다.

"안녕히 계십시오."

아버지는 정중하게 큰 목소리로 인사를 했지만 할머니는 인사를 받지도 않으셨다.

"안녕이구 굿바이구, 이젠 얼씬두 하지 말아라."

"알겠습니다."

아버지가 대답했다.

"이젠 다시 오지 않겠습니다."

우리는 거리로 나왔다. 거리엔 어둠이 내려 있어 거리의 상가는 불을 밝히고 있었다. 나는 이미 눈물을 흘리고 있었으므로 거리의 불빛은 번질번질 윤택이 흐르고 있었다.

"울지 마라."

128

아버지는 무뚝뚝하게 말씀을 하셨다.

"사내 녀석이 울긴."

나는 어머니와 많은 동생들과 누이들과 형들이 기다리고 있는 저편의 우리집을 생각해냈다.

"아버지."

나는 변명하기 위해서 입을 열었다.

"난 정말 때리려고는 하지 않았어요. 정말이에요, 아버지."

"다 알구 있다니까."

아버지는 갑자기 웃기 시작하셨다. 어찌나 크게 웃으셨는지 지나가는 사람들이 쳐다봤을 정도였다.

"그래, 그 계집앨 니가 때렸니? 캴캴캴, 정말 니가 그 계집앨, 캴캴캴, 때렸니?"

나는 눈치를 보며 대답했다.

"……때리긴 때렸어요."

"어떻게 때렸니? 캴캴캴, 주먹으로 말이냐?"

아버지는 자기의 커다란 주먹을 들어 보였다.

"……주먹으로두 때렸어요."

"아주 힘껏 때렸니?"

"……예."

나는 무언가 즐거워져서 아버지와 같이 웃었다. 유쾌한 공범의식이 서서히 가슴에 충만되기 시작했다.

"발루두 찼어요."

"자알했다. 망할 계집애."

아버지는 내 머리를 쓰다듬어주셨다.

"네가 이제부터 진짜 남자가 되는가보다. 팽이하구 북어하구 여자란 자고로, 칼칼칼, 좀 맞아야 되는 게다. 이제부터 넌 진짜 내 아들 자격이 있다."

길거리엔 술집이 있었는데 아버지는 조금도 망설이는 기색 없이 내 손을 붙들고 그 술집으로 성큼성큼 들어가셨다. 내가 약간 주저주저하며 아버지의 손을 잡아끌자, 아버지는 크게 웃으시면서 나를 내려다보시는 것이었다.

"아니다. 오늘같이 즐거운 날은 술 한잔 먹어야 한단다. 제기럴, 젠장. 애, 거 술 며칠 끊었더니만 어디 사람 살겠디? 칼칼칼, 술이나 먹구 노래나 부르자."

(1971)

황진이 1

상사뱀

황진이.

그대의 목에는 뱀이 있네.

그대 열다섯 살 땐가 그대를 짝사랑하던 이웃집 머슴 녀석이 죽어 뱀이 되었다.

그 뱀이 그대의 목을 감고 있네.

녀석의 혼이 관뚜껑을 뚫고 뱀으로 변해 칠흑처럼 어두운 산길을 타고 목마르면 산 계곡물에 목을 축이고 황진이 네 방을 찾아들었지.

그 뱀은 너의 고운 잠자리를 파고들어 독기로 너의 얼굴을 핥고, 빛나는 비늘로 너의 몸을 씻었다. 그리고 너의 몸을 타고 올라

날름이는 혀로 너의 잠든 혼을 불러내어 천 년보다 깊은 정을 맺어 너의 끓어오르는 핏속에 뜨거운 정액을 뿌리었거늘 황진이, 그대는 그 뱀이 너의 몸이 죽어 한줌의 흙이 될 때까지 너의 목을 감고 있음을 어이 긴 한숨 한번 내보이지 않고 참아내었던가.

황진이.

그대의 목에는 뱀이 있네.

꼬리를 너의 예쁜 유방 위에 힘껏 붙이고, 몸체를 서리서리 감아올라가 그 질긴 머리만을 너의 귓가에 밀어넣고, 쉴새없이 혀를 날름거려 너의 혼과 교정하는 뱀이 있네.

그대가 우물가에서 곱게 얼굴을 씻고, 우물가에 서 있는 오동나무 잎새가 바람에 한둘 떨어져 그대가 떠놓은 물위에 떨어지면 황진이, 그대는 보았다.

너의 목에 감긴 뱀은 그제서야 스스로 몸을 풀어 너의 등허리를 타고 내려가 우물가 꽃그늘 속에 몸을 도사리고 그대가 머리를 감는 모습을 파란 인광 번득이는 두 개의 눈으로 쏘아보고 있음을.

황진이.

그리고 그 뱀은 용케도 참아내더군. 그대가 차가운 물에 머리를 씻어내리고 그 위에 부드러운 동백기름을 발라내는 긴 시간을.

그대는 떨어진 한 조각의 거울을 들어 물기 덜 마른 긴 머리칼을 틀어올리고 그러면서 그 조그만 거울 속에서 그대는 줄곧 울고 있었거니. 그제야 그 뱀은 다시 기어오르네. 다시 그대의 등을 타고 올라 혀로 그대의 눈물을 핥고는 다시 녀석이 관 속에서 기어나와 그대와 처음 정을 맺던 날처럼 깊은 힘으로 그대의 목을 조이네. 실로 머리 빗을 때 이외엔 언제나 뱀은 그곳에서 그대와 넋만의 사랑을 속삭이고 그대 또한 그것을 받아들이고 있었네.

왜 그랬을까, 황진이. 그대는 왜 익숙하게 녀석의 몸을 받아들이고 있었는가, 황진이.

송도松都의 달

송도 봄밤에 홀로 걸어가는 사내가 하나 있었다. 먼길을 가려는가 봇짐을 짊어지고 키는 우뚝한데 몸매는 날렵해서 짚신 위의 발걸음 한결 경쾌하다.

봇짐 위에는 여벌 짚신이 서너 개 달랑거리고 짐 위에는 무슨 막대기가 비뚜로 꽂혀 있었는데 자세히 보면 피리임이 분명하다.

그는 아까부터 만나는 이마다 붙들고 무엇을 묻고 있는 품이 이 밤을 도와 다시 먼길을 가려는 품은 아닌 것 같고, 오늘밤은 그냥 눌러 주막에서라도 눈을 붙이려는 뜻이 분명하다. 하지만 그것도 아닌 것이 주막이라면 송도 곳곳에 가득차서, 향기 어우러진 벚꽃 사이로 꽃등을 달아 걸어 지나가는 고객을 불러들이려는 주막의 계집들을 뿌리치고 황황히 걷는 품이 그냥 예사의 손은 아닌 듯싶기도 하다.

원래 송도라면 유명한 색향이라서 지나는 길목마다 값싼 주막이 그득그득하고, 지나는 객들은 영 급한 일이 아니면 색주가에 눌러 하루를 청하는데, 그 하루가 예사의 하루로 끝났으면 하련마는 대다수의 과객은 색줏집 색시 등쌀에 한 사날 눌러앉았다, 노자 잃어버리고 사정사정해서 다시 약간의 엽전 몇 푼 얻어가지고 오던 길을 돌아보며 언덕길을 넘어가는 고을로 유명하다. 돌아가는 언덕 위에서 송도를 바라보면 자기가 마치 쫓겨가는 신세가 되어버린 기분은 아득하고, 꿈속에서 있었던 일인 양 송도의 지난 추억이 눈에 삼삼하게 되는 것이 보통이다. 그런데 어인 일인가. 이 사내는 유혹하는 손짓, 마다하고 그저 황황히 걷기만 하고 있다.

길은 어둡지 않아 길 위로는 봄밤의 달이 가득하고 꽃향기는 그 밤 속에 녹아 흐르는데 여염집에서는 개들의 짖는 소리만 왕왕인다. 때문에 사내는 어렵지 않게 거리를 헤쳐나간다. 사내의 행색이 한량처럼 보이는가 살펴보면 그렇지도 않아, 제법 이목이 수려하고 몸차림이 단정하다고 하나 그렇다고 건넛마을 한량패로 유명한 양반집 자제와 한통속은 아닌 듯 여겨진다.

사내는 이윽고 어느 집 근처에서 잠시 기웃거리는 눈치더니 인근 주막집으로 불쑥 들어선다.

평상 위에 앉아서 녹두지짐을 지지고 있던 주모가 황황히 일어선다.

"말 좀 물어보세."

사내의 입에서 말이 떨어진다.

"말이야 얼마든지 물어도 좋으니 술 한잔하구 가소."

주모가 호들갑을 떨며 사내의 봇짐을 받아든다.

"그냥 말만 물어봄세."

"그런 법이 어디 있는감. 말 묻기 전에 술 한잔 먼저 드소."

"그것 좋네."

사내도 마다 않고 의자에 앉는다. 주모는 술병에서 술을 따라 잔 위로 넘칠 듯이 부어놓는다. 사내는 찰랑이는 술이 약간 엎질러지자 손으로 훑어 입에 담는다.

"무슨 술이 이리 붉고 맛이 좋은감."

"진달래술 아니요."

"허 그것 참 입맛에 차오."

사내는 혀를 차며 술잔을 단숨에 비워버린다.

"어디 가는 길이요?"

"지나가는 객일세."

"송도는 초행이요?"

"그런 것 같으네."

"어따 이 양반 술 한번 잘 마시네. 그래 누굴 찾소."

주모는 연신 잔이 비면 술을 따르며 이 사내가 돈푼깨나 있을 듯싶은가, 아니면 건달패에 불과한가를 점치고 있다. 내심 짚이는 바, 객이 돈푼이나 있을 듯싶으면 방안에서 지분거리는 계집아이를 시켜 허리춤이 녹도록 녹여버릴 심산인 것이다.

"이 근처에 황진이 집이 있다고 해서."

"황진이를 찾는다고."

"그렇네."

"무슨 일로."

주모는 좀 의아스럽게 묻는다. 보아하니 황진이가 늘 상대하는 귀한 양반집 같지는 않고, 그렇다고 지나가는 장터의 장사치는 아닌 듯싶으나, 도무지 어림이 안 되는 행장인지라 눈을 왕방울만큼 크게 뜨고 사내의 입을 살핀다.

"그런 건 자네가 알 바 아니네."

사내는 그저 술만 들이켜더니 눈을 올려떠, 열린 문 저 하늘에 걸린 달을 스쳐본다. 진작부터 문가에 앉아 있던 늙은 개 한 마리가 스름스름 다가와 사내가 쏟는 술의 찌꺼기를 핥아먹는다.

"저리 가."

주모가 버선발로 개를 차자, 늙은 개는 다시 스름스름 물러가며 군불 지피는 아궁이 곁에 쭈그리고 앉는다.

"술은 더 하겠남?"

"그만두겠네."

"어디서 오는 길이람?"

"한양서 오는 길일세."

"어이구 반갑네."

136

주모가 시키지도 않은 새 술병을 들고 들어오더니 연거푸 빈 잔을 채운다.

"한양 어디 사는감."

"그건 알아 무엇."

"우리 딸애가 한양으로 시집가서 그러오."

"군말 말고 황진이 집이나 가르쳐주소."

사내는 술잔을 단숨에 들이켜더니 문턱에 벗어놓았던 갓을 쓰며 다시 행장을 차린다.

"아이구. 이제 보니 양반은 양반인데 무슨 양반이 그리 성질이 급하담. 이리 나와보소."

주모가 문턱을 나서며 사내를 돌아본다.

길가에 나서자 봄기운이 완연한 바람이 꽃향내를 품고 불어온다.

"저 큰 벚나무 밑으로 기와집 서너 채 보이오?"

"그렇네."

"그 가운데 집이 황진이 집이요."

"고맙네."

사내는 저고리 소매로 얼굴을 흠씬 닦아내리는 주모를 돌아보며 인사를 차리고는 성큼성큼 걷기 시작한다.

"어따 이 양반아. 술값은 주고 가얄 게 아닌가베."

주모가 잠시 사내의 빠른 뒷걸음을 보고 있다. 깜박 잊어버렸다는 듯 벌써 수양버들 늘어진 개울가로 성큼성큼 내달아가는 과객의 뒤를 바짝 쫓는다.

"술값이라니. 난 송도 인심이 좋아 한잔 거저 주는 줄 알았네."

"어느 시러베 딸년이 공술을 준담. 이보소. 행색은 남루하게 차리었지만 보아하니 귀한 행색으로 황진이 후려내려고 온 것 같으니 많지도 않은 닷 냥만 놓고 가소."

사내는 우뚝 서서 주모를 쳐다보다가 이윽고 껄껄 웃는다.

그리고 괴춤을 뒤져 엽전 닷 냥을 꺼내 주모의 손에 번쩍 들어 놓는다.

"되었나."

"되었소."

"그럼 이젠 가도 괜찮남."

"물어 무엇이요."

사내는 다시 냇물 위로 듬성듬성 깔아놓은 디딤돌을 딛고 건너기 시작한다.

송도술 두 병에 취하지도 않았는가, 단숨에 비웠는데도 정확히 디딤돌을 딛고 우쭐우쭐 건너간다.

"조심해 가소."

주모는 잠시 달빛에 번쩍거리는 냇물 위로 사내가 무사히 건너는가 지켜보다가 다정히 손 모아 소리쳐준다.

그러나 사내는 대답 없고 버드나무 가지만 흔들거릴 뿐. 먼 곳의 개만 짖을 뿐.

사내는 냇물을 다 건너서 오솔길로 접어든다. 입김에서 내비친 술기운은 씩씩거리고 걷는 다리가 녹아 나른해도 사내는 허이허이 어두운 숲길을 헤쳐나가면서, 주모가 알려준 가운데 기와집 정문 앞에 당도한다. 사내는 잠시 발을 모두고 낮은 돌담 너머로 안채에 불기가 있는가 어쩐가를 기웃거리나, 안채엔 이미 불이 꺼져 있었고 온 집안은 죽은 듯 괴괴하다. 그러나 사내는 마치 오랜 먼 길에서 자기 집 돌아온 사람처럼 당당히 걸어 대문을 흔들어댄다.

"이리 오너라. 이리 오너라."

사내의 목소리는 우렁차고 깊이 잠든 돌담 너머 안채를 향해 쩌르렁쩌르렁 울린다. 적은 양의 술이긴 해도 바삐 마신 술이라 얼굴이 확확 달아오른다.

"이리 오너라. 이리 오너라."

어디선가 먼 곳에서 느닷없이 개 짖는 소리가 들려오고 다듬이질 소리가 돌연 멎는다. 그래도 안채에선 아무런 소리가 없고 사내의 목소리 기세에 잠시 멎었던 먼 다듬이질 소리만 이어진다.

"이리 오너라."

사내는 마치 부숴버릴 듯 대문을 흔들어댄다. 그제서야 안쪽에서 신발 끄는 소리가 들려온다.

"뉘시오."

닫은 문 틈으로 계집 하인의 눈이 조심스럽게 다가온다.

"지나가는 과객인데 누울 자리 있으면 좀 쉬어갈까 하는데 의향이 어떠시냐 여쭤라."

"주인이 안 계시오."

계집의 대답은 매몰차고 냉정스럽다.

"주막도 많은데 왜 하필이면 이곳을 찾소, 찾기는."

"잔소릴랑 말고 주인어른 좀 나오시라고 여쭤라."

"이 집이 도대체 누구 집인 줄 아시기나 하나. 왜 이리 떠들기요, 떠들긴."

"이 집이 평양감사 집이나 되는감."

사내는 짐짓 술이 취한 듯 혀 꼬부라진 소리를 낸다.

"얼른 주인어른한테 여쭙고 이 문 좀 열어라."

"싫소."

계집은 잔망스럽게 거절한다.

"주인마님은 진작부터 깊은 잠에 드셨소."

"깨우면 되지 않는감."

사내는 지금까지의 태도로 보아서는 너무할 정도로 지분거린다. 몸은 술에 잔뜩 취한 사내처럼 흔들거리고 갓끈이 풀어져 머리의 갓은 비뚤게 걸려 있다.

"정히 그렇다면 잠깐만 기다려보소. 주인마님께 여쭤보고 오겠으니."

계집애의 신발 끄는 소리가 경망스럽게 사라진다. 사내는 담뱃대에 담배를 비벼넣고 부싯돌을 그어 불을 일군다. 번득번득 몇 번의 불빛이 엇갈리자, 불이 살려지고 사내는 잠시 돌담에 기대어 몇 그루인가 냇가 위로 깔린 매화나무 위에 흰 달이 걸린 모습을 쳐다본다. 달은 매화꽃 사이에 걸리었는데 달빛을 받은 매화꽃은 마치 분첩에 분가루 날리듯 봄바람에 떨어져 하얗게 무너져내린다.

그러고 보니 땅 위엔 나비를 쥐었을 때, 손 위에 묻어내리는 나비의 몸껍질 같은 매화꽃의 죽은 낙화가 어지러이 깔려 있었고, 그 위로 달빛은 눈이 부셔 마치 사금파리가 햇빛에 반짝이는 듯 빛나고 있다.

달을 가리는 짓궂은 먹구름 하나 없이 푸르르고, 투명한 하늘 위에 저 혼자만 덩그렇다. 무슨 새인가, 작은 새가 하나 나뭇가지 위에서 울어예다, 순간 달을 향해 비늘처럼 솟구친다. 사내는 돌담에 몸을 기댄 채 그 새의 행방을 좇는다. 그러나 사내의 목은 짧아 새는 푸른 과일과 같이 젖어 있는 먼산의 숲을 향해 사라져가고, 솟구친 순간에 떨어진 금빛 깃털만이 꽃잎처럼 나풀대며 내려온다.

이윽고 한참 만에 다시 계집의 잰걸음이 다가온다.

"어찌 되었느냐."

사내는 다시 비틀거리며 혀 꼬부라진 소리를 낸다.

"하룻밤이라면 행랑채에서라도 자고 가도 무방하시다 그러오."

"옳지 잘되었구먼. 어서 문 따거라."

"급하게 재촉 말고 잠깐만 기다리소."

대문이 우지끈 열리더니 한 손에 꽃등을 든 계집이 몸을 사린다.

"아까는 어른 몰라뵙고 너무 말 많았사옵니다."

"진작 그러할 것이지."

사내는 호기롭게 봇짐을 덜렁이며 큰 걸음으로 뜨락에 들어선다.

뜨락엔 불기는 없고 석등 안엔 심지 낮춘 호롱불이 바람도 잔데 깜북인다.

"이럴 게 아니라 주인 양반께 인사를 차려야 할 겐데."

"관두시오."

등을 밝히고 앞서 걷던 계집이 몸을 돌려 말을 막는다.

"이 집이 뉘 집인 줄 아시고 바깥양반을 찾으시오, 찾기는."

"이 집이 뉘 집이란 말이냐."

"도대체 어디서 오는 길이옵니까."

"한양서 오는 길인데."

"한양에서도 우리 주인마님 소문 못 들으셨소?"

"못 들었다."

사내는 계집의 뒤를 따라 집을 돌아 후원으로 간다. 이 무슨 집인가. 후원은 넓어 뒷산과 연해 있어 숲은 우거지고 자그마한 연못이 달빛에 잠긴 듯 찰랑거리고 있는데 그 못 가운데에는 삿갓집 누각이 솟아 있구나. 누각으로 가는 다리가 꿈결처럼 놓여 있구나.

"얘야, 이 집이 뉘 댁인 줄은 모르지만 경치 한번 굉장하구나."

사내는 눈을 가느다랗게 뜨고, 턱밑에 솟은 수염을 처억 쓰다듬으며 물을 입에 뿜었다 일시에 뿜어내는 것과 같은 터져내리는 달빛이 후원·별당 숲 위에 부서져 흐르는 것을 보고 있다.

"예서 주무시오."

계집이 후원에서도 떨어진 행랑채 문을 잡아당기는데 어둠 속에서 보아도 집은 낡아 덧문 여는 문고리 소리가 무척이나 요란하다.

계집은 문을 열어 방안을 휘둘러보고 탁상 위의 황촛대에 불을 켜 밝히더니

"이 방이 누추하지만 하룻밤만 주무시오."

하고 그만 물러설 요량으로 읍을 한다.

"방안이 차가우면 뒷문 아궁이에 묵은 잔솔가지가 있사오니 불을 지펴 주무시오."

"수고스럽지만 니가 좀 해줄 수 없겠느냐."

"소녀는 주인마님 몸 불편하시와 빨리 시중들러 가야 합니다."

계집은 다시 한번 방안을 둘러보고 몸을 돌려 긴 치마를 끌며 어둠 속으로 사라진다.

사내는 잠시 냉기 흐르는 방안을 들여다보며 곰팡이 냄새를 맡는다. 문 이마엔 부적이 한 장 붙어 있고, 벽장 위엔 유난스럽지 않은 필체로 붓글씨가 휘갈겨 씌어 있다.

사내는 우선 방안에 짐을 풀어놓더니 성큼성큼한 걸음새로 집 뒤켠으로 돌아가 잔솔가지를 지펴 불을 일구기 시작한다. 잔솔가지는 겨우내 말린 것인지 바싹 말라 이내 깊고 깊은 아궁이 속에서 탁탁 불을 튀기며 피어오른다. 깊은 산 새둥지 속에서 어린 새

가 잠결에 칭얼거리는 소리인 양 은밀한 소리를 반추해가며 삭정이는 불타오르고, 이내 온 방안은 구수하게 묵은 낙엽 타는 냄새로 가득차버린다. 사내는 자꾸자꾸 솔가지를 집어넣으면서 연기가 얼굴로 덤벼들 때마다 간혹 얼굴을 피하면서, 아궁이에 밀어넣은 솔가지에 끓어오르는 송진으로 선득선득 손끝을 데기도 한다. 연기가 굴뚝으로 솟구쳐올라 이내 요염스런 달빛을 타고 하늘을 가린다. 달빛 속에 녹아 흐르는 연기는 이내 푸른 물 속에 휘감기는 해감처럼 흔들리며 춤을 춘다. 가끔 사내는 지피다 말고 문을 열어 방바닥을 만져본다. 방바닥은 이내 달아올라 끝내는 절절 끓는다.

그제서야 사내는 아궁이 문을 닫고 손에 묻은 솔가지를 털어버리고는 성큼성큼 짚신을 벗어던지고 방안으로 들어선다. 방안에는 아직 연기 냄새가 빠지지 않아, 냄새가 나기는 하나 고약스럽지는 않다. 사내는 겉옷을 훌훌 벗어던지고, 잠시 벽에 몸을 기대고는 닫힌 문틈으로 새어오는 연한 바람에 우쭐우쭐 춤추는 촛불을 바라본다.

참으로 먼길은 먼길이어서 연 사흘을 걸어온 길이었다. 그리하여 마침내 온 이곳이 바로 송도의 황진이 집이 아닌가. 소문에 듣자하니 황진이가 신분은 비록 기생이긴 하나 황진사의 서녀庶女인 양반의 피를 섞은 여자로서, 인물은 고사하고 인격과 서예도 특출하거니와, 사람 대하는 눈도 높다 하거늘, 제아무리 몸을 사리는 미녀라 하지만 한갓 관기녀官妓女에 불과한 주제로서 어디 제까짓

144

게 얼마만한 인물인가 내 한번 보고 오겠노라고 술좌석에서 공언하고는, 그길로 봄밤을 걸어걸어 온 길이었던 것이다. 풍문에 의하면 송공대부인宋公大夫人의 수연壽宴 석상에서 이름난 기생치고 하나 빠짐없이 가지각색의 오색찬란한 비단옷 차림과 현란한 노리개와 분연지 등으로 단장하여 미색을 다투고 있었는데, 유독 황진이만큼은 화장을 하나도 하지 않았건만 광채가 사람을 움직일 정도로 그 존재는 한 떨기의 청순한 국화꽃과도 같이 이채를 띠어, 보는 이마다 칭찬하지 아니하는 사람이 없다고 하였으며, 외국의 사신이 '여국유천하절색汝國有天下絶色'이라 감탄하였다고 하니, 천하의 대장부인 주제에 어디 한 번이라도 내가 황진이의 사람됨을 직접 보고 오겠노라 했던 것이다. 일부러 행장을 남루하게 차리었고 행동도 경박스럽게 하였지만 내 한번 어디 보리라 하고 작정한 내친걸음은 단숨에 먼길을 오게 하였거늘, 사내는 이윽고 촛불에 눈을 두다 후욱 불어 촛불을 꺼버린다.

보리라. 이제야 내가 보리라. 황진이 내가 너를 시험하여보리라.

완자창으로 비쳐든 달빛 위에 매화꽃 그늘이 흔들리고 온 방안에 가득 쏟아진 달빛 속에 술좌석에서 소판서蘇判書와 이별 때 읊었던 황진이의 시 구절이 조용히 떠서 흐른다.

달빛 깔린 뜰에는 오동잎 지고,
서리 속에 들국화 시들어가네.

다락은 하늘에 닿을 듯하고

술은 취해도 오가는 잔 끝이 없네.

흐르는 목소리 거문고랄까.

매화 향기는 그윽이 피리에 감돌고야.

내일 아침 우리 둘 헤어진 뒤면

얽힌 정은 길고 긴 물결이랄까.

　사내는 돌연 칼집에서 칼을 뽑듯 어렵지 않게 피리를 뽑아든다. 손끝에 쥐어든 피리의 감촉은 지그시 무거웁고, 그의 손에 익은 피리는 싸늘하고 그리고 따스하였다.

　사내는 눈을 감고 호흡을 정지한다. 자세를 바로 하고 심기를 잡는다. 머릿속의 온갖 잡스런 망상은 심기에 눌리어 천천히 사라진다. 허공에서 춤추는 요귀의 광기가 나지막이 가라앉고, 주위는 칼로 베인 듯 돌연 빛이 붙는다. 머릿속으로 투명한 달빛이 흘러온다. 그의 머리는 푸른빛으로 충만된다. 온몸에서 빠져나간 잡념 때문에 그는 속이 빈 대나무처럼 경쾌하고 가벼웁다. 그는 자신이 이른 아침 강변에 나아가 썻는, 흐르는 모발처럼 가볍게 떠오르는 것을 느낀다. 손을 내미나 저항감을 느끼지 않고, 손끝에 그려진 손금처럼 달빛은 한줌 손아귀에 쥐어도 무게는 없다. 그러나 달빛은 한줌 덥석 쥔 손끝에서, 파란 인광을 사방으로 흩날리며 떨어져내린다. 사내는 달빛을 손에 힘을 주어 쥐어짠다. 달빛이 주르르 흘러내린다.

사내는 한 손에 피리를 든 채 완자창을 열어젖힌다.

더욱이 빛나오르는가. 너 달빛이여. 그 빛은 뽐내지 않고 구석구석 은은히 숨어 있다 눈짓으로만 토해내는 빛처럼 고루고루 투명하다.

사내는 나는 새처럼 소리없이 걸어 연못가로 나아간다.

암갈색 연못 위에 달빛이 하얗게 뒤채고 있다. 그는 다리를 건넌다. 인기척에 놀란 물곤충들이 풀숲에서 연못을 향해 달려든다.

그는 잠시 삿갓집 정자에 정좌해 앉고는 정자 위 단청이 색색으로 달빛을 품고 있음을 본다. 누각 위의 절병통節甁桶이 투구의 칼날처럼 솟아 빛난다. 그의 머리는 단칼에 베어버린 과일의 단면처럼 맑아오고 그의 눈 안으로 달빛이 흘러든다. 그의 온몸은 빛을 발하기 시작한다. 그의 몸은 달빛에 녹아들어 이윽고 느슨히 몸의 선이 지워져버리면서 형체가 없어져버린다. 진득진득한 빛의 섬광이 참을성 있게 녹는 형체 위에서 묻어난다. 사라져버린 몸은 간 곳이 없고 대신 한결 청아한 넋만이 남아 일렁인다.

그는 조용히 피리를 쥐어든다. 피리 위로 달빛이 번득인다. 그러다가는 그가 피리를 쥐어들자, 주르르 낮은 곳을 향해 흘러내린다.

달은 그의 피리 위에서 무게를 달기 위해 놓인 것처럼 무겁게 빛난다.

이윽고 그는 들이마신 숨을 내뿜으면서 피리를 불기 시작한다.

그 소리는 그의 호흡을 타고 튀어오른다. 피리의 혈穴 하나하나를 눌러내릴 때마다, 소리의 실이 풀려서 은빛으로 엉긴다. 그의 손은 때로는 빠르게, 때로는 느릿느릿 그의 피리를 더듬는다. 그의 피리 소리는 슬프고 비애에 가득차서 하늘과 땅 사이의 빈 공간을 재빠르게 메워버린다. 피리 위로 뜨거운 피가 돌기 시작하고 피리는 그의 몸 일부분인 양 달아오른다. 돌담 구석구석 이끼 낀 습지로부터 투명한 빛이 튀어오르면서 그가 내뿜은 소리의 호흡과 엉겨 뒹군다.

보이는 빛 너머에서 소스라쳐 놀라며 소리의 무덤이 열리기 시작한다. 빛이 없이 가라앉은 캄캄한 바닷속을 자기의 눈에 야광을 발라 자진해서 어둠을 밝히는 물고기와 같은 보이지 않는 자의 보이지 않는 빛이 열린다. 들리지 않는 자의 들리지 않는 소리가 들린다.

그는 소리의 껍질을 벗긴다.
그러나 오래 걸리지 않는다.
사랑이 깊은 귀를 아는 소리는
도둑처럼 그 귀를 떼어가서
소리 자신의 귀를 급히 만든다.
소리 자신의 목소리에 귀를 붙인다.
그의 떨리는 전신을 그의 귀로 삼는 소리들.

황진이는 벌거벗겨지고 있다. 무슨 나무일까, 키 큰 나무 밑에서. 그녀의 옷이 저항감 없이 한둘 벗겨진다. 그녀는 이래서는 안 된다고, 이래서는 안 된다고 생각한다. 그러나 몸은 뜻대로 되지 않는다. 방심한 상태에서 어디서 불어오는지 한 가닥의 수상한 바람이 그녀의 옷을 핥듯이 벗긴다. 그 바람 속에서 투명한 손이 뛰어나와 그녀의 옷고름을 풀어내린다.

그녀는 옷이 벗겨질 때마다 젖가슴을 두 손으로 가린다. 그러나 바람은 그것도 허락지 않는다. 바람은 그녀의 젖가슴을 어루만진다. 이윽고 황진이는 손을 내린다. 그리고 모든 것을 허락한다. 그녀는 모든 옷이 벗긴다.

그녀의 벌거벗은 나신 위로 비늘이 돋기 시작한다. 아른아른 찬연한 비늘이 무성하게 돋아난다. 처음에는 다리에서부터 몇 개의 선이 그어지더니 꽃이 피듯 소리도 없이 갈라진다. 그 갈라진 틈으로 운모雲母와 같은 비늘이 고개를 든다. 그리고 그녀의 온몸을 침윤한다. 황진이는 한 조각의 비늘을 뜯어낸다. 비늘은 아픔도 없이 벗겨진다. 비늘은 황금빛으로 빛나고 있다. 그녀는 비늘을 입김으로 불어 날린다. 뜯긴 비늘 자리에 새로운 비늘이 돋아난다.

황진이는 갑자기 꿈을 깬다. 잠과 현실의 짧은 순간을 피리 소리가 재빠르게 없애버린다. 그녀는 오랫동안 피리 소리를 듣고 있었음을, 그 피리 소리를 들으면서 잠을 자고 있었음을 알아차린다. 황진이는 피리 속에서 투명한 손이 뛰어나와 자신의 옷을 벗

기고 있었음을, 그리고 그 피리의 곡曲 음률 하나하나가 현란한
비늘이 되어 자라고 있었음을 의식한다. 그녀의 뜨거운 피를 피
리 소리는 불러 춤추게 한다. 그녀는 조용히 몸을 일으켜 잠옷 바
람으로 뜰로 나선다. 흰 버선발로 섬돌 밑으로 내려선다. 밤은 깊
은데 주위는 무사無事의 적막으로 가득차 있고 하늘에는 요염하게
무르익은 달이 그녀의 백옥같이 씻은 얼굴 위에 비낀다. 바람이
그녀의 속옷을 날리고, 그녀는 천천히 피리 소리 나는 곳으로 발
을 옮긴다.

연못의 달빛이 부서지는 삿갓집 정자에 단정히 앉아 피리를 불
고 있는 사내의 모습을 발을 돋우고 숨어 본다. 사내의 피리 소리
는 더욱 깊이 익어가고, 황진이는 이윽고 사내가 누구인 줄 알아낸
다. 그녀는 사내의 마음을 읽어내린다.

그녀는 다시 되돌아온다.

"애월아."

황진이는 사랑채에 잠들어 있는 계집을 숨죽여 부른다. 좀 후에
옷깃 여미는 소리가 나고 계집 하인이 부산하게 나타난다.

"야심하온데 웬일이오십니까, 마님."

"저기 못 위에 앉아 피리를 불고 있는 사내가 누구냐."

"아까 마님께 여쭤본 지나가는 과객이옵니다."

"행장은 어떠하였더냐."

"남루하였사옵니다."

황진이는 조용히 웃는다.

"애월아, 곧 술상을 봐 올리도록 하여라."

"예?"

몸종은 호들갑스럽게 놀라며 눈을 올려뜬다.

"쉬, 조용히 해라."

황진이는 몸종의 경망스런 움직임을 책하며 손으로 입을 가린다.

"저분의 피리 소리를 그치게 하지는 말아라."

"도대체 저 사람이 누구시오니까."

"저렇게 피리를 불 줄 아는 사람은 조선에서 오직 한 사람. 곧 술상 봐 올리고, 내 먼저 별당에 들어가 있을 터이니 피리 소리 그치기 기다려 몸 사리며 찾아뵙고, 주인마님이 술 한잔 권하시겠다고 일러라. 알겠느냐."

"알겠사옵니다."

황진이는 몸을 돌려 매화꽃 어우러진 꽃밭 속으로 사라진다. 밤의 꽃들은 한결 눈이 부시고 짙은 향내는 봄밤을 풍요롭게 한다.

계집은 황진이의 뒷모습과 피리 소리 나는 곳을 번갈아 쳐다보다가 얼핏 생각난 듯 마님의 뒤를 쫓아간다.

"마님, 혹 저 피리 소리가 밤이 샐 때까지 이어진다면 어찌하오리까."

황진이는 무심코 눈 위의 매화꽃 한 송이를 뜯어 꿈속에서 비늘 날리었듯 입김으로 불어 날린다. 흩어지는 매화 꽃잎은 달빛에 어지러이 떨어진다. 땅 위엔 무정한 봄바람으로 떨어진 매화 꽃잎의 낙화가 즐비해서 마치 겨울에 내린 눈처럼 보인다. 황진이는 흘끗 몸종을 쳐다보며 한숨과 같은 말을 내린다.

"내 가야금 뜯기 시작하면 필히 저 피리 소리는 그칠 것이니, 그때를 봐서 내 뜻을 이르도록 해라."

(1972)

---

* 정현종의 시 「귀를 그리워하는 소리」 중에서 7행을 피리 부는 묘사 중에 삽입 인용하였음.

전람회의 그림 1

─잠자는 신화

그날 아침을 무어라고 표현할 수 있으랴.

어쨌든 그날 아침 나는 매우 유쾌유쾌하였다. 날씨는 쾌청하고 하늘로는 새털 같은 초가을 날씨의 구름이 낙타 모양을 하고 흘러가고 있었다. 거울을 보니 수염이 간밤에 좀 자라나긴 했지만 수면이 깊었으므로 고급 양피지처럼 정결해 보였다. 더군다나 오늘이 무슨 국경일이고 내일이 일요일이었으므로 연 이틀 동안의 연휴가 약속되어 있었던 것이다. 이틀 동안 내리 쉴 수 있는 연휴는 그리 쉬운 행운이 아니었다. 언젠가 국경일이 일요일과 겹친 그야말로 천재일우의 기회를 우울하게 보낸 일이 있었던 것이다.

하지만 신께서는 공평한 편이니까, 또 신께서도 가끔쯤은 피로하신 모양이니까 엿새 동안에 우주만물을 창조하시고 악착같이 쉬셔야 할 휴일이 이틀 내리 계속되는 정도야 나쁜 일이 아닐 테고 하물며 우리 인간에게야 그야말로 말할 나위 없이 즐거운 일이다.

더군다나 오우, 신이시여 감사합니다. 어젯밤 나는 나의 애인을 드디어 정복했던 것이다. 육 개월을 넘게 끌어온 정사였다. 살려주십사 하고 덤벼들어도, 이 악물고 몸부림쳐도, 매달려봐도, 고대 스핑크스처럼 의연하기만 하던 나의 여인이 드디어 어젯밤 내게 몸을 허락했던 것이다.

어제의 정사를 무어라고 말을 할까. 그것은 날카로운 철제로 뚫어 일시에 무너져내리는 거대한 광고용 애드벌룬과 흡사한 정사였던 것이다.

원래 내 약혼자는 키가 커서 백구십이 센티미터를 상회하고 거기에 알맞추어 몸무게는 팔십 킬로그램을 족히 넘는 여인이었다. 하지만 그 몸매는 비록 체중이 그렇게 우람지다 할지라도 뚱뚱한 느낌이나, 간혹 돌연변이를 일으켜 비대해진 변종 식물처럼 징그럽기까지 한 느낌을 주는 것은 아니었다. 그녀가 좋아하는 몸에 꼭 붙는 원피스를 입은 모습을 보노라면 그저 나올 곳은 비상히 튀어나오고 들어갈 곳은 비상히 들어가버려 마치 유난히 알이 굵은 과일을 실험재배하는 임업시험장의 우량종 식물 같은 느낌을 주는 것이다.

거기에 내가 홀딱 반했던 것이다. 원래 내 몸은 유약하고 왜소해서 키는 백사십 센티미터를 간신히 넘고 체중은 사십 킬로그램도 채 못 되어 군대에도 본의 아니게 갈 수 없는 형편인데, 때문에 나는 평소에 자신의 모습에 언제든 열등의식을 느끼고 있었으므로 적어도 내 아내 자격 제1조는 나의 두 배쯤, 허락된다면 세 배쯤 되는 여인이어야만 한다고 늘 생각하고 있었던 것이다.

그 조건에 딱히 부합되는 여인을 찾기란 그리 쉬운 일이 아니었다. 바로 그것 때문에 나는 서른다섯 살이 넘도록 결혼을 하지 못했던 것이다. 물론 나는 가끔 부모들이 권하는 대로 선을 보기도 했었다. 그러나 만나기로 한 장소에 나갈 때마다 나는 늘 못마땅하고 우울해서 그야말로 인간이면 누구든 한번쯤 향유할 수 있는 결혼이란 천국 아니면 지옥을 도저히 나로서는 맛볼 수 없는 그 무엇이 아닐까 하고 단정짓고 있었던 것이다.

그래서 후에는 부모들이 선을 권할 때마다 나는 내가 가지고 있는 외국잡지, 접었다 폈다 할 수 있는 간지間紙에서 뜯어낸 키 크고, 마치 범람하는 나일 강 같은 외국 누드모델을 가리키면서 적어도 이런 여인 아니면 상대하지 않겠노라고 공언했던 것이다.

나는 막연하게나마 적어도 내가 결혼할 수 있는 여인의 키는 백팔십오 센티 이상에다가 체중은 칠십오 킬로그램을 넘어야 할 것은 물론이고, 그렇다고 몸의 질량감이 클지언정 무시무시한 느낌을 주거나 징그러워 무슨 적진을 향해 돌격하는 탱크와 같은 느낌을 주는 여인은 곤란하다고 점찍어놓았던 것이다.

대체로 우리나라 여인들은 모두 소변기처럼 작고 거기다가 유방이라면 화재를 알리는 비상용 경보장치만큼 염치없이 부풀고 거기에 건포도 같은 유두가 붙어 있어. 나는 거리를 쏘다니며 여인들을 볼 때마다 창피스러워지고 비애를 느껴서 저런 염치머리없는 왜소한 여인들과 소위 지상의 낙원이라는 결혼생활을 꾸밀 바엔 아예 독신으로 늙어 죽는 편이 낫겠다고 결심했던 것이다. 친구녀석들은 나의 이러한 결심을 듣고 나를 멍텅구리 아니면 바보, 그것도 아니면 약간 돌아버린 모양이라고 험담을 하곤 했다.

하지만 내가 돌아버린 사람이 아니라는 것을 거듭 밝혀두는바, 왜냐하면 나는 그야말로 컴퓨터와 같은 두뇌를 소유하고 있는 사람이기 때문이다.

물론 우리가 기성복을 사입으려고 양복 총판매장이라는 데를 들르면 소위 특대라는 사이즈의 기성복이 있는 것처럼 특대의 여인들이 거리엔 간혹 있었다. 나는 막연하게 거리의 사람들은 모두 이미 재단되고 가봉되어 어떤 형태를 이루고 있는 기성복에 불과하다고 생각하고 있었다. 학벌이라든지 미모라든지 가문이라는 것은 양복 뒤에 붙어 있는 상표와 가격표 표시에 불과한 셈인 것이다. 실로 거리에는 기성복이 걸어다니고 있는 셈이었다. 사람들은 용케도 자기의 규격에 알맞은 옷을 걸치고 있는 것처럼 기성복 아닌 기성녀를 골라잡고 그리고 고만고만한 애들을 낳고 그야말로 행복에 겨워 낄낄대는 것이었디.

대부분의 사람들은 물론 자기 목의 사이즈를 기억하고 있는 것처럼 자기의 분수를 알고 있었다. 그래서 사람들은 자기 목 치수에 알맞은 와이셔츠를 고르기 위해 이것저것 입어보다가 드디어 알맞은 물건을 발견하고 상점을 나오는 식으로 이 여인에게 연애 걸어보다가는 물리고, 저 여인과 손목 잡아보다가는 물리고, 드디어는 겨우겨우 제 치수에 알맞은 와이셔츠를 고르고는 그것도 아주 아니꼬운 물건을 마지못해 사는 것처럼 점원에게 물건값을 깎아사서 의기양양하게 거리로 나오듯이 결혼식을 올리고, 와이셔츠를 입었으니 넥타이를 매야 되겠다는 배짱으로 애들을 낳는 것이었다.

그러나 가령 목은 새처럼 가는 사나이가 특대 와이셔츠를 입었다 한들 안 될 것도 없는 일이었다. 가령 일곱 살 난 막내둥이가 아버지의 신사복을 걸치고 거리에 나갔다 한들 남에게 혐오감을 줄 수 있을지는 모르지만 아무리 비상시국이라 할지라도 법에 벗어나는 일은 아니었던 것이다. 그런 의미에서 내가 내 사이즈와는 어울리지 않는 특대의 기성복을 입었다 한들 그것이 틀려먹은 일이라고 단정할 수는 없을 것이다. 그래서 나는 이런 우량종의 여인을 좇아서 실로 서른하고도 다섯 해 동안을 독수공방으로 지내온 것이다.

처음에 나는 신문에다 광고를 낼까도 생각해보았다. 재산 있는 과부가 젊은 놈팡이 구한다는 광고처럼 재산 있는 총각이 거대한 여인을 구한다고 광고를 낼까 궁리궁리해보았다. 그러나 좀 후에는 그 생각을 포기했다. 차라리 신라시대 때의 무슨 왕처럼 전국을 유람하며 거대한 여인을 찾아헤매는 편이 나으리라 싶었던 것이다. 나는 타의에 의한 방법을 취소해버리고 내 스스로 찾아헤매리라 결심했다.

물론 나는 거리에서 간혹 내가 바라는 그런 몸이 큰 이상형을 발견하기는 했다. 그런 여인들은 매우 드물어서 농구선수나 배구선수 같은 운동선수이거나 그것도 아니면 외국인을 상대하는 접대부 같은 여인들이었다. 전자는 키 큰 대신 모두 말라 보였으며 후자들은 키는 크나 징그럽고 마치 다족류 벌레 같은 느낌을 주어오는 것이었다. 몇 년 전 나는 그런 여인을 찻집에서 만난 일이 있었다.

카운터 앞 공중전화기에서 누구에게 전화를 걸고 내 자리로 돌아오려고 했을 때였다.

다방 안은 어둡고 요란했으므로 나는 내 자리에 돌아오기 위해 더듬거리다가 그만 어떤 여인의 발을 밟아버렸다. 그때 나는 그 여인이 날카로운 비명을 지르며 내게 무어라고 우렁찬 욕지거리를 하고는 꼭 구식 증기기관차가 간혹 김을 빼기 위해 풀풀—흰 수증기를 토해놓는 것처럼 툴툴거리면서 풀무 같은 입을 열어 불평하는 것을 보았다.

처음에 나는 그녀가 선 키로 내게 그렇게 불평을 하는 줄 알았다. 왜냐하면 그녀의 눈 위치와 내 눈 위치가 거의 일직선상에 있었기 때문이었다.

그러나 나는 잠시 후에 그녀가 선 채가 아니라 앉은 채로 내게 그렇게 불평을 해온 것을 알았다. 그러자 나는 그 여인에게 비상한 흥분을 느끼기 시작했던 것이다.

나는 다방 안에 빈자리가 없는 것을 핑계로 그 여인 앞자리에 앉아 더듬거리며 사과를 하기 시작했다.

"미안하게 됐습니다."

나는 정중하게 사과를 했다.

"전 밤눈이 어둡습니다. 죄송천만입니다. 그 대신 제가 커피를 사겠습니다."

나는 국기게양대 위에 걸린 국기를 바라보며 애국가의 후렴을 부르듯 자꾸 그녀를 우러르면서 사과의 말을 되풀이하고 있었다.

"괜찮아요."

그녀는 벌린 입을 크게 움직이면서 마치 하품하듯이 대답했다.

"하지만 주의하셔야 되겠어요."

그 목소리는 얼마나 우렁차고 큰지 내 가슴을 온통 흔들어대고, 나는 그만 소년처럼 달아오르기 시작했다. 그래서 나는 이것저것을 얘기하기 시작했고, 엉겁결에 내가 지금 독신이라는 것도 얘기했고, 대학교 전임강사로 사학을 가르치고 있고 저축해둔 돈이 한두어 장 정도 있다는 것을 얘기했으며, 그 얘기는 별로 우습지 않았는데도 그녀는 꼭꼭 얘기할 때마다 어깨를 들먹이며 군가를 부르듯 우렁차게 웃었다.

"재미있군요."

하고 그녀는 깔깔거렸다.

"아주 재미있는 분이셔."

그녀의 그런 칭찬은 나를 우쭐거리게 했으므로 나는 내가 얼마나 나사못처럼 작고 귀여운 사내인지, 우리 아파트 동棟에 혹 열쇠를 두고 문을 잠근 사람이 있으면 으레 나를 찾고, 그럴 때면 나는 나를 찾아준 사람의 무등을 타고 위 창문의 좁은 환기통을 통해 들어가서 안에서 문을 열어주는 전문가라는 얘기를 했고, 그것은 내가 남을 웃길 수 있는 유일한 농담이었으므로 그녀는 아니나 다를까 만세 부르듯 터져흐르는 웃음을 보여주었던 것이다.

"아주 재미있네요. 아주 재미무쌍한 분이셔, 어쩌면."

나는 진지하게 이 사랑스러운 여인에게 훗날 시간이 있으면 만나주실 수 있느냐고 물었다. 그녀는 대답 대신 그저 웃기만 하였다.

그래서 나는 응낙의 뜻으로 알고 일방적으로 약속을 하고 마침 일이 있었으므로 다방을 나왔다.

그러나 내가 그 다음날 그 여인과 약속한 다방으로 나갔을 때 그 여인은 나오지 않았다. 마침 나는 머리를 빗고 구두를 닦았으므로 온몸 전체가 금속으로 도금한 넥타이핀처럼 빛나고 있었는데 그러한 모습을 그녀는 그냥 포기해버린 것이다.

나는 한 시간이나 음악을 들으면서 그 여인이 나와주기를 기원했다. 시간이 한 시간이 지났을 때 나는 그녀가 역시 내가 바라던

이상형의 여인이 절대로 아니었다는 것을 되새기는 것으로 자위를 할 수 있었다. 내가 좋아할 수 있는 여인은 체구가 커야 하지만 그렇다고 여성적인 아름다움을 상실해서는 곤란했던 것이다.

그러나 그녀는 몸도 크고 키도 큰데 거기에 비례해서 목소리도 컸다. 더구나 내가 발을 밟자 마치 풀무질하듯 붉은 입을 움직여 나를 향해 불평을 했다는 사실을 상기했을 때 나는 차라리 그처럼 비여성적인 여인이 나와주지 않은 것이 얼마나 다행한 일인가를 생각해냈고 그러자 나는 다시 유쾌해졌다.

내가 지금의 애인을 만난 것은 지난해의 봄이었다. 그때 나는 혼자서 전 미국을 휩쓸고 있는 흡혈귀라는 프로레슬러가 우리나라 김일의 이마에 바람구멍을 내주러 왔노라는 레슬링 경기를 구경하러 갔었던 것이다.

원래 나는 프로레슬링 같은 과격한 운동을 좋아하지 않았다. 무슨 짐승스런 사내들이 목을 조르고 사뭇 죽이기라도 할 양으로 메어꽂는 싸움놀이를 천성적으로 좋아하는 편은 아니었다. 그러나 나는 무슨 잡지사에서 그 관전기를 써달라는 부탁을 받아 우연히 공짜표가 생겼으므로 별수없이 혼자서 링 사이드 특별석에 앉아서 레슬링 경기를 보게 되었다.

장내는 초만원이었고 텔레비전으로 중계하는지 앞좌석에서는 아나운서가 거품을 물고 '우리의 호프 김일' '우리의 용사 김일'을 목이 메라 부르고 있었다.

과연 우리의 호프, 대한의 남아 김일은 미국 녀석 흡혈귀의 이빨에 이마를 물어뜯겨 선혈이 낭자한 채 쓰러질 듯 쓰러질 듯 경기를 이끌어나가고 있었다.

피가 이마에서 흘러내리자 장내는 더욱 흥분이 고조되어 죽여라, 머리로 받아라, 밟아라, 라는 식의 격한 응원이 여기저기서 합창되어 흘렀는데 바로 그때 나는 지금의 애인인 그 여인을 발견했던 것이다.

그녀는 내 바로 옆자리에 앉아 있었는데 아직 쌀쌀한 봄날이었는데도 소매 없는 블라우스를 입고 긴 머리칼을 나풀거리며 한 손에는 팝콘 봉지를 들고 소리를 지르면서, 비명을 지르면서, 링을 향해 손을 내저으면서, 그러다가는 팝콘을 들어 입안에 털어넣었다가는 다시 링을 향해 던져버리면서 발을 동동 구르고 있었던 것이다.

그녀를 무어라고 표현하면 좋을까. 앉긴 분명히 앉았으되 내 선키보다 컸으며 옷에 감추어진 살은 팽팽해서 금세라도 옷을 짜개고 나올 듯이 꿈틀거리고 있었으며 긴 머리칼은 길고 무성했으며 눈은 크고, 인상적인 생김새였던 것이다.

나는 숫제 레슬링 경기 관전은 저만치 버려두고, 그녀가 흥분해서 발을 동동 구르는 모습을 망연히 쳐다보고 있었다.

아, 보라, 대한민국의 아들딸이여, 죽을 듯 넘어져 있던 우리의 김일 선수가 드디어 젖 먹던 힘을 다하여 피에 젖어 번들거리는 이마로 박치기를 시작하고 있는 것이 아닌가. 한 번, 두 번, 세 번……

그 순간 여인은 먹던 팝콘을 휴지 버리듯 던져버리더니 이윽고 당돌하게도 옆좌석에 앉은 생면부지의 내 무릎을 강타하면서, 그리고는 목이 멘 소리로 느닷없이 만세를 삼창하는 것이 아닌가.

바로 그때 나는 그녀에게 사랑을 느꼈던 것이다.

이미 내 눈엔 김일 선수가 레프리 손에 이끌려 승리를 선언받는 모습도 눈에 들어오지 않았다. 그저 야생마처럼 힘이 있고 잡초처럼 끈질기고, 움직일 때마다 옷 속에 감추어진 몸의 선이 민첩하게 경련하면서 흘러내리는 그 여인의 모습에 넋이 빠져 있었던 것이다.

레슬링 경기가 끝나고 관객이 뿔뿔이 헤어질 때 나는 그녀가 사람들의 머리 위로 거의 목 하나가 불쑥 빠져나온 채로 체육관을 나가는 것을 보았고 그리고 뒤를 따랐다. 그녀는 굽이 낮은 편상화를 신고 있었지만 정말 불쑥 일어난 느낌을 줄 정도로 키가 컸다.

밖은 어둠이 내리깔려 있었고 칙칙한 숲이 화안한 수은등 저편으로 깊게 잠들어 있었다.

그녀는 사람들 사이에 묻혀 언덕길을 내려가고 있었다. 나는 주머니에 손을 찌르고 잰걸음으로 그녀의 뒤를 따르고 있었다. 그녀는 산보나 하듯 천천히 걷고 있었지만 내 걸음의 두 배쯤 빨랐으므로 나는 거의 뛰듯이 했다. 사람들이 거의 뿔뿔이 헤어져 사라져버렸을 때 그녀는 홀로 네온이 번득이는 도심으로 서서히 침전하고 있었다.

거리에서 명멸하는 차의 헤드라이트와 쇼윈도의 차가운 불빛이 우뚝 큰 키로 미끄러지듯 걸어가는 그녀의 몸 위를 현란하게 채색시키고 있었다.

그녀의 긴 그림자는 도시와 도시, 거리와 거리로 이어진 철근의 숲 사이를 뱀의 혀처럼 늘여져 어른대며 빠져나가고 있었다.

나는 오랫동안 망설이고 망설인 끝에 드디어 결심했다. 그래서 그녀의 곁으로 뛰듯이 걸어가서 드디어는 그녀의 옆에 나란히 섰다.

"실례합니다."

라고 나는 거수경례하는 훈련병 같은 목소리를 꺼냈다.

하지만 나의 목소리는 거리의 소음과 내 자신의 망설임으로 들리지 않았으므로 나는 다시 큰 목소리로,

"실례합니다앗."

라고 발악적인 인사말을 꺼냈던 것이다.

그러나 그녀는 우뚝 서더니 나를 우울하게 내려다볼 뿐이었다. 그녀의 그런 모습은 어두운 곳에 떨어진 동전을 주우려는 진지한 표정처럼 보였다. 나는 자신의 존재를 알리고 싶어 거리의 불빛을 반짝이며 반사하는 떨어진 동전처럼 필사적으로 웃었다.

"제게 말씀하셨나요?"

그녀는 큰 체구에서 어떻게 저런 소프라노 목소리를 낼 수 있을까 의아스럽게도 맑은 목소리로 나를 응시했다.

"네, 그래요."

하고 나는 대답했다.

지나가는 사람들이 기묘한 부조화를 이루고 있는 한 쌍의 남녀를 힐끔거리면서 쳐다보고 있었다.

"무슨 용건이신지요?"

그녀는 아주 사무적인 표정을 했다. 나는 나의 눈 위치에서 둔중하게 떠오르고 있는 수박만한 유방과 그 유방에서 끼쳐오는 더운 살냄새에 숨이 막힐 듯한 수치감을 느끼고 있었다.

"차나 한잔 마시고 싶습니다. 바쁘시지 않다면요."

나는 더듬거리며 말을 했다.

"정말입니다, 아가씨. 전 거리의 부랑배가 아닙니다. 저는 세금도 꼬박꼬박 내고 있는 모범시민입니다."

"알아요. 난 댁과 같은 꼬마 부랑배는 본 적이 없어요. 하지만 난 지금 바쁜데요."

하고 그 여인은 잘라 말을 했다. 그리고는 다시 심연의 도시 속으로 행군하는 듯한 걸음걸이로 걸어가기 시작했다.

나는 그녀의 뒤를 따르면서 목이 메어 울부짖었다.

"보세요. 절 살려주세요. 전 정말 댁하고 사귀고 싶어요. 믿어주세요."

하지만 여인은 여전히 이쪽은 무시하고 거리를 걷고 있을 뿐이었다.

"체육관에서부터 줄곧 댁을 보고 있었습니다."

나는 거리의 소음에 대항하듯 악을 쓰고 그녀의 잰걸음을 따라 붙으려고 허덕이면서, 인파를 헤엄쳐나가며 얘기했다.

"바쁘시지 않다면 절 살려주시는 셈 치고 잠깐만 시간을 빌려주세요. 잠깐이면 돼요."

"이봐요. 택시."

갑자기 그 여인은 지나가는 택시를 세웠다. 나는 그녀가 귀찮아서 택시를 타고 떠나버리는구나 생각하곤 숨이 막혀 입술을 깨물며 서 있었다. 그러나 나의 생각은 빗나갔다.

여인은 멈춘 택시 문을 열어젖히더니 느닷없이,

"타세요. 꼬마 신사님."

하고, 글쎄 내가 잘못 보았을까, 아주 상냥스런 웃음까지 흘깃 보여주더니 먼저 차에 올라타는 것이 아닌가.

나는 놀란 나머지 태엽 감긴 인형처럼 깡충이면서 택시 안으로 다이빙했고 그러고는 과장된 센 힘으로 택시의 문을 닫았다.

"어디로 갈까요?"

하고 운전사가 물었다.

"달리세요."

여인이 낭랑하게 소리쳤다. 그 소리는 출발을 알리는 체육 교사의 신호처럼 산뜻한 울림이 있었다.

"운전사 아저씨가 달리고 싶은 대로 달리세요."

코카콜라.

코카콜라.

산뜻한 맛 코카콜라.

당신이 목말라 애타게 찾는 코카콜라.

차 안의 라디오에서는 잠꼬대하듯 광고문구가 노래되고 있었다.

나는 몸이 달아오르고 마음이 급해져서 심한 갈증을 느끼고 있
었다.

"저 실은 체육관에서 댁을 보자 바로 이 여인이야말로 내가 평
소에 찾아헤매던 여인이구나라는 확신이 들었어요. 정말이에요.
그런 확신이 들자 댁을 놓쳐서는 안 되겠다 하는 생각이 들었고,
그래서 이처럼 뒤를 따라온 거예요."

그러자 그 여인은 갑자기 웃기 시작했다.

그 웃음이 얼마나 거침없고 당당한 웃음이었는지 나는 순간 놀
랐다.

"상습범이군요. 이제 보니 여간 아니셔."

"아닙니다."

나는 오해받은 것이 분하고 원통해서 단정을 내렸다.

"상습범이 아닙니다. 정말 초범일 뿐입니다."

"좋았어요. 꼬마 신사님."

여인은 웃음 끝에 대답했다.

"잘해보세요. 아주 용감한 꼬마 신사님, 좋았어요."

그녀는 내 어깨를 손으로 툭툭 쳤다. 그것은 마치 잘해보라고 격려하는 우의의 손짓으로 생각되었고 때문에 나는 감격에 찬 목소리를 발했다.

"그럼 허락해주시는 겁니까?"

나는 그 여인을 쳐다보았다.

"이젠 당신과 사귀어도 좋겠습니까?"

"굉장히 성질이 급한 편이에요, 당신은."

여인은 내 어깨를 치던 손가락으로 머리칼을 가르마질하며 웃었다.

"저도 작은 사람이 좋아요. 댁처럼 트랜지스터형의 작은 남자가 말이에요."

"다행이군요."

나는 의기양양해서 목청을 돋우어 큰 소리를 냈다.

"저는 정말 트랜지스터처럼 작답니다. 키가 일 미터하고도 사십 센티가 채 못 되니까요."

"너무 크신데요."

여인은 관대하게 친절히 혹 자신의 말이 내게 어떤 영향을 주지 않을까 조심스럽게 말을 했다.

"그 정도로는 문틈으로 빠져나가실 수는 없잖아요. 더구나 제 핸드백 속엔 들어가실 수 없잖아요."

"천만에요."

나는 자랑에 차서 부정을 했다.

"저는 몸을 굽히면 아무리 작은 구멍이라도 빠져나갈 수 있어요. 수건 접듯이 내 몸을 접으면 핸드백 안엔 들어갈 수 없겠지만 트렁크 속엔 들어갈 수 있답니다. 보세요."

나는 그녀가 차 뒤에 앉아 아까부터 만지작거리던 그녀의 손수건을 집어들었다. 그리고 차곡차곡 접힌 그 손수건을 펼쳐서 얼굴을 가리며 웃었다.

"아가씬 행커치프로 사용하시는 이 손수건이 제게 오면 그대로 세수하고 난 뒤에 닦는 타월이 되고 말잖아요."

그러자 여인은 웃었다.

"아주 재미있는 분이셔. 여간내기가 아니셔."

나는 정말 우쭐하고 승리에 도취해서 칭찬받은 유치원 생도처럼 수줍게 그러나 당당하게 웃음으로 맞장구쳤다.

"그러더군요. 나는 잘 모르겠는데 남들이 절 아주 재미있는 사람이라고 그러더군요."

"가지세요, 그 손수건. 기념으로 드리겠어요. 그것으로 타월을 하세요."

"고맙습니다."

차는 한강을 건너가고 있었다. 어둠이 깃들인 강물은 마치 중유처럼 번득이고 있었다. 붉은 달이 흐린 하늘에 걸려 있었다.

"댁이 어디십니까?"

"강변아파트예요."

"오우, 그럼 바래다드리겠습니다."

나는 시계를 보았다. 시계는 벌써 열시 십분을 가리키고 있었다. 나는 운전사에게 로터리에서 차를 돌려 강변아파트까지 가주기를 부탁했다. 그리고 돌아가는 차 속에서 나는 그녀에게 내가 K대학에서 사학을 강의하고 있고 집에서는 외아들이라는 것, 사실 이제 나이가 너무 들어 결혼하고 싶다는 것, 신부 될 사람에게 최소한도 일 캐럿 다이아몬드 해줄 돈은 저축해두었다는 것, 그런 것을 얘기했고 그녀는 자기가 성악, 소프라노를 전공했고 올해 대학교를 졸업했는데 곧 독창 발표회를 가질 거라는 것, 집에는 의사를 직업으로 가지고 있는 오빠가 한 분 계시고 동생이 하나 있을 뿐 홀어머니와 살고 있다는 것을 이야기했다.

또 우리는 그동안 나의 이름은 김영호이고 그녀의 이름은 오유미이며 내가 서른다섯, A형인 반면에 그녀는 스물다섯, O형이라는 것 등등을 얘기했다.

우리는 참으로 오랫동안 사귄 사이인 듯 느껴졌으며 친숙하게 여겨졌다. 그래서 나는 택시가 그녀의 아파트 광장에 서자 그녀가 내리는 것을 부축하면서 사뭇 손이라도 잡고 그리고 그녀의 우람진 몸뚱어리에 정육점에 매달린 정육처럼 안기고 싶은 충동을 받았다.

170

"그럼 또 만나주시겠습니까?"

나는 그녀의 얼굴을 우러러보면서 은근하게 유혹을 했다. 그러자 그녀는 잠시 광장 한구석에 있는 나무에 기대어 입술을 혀로 빨면서 나를 현미경 들여다보듯 우울하게 응시했다. 강변에서 불어오는 물기를 머금은 초봄의 바람이 성근 그녀의 머리칼을 흩날리고 있었다. 그녀의 긴 그림자는 아파트 벽에 부딪혀서 흔들리고 그녀의 큰 몸은 청동으로 만든 동상처럼 깎아 빚은 듯 보였다. 그녀는 나의 눈과 그리고 온몸을 큰 눈으로 쳐다보더니 천천히 내 얼굴을 두 손으로 감싸쥐었다. 나의 얼굴은 크고 아름다운 그녀의 두 손에 가벼운 물건처럼 떠올려지고 있었다. 그녀는 조용히 그러나 달콤하게 속삭이기 시작했다.

"어젯밤 나는 꿈을 꾸었어요. 어젯밤 나는 꿈을 꾸었어요."

아파트 창문마다 내어놓은 화분에 핀 봄꽃에서, 혹은 아파트 광장 화단에 피어 있는 꽃들에서 꽃의 향기가 밤과 어우러져 싸늘하고 빙초산 같은 봄밤의 분위기를 형성하고 있었다.

"꿈속에서 흰 수염을 기른 할아버지가 나왔어요. 그러고는 내게 말을 하는 것이었어요. 내일이면 너는 귀한 남자를 만나게 된다. 내일이면 너는 귀한 남자를 만나게 된다⋯⋯"

여인의 얼굴은 나무그늘에 가리어져 어두웠다. 그녀의 목소리는 그 어둠 속에서 빠져나오고 있었다. 그 소리는 그녀 자신의 목소리 같지 않고 그녀의 입을 빌려 은자隱者가 예언하는 것처럼 가라앉아 있었다.

"나는 그 운명에 복종해요. 난 내 자신을 잘 알고 있어요. 영호 씨, 이제야 당신은 잘 와주셨어요. 오랫동안 참으로 오랫동안 기다 렸어요."

그녀의 손이 내 얼굴을 부드럽게 비비기 시작했다. 나는 너무나 황홀해서 밤하늘에 불티처럼 깔린 별들 중의 하나가 돌연 가슴을 향해 스며드는 환영을 보았다.

"하지만."

유미는 손을 스르르 풀더니 자신의 다리를 굽혀 무릎을 꿇었다.

"영호씨와 제가 결합할 수 있기 위해선 넘어야 할 관문이 세 가 지 있어요."

"그게 뭡니까?"

나는 그녀의 눈을 바라보며 물었다. 그러자 그녀는 난감한 표정 으로 나를 쳐다보았다. 그녀의 표정은 마치 내가 그녀의 요구를 감 당해내기에는 어딘지 유약한 데가 있어 보인다는 식의 표정이었 다. 그래서 나는 몸을 세우면서 큰 소리로 물었다.

"그게 뭡니까? 저는 무엇이든 해치울 수가 있습니다."

유미는 잠시 무엇인가 생각하는 눈치더니 이윽고 나를 쳐다보 았다.

"첫째는 '힘의 자랑'이에요. 영호씨가 제대로 힘을 과시해 이 문 제를 풀면 제 입에 입을 맞추시는 것을 허락해주겠어요. 둘째는,

제겐 오빠가 한 분 계세요. 그 오빠는 일생 동안 한 번도 웃은 적이 없어요. 그 오빠를 웃겨주셔야 하는 거예요. 저의 오빠를 웃겨주시는 것이 두번째의 관문이에요. 그 관문을 통과하시면 제가 간직해온 순결을 영호씨에게 드리겠어요."

"오우."

나는 용수철이 튀긴 낡은 스프링 의자처럼 펄쩍 튀었다.

"좋습니다. 제가 유미씨의 수수께끼를 풀어드리겠습니다. 자신 있습니다. 보세요."

나는 신사복의 상의를 벗고 와이셔츠 단추를 풀어 오른쪽 팔뚝을 굽혔다. 그러자 메추리알처럼 작으나 단단한 근육이 상냥하게 부풀어올랐다.

"저는 몸은 작으나 탄력이 있어요. 절 번쩍 들어 벽에 던져보세요. 공처럼 튀어오를 것이에요."

나는 스스로의 기운을 자랑하기 위해서 보도 위에 구르는 돌을 집어 어둠을 향해 있는 힘을 다해서 던졌다. 돌은 어둠 속으로 새처럼 비상하였다.

"세번째의 문제를 가르쳐주세요, 유미씨."

"그것은 지금 가르쳐드릴 수 없어요. 두번째 관문이 끝나면 가르쳐드리겠어요."

"세번째 관문까지 통과하면 결혼해주시는 겁니까?"

"물론이죠."

"만세."

나는 환호작약하였다.

"어떤 어려운 시련이라도 당해낼 수 있습니다. 주문만 하십시오. 몹쓸 마술을 유미씨에게서 걷어갈 수 있습니다."

"영호씨, 집요한 인내력이 필요해요. 잘해주실 수 있겠죠?"

"물론입니다. 자, 첫번째 수수께끼부터 풀기로 합시다."

나는 벗은 상의를 벤치 위에 놓으면서 그녀를 올려다보았다.

"쉬운 일은 아니에요. 많은 사람들이 저에게 청혼을 하였지만 힘의 자랑에서부터 지고 말았어요."

유미는 낮은 소리로 말을 한 다음 결심한 듯 몸을 세웠다.

"첫번째 관문이에요."

유미는 내 상의를 잘 개켜놓으면서 말을 했다.

"어떤 종류의 힘자랑입니까? 싸움닭처럼 일대일로 싸워 이겨야 하는 겁니까, 그것도 아니면 천 근의 무게를 들어올리는 겁니까?"

"저기 보이는 도로표지판에서부터 제가 서 있는 곳까지는 정확히 이백 미터랍니다. 저 도로표지판을 돌아오시는 거예요. 그러니까 사백 미터를 일 분 안에 돌아오셔야 하는 거예요. 아니……"

유미는 입술을 깨물면서 잠시 말을 끊고 곰곰이 생각했다.

"오 초를 더 드리겠어요. 사백 미터를 일 분 오 초 이내에 뛰어오셔야 하는 거예요."

"알겠습니다."

나는 이를 악물었다. 그리고 와이셔츠를 벗고 러닝셔츠 바람으로 도로표지판을 노려보았다.

"꼭 이겨주세요. 꼬마 신사님."

"전력을 다하겠습니다."

나는 비장한 마음으로 말을 받았다.

"자, 준비하세요. 제가 출발하라고 소리치는 순간 뛰어서 저 도로표지판 앞까지 갔다가 되돌아오는 거예요. 자신있으세요?"

나는 그녀의 얼굴을 올려보았다. 나는 조금이라도 자신을 얻기 위해서 그녀가 약간만 웃어주기를 기대하였다. 그러나 그녀는 입을 꾸욱 다물고 곤란한 수학 방정식을 풀 때처럼 심각하고 진지한 표정을 짓고 있었다. 가등의 불빛이 아름답고 거대한 그녀의 얼굴 위에 쓸쓸히 비끼고 있었다.

"해보겠습니다."

나는 큰 소리로 외쳤다. 나의 목소리는 어둠과 밤, 밤과 어둠 속으로 젖어 사라졌다. 나는 순간 무서우리만치 고독을 느꼈고 그러자 터져버릴 듯한 분노가 치밀었다. 그래서 허리를 굽히고 스타트 라인에 서서 어둠 속에 빛나는 야광 도로표지판을 뚫어져라 노려보았다. 숨가쁜 침묵이 톱밥처럼 흐르고 나는 긴장을 가누느라고 혀를 깨물고 있었다.

그녀는 가등의 불빛에 자신의 시계를 들어 비추어보면서 이윽고 가볍게 오른손을 치켜들더니 이 더러움과 권태와 피로가 가득

찬 도시의 저 온 아파트의 창문마다 밝혀지고 있는 수치와 뻣뻣한 자기기만을 순간 지워버리려는 듯 큰 소리로 '출발' 하고 소리를 질렀다.

나는 배면을 잡아당겼다, 일순에 퉁겨진 화살처럼 뛰었다. 나의 걸음 소리는 빈 공터를 쩡쩡 울리고 나의 기묘한 뜀박질 소리는 어지럽게 흔들렸다.

나는 정말 이를 악물고, 손을 내어지르고 발로 허공을 차 내깔기면서 그것이 나의 전 생명인 것처럼 뛰었다. 일종의 무아지경 속, 캄캄한 나의 의식 속에서 아파트의 불빛이 물기에 젖어 축축이 빛을 흘리고, 도로표지판의 야광이 번득였다. 그리고 그녀가 시계를 들여다보면서 나를 기다리고 있는 쓸쓸하고 어두운 아파트 광장을 향해서 전력투구했다.

내가 드디어 그녀 앞에 섰을 때 나는 가쁜 숨에 몸을 가누지 못하고 벤치에 쓰러지듯 앉았다. 땀이 불쑥 배어와서 후끈거리는 머리 꼭대기에서부터 더운 땀을 얼굴 위로 흘려보내고 있었다.

"됐습니까?"

나는 헐떡거리며 그녀를 쳐다보았다.

"시간 안에 도착했습니까?"

"늦었어요."

하고 그녀가 힘없이 시계를 찬 손을 내리면서 말을 했다.

"오오, 망할……"

나는 쓰러지듯 누워서 하늘을 쳐다보았다. 보이지 않는 곳에서 나는 사람들의 어지러운 발걸음 소리와 나를 향해 손가락질하는 수군대는 야유의 소리를 들었다.

"다시 뛰겠습니다."

나는 순간 앉은 몸을 일으켰다.

"무리예요. 오늘은 틀렸어요."

"아닙니다."

나는 소리쳤다.

"이길 수 있습니다. 잠깐 기다려주십시오."

나는 광장 한구석에 불을 밝히고 있는 약방까지 걸어갔다. 신문을 보고 있던 남자가 나를 쳐다보았다.

"무엇을 찾으십니까?"

"기운을 내는 약을 줘요. 피로를 몰아내는 약 말이오."

"그거야 많지요. 거의 열 개도 넘으니까요."

"몇 개 좀 꺼내봐주시오."

그러자 그는 진열장에서 박카스와 알프스, 원비, 박탄 D, 네 병을 꺼냈다. 나는 그 네 병의 마개를 모두 따서 차례로 들이켰다. 드링크제는 달고도 썼다.

나는 돈을 지불하고 다시 광장으로 돌아왔다. 그것들을 마시자 나는 시금치를 먹은 미국만화 주인공 뽀빠이처럼 투지가 솟아오르고 지친 피로가 사라지는 것을 분명 느낄 수 있었다.

"다시 뜁시다."

나는 한결 가벼운 기분으로 그녀를 향해 말을 했다.

"해낼 수 있어요?"

그녀는 조심스럽게 나의 어깨 위에 손을 얹고 그리고 가볍게 목덜미를 손바닥으로 쓸어주었다.

"노력해보겠습니다."

나는 이번에는 구두와 양말을 벗었다.

될 수 있는 한 체중에 부담이 가는 것은 덜 양으로 주머니에서 자질구레한 물건들도 얌전히 꺼내어 벤치 위에 놓았다. 그리고는 호흡을 조정하면서 허리를 굽혀 손을 차가운 콘크리트 바닥에 밀착시켰다. 내다뵈는 야광 도로표지판은 강변도로를 달려가는 차량의 순간적인 번득임으로 번쩍거리고 있었다.

그녀는 다시 시계를 들어 아파트 광장에서 빛나는 가등에 비추어보더니 드디어 출발신호를 했다.

나는 불빛을 향해 몸을 던지는 야광충처럼 뛰었다. 그것은 정말 지독스런 고통이었다. 발바닥에 부딪히는 꺼끌꺼끌한 도로의 겉면은 삐죽삐죽 신경을 솟아오르게 하고 강가에서부터 불어오는 세찬 바람은 호흡을 탁탁 막히게 했다.

나는 차라리 날개가 달렸으면 했다. 아픔도 없이 양 옆구리로부터 날개가 솟아 내가 이처럼 무섭게 질주하는 순간 천천히 하늘을 향해 비상했으면 하고 기원했다. 나는 짙은 어둠과 작은 불빛의 불확실한 배합 사이로 시계의 초침처럼 뛰었다. 그리고 있는 힘을 다해 마지막 힘을 뽑은 다음 잔디밭에 넓죽하니 쓰러졌다.

나는 헐떡거리면서 시야 가득히 별들이 흘러가는 것을 멍하니 쳐다보고 있었다. 산다는 것은, 남보다 빠르다는 것은 힘든 일이므로 하고 나는 생각하였다.

"여전히 늦었어요."

유미가 우울하게 시계를 든 손목을 내렸다.

"삼 초 늦으셨어요."

나는 그때 몇 방울의 눈물이 굴러떨어지는 것을 느꼈다. 너무나 서럽고 너무나 야속한 기분이었다.

"오늘은 이만 헤어지기로 해요, 영호씨. 기운을 내세요. 내일도 있고 모레도 있잖아요."

"알겠습니다."

나는 손가락으로 코를 잡고 팽 하니 코를 풀었다.

"내일이건 모레건 다시 와서 싸우겠습니다. 부끄럽습니다. 안녕히 계십시오."

나는 천천히 벗어놓았던 옷을 주워입고 구두끈까지 맨 후에 그녀에게 작별인사를 했다. 그리고 우리는 헤어졌다. 악수도 없이 걸어가면서 나는 몇 번이나 뒤를 돌아보았다. 그리고 그녀가 나를 돌아보아줄 것을 기대하였다. 그러나 그녀는 등만을 보이며 아파트 건물 안으로 빨려들어갔다. 나는 죽고 싶었다. 그 이후부터 나는 늘 뛰었다. 한 번도 걸어본 적이 없었다. 변소에 갈 때에도 나는 뛰었다. 고층건물을 올라갈 때에도 나는 엘리베이터를 타지 않고 뛰어 계단으로 올라갔다. 고층건물은 나의 속력을 가늠하는 좋은 척도였다.

고대 신라의 어떤 무사의 화살보다 말이 빨리 간 것처럼 나는 가령 19층의 고층도 엘리베이터의 속력보다 더 빨리 층계를 뛰어올라갈 수 있도록 노력하였다. 엘리베이터가 지금 어느 층에 있는가는 엘리베이터 위에 있는 층계 표시판에 나타나 있었다. 한 층 한 층 뛰어올라갈 때마다 나는 내가 지금 엘리베이터보다 뒤지고 있는가 어떤가, 그 표시판 위에 선명히 나타나 있는 표시를 보며 알 수 있었고 더한층 속력을 빨리하였다.

층계의 경사는 급경사가 대부분이었다. 나의 다리는 숫제 뻣뻣이 경직하곤 하였다. 그러나 나는 굽히지 않았다. 좀더 빠르게, 좀더 빠르게. 나는 소리보다 빠르고 빛보다 빠르고 싶었다. 허락된다면, 문풍지를 돌연 울리게 하다 사라지는 바람이었으면 싶었다. 삼초를 줄인다는 것은 쉬운 일이 아니었다. 그러나 며칠 동안 뛰고 보니 자신이 생각해도 스피드에 대해 어느 정도 자신이 생긴 것 같았다.

그래서 나는 며칠 후 유미의 아파트로 갔다. 그리고 아파트 앞 광장에 서서 큰 소리로 유미를 불렀다. 나의 소리는 온 광장을 거침없이 울리게 하였다. 많은 사람들이 무슨 일인가 창문을 열고 내다보았다. 나는 말없이 옷을 벗으며 온몸의 근육에서 흑인과 같은 억센 힘이, 질긴 정력이 솟아오르는 것을 느꼈다.

"어서 오세요."

유미가 환히 웃으며 다가왔을 때 나는 이미 출발 준비를 완료하고 있었다. 그날 저녁 나는 뛰었다. 그리고 나는 첫번째 관문을 통과했던 것이다.

"축하해요."

유미가 뜀박질을 끝낸 내게 아주 기쁜 어조로 말을 하였다.

"아직 한 바퀴 더 뛰어올 수 있습니다. 문제없습니다."

나는 팔을 흔들어 아직 저장되어 있는 힘이 무섭게 끓고 있음을 보여주었다.

"오십팔 초에 뛰셨어요. 정말 총알처럼 뛰셨어요."

"그럼 된 겁니까? 이제 완전히 첫번째 관문은 통과한 셈입니까?"

"물론이죠. 정말 영호씨는 고속도로 위를 달려가는 경주차처럼 달려주셨어요. 무서운 속력이었어요."

그녀의 손수건이, 아니 나의 세수 수건이 얼굴 위를 스치고 그녀는 다정하게 내 얼굴 위에 흐르는 땀을 핥듯이 닦아주었다.

"그러나 넘어야 할 관문은 아직도 두 개가 남아 있어요. 그것을 마저 통과해주셔야 해요."

"그게 뭐였지요?"

나는 옷을 입으면서 큰 소리로 자신 있게 물었다.

"제겐 오빠 한 분이 계세요."

그녀는 조용히 얼굴을 들어 강변 쪽을 바라다보았다. 마침 늦은
밤열차가 철교 위를 굴러가고 있었다. 나는 잠시 그 기차가 불을
밝히고 이윽고 어두운 밤의 저편으로 사라져버리는 것을 보았다.

"그 오빠는 지금껏 철들고 나서 한 번도 웃어본 적이 없어요."

"예?"

나는 전에 한번 들었던 말이긴 하나 새삼스럽게 놀라운 나머지
비명을 발했다.

"한 번도 웃어본 적이 없다구요?"

"그래요. 정말 한번도 웃어본 적이 없어요. 얼굴의 근육이 마비
되었거든요. ……오빠는 지금 병원을 개업하고 있어요. 오빠를 웃
겨야지만 두번째 관문을 통과하실 수 있는 거예요. 저를 사랑하신
다면."

그녀는 말을 끊고 나를 쳐다보았다.

"오빠를 웃겨주셔야 해요."

"너무하십니다."

나는 한숨을 쉬었다.

"그건 정말 너무 어려운 문제로군요."

이 더럽고 축축한 도시의 염기 속을 뚫고 한바탕 뜀박질하고 난
후 피로함과 야속함, 쓸쓸함이 한데 어우러져 있을 때 그런 어려운
또하나의 문제가 있다는 것은 미리 각오하고 있었지만 우울한 일

이었다.

"제가 탐나지 않으세요?"

갑자기 유미가 내 얼굴을 두 손으로 감싸들 듯 쥐었다. 나는 그녀의 놀랄 만한 볼륨을 보이는 육체를 눈이 부신 듯 쳐다보았다. 몸에 꼭 붙는 블라우스 위로 그녀의 잘 발달된 젖가슴과 둔부가 눈을 찌르기 시작했다. 나는 뜨거운 침을 삼켰다. 엄청나게 성기가 발기되어 꿈틀거렸다.

"탐납니다, 유미씨. 유미씨의 육체를 가지고 싶습니다."

나는 솔직한 고백을 했다.

"유미씨, 부끄럽게도 나는 이제껏 여자의 육체를 가져본 일도 없습니다. 유미씨의 육체는 정말 우람합니다."

나는 호흡이 어지러워지는 것을 느꼈다.

"이 육체를 드리겠어요. 두번째 관문을 통과하신다면."

그녀는 찬란한 미소를 띠며 여성적인 교태를 부렸다. 나는 흥분되어 소리를 질렀다.

"이길 수 있습니다. 문제없이 이길 수 있습니다."

나는 갑자기 무슨 몹쓸 병을 앓고 난 후 발작적으로 일어나는 원기처럼 무서우리만치 엄습해오는 강한 투지를 새삼 느꼈다.

"하겠습니다. 꼭 유미씨의 오빠를 웃기고야 말겠습니다."

"부탁해요. 꼭 웃겨주셔야 해요."

"그래서 꼭 유미씨를 내 것으로 정복하고 말겠습니다."

그녀는 천천히 자기 오빠가 지금 종로2가 어디에서 산부인과를 개업하고 있는지를 알려주었고, 될 수 있는 대로 빠른 시일 내에 오빠를 웃겨줄 것과 웃기기 전에는 들르거나 전화를 거는 따위의 행동은 하지 말아줄 것을 부탁하였다.

"영호씨."

유미는 부탁이 끝나고 잠시 무슨 말을 할까 하는 식의 침묵이 왔을 때 조용히 나를 불렀다. 나는 그녀의 수상스러운 부름에 천천히 고개를 돌려 그녀를 올려다보았다.

"첫번째 관문을 통과하셨으니까, 약속은 지켜드리겠어요. 키스해줄게요."

그녀는 천천히 눈을 감았다. 나는 그녀의 입술에 떨리는 입술을 맞추려고 발돋음을 하였다. 그러나 터무니도 없는 높이였다. 나는 마음은 급하고 행동은 마음을 따라가지 못하는 초조감 속에서 드디어는 그녀의 어깨 위에 손을 얹고 그리고 거대한 바닷속으로 매어달렸다.

그러나 이 기막힌 도약은 그녀가 눈치 빠르게 봄의 잔디밭, 아아, 싱그럽고 양탄자처럼 부드러운 꽃밭 위에 천천히 눕는 것으로 끝이 났던 것이다.

그녀는 꽃밭에 누워 눈을 감고 있었다. 그녀가 숨을 쉴 때마다 그녀의 큰 몸은 오르락거리고 있었다. 허파로 숨을 쉬지 않고 온몸으로 향기와 육감을 발산하고 있었다.

나는 뜨겁고, 바짝 마른 입술을 그녀의 입술에 부딪쳤다. 우리는 술을 마신다. 잔과 잔을 부딪치며. 마찬가지로 우리는 입을 맞춘다. 입술과 입술을 부딪치며.

나는 보온병만큼이나 크고 뜨거운 그녀의 입술에 나의 입을 파묻었다. 이빨이 부딪쳤다. 나는 그 입술 사이로 숫제 액체처럼 녹아들어가고 싶은 충동을 받았다. 젖은 꿀과 같은 타액과 타액이 교환되고. 나는 그녀의 혀 위에 나의 혀를 다정히 부착시켰다.

"이대로 죽고 싶어요."

라고 유미가 말을 하였다.

그 말은 나의 정열에 불을 붙이고 나는 맹렬히 그녀의 몸을 향해 덤벼들었다. 나는 폭발하듯 그녀의 몸 위에서 몸부림을 쳤다. 내 손은 거미의 발처럼 그녀의 목덜미와 그리고 거대하게 흔들거리는 풍요한 유방을 향해 전진하였다.

"안 돼요."

순간 유미가 몸을 일으켰다. 나는 성벽을 향해 붙었다 떨어지는 벌레처럼 무참하게 비틀거렸다.

"키스만 하기로 약속했잖아요."

나는 부끄러웠다. 갑자기 봄밤의 바람이 차갑게 덤벼들었다.

"잘못했습니다."

나는 씩씩거리며 사과를 했다.

"유미씨의 입술이 너무나 황홀했던 나머지…… 용서해주십시오."

나는 낯을 붉히며 뛰었다. 가자! 나는 속으로 부르짖었다. 가서 제2의 수수께끼를 풀어야 한다. 그리하여 저 풍요한 언덕 위에서 마음껏 뛰어놀아야 한다. 저 원시의 초원에 나를 뉘어야 한다. 가자, 가서 해치우자.

나는 그 다음날 유미가 알려준 대로 '오진태 산부인과'를 찾아갔다. 그 산부인과는 종로2가 케이크점 옆골목 이층에 자리잡고 있었다.

"어떻게 오셨습니까?"

간호원이 진찰카드를 정리하고 있다가 나를 쳐다보았다.

"원장님 계십니까?"

나는 정중하게 첫마디를 꺼냈다.

"계시는데, 무슨 일인가요?"

"개인적인 볼일입니다."

나는 그녀가 혹시 나를 월부 책장사로 오해할까 염려스러워 과장된 미소를 띠며 말을 했다.

"중대한 일입니다. 좀 불러주실 수 있겠습니까?"

"앉아 계세요."

그녀는 상냥하게 말을 하더니 내실로 들어가버렸다.

나는 대기실 소파에 앉아 비치용 화보를 들춰보았다.

침착하자, 김영호. 나는 스스로를 달래면서 웃음을 가라앉혔다.

남을 웃기기 위해서는 너는 될 수 있는 한 마음을 가라앉혀야 할 필요가 있다. 네가 오늘 준비하고 있는 두 개의 레퍼토리는 글쎄 철저한 미국식 유머라는 것을 염두에 두고 있어야 한다. 대체로 남을 웃기기 위해서는, 웃기려는 사람의 마음자세는 솜씨 좋은 외무사원의 유연한 손짓처럼 풀어져 있어야 한단 말이야. 침착하자, 김영호. 마음을 가라앉혀라. 마음을.

"무슨 일로 오셨습니까?"

이윽고 흰 가운을 입고 어깨엔 견장처럼 청진기를 두른 사내가 천천히 다가오면서 물었다.

그는 아주 잘생긴 사내였다. 온몸은 깨끗이 단정하게 치장되어 있었고, 얼굴은 소독용 가제처럼 정결했다.

"저, 오유미씨의 부탁을 받고 왔습니다."

나는 일어서서 홀쩍 큰 그 사내를 쳐다보았다.

"오유미라구요? 유미는 제 동생인데요. 오우 알겠습니다."

사내는 느닷없이 내게 손을 내밀면서 말했다.

"김영호씨죠."

"그렇습니다."

나는 그가 내민 손에 내 손을 맡기면서 그리고 인심 좋게 웃었다.

"앉읍시다."

그는 내게 담배를 권하면서 라이터까지 찰칵이며 불을 당겨주었다.

"절 웃기시러 오신 거죠?"

하고 오진태는 단도직입적으로 말을 꺼냈다.

"그렇습니다."

나도 그가 그렇게 단도직입적으로 대해오자 별수없이 사무적으로 말을 받았다.

"저는 유미씨를 사랑하고 있습니다. 그리고 유미씨와 결혼하고 싶습니다. 그러기 위해서는 오진태씨를 웃겨야 한다고 하더군요. 죄송스러운 부탁입니다마는."

나는 좀 봐주십시오, 하는 식으로 두 손을 마주 비볐다.

"혹 제 얘기가 우습지 않으시더라도 제법 웃긴다고 생각되시면 가차없이 웃어주셨으면 합니다. 부탁입니다."

"노형, 그것은 어려울 것입니다."

오진태가 담배연기를 후욱 뱉으면서 허공을 쳐다보았다.

"아무도 나를 웃길 수는 없습니다."

"그런 증세는 언제부터였습니까?"

나는 천천히 그를 향해 청진기를 들었다. 웃기기 위해서는 그의 증세를 알아둘 필요가 있기 때문이었다.

"나는 지금껏 철들어 웃어본 적이 없습니다."

"그럼 한 번도 웃어본 적이 없습니까?"

"천만에요. 나는 태어날 때부터 우는 대신 웃으면서 태어난 사람이었습니다. 제가 기억하는 것으로 제일 마지막으로 웃었던 것은 제가 열두 살 때 봄, 닭이 알을 낳는 것을 보고 웃은 것입니다."

"그게 뭐가 우스웠습니까?"

"모르겠습니다. 어쨌든 그땐 그 모습이 굉장히 우스웠습니다. 그래서 일주일 동안 내리 웃고만 있었습니다. 밥을 먹으면서도 핫하하, 변소에 가도 핫하하…… 마치 잘못 꽂힌 배터리가 그 약이 없어질 때까지 충전되는 것처럼 아마 일생 웃을 웃음의 양을 미리 한꺼번에 웃은 모양입니다."

"아닙니다. 당신은 치료될 수 있습니다. 비관하지 마십시오."

나는 우울하게 환자처럼 앉아 있는 그를 위로했다.

"당신은 나을 수 있습니다. 웃음을 되찾을 수 있습니다. 병이 낫기 위해서는 스스로 낫는다는 것을 확신하는 마음의 자세가 필요합니다. 특히 당신은 의사입니다. 마음만 먹으면 닭이 달걀 낳는 것쯤의 우스꽝스런 모습은 수천 가지도 넘게 발견할 수 있습니다. 애를 낳는다는 것도 일종의 달걀 낳는 것과 유사하지 않습니까?"

"제 병을 고쳐주면 김형에게 후사하겠습니다."

오진태는 진정 증세를 호소하는 노인처럼 진지한 표정을 했다.

"구봉서의 만담을 좋아하십니까?"

"들어보았습니다."

그는 대답했다.

"그러나 웃기지는 못했습니다."

그는 웃기지 못하는 것이 자기의 책임이나 되는 듯 미안한 표정을 했다.

"그럼 이런 방법을 쓰는 것이 어떨까요? 애 못 낳는 사람들은 인공으로 수정을 해서 임신을 합니다. 일테면 의사시니까 얼굴의 근육에서 특별히 웃을 때 사용되는 근육을 골라내어 훈련시킨다면 되지 않겠습니까?"

"글쎄요."

그는 우울하게 대답했다.

"얼굴에는 수천 개의 근육이 있습니다. 그 근육은 감정의 미묘한 상태를 전달받아서 웃거나 혹은 울거나 혹은 화를 내는 감정을 표현해냅니다. 그러니까 흔히 만화에서 보듯이 몇 가지의 단선, 즉 화를 낼 때는 입을 꾸욱 다물거나 눈을 치켜뜨는 몇 가지 선의 표현으로 그려질 수는 없습니다. 더구나 웃거나 우는 극단적인 표현에 필요한 근육은 서로 일치되는 경우가 많습니다. 그것보다 더욱 중요한 것은, 설사 장시간 훈련을 해서 얼굴에 웃음을 떠어올렸다고 칩시다. 그러나 거기에 수반하는 웃음이 핫하하든지 헛허허든지 나와야 할 것이 아니겠습니까? 문제는 웃는 표정보다는 웃는 감정이 아니겠습니까?"

나는 순간 자기의 증세를 미세하게 알고 있는 인텔리 환자의 투병이 어려운 일이라는 상식을 떠올리면서 혹 이 사내를 웃긴다는 일이 불가능한 일이 아닐까 하는 느낌을 받았다. 그러자 나는 비애를 느꼈다.

"자, 날 웃겨주시오."

그는 가운의 단추를 끌렀다. 그럼으로써 그는 자신의 내부를 무방비상태로 백지화하려는 것처럼 보였다.

그러나 그러한 마음의 자세가 웃음을 구체화하려는 의도에 반하여 더욱 웃음을 불가능하게 하는 요소임을 나는 알아차렸다.

그러한 마음가짐은 차라리 무슨 내기장기나 한판 두자는 것처럼 보였다. 포包로 궁宮을 막고, 졸卒을 움직이려는 포석은 결코 웃음이라는 형이상학과 거리가 먼 것이다. 그가 그렇게 몸 움직임을 보이자, 웃음이라는 보이지 않고 만질 수 없는 어떤 개념이 구체화되어 서로 던지고 받는, 마치 한 잔의 냉주스처럼 냉동시켰다가 마시는 그런 공기놀이식의 유희로 느껴졌다. 이미 그와 내가 웃음을 손끝으로 가누고 있다는 것을 의식했을 때 나는 이 친구를 웃길 수 있으리라는 가능성이 점점 희박해지는 것을 느꼈다.

웃음이라는 것은 무슨 적진을 돌파하기 직전의, 꼭 해치워야겠다는 식의 비장한 결심이 필요한 것도 아니고 또 우리가 목욕탕에서 체중을 재듯 미리 웃음을 재고, 무게를 달고 저울질할 수도 없는 것이다.

그러나 나는 이 내기를 포기해서는 안 될 것이다. 모름지기 나는 이 내기에 이겨 유미를 내 것으로 만들어야 하는 것이다. 나는 불붙는 적의를 느꼈다.

"자, 첫번째 이야기를 시작하겠습니다."

나는 낯을 붉히면서 뻣뻣한 얼굴로 그러나 약간 기선을 제압당한 채로 준비했던 얘기를 꺼내기 시작했다.

"우리 동리에는 머리 좋고 상냥한 똘똘이라는 초등학교 삼학년
짜리 소년이 하나 살고 있습니다."

"우리 동리에는 머리 좋고 상냥한 똘똘이라는 초등학교 삼학년
짜리 소년이 하나 살고 있습니다."

그는 내가 서두를 꺼내자 큰 소리로 책을 읽는 아이처럼 말을
따라했다.

"따라하지는 마시오."

"따라하지는 마시오."

나는 상냥하게 말을 하였으나 그는 그것이 또하나의 얘기인 줄
알고 따라하였다.

"그만합시다."

나는 손을 휘둘러 이야기를 거둬들였다.

"제 얘기를 따라하지는 마십시오. 감정의 흐름이 단절됩니다."

"그것은 오랫동안의 제 버릇입니다."

그는 다소 화를 내면서 항의를 했다.

"그러나 하지 말라고 하면 그만두겠습니다. 시작하십시오."

나는 이미 전의를 상실하였다.

"다시 시작하겠습니다."

나는 꼬리 떨어진 도마뱀의 꼬리에서 새로운 꼬리가 솟아나는
환영을 보았다.

"우리 동리에는 머리 좋고 상냥한 똘똘이라는 초등학교 삼학년 짜리 소년이 하나 살고 있습니다. 이 소년은 늘 부모님의 말씀을 잘 듣고 착한 모범 소년이었습니다. 그런데 이 똘똘이가 어느 날 엉큼하게도 학교에 가기가 싫어졌답니다. 그래 궁리궁리를 했지요. 그러자 아주 좋은 묘안이 떠올랐습니다. 똘똘이는 학교에 전화를 걸고 담임 선생님을 찾았습니다. 이윽고 담임 선생님이 나오자 똘똘이는 굵은 목소리로 어른의 흉내를 내었습니다.

—아, 저 똘똘이 담임 선생님이신가요?

—아, 그렇습니다만.

—진작 찾아뵙는다는 것이 그만 사정이 여의치 않아서 아주 죄송합니다.

—뭘요, 천만에요. 그런데 어인 일로?

—아, 다름이 아니라 우리집 똘똘이 얘긴데요.

—똘똘이가 어떻게 됐습니까?

—아 글쎄 우리 똘똘이가 오늘 아침 갑자기 열이 나고 구토를 하고 설사를 한단 말이에요."

"잠깐."

오진태가 나의 말을 황급히 막았다.

"지금 열이 나고 구토를 하고 설사를 한다고 하지 않았습니까?"

"그렇습니다."

나는 의아해서 그를 쳐다보았다.

"그렇다면 중증입니다. 격리시켜야 합니다. 전염병에 틀림없습니다."

"아닙니다."

나는 분노에 차서 큰 소리로 부정을 했다.

"제 얘기는 지금 가공의 인물 얘기가 아닙니까? 얘기를 끝까지 분명히 들어주십시오."

"미안하게 됐습니다."

그는 하나도 미안하지 않은 표정으로 사과를 했다.

"얘기를 계속해보시지요."

"아까 제가 어디까지 얘기를 했던가요?"

나는 당황해서 생각 끝에 말을 되물었다.

"똘똘이가 열이 나고 구토를 하고 설사를 시작했습니다, 라고까지 말을 하셨습니다."

"그렇습니다. 네, 똘똘이가 열이 나고 구토를 하고 설사를 시작했습니다. 담임 선생님, 오늘 아침부터 말입니다, 하고 똘똘이가 아버지 목소리를 흉내내어 말을 했습니다."

나는 한숨을 쉬었다. 이미 나는 의욕을 잃고 있었다.

"왜 김이 빠지십니까?"

그가 물었다.

"그렇다면 처음부터 다시 얘기하십시오. 안 들은 셈 치고 진지하게 듣겠습니다."

194

오진태가 딱하다는 듯 동정의 눈빛을 했다. 나는 화가 치받쳐올
랐다.

"아닙니다. 계속하겠습니다. 그래서 똘똘이가 아버지 목소리를
흉내내어 담임 선생에게 말을 했어요.

—저 그래서 오늘 우리 똘똘이를 학교에 보내지 못하겠습니다.
아시겠습니까?

—예, 잘 알겠습니다.

라고 담임 선생님이 쾌히 승낙했지요.

—그런데 저……

담임 선생님이 이윽고 부드럽게 물었습니다.

—실례지만 댁은 누구신지요?

그러자 똘똘이가 대답을 했습니다.

—예, 저는요, 우리 아버지입니다."

나는 얘기를 끝마쳤다. 물론 나는 이미 그가 웃어줄 것은 기대
하지 않고 있었다. 하지만 꺼낸 이야기이니 끝까지는 마쳐야겠다
는 퇴색된 배짱으로 계속하였다. 그러나 상대편을 웃길 수 있다는
가능성 없이 얘기를 해야 하는 것은 벽을 향해 소리를 질러대는 심
사와 하나도 다를 것이 없었다.

그래서 나는 얘기를 끝마치고는 잠시 멈추었던 담배를 빨아대
면서 암수에 걸렸을 때처럼 씁쓸하게 그를 올려다보았다.

"계속하시지요."

오진태가 손을 내저으면서 말을 했다.

"아주 재미있는 얘기인데요."

그는 하나도 재미있지 않은 표정으로 권했다.

"끝났습니다."

나는 시선을 피하면서 담배를 비벼 껐다.

"얘기가 다 끝났습니다."

"아 그래요, 난 얘기가 계속되는 줄 알았습니다."

그는 라이터를 공기놀이 하듯 상하로 던졌다 받아쥐었다.

"하지만 아주 재미난 얘기로군요."

어디선가 어린애 우는 소리가 들려왔다.

나는 맥이 풀린 채 쓴 담배를 다시 피워물면서 심한 낭패감을 맛보고 있었다. 아주 고집불통인 사내와 지리멸렬한 토의를 하고 있는 것처럼 답답한 생각이 들었다. 그러자 기왕 밀고 나온 바에야 미리 준비해두었던 다른 얘기를 끝마치고 오늘밤 종말을 고하리라 작정하고 천천히 담배를 눌러 끄면서 새로운 유머를 끄집어내기 시작했다.

"새로운 이야기가 있습니다. 이것은 분명 오진태씨를 웃길 수 있는 틀림없는 진짜라는 것을 믿어 의심치 않는 바입니다."

나는 주머니에 숨겨두었던 밀수품 양키 물건을 꺼내는 거리의 암거래상처럼 천천히 그러나 제법 음흉스럽게 서두를 꺼냈다.

"아 예, 기대하겠습니다."

196

그는 앉은 자세에서 의자를 바짝 끌어당겼다.

"월남에서 종군하던 톰이 오랜만에 한 달간의 휴가를 얻었습니다. 그리하여 톰은 자기의 아내인 제니와 휴가지에서 만나 수년간 떨어져 있던 회포의 정을 만끽하고 침대에 누웠습니다. 둘은 오랜만에 맛본 정사의 깊은 피로로 꿈도 없이 잠이 들어 있었습니다. 그때였습니다. 누군가 술 취한 술주정뱅이가 그만 자기 방으로 잘못 알았는지, 한밤중에 톰의 방문을 세차게 두드리기 시작했습니다. 그러자 톰이 엉겁결에 벌떡 일어나서 곤히 잠든 아내 제니를 흔들어 깨웠습니다.

―이봐. 빨리 일어나, 빨리. 당신 남편이 돌아왔나봐.

무심결에 일어난 제니, 손을 내저으면서 하는 말이……"

"잠깐."

하고 오진태가 말을 막았다.

"나는 압니다. 나는 제니가 무어라고 말을 했는지 압니다."

그는 스무고개에 나온 재치박사가 이미 둘째 고개쯤에 정답을 알아버린 듯한 자만심으로 그러나 무표정한 얼굴로 말을 했다.

"그거야 뻔한 것 아닙니까? 천만에요. (여기서 그는 여자의 목소리를 흉내내었다.) 우리집 남편 톰은 지금 월남에 있는걸요. 제 대답이 맞습니까?"

"그렇군요."

나는 제기랄 하는 심사로 수긍을 했다.

"아주 척척박사로군요."

우리는 뻔히 속이 들여다보이는 한바탕의 치졸한 웃음놀이를 끝내고 불유쾌하고 무책임한 유머가 주고 간 침묵을 멍하니 쳐다보았다.

"가겠습니다."

나는 침묵을 깨뜨리며 일어섰다.

"이봐 간호원."

그는 별로 만류하지도 않고 거실 쪽을 향해 소리를 질렀다.

"이 손님에게 우산을 갖다드려."

그는 좀 후에 간호원이 오자 명령을 하였다.

벌써부터 비가 내리고 있었다.

"또 오십시오."

신을 신으려고 나선 내게 오진태는 비닐우산을 들려주며 친절하게 말했다. 나는 참았던 눈물을 마침내 터뜨리는 심정으로

"내일 이 시간에 또 오겠습니다."

하고 큰 소리로 작별인사를 하였다.

거리엔 비가, 안개 같은 봄비가 지독히 내리고 있었다. 나는 휘청이면서 거리를 뚫고 걷기 시작했다. 거리는 갑작스레 내리는 봄비에 젖어 갓 울음을 끝낸 아이의 볼처럼 질펀히 젖어 있었고 그 촉촉한 물기 위로 야경이 녹아들어 있었다.

술 취한 사내들이 골목마다 오줌을 깔기고 있었고 도시의 시끌

시끌한 소음이 자자분하게 빗속에 가라앉아 있었다.

나는 목적도 없이 비닐우산에 몸을 맡기며 걷고 있었다. 곰곰이 생각 좀 해보자. 나는 중얼거렸다.

유미와 결혼을 하기 위해선 그녀의 오빠인 오진태를 웃겨야만 한다. 그를 웃기기 위해선 나는 어떤 행동을 취해야 할 것인가.

심리학적으로 보면 웃음이라는 것은 정상에서 약간만 비껴주면 형상화되는 상태인 것이다. 인간 내면 속에 자리잡고 있는 유희본능이 평소에는 인간의 무거운 체면 따위로 억눌려 있으나 그 억눌린 유희본능을 자극시켜주면 웃음이 나오는 것이다.

나는 최근에, 아니면 지금까지 통쾌하게 웃었던 일이 있었는가, 있었으면 언제였던가를 기억하려고 머리를 모았다.

그러자 정말 우스꽝스럽게도 그 기억이 떠올라주질 않는 것이었다. 최소한도 구봉서와 배삼룡의 엉터리 요리 강습에도 나는 웃고 있질 않았던 것이다.

'거참 이상한 일이군' 하고 나는 생각했다.

생각하면 할수록 내가 웃었던 기억이 떠올라주지 않았다.

오히려 버스 속에서 발을 밟히고 싸움했던 기억이나 팔백오십 원짜리 티셔츠를 팔백원에 깎아 사려고 싸웠던 기억이 먼저 떠오르고 있었다.

제기랄, 하고 나는 투덜거렸다.

물론 나도 웃었던 때도 있었다. 일테면 서커스에서 어릿광대가

횟방귀를 피우던 모습에 거짓말이 아니고 거의 일 년 동안 기억해
낼 때마다 웃었던 때도 있었다. 그러나 그렇다손 치더라도 내가 오
진태를 웃기기 위해서 서커스의 어릿광대처럼 횟방귀를 뀔 수야
없지 않은가.

나는 최근에 언제 웃었던가를 생각해내려고 눈썹을 모았다. 그
러나 그 기억이 떠오르지는 않았다.

그래서 나는 거리의 사람들은 어떻게 오가고 있는가를 쳐다보
기 시작했다. 거리엔 수많은 사람들이 오가고 있었다. 술에 취한
남자들이, 혹은 남자를 유혹하기 위해서 노출된 옷을 입은 여인들
이, 외출 나온 군인들이, 대학생들이, 구두닦이들이, 신문팔이들
이, 골목마다 장사치가, 상점마다 손님들이.

하지만 그들은 한결같이 입을 꾸욱 다물고 단연 해치우고 말겠
다는 수상스런 적개심을 가지고 거리를 떠다니고 있을 뿐이었다.

그들의 얼굴에서 웃음을 발견해보겠다는 나의 생각은 어리석은
것임을 알았다.

웃음은 사진관에서 자기 사진관을 선전하기 위해 내건 영화배
우의 사진, 혹은 서너 살 먹은 아이가 자기 부모들의 관심을 모으
기 위해서 웃는 그런 사진 속에서나 찾아볼 수 있는 것이었다.

나는 길 잃은 미아처럼 거리에 서서 어느 만치에서 웃음이 오고
가고 있는 것인가 눈을 뜨고, 발돋움을 하며 내다보았다.

그때 나는 얼핏 책방을 생각해냈다.

내가 책방을 생각해냈다는 것은 참으로 멋진 착상이었다.

"어서 옵쇼."

책방 점원이 상업적인 인사를 했다.

"무엇을 찾으십니까? 무엇이든 구비되어 있습니다. 신간 서적, 외국 서적, 잡지, 각종 참고서 모두 구비되어 있습니다."

"저 소화집笑話集 하나 주시오."

"아. 불 끄는 책 말입니까? 물론입죠. 불은 무서운 것이니까요."

"그런 종류의 책이 아니라 남을 웃길 수 있는 책 말이오."

"아, '화제의 주인공이 될 수 있는 비결'이란 책이 나왔습니다. '당신도 사장이 될 수 있다'라고 문고판의 제2권입니다. 여기엔 천 개의 유머가 있습니다. 최신판입니다. 잠깐 기다려주십시오."

점원은 서가에 꽂힌 책을 한 권 뽑아들었다.

"이겁니다. 천하의 냉정한 사람도 웃을 수 있는 책, 즉 현대판 웃음보따리인 것입니다."

나는 그 책을 쥐어들었다. 그 책은 저명한 코미디언이 회갑 기념으로 출판한 책으로 겉장엔 붉은 글씨로 '주의, 이 책을 읽기 전에 배꼽에 이름을 적어놓으십시오. 전에도 이 책을 읽다가 이백오십 명의 사람이 배꼽을 잃었습니다'라는 마치 하나도 무섭지 않은 영화를 상영하는 영화관에서 '심장이 약한 분이나 임신부는 삼가시오' 따위의 애교 있는 협박을 하는 것처럼 역설적인 경구가 적혀 있었다.

어쨌든 나는 값을 지불하고 그 책을 들고 집으로 돌아왔다. 그 책엔 천 개의 유머가 만재되어 있었다. 책은 과연 은퇴한 코미디언의 글답게 아주 재미있는 농담으로 가득차 있었고, 편자가 서문에 밝혔듯이 서구식 농담과 순 한국식 농담이 총망라되어 있었으므로 하루에 한 편씩 이야기한다 할지라도 천일야화는 문제없을 것 같았다.

그래서 나는 거리가 어둑어둑해지면 행장을 차리고 오진태의 병원을 방문하곤 하였다. 그것은 나의 일과였다. 괴롭고 긴 인내를 요구하는 일과였다.

오진태는 습관화되어 있어서 마치 제시간에 꼬박꼬박 약을 받아먹으러 오는 환자를 기다리듯이 소파에 앉아서 기다리고 있었으며 그때엔 커피나 혹은 홍차가 알맞게 데워져 있었다.

그것은 마치 상품을 수교하거나 부두에서 수입품을 내려놓는 하역작업처럼 보이고 있었다.

"또 왔습니다. 밤새 안녕하셨습니까?"

하고 내가 첫마디를 꺼내면 그는 아주 비감한 표정으로,

"예, 별일 없습니다. 오늘은 정말 무슨 획기적인 유머가 없겠습니까?"

하고 지레 걱정을 해주었으며 그럴 때마다 나는, 환자의 증상을 거짓말로 안심시켜버리려는 의사처럼,

"아무렴요. 자, 오늘은 서른두번째의 유머를 꺼내겠습니다."

라는 투로 이야기를 펼쳐나가기 시작했다.

그는 늘 진지하게 눈을 뜨고 하나도 빼놓지 않고 듣다가 언제든 정말 조금이라도 웃어줄 마땅한 낌새가 엿보이면 가차없이 웃음을 단행하겠다는 대기 태세를 완비하고 안간힘을 쓰면서 나의 이야기를 경청하는 것이었다.

그러나 나의 유머는 그의 이미 대기 태세가 완비된 마음을 조금도 흔들어주지 못하고, 묵묵히 앉아서 식은 커피를 혹은 홍차를 홀쩍홀쩍 들이켜고, 그럼 내일 또 뵙겠습니다라는 공식적이요 입에 밴 작별인사를 나누는 것으로 하루의 종말을 고하는 것이었다.

나는 정말이지 여러 가지 얘기를 하였다. 버스 속에서 남의 바지 단추를 끄르는 여직원의 얘기부터 약간의 음담기 섞인 사제와 노처녀의 얘기, 나폴레옹의 치즈 얘기까지 여러 가지 이야기를 해주었던 것이다.

그러나 오진태는 한 번도 웃어주지 않았으며 단 한 번, 희미한 어둠 속에서 야광시계의 야광침이 부옇게 떠오르듯 아리송한 미소를 입에 담은 적밖에는 도대체 상식 정도의 미소까지도 보여주려고 하지 않았던 것이다.

오진태가 자칫하면 웃을 뻔했던 날은 열사흘째 날로서 백두번째의 유머를 꺼냈을 때였다.

나는 언제나 하루에 대여섯 개의 유머를 한 개에 평균 사 분씩 소비해서 얘기하는 것이 보통인데 그 유머는 제일 나중에 했던 유머로, 오진태는 거의 오늘도 이제 파장이 되고 말았군 하는 식으로 결국 기회만 있으면 웃으려고 했던 임전 태세를 거두려고 담배를 피워물었고 그러면서도 그의 얼굴엔 얄밉게도 결국 오늘도 너의 함정에 빠지지 않았다는 아슬아슬한 안도감이 이율배반적으로 넘쳐흐르고 있을 때였다.

나도 이미 오늘도 틀리고 말았다라는 체념감으로 그러나 이미 시작해놓은 싸움판이니 마무리나 짓고 내일로 미루자는 심사로 천천히 얘기를 꺼내기 시작했던 것이다.

"백두번째의 유머를 시작하겠습니다."

"행운을 빌겠습니다."

그가 남의 일을 보듯 말을 했다.

"생물학 교수가 수업시간에 어느 예쁘고 수줍음 많은 여학생에게 물었습니다. (목소리를 굵게 해서)

─인간의 육체 중에서 감정의 흥분을 느꼈을 때 평상시의 열두 배로 팽창하는 부분이 있습니다. 그 부분이 어딥니까? 대답해보십시오.

그러자 그 여학생은 얼굴이 붉어지고 숨이 가빠오르고 정신이 아득해져서 말을 하였습니다. (수줍게 여자 목소리를 흉내내면서)

─아이 선생님두, 제가 그 질문에 어떻게 대답할 수 있겠어요.

그녀는 남학생들의 눈초리를 피해서 어쩔 줄 몰라 했습니다. 그러자 생물학 교수는 근엄하게 안경을 고쳐 쓰면서 다음과 같이 말

을 했습니다. (엄숙하고 극적인 목소리로)

　─학생은 결혼하면 틀림없이 실망하겠군그래. 인간의 신체 중에서 흥분하면 열두 배로 늘어나는 것은 바로 눈동자란 말이오."

　그러자 오진태는 느닷없이 얼굴에 미소를 띠기 시작했다. 순간 나는 놀라서 주위에 이 거대하게 시작하려는 웃음의 발화점에 더 부채질해줄 수 있는 무엇이 없을까 멈칫거렸고 오진태는 아주 아쉬운 듯,

　"아주 재미난 얘기로군. 하지만 조금 모자라는군요."

라고 애석한 표정으로 그날의 하루를 고했던 것이다.

　그가 그날 보여준 한 가닥의 미소는 내게 고무적인 무엇을 던져주긴 했지만 그날 이후로 오진태는 다시 무표정의 심연 속에 침전되어 있었다.

　어느덧 나의 유일한 재산인 소화집도 거의 바닥이 나고 있었다.

　나는 그 웃음보따리 책이 끝장나버리면 그를 웃길 레퍼토리가 전무후무할 것이며, 그러면 영원히 오유미를 내 소유로 할 수 없다는 우울한 비애감으로 하루하루를 불안과 초조 속에 보내고 있었다.

　그러나 내가 그의 병원을 드나든 것은 어언 석 달이 넘었으며 그 두껍던 천 개의 웃음책도 마지막 다섯 개의 웃음거리밖에 남겨주질 않았다.

　나는 마지막날 밤 남아 있는 나머지의 웃음보따리를 조심스럽게 펼쳐보았다. 그리고 그 마지막의 웃음거리에 어제와는 달리 무

슨 획기적인 웃음 요인이 들어 있는가를 검토하였고, 그러자 나는 이내 실망하였다. 나는 우울하고 슬퍼서 책상에 머리를 기대고 이토록 사랑의 획득이 어렵고 힘든 것인가를 저주하였다.

하지만 남들은 쉽게 만나서 쉽게 입을 맞추고, 애들을 낳지 않는가. 그러나 나의 사랑의 앞길엔 왜 험난한 길만 가로놓여 있는가. 그리고 왜 그녀는 내게 유독 이런 어렵고 고통스런 과제를 주고 있는가.

그러자 내 얼굴 위로는 눈물이 흘러내리기 시작했다.

나는 그때 거울을 들여다보고 울고 있었는데 거울에 비친 내 얼굴은 한없이 흘러내리는 눈물로 말미암아 헝겊처럼 흥건히 젖어 있었다.

바로 그 순간 나는 무언가 번득이는 영감이 떠오르는 것을 느꼈다. 그것은 친구 김형국의 얼굴이었다.

그는 나와 대학교 동창으로 지금은 무슨 조그만 광고 계통의 회사를 스스로 경영하고 있는 친구였다.

키도 크고, 얼굴도 멀쑥하고, 그래서 언제나 주위엔 여성들로 가득차 있었으며 아직 미혼이었는데 너무나 많은 여인들 때문에 아직은 어느 한 여자에게 자선사업을 베풀어줄 수는 없노라고 공언하면서 이 여인 저 여인에게 몹쓸 감기를 옮겨주듯이 성교를 하고, 대낮부터 술을 먹고 비속한 일이라면 서슴지 않고 해치워버리는 친구였다.

나는 언제나 그 친구에 대해서 투정 섞인 질투심 내지는 막연한 적개심을 느끼고 있었다.

그는 상대편의 고하를 막론하고 개자식, 죽일 놈, 망할 자식 따위의 욕을 서슴지 않는 친구였고 더군다나 그의 욕은 타이밍을 잘 맞춘 적시타처럼 그의 대화를 풍요롭게 하고 한결 재치 있게 만들고 있었다.

그리고 그는 춘화라든가 피임약 따위를 모으고 있었으며 언제든 부적처럼 그것을 주머니에 넣고 다니고 있었다.

그는 성교하는 자세를 백여 가지 터득하고 있었으며 근엄한 표정의 여인들 곁에서 서서히 인간의 무거운 껍질을 벗겨내리고, 그 여인 자신도 쑥스럽지 않게 비속화해버리는 데 천부의 재질을 소유하고 있었다.

말하자면 그는 언제나 발기된 상태의 성기를 소유한 채 이 구석 저 구석을 쑤시고 다니면서 낄낄거리는 정말 아니꼽고 더럽고 메스껍고 치사한 자식이었던 것이다.

실로 내가 얌전히 머리를 빗고 넥타이를 매고 땅이 꺼질세라 조심조심 거리를 걷고 있는 동안 녀석은 계단을 오르내리면서 나하고는 다른 세계 속에서 밀림에서 갓 튀어나온 들짐승처럼 뛰었던 것이다.

그는 예전부터 나의 세계에선 통용될 수 없는 불가능의 일들을 척척 해치우는 데 선수권자였던 것이다.

일테면 주머니엔 일전 한푼 없으면서도 고급 식당에서 비싼 요리를 먹고, 열 발짝 이상은 굳이 택시를 타고, 언제나 만찬회에 초대된 사람처럼 재미있고 즐거운 획기적인 일들이 주머니 수첩에 가득 적혀 있는 녀석이었던 것이다.

그처럼 우울하고 비애감에 침전되어 있을 때 녀석의 존재를 떠올렸다는 것은 정말 합당한 생각이었다.

나는 언제나 그 녀석의 행동을 쌍놈의 것으로 간주하고 있긴 했지만 오진태를 웃겨야 한다는 기묘한 과제에는 그 쌍놈의 자식이 정말 나하고는 다른 의미의 기발한 묘안을 가지고 있을지도 모른다는 생각에 불쑥 옷을 걸치고 그 녀석의 집을 방문하였던 것이다.

그의 집은 맨션 아파트 오층으로 집 자체를 작업장으로 쓰고 있었다.

그의 집에는 우리가 사진관에서 찍을 때 사용하는 강렬한 백열등이 수십 개 매달린 촬영용 스튜디오가 완비되어 있었으며 암실도 마련되어 그 암실 속에는 언제나 붉은색 전구가 빛나고 있었다.

더구나 재미있는 것은 스튜디오 영사막에는 수십 가지의 배면을 영사할 수 있는 기구가 있었기 때문에 때로는 남태평양의 야자수가, 때로는 에펠탑의 원경이 원하는 대로 피사체에 투영될 수 있었다.

그래서 그의 집에 들어선다는 것은 일종의 요술상자에서 뛰어든 것과 같은 신비로운 느낌을 불러일으키는 것이었다.

나는 오랜만의 방문이었으므로 과일을 사들고 그의 집을 찾았다. 한참 초인종을 누르자 이윽고 작업용 옷을 입은 그가 수염을 잔뜩 기르고 나타났다.

"이거 웬일인가? 오랜만이군."

하고 그가 손을 내밀면서 내게 반갑게 악수를 청했다.

"무슨 바람이 분 거야, 대학교수 나으리께서."

"정말 반갑네."

나도 웃으면서 그의 손을 마주잡았다.

"들어오게."

그가 앞장서서 안쪽으로 들어서자 나는 문을 닫고 그를 따랐다. 방안은 모두 불이 꺼져 있었다.

"작업중일세."

하고 그가 치즈를 썹으면서 말을 하였다.

지독한 담배연기, 더운 날씨로 선풍기는 쉴새없이 돌아가고 있었지만 빛이 새어들지 않게 문을 닫거나 혹은 검은색 휘장을 치고 있었기 때문에 방안은 침몰한 잠수함처럼 묵직하게 가라앉아 있었다.

나는 거의 벌거벗은 여인이 스튜디오 앞 수술용 백열등 같은 음영을 없애버리는 밝은 빛 속에 앉아 담배를 피우고 있는 모습을 보았다.

그녀는 방금 배면에 비친 야자나무 아래서 수영복 차림으로 앉아 있는 것처럼 보였다.

이런 식이었다. 그의 집에는 늘 검은 커튼이 내려져 있었고 그 암실 속에선 늘 예쁜 여인들이 벌거벗고 앉아 있거나, 꼭 작업중이 아니더라도 소파에 귀염받는 애완동물처럼 비스듬히 누워 있었던 것이다.

"조금 기다려주지 않겠나? 조금만 있으면 일이 끝나네. 연말 캘린더용 사진을 촬영하고 있는 중이네."

하고 그는 셔츠와 바지를 벗으면서 얘기했다.

어느 틈엔가 그도 수영팬티 차림으로 되어 있었고, 그래서 그는 마치 영사막 속으로 다이빙이나 하듯 뛰어들려는 것처럼 보였다.

"아 상관 말고 계속하게."

나는 손을 내저으면서 말을 했다.

"더우면 나처럼 홀랑 벗지 그래. 그리고 그 탁자 위에 맥주가 있으니 따라 마시게."

나는 늦은 여름날이었는데도 넥타이를 매고 있었으므로 줄곧 땀을 흘리고 있었다. 더구나 이처럼 밀폐된 방안과 태양광선 같은 숫제 뇌리까지 비추어 보이려는 빛을 보자 꼭 쥐어짜지 않은 수건처럼 온몸으로 땀이 비 오듯 흐르고 있었다. 하지만 나는 그것을 벗지 않기로 하였다. 왜냐하면 숙녀 앞에서 정장을 하고 있다는 것은 최소한도의 예의였기 때문이었다.

나는 소파에 다리를 뻗고 미지근한 맥주를 마시면서 벽마다 가득히 붙어 있는 여인들의 누드 사진들이, 광고용 나체 사진들이 고만고만한 크기로 나를 우울하게 노려보고 있는 것을 마주 쳐다보았다.

어떤 것들은 그의 사용私用 촬영이었는지 성기가 그대로 노출되어 있었고, 어떤 것은 남녀 간의 부끄러운 치희가 그대로 묘사되어 있었다.

그래서 다리를 뻗고 비스듬히 누워 그 벽을 바라보고 있다는 것은 마치 수천 명이 행하는 남의 정사를 열쇠구멍으로 들여다보고 있는 것과 같은 심사였다.

"자, 시작합시다. 미스 최."

김형국이 손뼉을 치면서 앉아 담배를 피우고 있는 여인에게 소리를 질렀다. 여인은 조그만 스툴에 다리를 새처럼 꼬부리고 앉아 있었다. 그녀는 잔뜩 지친 표정을 하고 있었다.

"벗으세요."

하고 그가 소리쳤다.

"위쪽의 수영복을 벗어던지세요."

그러자 여인은 무표정하게 젖가슴을 가린 수영복을 벗었다. 젖가슴이, 굉장한 크기의 젖가슴이 다소 늘어진 모습으로 그 염치없고 뚜렷한 백열전광 밑에서 순간 노출되었다. 너무나 밝은 불빛이 그녀의 구석구석을 비추고 있었기 때문에 그녀의 몸은 산 자의 그것처럼 실감을 주지 않았다. 그저 깨끗이 백지 같은 느낌이었다.

나는 밝은 불빛의 저쪽에서는 어두운 이쪽에 앉은 내 모습이 눈에 띄지 않을 것이라는 것을 잘 알면서도 부끄러워하면서 그러나 엉뚱하게도 심한 흥분을 느끼면서 흰빛으로 번득이는 그녀의 맨살과 부풀어오른 유두 그리고 배꼽을 핥듯이 노려보았다.

그녀는 잘 훈련된 개처럼 일어서서 긴 머리칼로 젖가슴을 보일 듯 말 듯 가리더니 해변용 긴 의자에 놓여 있는 콜라병을 들고 숨이 가쁘게 목마른 여인처럼 그것을 들이켜기 시작했던 것이다.

나는 이미 그녀가 들이켰던 빈 콜라병이 탁자 위에 가득히 놓여 있는 것을 보았다.

"잠깐, 실감이 나지 않는데. 아무래도 해수욕장에서 갓 돌아온 것 같은 느낌을 주기 위해선 샤워실에서 물을 한 바께쓰 뒤집어쓰고 나오는 게 좋겠어."

"아까도 물을 뒤집어썼잖아요."

"벌써 말라붙은걸. 하지만 머리칼엔 물기가 젖지 않게 해줘요."

그러자 여인은 투덜거리면서 목욕실로 들어가버렸다.

"망할 년 같으니라구. 늘어진 젖통을 가진 주제에 꽤나 도도한 척하고 있는걸."

김형국은 어둠에 묻혀 땀을 흘리고 있는 나를 향해 중얼거렸다.

"어이, 김영호 마음 있나? 오늘 저녁 하룻밤 데리고 자고 싶지 않나? 허지만 주의해야 할걸. 저 계집년의 그것은 꼭 톱날같이 생겨서 잘못 집어넣었다가는 잘릴 염려가 있으니까 말일세."

그는 껄껄 웃으면서 아주 노골적인 비속한 언사로 나를 유혹하였다. 그는 늘 그런 식으로 내게 말을 하고 있었고 나는 그가 그런 말을 꺼낼 때마다 근엄하고 진지한 표정을 짓고 있긴 했으나 내심 뜨겁게 흥분하고 엄청난 발기를 느끼고 있었다.

"볼일이 있어 왔네. 절대적으로 자네의 도움이 필요하네."

"오우, 자네 같은 도덕박사가 나를 찾아주셨다는 것도 영광인데, 거기에 또 부탁이라, 이건 정말 놀라운 일이로군. 도대체 무슨 일인가?"

"우선 일이나 끝마치고 이야기하기로 하세."

나는 좀 전의 여인이 목욕실에서 물을 함부로 뚝뚝 흘리며 나오는 것을 보면서 말을 했다. 여인은 밝은 불빛으로 들어섰는데 물기가 젖가슴에서 배 위로 흘러내렸으며 매끈한 피부 위에 수은처럼 엉긴 물방울들은 송글송글 빛나고 있었다. 그 구릿빛으로 탄 피부 위에 맺힌 물방울 위로 불빛이 반짝이고 있었기 때문에 여인은 마치 주름을 두른 듯이 보였으며, 얼음박스에서 갓 뽑아낸 청량음료 병처럼 싱싱한 느낌을 불러일으키고 있었다.

"자, 콜라병을 들어요. 입에 대요. 어머니 젖꼭지를 빨듯이 힘차게 마셔요. 옳지 옳지."

그의 카메라가 매미처럼 울었다. 이어 한 번, 두 번, 서너 번을 반복해서 울었다.

"오우케이. 수고했어요, 미스 최. 이젠 쉽시다."

김형국은 벌거벗은 몸으로 여인에게 가더니 느닷없이 여인의 젖꼭지를 손가락으로 비틀면서 그것을 이빨로 깨물었다. 여인이 깔깔거리면서 웃었다.

김형국은 여인의 엉덩이를 툭툭 치면서 책상 위에 놓인 먹다 남은 콜라병을 들어 벌컥벌컥 들이켜면서 방안에 내리쳐진 커튼을 올리고 여인의 머리칼을 날리던 선풍기의 방향을 이쪽으로 돌려놓았다.

그러자 방안에 바람이 새어들기 시작했다. 우리는 아파트 창문 밖에서 번득이는 야경을 바라보면서 탁자를 가운데로 하고 미지근한 맥주를 들이켰다.

여인은 담배를 새로 붙여 물며 그의 잔과 내 잔에 술을 가득 따랐다.

"도대체 무슨 일인가?"

하고 김형국이 술을 마시며 물었다. 그러면서 그는 여인을 끌어 잡아당겨 자기 무릎에 앉히고 버릇 없이 여인의 몸을 손으로 쓰다듬고 있었다. 그러나 여인은 제기랄, 도무지 부끄러워하지도 않는 눈치였다.

나는 그들의 치희에 눈을 피하면서 대충 내게 최근 애인이 생겼다는 얘기부터 꺼내기 시작했다.

그러자 그는 호들갑을 떨면서 축하한다고 소리를 질렀으며 그것을 핑계로 연거푸 우리는 잔을 부딪치면서 술을 들었다.

나는 일의 전말을 상세히 더듬거리면서 얘기했다. 그리고 지금껏 내가 했던 유머가 얼마나 광범위한 것이었으며 인간이 저지를 수 있는 실수의 총화였다는 것을 강조하기 위해서 몇 가지의 유머를 실례로 드는 일도 서슴지 않았다. 이야기를 다 듣고 나자 그는 크게 웃었다.

"그것 참 해괴망측한 일이로군. 이상한 일이야. 헛허허."

그는 어찌나 크게 웃었는지 컵의 맥주를 거의 다 쏟아버리고 말았다.

"글쎄 자네에겐 우스운 일일는지는 몰라도 내겐 괴로운 일이네."

"자, 생각해보세. 우리 꼬마 신랑의 행복을 위해서 다 같이 생각해보자구."

그리고 그는 갑자기 안색을 바꾸면서 턱에 손을 괴고 생각하기 시작했다.

"현대는 아이디어의 시대일세. 무의식을 활용해야 하네. 우리의 의식은 빙산의 일각에 불과해. 요는 묻혀 있는 잠재력을 개발해보도록 하세. 개가 사람을 물면 당연한 일이지만 사람이 개를 물었다면 충분히 코미디감이지. 어떻게 생각하나?"

"그렇다고 생각하네."

"자, 멀리 갈 것도 없이 가까운 곳에서부터 시작하세. 우리 두뇌의 여행을 떠나기로 하세."

김형국은 소파 위에 아무렇게나 놓여 있는 빈 콜라병을 가리켰다.

"이 병은 빈 콜라병이야. 자네 이 병을 보고 무엇을 생각할 수 있나? 절대 의식을 주지 말고 생각나는 대로 얘기해보게. 자 시작하세."

"빈 잉크병."

하고 담배를 피우던 여인이 소리를 질렀다.

"화장품."

김형국이 말을 받았다.

"벌거벗은 여자."

이번엔 내가 말을 받았다.

"주책없는 늙은이."

"아프리카코끼리."

"잉크 없는 만년필."

"가발 쓴 대머리."

"포장된 선물상자."

"판도라의 상자."

그 순간이었다. 김형국이 손뼉을 쳤다.

"좋은 수가 생각났네. 아주 기막힌 아이디어가 떠올랐어."

나는 놀란 나머지 벌떡 몸을 일으켰다. 그리고 그의 손을 힘차게 쥐어 흔들었다.

"뭔가? 자네가 날 구원해준다면 자네에게 무엇이든 해줄 수 있네. 맹세하겠네."

"이것 봐."

김형국이 의기양양하게 기쁨에 차서 소리를 질렀다.

"잠깐 기다리게. 내가 무엇을 갖다줄 테니."

그는 일어서서 암실로 쓰는 칸막이 저편으로 사라졌다.

나는 초조해서 손을 비비기도 하고 헛기침을 하기도 하고, 그러다가 씁쓰레한 맥주를 벌컥벌컥 들이켜면서 그가 얼른 나와줄 것을 기다리고 있었다.

여인은 사뭇 정색을 하면서 나를 올려다보고 그러다가는 나지막한 소리로 쿡쿡 어깨로만 웃고 있었다. 그러나 나는 아랑곳하지 않기로 하였다.

내 생각으로는 아주 오랜 시간이 지났을 때 그는 암실에서 무엇인가를 들고 나타났다. 그는 연신 싱글벙글 웃고 있었다.

"이게 무언 줄 아는가?"

그는 탁자 위에 네모지고 마치 배터리용 면도기처럼 작은 무미건조한 금속 기계를 꺼내어놓았다.

"이게 뭔가?"

나는 황급히 그것을 주워들었다. 그리고 그것이 과연 어떤 의미가 있어서 틀림없이 오진태를 웃길 수 있는 물건인가 불빛에 비추어보면서 면밀히 관찰하였다.

그것은 매우 작은 간단한 물건이었다. 검은색이었는데 부속품도 없었고 앞면으로 보이는 곳엔 축소된 스피커 같은 것이 달려 있을 뿐이었다.

"이게 도대체 뭐란 말인가? 아무래도 자넨 날 놀리고 있는 것
같애."

나는 어이없기도 하고 그가 나를 놀리는 것이 틀림없다라는 확
신감에 이내 비애에 잠겨서 그 물건을 탁자 위에 세게 내려놓았다.

"아, 아, 조심하라니까."

김형국은 내가 물건을 세게 내려놓자 깨어질세라 그 물건을 받
쳐들더니 조심스럽게 말을 하였다.

"이것은 고려시대 유물일세. 전번에 고분 발견했을 때 내가 비
싼 돈을 주고 사온 거라니까. 이 속엔 천 년 묵은 거인이 들어 있
네. 처음 오백 년간은 이 상자 속에 갇혀 있는 거인이 자기를 구해
주는 사람에겐 무엇이든 요구하는 대로 해주리라고 생각하였지만
이후 오백 년 동안은 자기를 구해주는 사람을 잡아먹을 생각을 하
고 있단 말일세. 그렇게 세게 놓다가는 제풀에 거인이 빠져나올지
도 모른다니까."

그는 조심조심 그 상자를 들어 손에 들더니 웃음기를 거둔 얼굴
로 진지하게 말을 덧붙였다.

"이 물건을 자네에게 빌려주기 전에 한 가지 약속을 해둘 게 있
어. 귀한 물건이니까 단 하루만 사용하고 갖다줄 것과, 또 한 가지,
이 상자 뒷면엔 보다시피 단추가 하나 달려 있네. 보이나? 이 빨간
단추 말이야."

"보여. 보인다니까."

나는 수긍을 했다.

"그 사람 앞에 가기 전에 절대 이 단추를 눌러보지 말게. 그럼이 속에 들어 있는 거인이 화를 내거든. 꼭 조심스럽게 취급하다가그 병원에 들어가선 윗주머니 속에 넣어두게. 그러다가 윗주머니속에 넣어둔 채 상대편이 눈치채지 않게 이 상자의 단추를 누르기만 하면 자네의 소망은 이 상자 속에 들어 있는 거인이 모두 해결해줄 걸세."

"한 가지 물어볼 게 있는데, 혹 그 거인이 나를 잡아먹지 않을까?"

나는 그가 나를 조소하지 않을까 어쩔까 하는 염려의 눈빛으로비굴하게 물었다.

"천만에. 그것은 내가 보증하지. 그 대신 함부로 취급하면 거인이 화를 내거든. 그리고 병원이 아닌 데서 이 단추를 누르면 절대안 되네. 정말 명심해둘 것은 그 병원에서만 이 단추를 눌러야 한다는 것일세. 이것을 절대 잊어버리지 말게. 알겠나?"

그는 다짐을 받으려는 듯 눈을 부릅뜨면서 내게 물었다.

"알겠네. 명심하겠어."

나는 구두시험을 치르는 생도처럼 또박또박 대답을 했다.

"참 아까 자네는 내가 그 의사를 웃길 수만 있게 해준다면 어떠한 소원도 들어준다고 했지?"

"그랬네."

나는 좀 불안해서 헛기침을 쿵쿵 하였다. 내 이럴 줄 알았어. 이럴 줄 알았다니까. 저 녀석은 꼭 모든 일에 보수를 요구하거든.

"부탁이 있네. 아주 간단한 부탁이야."

그는 싱글거리며 무릎 위에 앉은 여인의 몸을 거미의 발처럼 훑기 시작했다.

"뭔가? 내가 할 수 있는 부탁이라면 들어주겠네."

"물론 자네가 할 수 있는 부탁이지."

그는 웃었다.

"자네의 성기를 몇 달간만 빌려주게. 내 것은 녹이 슬었어. 분해 소제를 해야 되겠어."

"용서하게."

나는 당황해서 크게 말을 막았다.

"내게두 곧 필요해진단 말일세. 그 여인이 자기 오빠를 웃기면 자기의 몸을 허락해준다고 약속하였네. 그러니 그때엔 나의 물건도 필요해질 것이 아니겠는가?"

나는 나의 말이 혹 그에게 불쾌감을 주어 그 마물의 상자를 빌려주지 않을지도 모른다는 우려 속에 상냥하게 변명을 하였다.

"그 부탁이 아니라면 무엇이든 들어주겠네. 맹세하겠네."

"헛허허허허."

김형국은 크게 웃었다.

"농담삼아 꺼내본 말이었어. 자, 부디 자네의 행운을 빌겠네. 조심해서 쓰고 반환만 해주면 고맙겠어."

그는 탁자 위에 놓인 상자를 쥐어 내게 주었다.

"곧 나가주게. 난 이 아가씨와 할 일이 있으니까."

나는 그것을 조심스럽게 받아서 윗주머니에 넣었다.

"속주머니에 넣어두어. 비싼 물건이야."

그는 내 눈앞에서 여인을 쓰러뜨리고 여인의 젖가슴을 깨물면서 소리를 질렀다. 나는 그것을 다시 속주머니에 챙겨넣은 다음 일어섰다.

"그럼 잘 있어. 일이 성공하면 이것을 반환하러 들르겠네."

"문 쾅 닫고 나가게. 그러면 문이 저절로 잠길 테니까."

그는 여인의 유일한 옷이었던 비키니의 아랫도리를 손으로 밀어내리면서 이쪽은 보지 않고 말을 하였다.

대신 그의 등에 깔려 얼굴을 이쪽으로 하고 있던 여인이 한쪽 눈을 찡긋거리며 안녕히 가세요, 하고 작별인사를 하였다.

나는 문을 닫고 거리로 나왔다. 발걸음은 절로 날듯이 가벼워서 나는 곤충처럼 뛰고 있었다.

됐다.

그가 준 물건이 무엇인지는 모르지만 어쨌든 일단 그를 믿어보기로 하자. 그리하여 사랑하는 오유미에게서 몹쓸 요술을 거둬버리자.

그가 준 마법의 상자가 심장이 뛰는 왼편 가슴에 있다는 것을 의식할 때마다 나는 기운이 솟아오르고 투지가 넘쳐흐르기 시작하였다.

나는 바람처럼 뛰어서 오진태의 병원을 찾아갔다.

마침 오진태는 언제나 그러하듯 마치 암호문을 수령하기 위해서 대기하고 있는 첩자諜者처럼 얌전히 앉아서 나를 기다리고 있었다.

"안녕하십니까?"

그는 내가 들어서자 일어서면서 악수를 청했다.

나는 그의 손을 잡고 흔들었다.

"어떻습니까, 오늘은 절 웃기실 수 있겠습니까?"

그는 아주 다정하게 굴었다.

"노력해보겠습니다."

나는 씩씩하게 대답하였다.

그러자 그는 소파에 앉아 담배를 피워물었다. 그리고는 만반의 준비를 갖추기라도 할 듯이 일부러 지어 보이는 느슨한 태도로 높은 의자에 상체를 기대고 긴장을 풀면서 나를 쳐다보았다.

"천 개째의 유머를 시작하겠습니다."

나는 몇 달 전 샀던 유머책의 가장 마지막 웃음보따리를 조심스럽게 펼쳐나가기 시작하였다.

"아, 시작하십시오."

오진태는 큐를 알리는 연출자처럼 손가락을 세웠다.

"어느 날 아침 비즈니스 걸인 영자라는 아가씨는 회사에 가기 위해 전차에 탔습니다. 그날따라 영자라는 아가씨는 새로 맞춘 원피스를 입고 있었습니다. 남달리 몸매가 예쁜 영자 아가씨였으므로 이번에 맞춘 옷은 온몸에 꼬옥 붙어 옷을 입어도 몸의 굴곡이 완연히 드러나 보이는 타이트한 옷이었습니다. 전차는 언제나 그러하듯 만원이었습니다. 전차에 올라타서 한 계단 오르려고 발을 들어올렸지만 옷이 너무 몸에 꼭 끼었기 때문에 발을 들어올릴 수가 없었습니다. 전차는 마악 떠나려 하고 급한 김에 영자라는 아가씨는 손을 등쪽으로 돌려 옷을 좀 느슨하게 하기 위해서 지퍼를 내렸습니다. 그리고 발을 들어올렸는데 여전히 옷이 꼭 끼었기 때문에 발을 들어올릴 수가 없었습니다. 할 수 없이 영자라는 아가씨는 손을 등으로 돌려 지퍼를 더욱더 내렸습니다. 그때였습니다."

나는 얼핏 오진태의 얼굴을 살펴보았다. 웃음에는 기복이 있게 마련으로 결정적인 장면에서는 약간의 호흡조절이 필요하다는 것을 잘 알고 있었기 때문이다.

듣는 사람들은 으레 상대편의 얘기에서 자기 나름의 상상력을 발동시켜 끝마무리를 생각하고 있게 마련인데 웃음이라는 것은 대부분 그 상상력에 어긋난 엉뚱한 화제를 줌으로써 자기의 상상력이 일순 어처구니없는 것이로구나 하는 느낌을 받는 순간 터져나오는 것이다. 그러나 오진태의 얼굴은 여전히 무표정하고 따분해 보였다.

나는 될 대로 돼라 하는 심사로 말을 이었다.

"그때였습니다. 뒤쪽에 서 있던 사내가 영자라는 아가씨의 어깨를 쳤습니다.

—여보시오. 여보시오, 아가씨. 아가씨는 왜 자꾸 내 바지 지퍼를 내리고 있습니까?"

나는 얘기를 끝마쳤다.

예상대로 오진태는 웃어주질 않았다. 하지만 애초부터 웃어줄 것을 기대하지 않았으므로 나는 낙망하지 않았다.

"끝입니까, 그것으로 얘기가 끝났습니까?"

오진태가 뻣뻣한 침묵 끝에 나를 쳐다보았다.

"예, 끝났습니다."

"아주 재미있는 얘기로군요. 하지만 예전에 그와 비슷한 얘기를 하신 적이 있습니다. 그때는 지퍼가 아니라 단추였고, 전차가 아닌 버스였습니다."

"그랬던가요."

나는 낯을 붉히면서 뒤통수를 긁었다.

"어떻습니까? 이젠 정말 큰일이로군요. 천 개의 유머도 끝내셨고, 또 얘기도 자꾸 유사한 내용이 중복되는 것을 보니."

오진태는 진정으로 나를 염려하는 식의 눈빛으로 부드러운 목소리를 내었다. 그러나 여전히 그의 목소리 밑에는 언제나 그러하듯 오늘 하루도 자네가 쳐둔 그물에 빠지지 않았다는 아슬아슬한 승리감이 가라앉아 있었다.

나는 불쑥 분노와 더불어 왼쪽 가슴에 숨겨진 마법의 상자를 생각해내었다. 그러나 좀 전까지와는 달리 이 요술상자에 기대를 걸고 흥분을 하고 있었던 것이 어쩌면 어리석은 생각에 불과할지 모른다. 도대체 천 개의 웃음보따리로도 어쩌지 못하였던 이 사내의 생경한 웃음을 이 조그만 기계가 어떻게 해결해줄 수 있단 말인가 하는 불안감이 스름스름 고개를 쳐들고 있는 것을 나는 느꼈다.

사람의 웃음을 어찌 기계가 해결해줄 수 있단 말인가.

그렇다. 어쩌면 김형국이가 나를 골탕먹이기 위해서 준 물건인지도 모른다. 그 녀석은 능히 그럴 수 있는 녀석이니까.

도대체 그 녀석은 웃음을, 동전을 넣고 손잡이를 돌리면 코인이 쏟아지는 슬롯머신으로 착각을 하고 있는지도 모른다.

나는 비애를 느꼈다.

이제는, 오진태를 웃기지 못하였으므로 영영 오유미의 사랑을, 그녀의 육체를 얻을 수 없다고 생각하자 나는 갑자기 울고 싶은 충동을 받았다.

나는 쓴 담배에 불을 붙이고 한 모금 빨아 삼켰다.

"죄송하게 됐습니다."

오진태가 나를 우울하게 내려다보다가 위로의 말을 던졌다.

"나로서도 어쩔 수는 없습니다. 김형, 저도 최대한의 노력을 했습니다. 하지만 결국 뜻대로 되지 못하였습니다."

"괜찮습니다."

나는 피우던 담배를 눌러 껐다.

자, 이제는 별수없다. 무엇이든 해야만 한다. 이대로 물러날 수는 없는 일이 아닌가. 무엇이든 해야 한다. 김형국이 나를 놀리기 위해서 장난을 했다손 치더라도 일단은 그의 말을 믿어야 한다. 그가 시킨 대로 해보아야만 한다.

'그 사람 앞에 가기 전엔 절대 이 단추를 눌러보지 말게. 그럼 이 속에 들어 있는 거인이 화를 내거든. 꼭 조심스럽게 취급하다가 그 병원에 들어가선 윗주머니 속에 넣어두게. 그러다가 윗주머니 속에 넣어둔 채 상대편이 눈치채지 않게 이 상자의 단추를 누르기만 하면 자네의 소망은 이 상자 속에 들어 있는 거인이 모두 해결해줄 걸세.'

나는 김형국이 내내 신신당부했던 주의의 말을 생각해내었다.

나는 뜨거운 침을 삼켰다. 자연 손끝은 떨리고, 오진태가 눈치채지 못하게 떨리는 손가락을 윗주머니 속에 넣어 마법의 상자를 더듬어 찾으면서 나는 마른기침을 하였다.

김형국이 일러준 대로 차가운 철제 기구의 뒷면에는 불룩 튀어나온 단추가 있어 손끝에 걸렸다. 나는 단추를 누르기 직전 오진태의 얼굴을 살펴보았다.

오진태는 식은 홍차를 홀쩍홀쩍 들이켜면서 그러나 내 시선은 교묘히 피하면서 딴전을 피우고 있었다.

나는 단추를 눌렀다.

그때였다.

갑자기 웃음소리가 마법의 상자 속에서 터져나오기 시작하였다. 굉장한 크기의 웃음소리였다.

깔깔 깔깔 까르르 깔깔 핫하하 허허허, 캴캴캴, 깔깔깔깔 까르르 까르르 호호호, 힛히히, 캴캴캴, 킬킬킬 키륵키륵, 카아아아알 칼 캴캴, 오오오 카아알 카알카알 칼캴캴……

웃음의 홍수는 요술상자 속에서 범람하기 시작하였다.

핫하하하하하, 오우, 오우, 까알까알 까알까알 까까까까알 카아 아알 카알카알, 힛히히히히히 오우오우 키일킬 키일 키이이이이 일 키륵 키일키일 킬킬킬킬……

처음엔 나 자신도 놀라고 말았다. 단추를 누른 것은 나였지만 막상 단추를 누르자 심장이 발작하는 것처럼 웃음소리가 튀어나 올 줄은 아예 상상도 하지 못했으므로 나는 혼이 나가서 가만히 앉아 있었다.

놀란 것은 나뿐만이 아니었다. 오진태도 눈을 둥그렇게 뜨고 나를 올려다보고 있었다. 그는 매우 어리둥절한 것처럼 보였다. 그리고 이 기괴한 웃음의 홍수가 어디서 기인되는가, 어디서 흘러나오는가를 찾기 위해서 주위를 두리번거리면서, 살펴보고 있었다.

요술상자 속에서 웃음은 끊임없이 계속되었다.

웃어라. 웃어. 웃지 않으면 안 돼.

마법의 상자 속에서 충전되어 흘러나오는 발악적인 웃음의 홍수 속에 일관되어 흐르는 것은 차라리 엄격하고도 질긴 웃음에의 명령이었다.

웃음은 실처럼 풀려나오고 있었다. 그리하여 그 실들이 서로 엉기고 엉겨 끈질기고 집요한 끈으로 변해 촉수를 내던져 뻣뻣하게 앉아 있는 우리들의 마비된 얼굴을, 겨드랑이를, 발바닥을, 목덜미를 간질이기 시작하였다.

웃어라. 웃어. 웃지 않으면 안 돼.

기계는 엄격하게 우리에게 강요하고 있었다. 반복되는 웃음의 최면으로 우리들은 서서히 미끄러져들어가기 시작하였다.

웃어라. 웃어. 웃지 않으면 안 돼.

카아아아알, 카알 카알 칼칼칼칼칼 카카카카카카, 카아 카아 카아 카카카 칼칼칼칼칼 카아카아 오우오우 칼칼 칼캬아캬아 캭캭캬아 캬아 캬칼칼……

웃음은 음표부호처럼 가볍게 날아 온 방안 구석구석을 채우고 방안은 이윽고 들썩이기 시작하였다.

우리는 우리의 몸이 무중력상태 속에서처럼 가볍게 날기 시작하는 것을 느꼈다.

웃어라. 웃어. 너는 웃지 않으면 안 돼.

서서히 오진태의 얼굴에서 미소가 떠오르고 있었다. 그러더니 그 미소가 점점 비틀리고 물처럼 부풀더니 고통 끝에 나오는 신음

소리처럼 오진태의 입에서 비명소리가, 아니 웃음소리가 그 광란하는 구호, 수상한 발맞춤, 간단 없는 웃음소리에 맞추어 조금씩 흘러나오기 시작하였다.

그리고 그 웃음소리는 이내 커지고 과장되어 오진태의 몸은 웃음으로 흔들거리고 마침내 온몸이 웃음으로 충만되기 시작하였다.

나는 놀라면서 오진태의 웃음을 쳐다보았다. 내가 느낀 감정은 내가 드디어 오진태를 웃겼다, 웃기고야 말았다는 승리감보다는 오히려 그가 지금 어쩌면 괴로움과 고통을 그런 식으로 표현하고 있는지도 모른다는 느낌 같은 것이었다.

"그만하십시오. 핫하하하."

오진태는 헐떡이면서 손을 내저었다.

"그만 그만, 웃음을 그만하십시오. 핫하하. 견딜 수가, 핫하하, 견딜 수가 없어요. 핫하하."

그러나 나는 그 웃음의 홍수를 제지하는 방법을 알고 있지 않았다. 김형국은 내게 단추를 누르라고 알려만 주었을 뿐 그것을 어떻게 거둬들여야 하는지는 알려주지 않았기 때문이었다. 그래서 나는 혼이 나가서 가만 앉아만 있을 뿐이었다.

"핫하하, 졌습니다. 졌어요. 그마안 핫하하. 오우오우 그만합시다. 그마안."

나는 손을 윗주머니 속에 넣어 마법의 상자 뒷면에 달린 단추를 다시 한번 눌렀다. 그러자 웃음이 그쳤다.

웃음이 사라지자 오진태는 땀을 흘리면서 겨우겨우 안정을 되찾은 것처럼 헐떡거리면서 내게 손을 내밀어 악수를 청하였다.

"축하합니다, 김형. 핫하하. 드디어 김형은 나를 웃기고야 말았습니다. 핫하하. 축하합니다. 김형, 핫하하. 김형은 이제 두번째의 수수께끼를 푸셨습니다. 자, 가십시오. 유미에게 가십시오. 전화를 걸어두겠습니다. 축하합니다. 핫하 핫하하. 모처럼 웃었더니 기분이 다아 유쾌해졌습니다. 핫하하."

나는 그의 손에 내 손을 내맡겨 악수를 나누었다.

그제야 비로소 나는 드디어 오진태를 웃겼다. 말하자면 두번째의 수수께끼를 풀었다. 그리고 약속한 대로 오유미의 몸을 얻을 수 있다는 실감이 들었고 그래서 나는 기운이 솟았다.

나는 오진태와 헤어져 달렸다. 오유미 때문에 배운 그 뜀박질 솜씨로 나는 거리의 육교를, 지하도를, 사거리를 뛰어서, 바람처럼 뛰어서 이제는 그녀가 약속한 대로 범람하는 나일 강 같은 그녀의 육체를 갖기 위해서 달려갔다. 나는 그녀의 아파트 광장에 서서 큰 목소리로 그녀를 외쳐 불렀다.

내 목소리는 온 아파트를 울리고 잠든 온 아파트의 주민을 깨우고 있었다.

실로 육 개월 만에 찾아온 유미였다. 지난 봄 싱그러운 잔디밭에서 입맞춤을 나눈 지 육 개월이 흘러간 것이었다. 육 개월 동안 오직 오진태를 웃겨야 한다는 의무감에 세월이 흘러가는 것도 잊어버리고 있었던 것이었다.

육 개월 만에 먼지와 권태, 피로감에 젖어서 돌아온 내 가슴속에는 질긴 슬픔이 가라앉고 있었다.

내 목소리는 우렁차고 웅장하였다. 투명한 달빛 속을 뚫고 날아가 화살처럼 잠든 유미의 의식을 깨우고 있었다. 나는 그녀의 아파트 방문에 불빛이 켜지고 그녀의 거대한 머리가 창밖으로 빠져나와 잔디밭 위에 서 있는 나를 보고 손을 마주 흔들며 곧 내려가겠다는 표시를 하는 것을 보고서야 쓰러지듯 잔디밭 위에 앉았다.

나는 적지 않게 지쳐 있었다.

강변에서 불어오는 강바람이 쓰러져 앉은 이마의 땀을 어루만지고 있었다.

유미는 곧 내려왔다. 아파트 계단을 오르내리는 입구에서부터 유미는 숫제 뛰기 시작하였다. 유미를 본 순간 나는 몸을 일으켰다.

우리는 서로의 몸을 껴안았다. 나는 게양되는 국기처럼 그녀의 거대한 몸에 달라붙어 그녀의 입술을 찾았으며 그녀는 나를 가볍게 안아들었다.

"보고 싶었어요, 영호씨."

달콤하게 유미의 목소리가 내 귓가에 부딪혔다.

"나두 나두 보고 싶었소, 유미씨."

"사랑해요."

"나두, 나두 사랑하고 있소."

"들어가요, 네?"

유미가 나의 입술에 자기의 입술을 파묻으며 다정하게 속삭였다.

"아파트 방으로 들어가요, 네?"

"집에 어머니가 있지 않소?"

"어머니는 주무시고 계세요. 그리고 귀가 먹었으니까 무슨 일이 벌어지는지 알지 못해요."

"동생도 있지 않소?"

"지방에 내려갔어요."

유미는 소리를 높였다.

"우리 둘뿐이에요. 우리 둘뿐이에요. 이 세상엔 우리 둘뿐이에요. 당신과 나 우리 둘뿐이에요."

"아아, 달도 있소."

"달님은 우리를 축복해줄 뿐, 지켜보고 있을 뿐, 오늘밤은 당신과 나, 우리 둘뿐이에요."

유미의 그림자가 뱀의 혀처럼 늘어져 먼 아파트 벽에 너울거리고 나는 요람 속의 아기처럼 그녀의 굵은 팔뚝에 가볍게 안겼다.

"들어가요, 네? 꿀과 같은 밤이에요."

"그래."

먼 도시의 하늘 위로 네온이 번득이고 있었다.

우리는 나란히 서서 아파트의 층계를 올랐다. 그녀의 방에 오르기까지 우리는 몇 번이고 발을 멈추어 입을 맞추었다.

그녀의 방문은 열려 있었다. 그러나 불은 꺼져 있었다.

"들어오세요."

유미가 먼저 들어서면서 나를 내려다보았다.

"발소리를 죽이며 들어오세요."

나는 도둑고양이처럼 숨을 죽이고 발소리가 나지 않게 신경을 쓰면서 조심스럽게 걸음을 떼어놓았다.

"술을 드세요."

유미는 미리 준비해두었던 것처럼 거실 탁자 위에 놓인 술병을 들어 잔에 넘치도록 부었다.

"우리 축배를 올려요."

자기의 잔에 술을 따라 우리는 잔을 부딪쳤다. 키가 작았으므로 그녀의 잔에 내 잔을 부딪치기 위해서 나는 힘껏 발돋음을 하였다.

나는 단숨에 술을 들이켰다. 사랑의 묘약처럼 한 잔의 술이 나를 달아오르게 하였다.

그래서 나는 튀어오르는 공처럼 소파에 앉아 있는 유미의 몸 안으로 내 몸을 던져버렸다. 나는 그녀의 살찐 허벅다리 속에 몸을 묻었다. 그녀의 부드러운 손이 내 몸을 감싸고 그녀는 장난스레 술병을 들어 내 몸 위에 기울이기 시작하였다.

좁은 구멍을 빠져나가는 술은 숨가쁘게 내 몸 위로 굴러떨어져 나를 온통 적시고 있었다.

"당신은 마치 한 잔의 술잔 같아요. 예쁘게 빚은 한 잔의 술잔 같아요."

유미는 한 병의 술이 그 끝을 다할 때까지 내 머리 위에서부터 철철 부어 따랐다.

나는 발그스레하게 상기하기 시작하였다.

"당신을 마실 테예요. 오늘밤 당신을 마셔버릴 테예요."

내 몸은 유미가 부은 한 병의 술로 가득차고 있었다.

"눈을 감으세요."

유미는 천천히 노래를 부르기 시작하였다.

"당신은 나의 님. 어디서 오셨나요. 저 깊고 깊은 안식의 나라에서 찾아온 사랑의 손님이신가요. 당신은."

그녀의 목소리는 맑고 아름다웠다.

황홀한 달빛이 열린 창문으로 새어들어와 그녀의 얼굴을 비추고 있었다.

그녀의 긴 머리칼은 옥수수 밀대궁처럼 바람에 서걱서걱 움직이고 있었다.

"당신은 나의 아기. 어디서 오셨나요. 멀고 먼 기쁨의 나라에서 찾아온 사랑의 손님인가요. 당신은."

나는 그대로 잠들어버릴 것만 같았다. 그녀의 몸은 따스한 훈기 감도는 봄날의 대기와 같았다. 허락된다면 그녀의 깊고 깊은 자궁 속으로 몸을 파묻어 안주해버리고 싶을 정도였다.

"들어가요, 예? 방으로 들어가요. 더 밤이 깊기 전에. 잘못하다간 어머니가 잠을 깨실지도 모르잖아요."

"그렇군."

우리는 일어서서 그녀의 방으로 들어섰다. 그리고 굳게 문을 걸어잠갔다.

그날 밤, 나는 유미와 정사를 나누었다. 그것은 용광로를 흐르는 뜨거운 쇳물에 몸을 녹여 한줌의 액체를 만드는 듯한 격렬한 정사였다. 나는 한 잔의 액체가 되어 그녀의 몸 안에 부어졌다. 나의 작은 몸은 전체가 성기처럼 달아올라서 거대한 그녀의 몸 위에 발톱을 내리고 질기게 달라붙었다.

"죽고 싶어요. 이대로 죽고 싶어요."

그녀의 몸은 살아 움직이는 화산과 흡사하였다. 가슴으로 숨을 쉬지 않고 온몸으로 숨을 쉬고 있는 거대한 길짐승처럼 보였다.

나는 그녀의 몸 위에서 기나긴 여행을 하였다. 때로는 모험을 그리고 때로는 탐험을, 그녀의 몸은 저 끝간 데를 모르는 매장량이 무진장한 광산과 같아서 나는 산과 같은 그녀의 몸을 향해서 다만 뒤채는 한 방울의 물방울처럼 굴러떨어졌다.

우리는 주검처럼 누워 있었다.

"당신은 대지로군."

"당신은 비예요."

"당신은 나무로군."

"당신은 뿌리고요."

"여기서 쉬고 싶어."

"하지만 가야 해요."

"시간이 늦었는걸."

"가실 수 있어요."

유미는 땀을 흘리면서 대답했다.

"가셔야만 해요."

나는 우울해서 길게 한숨을 내쉬었다.

그러자 유미는 벌거벗은 몸을 내 쪽으로 움직여 나를 감싸듯 얼싸안고 부드럽게 휘파람과 같은 소리를 내었다.

"당신은 가야 해요. 가셔야만 해요."

"결혼하고 싶어. 당신하고 결혼하고 싶소. 이젠 결혼할 수 있지 않소."

"안 돼요."

유미가 잘라 말했다.

"아직 한 가지의 수수께끼가 남아 있어요. 저는 당신에게 두번째의 수수께끼를 풀면 몸을 허락하겠다고 했어요. 당신은 그것을 풀었어요. 그래서 우리는 몸을 나누었어요. 하지만 결혼하기엔 아직 한 가지의 마지막 수수께끼가 남아 있어요."

"그게 뭔데?"

나는 뉘었던 몸을 벌떡 일으켰다.

"그게 뭐요?"

"쉬잇."

유미는 갑자기 자기의 입술에 손가락을 갖다대었다.

"소리가 커요. 옷을 입으세요."

나는 말을 잘 듣는 소년처럼 일어서서 벗었던 옷을 몸에 걸쳤다.

"가세요. 조용히 조용히 걸으세요."

"하지만."

나는 걷다 말고 유미를 올려다보았다.

"당신은 마지막 문제를 가르쳐주지 않았소. 그 문제가 무엇인지 내게 가르쳐주지 않았소. 그것을 알아야만 가겠소."

"아시게 돼요."

우울하게 유미는 나를 내려다보았다.

"자연히 아시게 될 거예요."

"그런 대답이 어디 있소."

나는 강하게 말을 받았다.

"그런 무책임한 대답이 어디 있겠소. 난 한시라도 빨리 유미씨와 결혼하고 싶소. 때문에 두 가지의 수수께끼도 이를 악물고 견디어냈던 거요. 그런데 이제 한 문제만 남았소. 난 이길 수 있소. 어떤 문제라도 나는 풀 수 있소. 그런데 왜 안 가르쳐주는 거요."

"기다리세요."

유미가 손을 뻗쳐 내 머리를 가만히 받쳐들었다.

"자연히 아시게 돼요. 기다리세요. 자연히 아시게 돼요."

"너무하는군. 유미씨는 지금 너무하고 있소."

"난 약속을 지켰어요. 당신에게 몸을 주었어요. 세번째의 수수께끼만 풀면 우리는 결혼할 수 있어요. 가세요. 더 늦기 전에."

나는 잠자코 서 있었다.

그녀가 준 수수께끼를 두 가지 풀고서도 이처럼 늦은 밤에 홀로 떠나 헤어지고 그리고 무엇인지 모를 한 가지의 문제가 또 남아 있구나 하는 생각이 들자 나는 갑자기 눈물이 솟아 흘렀다.

그러나 유미 앞에서 눈물을 보인다는 것은 부끄러운 일이었으므로 몸을 돌려 아파트를 뛰쳐나왔다.

나는 계단을 뛰어내려왔다.

이긴다. 나는 이기고야 말겠다. 기필코 이겨서 유미를 내 것으로 만들고야 말겠다. 그 문제가 어떠한 것이든 나는 이기고야 말겠다.

마침 아파트 광장에 빈 택시가 한 대 손님을 기다리고 서 있었다. 나는 부리나케 차 안에 올라탔다.

나는 운전사에게 나의 집까지 달려주기를 부탁했다. 그러다가 문득 김형국의 얼굴이 떠올랐으므로, 그리고 그가 내게 빌려준 물건이 아직 왼쪽 속주머니에 들어 있고 또 그가 잠시 사용하고 곧 반환해주기를 원했던 것이 생각났으므로 운전사에게 맨션 아파트 김형국의 집까지 데려다줄 것을 부탁하였다.

거리는 불이 하나둘 꺼져가고 있었다. 잠의 신이 날개를 펴고 내려와 아직 잠들지 못한 사람들의 목을 조르고 그들의 몸에서 혼을 빼앗아가는 시간의 거리는 침묵으로 가라앉아 있었다.

김형국은 그냥 집에 있었다.

내가 초인종을 누르자, 한참 만에 안에서 인기척이 나고 문이 열렸다.

그러나 나온 것은 김형국이 아니었다. 나온 사람은 아까의 모델 그 아가씨였다. 그녀는 여전히 벌거벗고 있었고 온몸을 목욕용 타월로 감싸고 있었다.

"웬일이에요?"

그녀는 약간 짜증이 난 목소리로 나를 노려보았다.

"김형국씨 계십니까?"

"계신데요. 하지만 자고 있어요."

"깨워주십시오."

나는 문 옆에 서서 상냥하게 웃었다.

"김군을 깨워주십시오."

"왜요? 도대체 무슨 일인데요?"

"빌려간 물건을 돌려주러 왔습니다."

"내일 돌려주실 수도 있잖아요."

"잠시 쓰고 곧 돌려주기로 약속을 했습니다. 금방이면 됩니다."

"기다리세요."

그녀는 여전히 나를 문 옆에 세워놓고 다소 못마땅한 표정으로 하품을 하더니 사라졌다.

나는 주머니에서 그 문제의 마법상자를 꺼내 얌전히 손에 들고 그를, 김형국을 기다렸다.

김형국은 오랜 후에 나타났다.

"오우, 이거 웬일인가? 도덕박사가 이 늦은 밤중에."

"빌려간 물건을 돌려주러 왔네."

나는 양손에 얌전히 받쳐든 물건을 내밀었다.

"들어오게."

"늦었어. 집에 가야겠어."

"담배라도 한 대 피우고 가."

나는 방안으로 들어섰다.

여인은 온몸을 가리던 타월도 벗어던지고 소파에 누워 담배를 피우면서 나를 빤히 올려다보았다.

"어땠어? 성공했나?"

김형국은 내게 담배를 권하면서 싱글싱글 웃었다.

"응, 덕분에 성공했네."

"핫하하, 잘됐어, 잘됐어. 내가 그럴 줄 알았다니까. 핫하하."

김형국은 거침없이 웃었다.

"그럼 자네 지금 그 여자와 멋진 정사를 나누고 오는 길이겠네 그려."

"응."

나는 부끄러워서 낯을 붉혔다.

"오우 축하, 축하. 축하해마지않는 일이야. 자네의 정사에 대해 축하를 하겠어. 그래 어떻던가? 해볼 만하던가?"

"이 사람."

나는 그의 노골적인 농담을 막기 위해서라도 몸을 일으켰다.

"난 가겠네."

"잠깐."

김형국은 나를 막아세웠다.

"약속이 있었잖은가?"

"뭔데?"

"일이 잘되면 자네의 그것을 내게 며칠간만 빌려주기로 하였잖은가. 내 것은 마침 녹이 슬어서 말야. 핫하하."

김형국은 자기가 말하고 자기가 웃었다.

"핫하하. 농담일세, 농담. 자 가보게."

나는 아파트를 나왔다.

"잘 가게."

등뒤에서 김형국이 작별인사를 하였다.

나는 어두운 거리로 나와 늦은 택시를 잡아탔다.

몸은 솜처럼 피곤하였다. 그러나 정신이 맑아서 몸은 가벼이 나는 깃털처럼 가뿐하였다.

간밤에 나는 꿈도 없이 잘 잤다.

육 개월도 넘게 끌어온 나의 여인 유미와 정사를 나눈 후 처음으로 맞는 휴일의 아침은 찬란하고 싱싱한 생선의 비늘처럼 반짝이고 있었다.

기지개를 켜고 자리에서 일어났을 때 열린 창문으로 찬연한 아침햇살이 눈부시게 쏟아져들어오고 있었고 골목 어귀로 소리지르며 뛰노는 아이들의 고함소리가 쨍쨍 울려퍼지고 있었다.

라디오의 스위치를 켜자 감미로운 음악이 흘러나오기 시작하였다.

나는 그 음악이 내가 아는 음악이었고 또 평소에 내가 좋아하는 음악이었기 때문에 큰 소리로 따라부르면서 일어나 머리맡의 담배를 피워물었다.

일어나 피워문 최초의 담배맛은 기가 막히게 그럴듯하였다. 더구나 오늘이 무슨 국경일이고 내일이 일요일이었으므로 연 이틀 동안 쉴 수 있다는 느긋한 여유로 나는 마음껏 게으름을 피우고 있었다.

또한 어젯밤 사랑하는 유미의 몸을 정복하고 말았다는 심리적인 위안감은 나를 유쾌하게 했고, 때문에 잠옷 바람으로 창가에 서서 뛰노는 아이들의 함성과, 아침을 산보하는 사람들의 느릿느릿한 걸음걸이, 벽돌색 지붕 위를 내려쪼이는 가을 햇빛, 골목을 달려가는 우유 배달부, 러닝셔츠 바람에 줄넘기를 하면서 좁은 길을 빠져나가는 운동선수, 먼 하늘에서부터 뻗어가는 아침 기운이 온 누리에 충만되어오는 것을 휘파람을 불면서 내다보고 있었다.

나는 행복하였다. 너무나 행복해서 이층에서 뛰어내려 곤두박질하고 싶은 충동마저 느꼈다.

머리맡에 배달된 신문을 들고 대충대충 훑어보면서 기사의 제목들을 읽어보았다. 간밤엔 아무런 사건도 없었다. 신문을 읽다 말고 나는 버릇처럼 생리작용을 느꼈고 그래서 신문을 들고 변소로 들어갔다.

나는 변기에 걸터앉고 그제야 신문을 구석구석까지 읽기 시작하였다.

나는 오랫동안 신문과 씨름하였다. 그리고 일어서서 욕조에 더운물을 채우고 아침 목욕을 서두르기 시작하였다. 분홍빛 욕조로 금세 더운물이 차오르고 뜨거운 수증기가 좁은 욕탕 안을 가득 채우고 있었다. 때문에 거울이 부옇게 흐려져서 수염을 깎을 수가 없었다.

나는 옷을 벗어던지고 뜨거운 물속으로 뛰어들었다.

맨몸을 적시는 더운물은 그럴듯하였다. 깊은 수면 끝에 일어난 온몸의 구석구석을 생기로 일깨우고 나는 더운물에 목까지 몸을 담그면서 이 유쾌한 휴일이 내게 무엇을 베풀어줄 것인가에 막연한 기대감마저 가지며 온몸을 닦기 시작하였다.

그때였다.

나는 무심코 온몸을 훑어내려가고 있었는데 문득 아랫도리의 가장 중요한 부분을 생각해내고 자랑스러운 웃음을 웃으며 그것을 닦으려고 손을 가져갔던 순간 거짓말처럼 있어야 할 자리에 나의 그것이 없어져버린 것을 발견하였다.

나는 처음에 너무나 놀라서 내가 아직 꿈속에서 깨어나지 않은 것이 아닐까 하는 느낌마저 받았다.

분명 그것을 더듬는 나의 손에는 토란처럼 잘생긴 나의 상징이 알맞게 뜨거워져서 뿌듯하게 매달려 있다가 만져졌어야 할 텐데 놀랍게도 아무것도 만져지지가 않았다.

나는 가벼운 신음소리를 내었다. 그리고 더운물에서부터 솟구쳐서 나의 몸을 일으켜세워보았다.

나는 고개를 내리고 나의 아랫도리를 내려다보았다.

분명히 나의 그것은 행방불명이었다. 언제나 매어달려서 내가 움직일 때마다 시계추처럼 흔들거리며 나의 중심을 가누게 하던 감수성이 예민한 나의 상징은 없어져 있었다.

나는 나의 맨살을 꼬집어 뜯어보았다.

이럴 수가 없다. 나는 지금 악몽 속에 빠져 있는 것이다.

그러나 엉덩이 살을 꼬집자 무지하게 아팠고, 아프니 내가 꿈을 꾸는 것이 아니라는 것이 분명해졌으므로 나는 그렇다면 이게 무슨 일인가 놀라서 다시 한번 나의 아랫도리를 확인해보았다.

온도에 민감한 체온계처럼 신축성이 팽배하던 나의 성기는 틀림없이 실종되어 있었다.

나는 나의 눈을 의심하였다.

그래서 손을 들어 나의 아랫도리 부분을 만져보았다. 내 손끝에는 아무런 저항이 느껴지지 않았다.

수도꼭지가 떨어져나간 벽면처럼 오직 매끈매끈할 뿐이었다. 무성한 치모만이, 있어야 할 자리에 사라진 절터를 상징하듯 우거져 있었다.

나는 이게 도대체 어찌된 일인가 머리를 모으고 궁리궁리하기 시작하였다.

이게 도대체 어찌된 일인가. 이게 도대체 무슨 일인가. 어제까지만 해도 나는 자랑스러운 나의 상징을 유미의 몸속에 삽입하고 꿀과 같은 사랑을 나누며 전율하였는데 그렇다면 나의 부분적 실종은 간밤에 생긴 이변임에 틀림이 없을 것이다.

나는 확신을 내렸다.

그렇다. 상징이 사라진 것은 어젯밤과 오늘 아침 사이에 일어난 사건이다.

그렇다면 도대체 무슨 일이 내 곁에 벌어졌던 것인가. 아무 일도 내게 벌어진 것은 없었다. 어제는 그제와 다름없었고 그제는 한 달 전과 다름없었고, 일 년 전 아니 내가 살아온 지난날과 아무런 다른 점이 없어 보였다.

아침은 어제처럼 유쾌하였고, 우유 배달부는 새벽길을 달리며 우유 배달을 하고 있었고, 동네 소년들은 어제처럼 공을 차고 놀고 있었다.

어제의 침대와, 지난날의 변기와, 예전의 욕탕에 서서 달라진 것은 아무것도 없는 더운물로 나는 목욕을 하였을 뿐인 것이다.

나는 또다시 아랫도리를 내려다보았다. 혹시 나의 그것이 자라의 목처럼 피부 속으로 숨어들었다 돌연 돌출되었을지도 모른다고 생각했기 때문이었다. 왜냐하면 나의 그것은 뜻이 죽어 있을 때는 수축되어 부끄러워 숨어 있었지만 화를 내면 꼿꼿이 목을 세우기 때문이었다. 아니면 도마뱀의 꼬리처럼 행여 떨어졌다 돋아나는 것이 아닐까 하는 희망 때문이기도 했다.

그러나 그것은 분명히 없었다.

나는 드디어 당황하기 시작하였다. 그래서 이번에는 욕탕을 조사하기 시작하였다.

어쩌면 내가 떨어뜨렸을지도 모른다. 그것과 나의 피부를 연결하는 부분이 나사가 덜 죄어져 제풀에 떨어졌는지도 모른다. 아니면 너무나 오래 달고 있었기 때문에 녹이 슬어 접착 부분이 이완되었는지도 모른다 하는 생각 때문에 나는 욕탕을 구석구석 찾아보고 있었다.

나는 욕조 안을 들여다보았다. 물위에 둥둥 떠 있지 않을까. 물 표면을 쳐다보다가 그것이 자기 무게 때문에 물속에 가라앉아 있을 것이라는 확신으로 손을 집어넣고 휘휘 저어 손끝에 무엇이 걸리지 않을까 시도해보았다.

그러나 아무것도 나의 손에 잡히지 않았다. 그래서 나는 욕조의 마개를 빼고 눈여겨 물이 빠져나가는 광경을 바라보았다.

물은 좁은 구멍을 빠져 달아나고 있었다. 쩝쩝 입맛을 다시면서 도망치기 시작하였다.

그러나 욕조를 가득 채운 물이 다 빠져나가도록 나의 그것은 눈에 띄지 않았다.

야단났다.

나는 빈 욕조를 들여다보며 중얼거렸다.

어쩌면 좋은가. 도대체 어쩌면 좋은가.

나는 깊은 절망에 빠져버렸다.

하루아침에, 그렇다 하루아침에 나는 나의 상징을 분실하였다.

나의 남성다움을 증명하는 그리하여 언제나 어디서나 나를 꼿꼿하게 받치던 추를 나는 잃어버렸다.

그렇다면 나의 존재는 무엇으로 증명될 수 있겠는가. 나는 무엇으로 세포분열할 수 있겠는가. 나는 그렇다면 무엇이란 말인가.

나는 너무나 슬퍼서 눈물조차 나오지 않았다.

안 된다. 안 돼. 이렇게 되어서는 안 된다. 더구나 나는 유미와 곧 결혼식을 올릴 몸이 아닌가. 이럴 수는 없다.

나는 발작적으로 맨몸인 채 침대로 뛰어가보았다. 그리고 나는 침대에 혹시 떨어뜨린 것이 아닌가 구석구석을 조사해보았다. 시트마저 벗기고 나는 눈을 부라렸다. 그러나 없었다.

창문을, 골목길을 내다보았다. 혹시 그것이 용수철처럼 튀어올라 창밖으로 튀어 달아나지 않았을까 하는 의구심에 나는 창가에서 고개를 내리고 햇빛이 따가운 골목길을 내려다보았다.

아이들은 여전히 공을 차며 놀고 있었다.

"얘들아아."

나는 목청껏 소리를 질러 그들을 불러보았다.

그중의 한 애가 나를 올려다보았다.

"왜요, 아저씨?"

"혹시 너희들 골목길에 뭔가 떨어진 것을 보지 못했니?"

"뭔데요?"

그중의 한 애가 진지하게 물었다.

나는 그것을 무어라고 설명할까 하다가 쑥스러웠으므로 낯을 붉혔다.

"아무튼 말야. 뭐 떨어진 것을 보지 못했니?"

"못 봤는데요."

소년이 큰 소리로 고개를 흔들었다.

"아무것도 보지 못했어요."

나는 창가에서 물러났다.

그렇다. 그것이 저 혼자서 튀어나갈 리는 만무하다. 비록 그것이 자기 의지인 것처럼 행동하는 불가사의한 물건이기는 하지만 저 혼자서 떨어져나갈 리는 만무하다.

그렇다면 도대체 어디로 간 것일까.

나는 침대에 걸터앉아 곰곰이 궁리하기 시작하였다.

내가 어젯밤 유미와 정사를 나눈 후 있었던 곳이 어디어디인가. 오는 길에 김형국의 집에 들러 택시를 타고 집으로 돌아온 것밖에는 나는 아무데도 들르지 않았다. 분명히 확신하건대 유미와 정사를 나눌 때는 존재하고 있었다. 그것은 명약관화한 일이다.

그렇다면 혹시 김형국의 집에다 떨어뜨리고 온 것이 아닐까.

그럴 리는 없다. 그것이 구태여 그 녀석의 집에서 떨어질 이유는 아무것도 없다. 떨어졌다면 분명 그것은 나의 집에서 일어난 일일 것이다.

나는 그것이 옳은 추리임을 알아차렸다. 그래서 다시 한번 온몸 구석구석을 찾아보았다. 어쩌면 그것이 내가 알고 있는 그 장소에서 아무 곳으로나 암세포처럼 이전하여 자라고 있지나 않을까 하는 노파심으로 나는 엉덩이와 발바닥 사이까지 살펴보았다.

등은 내 스스로의 눈으로 볼 수 없었으므로 거울 앞에 서서 등까지도 눈여겨보았다.

그러나 없었다. 나의 몸에는 아무데도 그것이 없었다.

나는 다시 한번 침대와 욕탕을 뒤져보았다. 현미경으로 배양되는 세균을 들여다보듯 구석구석을 세밀히 관찰하였다.

내 눈은 틀림이 없었다. 그것은 아무데도 없었다.

나는 눈앞이 캄캄했으므로 제자리에 주저앉았다. 눈물이 굴러 떨어지기 시작하였다. 뜨거운 눈물이 흘러내려 가린 손가락 사이를 뚫고 있었다.

뚜렷한 대상도 없이 나는 무작정 억울하고 야속하기만 했으므로 마구 울었다.

그때였다.

문득 다른 생각이 떠오르고 있었다.

혹시 그것을 내가 떨어뜨린 것이 아니라 누군가 훔쳐간 것이 아닐까 하는 느낌을 받은 것이었다.

그래. 그럴지도 모른다. 내가 아무리 주의성이 없다고 하지만 그것이 제 스스로 떨어져버렸을 리가 만무하고 떨어졌다면 그것을 눈치채지 못했을 리는 없다.

어쩌면 타인이 내 그것을 훔쳐갔을지도 모른다. 돈이 든 지갑을 만원버스 속에서 도둑놈에게 잃어버렸던 기억처럼 누군가 나도 모르는 새에 바람처럼 날쌘 손끝에 숨겨든 면도날로 내 그것을 자르고 훔쳐갔는지도 모른다.

어쩌면 어젯밤에 도둑이 들었던 것이 아닐까.

나는 방안을 두리번거려 살펴보았다. 그러나 도둑이 들었던 흔적은 없었고 설사 도둑이 들었다 하더라도 값진 물건들에 손 하나 대지 않고 단지 내 그것만을 훔쳐갔을 리가 없다는 생각이 들자 나는 또다시 비애에 잠겨버렸다. 물론 그것은 내게 중요한 물건임에 틀림없지만 타인이 그것을 훔쳐 도망갈 이유야 없지 않은가.

그렇다면, 그렇다면 어쩌면 유미와 정사를 나눌 때 잃어버렸을지도 모른다. 그래 맞았다.

그녀의 집에 떨어뜨리지 않았으면 그녀의 몸속에 떨어뜨리고 나왔는지도 모른다. 그녀의 몸은 범람하는 강처럼 끝간 데를 모르니 그 몸 어느 깊은 계곡에 흘리고 나왔을지도 모른다.

나는 뛰어서 옷을 입기 시작하였다.

가자. 유미에게로 찾아가자. 찾아가서 자초지종을 얘기하고 묻기로 하자.

나는 재빠르게 옷을 입고 이층 내 방을 뛰쳐나왔다. 그리고 계단을 내려 신을 신으려다 말고, 문득 이렇게 찾아가서 유미에게 내 그것의 행방을 묻다간 다행히 내 그것이 그녀의 집이나 그녀의 몸에 떨어져 있었다면 몰라도 그것이 아니라면 나의 약점을, 내 사랑하는 그녀에게 나의 전부를 보여주는 결과가 되지 않겠는가 생각이 들어 그렇다면 아예 찾아가지 않고 전화로 대충 암시만을 해보는 것이 나을 것이라는 생각이 들었고 또 그것이 현명한 생각이었으므로 신을 벗고 전화기로 달려갔다.

나는 떨리는 손으로 다이얼을 돌렸다. 마침 전화를 받는 쪽은 오유미 그녀 자신이었다.

"안녕하세요? 접니다."

나는 큰 소리로 인사를 하였다.

"김영호입니다."

"어머, 안녕하세요."

달콤하고 맑은 목소리로 유미가 말을 받았다.

"아니 웬일이에요? 아침부터."

"간밤에 안녕히 주무셨는가 해서 걸었습니다."

나는 짐짓 거짓말을 하였다.

"어머, 영호씨는 간밤에 안녕히 주무시지 못하셨나요?"

"아, 아, 아닙니다."

나는 당황해서 성급히 말을 받았다.

"잘 잤습니다. 밤새도록 유미씨 꿈만 꾸었습니다."

"저두 잘 잤어요."

유미가 대답하였다.

"저두 영호씨 꿈만 꾸었는걸요."

나는 전화선을 통해 듣는 유미의 목소리가 좋았으므로 아예 전화선으로 녹아들어가 그녀의 귓가에 뜨거운 한 조각의 입김으로 부어지고 싶은 충동을 받았다.

"저어, 저어."

나는 어디서부터 얘기를 꺼내야 할지 마땅치 않았으므로 말을 더듬거렸다.

"저어, 저어 혹시, 집에서 무언가 낯선 물건을 발견치 않았습니까?"

"뭔데요?"

유미가 웃었다.

"뭘 잃어버리고 가셨나요? 간밤에 뭘 빠뜨리고 가셨나요?"

"뭘 잠깐 놓고 왔습니다."

252

"뭔데요?"

"저어 그건, 그건."

"중요한 물건인가요?"

"저, 뭐 그리 중요한 물건은 아니지만……"

"아무것도 보지 못했는데요."

유미는 딱 잘라 말을 받았다.

"큰 물건이 아니라서 눈에 잘 띄지 않을 겁니다."

나는 비굴할 정도로 달라붙었다.

"혹시 유미씨의 몸속에 떨어져 있는지도 모르겠습니다."

"제 몸속에요?"

유미가 큰 소리로 되받아 물었다.

"저어, 저어 솔직히 말씀드리면 어젯밤 저는 유미씨의 집에서 가장 중요한 물건을, 제가 남성이라는 것을 보증하는 중요한 부분을 잃어버리고 왔습니다. 말하자면, 저는 어젯밤 저의 성기를 잃어버린 것입니다."

나는 솔직하기로 하였다. 그녀는 이제 남남이 아니다. 하룻밤 몸을 나누어서라기보다 우리는 이제 결혼을 약속한 사이가 아닌가. 그러니 서로서로에게 비밀이 있어서는 안 되지 않겠는가. 이럴 때일수록 숨기는 것보다는 차라리 툭 터놓고 조력을 구하는 것이 낫지 않겠는가 하는 생각이 들었기 때문이었다.

"오늘 아침에야 저는 제 그것이 없어진 것을 발견하였습니다.

방안 구석구석을 빠짐없이 살펴보았지만 아무데서도 발견할 수는 없었습니다. 녹은 것도 아니고 연기처럼 기체로 변한 것도 아니니 분명 어디다 떨어뜨리고 온 것이 분명한 것 같은 생각이 들었습니다. 그래서 혹시 유미씨의 집에 놓고 온 것이 아닌가 전화를 걸고 있는 것입니다. 도와주세요. 유미씨."

나는 떨리는 목소리로 애절하게 말을 하였다.

"우리는 곧 결혼할 사이입니다. 때문에 이것은 보통 일이 아니에요."

"영호씨."

갑자기 유미가 낮으나 위압적인 목소리로 나를 불렀다.

"예."

"어젯밤 영호씨는 저하고 헤어지실 때 세번째의 수수께끼가 뭐냐고 물으셨죠?"

"그랬습니다."

"바로 그게 세번째 수수께끼예요."

"예, 뭐라구요?"

나는 놀라며 물었다.

"그게 세번째 수수께끼라구요?"

"그래요."

유미는 예언자처럼 말을 하였다.

"세번째 수수께끼가 바로 그거예요. 영호씨의 잃어버린 남성을

254

찾는 것이 문제예요."

"그렇다면."

나는 억울해서 큰소리를 질렀다.

"유미씨는 제가 이렇게 되리라는 것을 알고 계셨습니까?"

"예."

유미는 대답하였다.

"알고 있었습니다."

"너무합니다. 너무하십니다."

"찾아오세요. 남성을 찾아오세요. 그것이 문제예요. 그것을 찾으시면 우리들은 결혼할 수 있어요. 그것을 찾기 전엔 저를 찾아오시지 마세요. 전화를 거는 것은 용서할 수 있지만요. 안녕. 안녕히 계세요."

"유미, 유미씨."

전화가 끊겼다.

나는 수화기를 든 채 멍하니 서 있었다.

이럴 수가 있는가. 정녕 이럴 수가 있는가.

나는 억울해서, 너무나 억울해서 들었던 수화기를 내던져버리고 싶은 충동을 받았다.

그렇다면 유미는 벌써 어젯밤부터 아니 그 이전부터, 우리들이 맨 처음에 만나 봄의 잔디밭에서 뜀박질을 할 때부터 이렇게 되리라는 것을 예견하고 있었다는 얘기가 아닌가.

그녀가 내게 세 가지의 수수께끼를 암시할 때부터 내 상징이 없어지리라는 것을 알고 있었다는 얘기가 아닌가. 그녀가 미리 이렇게 될 줄 알고 있었다면 차라리 어젯밤 내게 주의를 주었어야 할 것이 아니겠는가. 내가 세번째의 수수께끼가 무엇이냐고 집요하게 물어도 그저 나중에 자연히 알게 될 것이라고 대답한 이유는 무엇인가.

그녀와 정사를 나누면 나의 성기가 없어져버린다는 것이 어떻게 불가항력적인 숙명이라고 할 수 있겠는가.

나는 떨리는 손으로 담배를 한 대 피워물었다.

이 세상에서 가장 사랑하는 여인에게까지 배반을 당하였다는 쓸쓸한 자기모멸감으로 심장은 터져버릴 듯이 파도치고 있었다.

그러자 문득, 아니다, 유미가 나를 기만한 것은 아니다. 자기가 설혹 내 그것이 없어질 줄 알고 있었더라도 혹은 자기의 몸을 내게 주었으면서도 얘기할 수 없었던 것은 그녀 나름대로의 이유가 있었을 것이다. 혹시 미리부터 이야기를 하면 그녀를 괴롭히는 마음의 구속이 더욱더 엄격해질지도 모른다. 그것을 알았기 때문에 그녀는 내게 미리 주의를 주지 않았을 것이다. 그것을 모를 리가 없다.

현명한 그녀가 모를 리가 없다는 생각이 전광석화처럼 떠오르고 있었다.

그래, 나는 그녀를 믿어야만 한다. 나는 사랑하는 그녀를 믿어야만 한다.

나는 벌떡 몸을 일으켰다.

자, 이제 나는 떠나야 한다. 그녀가 내게 마지막으로 던져준 세 번째 수수께끼를 풀려고 사나운 거리로 순례의 여행을 떠나야만 한다. 그 세번째 수수께끼를 빨리 풀고 나는 유미와 결혼을 해야 한다.

나는 무작정 거리로 뛰쳐나왔다. 다른 방법은 없는 듯이 여겨졌다. 무슨 뾰족한 수는 뚜렷이 떠오르지 않았다. 어쨌든 나의 성기를 찾으려면 우선 숨막히는 집에서 뛰쳐나와야 할 것만 같았다.

휴일의 거리는 한산하였다. 집집마다 국기들이 꽂혀 있었고 지나는 차들은 꽁무니에 국기를 꽂은 채 달려가고 있었다. 사람들은 한껏 멋을 부리고 그들의 마누라와 자식들을 양손에 거느리고 햇볕 내리쬐는 교외로 나가고 있었다.

그들은 무지무지하게 행복해 보였다. 가장은 가장다운 위엄으로 벽장에서 꺼낸 등산모까지 쓰고 색안경을 코에 걸쳤으며 그들의 마누라들은 루주칠을 하고 아주 당당하게 휴일을 즐기고 있었다. 아이들은 신이 나서 휘파람까지 불고 있었다.

나는 흐르는 거리에 서서 그들의 모습을 훔쳐보았다.

그들의 눈에는 내가 의젓한 사내로 보이고 있겠지만 실상 나 자신은 중심을 잃어버린 사내라는 것을 의식할 때마다 나는 비애를 느꼈다. 그들이 지어 보이는 행복은, 과장된 미소는 나를 우울하게 하고 있었다. 저들은 최소한도 자기들의 상징을 바지 깊숙이 무장하고 걸어다니고 있을 것이다. 남자들은 남자답게, 여자들은 여자답게.

그럼 나는 무엇인가. 나의 성별은 무엇으로 분류되는가. 세포를 가져 스스로 분열을 하면서도 엽록소로 탄소동화작용을 하는 짚신벌레가 생물학자들의 학설을 당황하게 하는 것처럼 나는 차라리 중성中性으로서 인류학자들을 분노케 하는 것이 아니겠는가.

나는 그들을 노려보았다. 나는 그들이 의심스러워지기 시작하였다. 나를 스쳐지나가는 모든 사람들이 의심스러워지기 시작하였다.

그들의 미소가, 그들의 행복이, 그들의 주머니가, 그들의 꼭 쥔 손바닥이, 모자 속이, 신발 속이, 호주머니가, 가방 속이, 핸드백 속이 모두 의심스러워지기 시작하였다.

내게 그럴 권리가 있다면 저들을 일일이 세우고 의심나는 부분부분을 까뒤집어 안에 든 내용물을 확인해볼 수도 있겠지만 불행히도 내겐 그럴 권리가 없었다.

나는 눈을 부라리고 걷기 시작하였다.

의심스러워지는 것은 나를 스쳐지나가는 사람들뿐만이 아니었다.

온 거리가 모두 의심스러워지기 시작하였다. 거리의 전봇대가, 쇼윈도의 구두가, 복개된 개천 속이, 공중전화통 속이, 신문 파는 소년들 손에 들린 신문의 간지가, 육교 위의 난간이, 지하도의 계단이 모두 의심스러워지기 시작하였다.

사물이 내게 적의를 품고 덤벼들기 시작하였다.

나는 눈에 닿는 모든 사물들에게 눈을 흘겼다.

그들이 서로서로 모의를 하여 나를 따돌리고 뻔뻔하게 무관심을 가장하면서 휴일의 아침을 번쩍이고 있구나 하는 느낌에 나는 고독을 느꼈다.

나는 신문사에 들러 조그마한 광고를 낼까 하는 생각이 들었다.

실제로 신문 하단에서 사람을 찾는 광고를 많이 보아왔으므로 돈을 지불하고 광고를 내는 편이 나을 것이라는 느낌이 들었던 것이다.

'물건을 찾습니다. 어젯밤 본인은 나의 성기를 잃어버렸습니다. 그것을 찾아주는 사람에게는 후사하겠습니다.'

나는 얼핏 광고문안을 생각해보았다. 그러자 느닷없이 낄낄 웃음이 비어져나왔다. 그것은 얼마나 우스꽝스런 일인가. 자기의 치부를 마치 샌드위치맨처럼 드러내고 다니는 일에 불과한 것을 어떻게 자기 스스로 발표할 수 있겠는가.

그럴 수는 없다. 그럴 수는 없어.

나는 재빠르게 걷기 시작하였다.

잃어버린 나의 상징을 찾아서 나는 갈 곳이 있는 사람처럼 육교를 오르고 지하도 계단을 뛰어서 거리를 쏘다니기 시작하였다. 그러다가 문득 한 가지 생각이 떠올랐다.

나는 안다. 거리의 어딘가에는 잃어버린 물건을 보관해두었다가 찾아주는 분실물 센터가 있는 것을 나는 안다. 그래, 그리로 연락을 해보자.

나는 뛰어서 공중전화 부스 안으로 들어갔다. 전화번호부를 뒤져 다이얼을 돌리자 곧 신호가 가기 시작하였다. 신호가 곧 떨어졌다.

"분실물 센터입니다."

상냥스런 목소리로 여인이 전화를 받았다.

"아, 안녕하십니까?"

나는 내가 당황해하는 것에 비해 그녀의 목소리가 너무나 상냥하고 침착했으므로 얼떨떨해져서 비굴하게 아양을 떨었다.

"무엇을 도와드릴까요?"

"저어, 저어, 저는 잃어버린 물건을 찾을까 하는데요. 간밤에 물건을 잃었습니다. 혹시 그곳에 보관되어 있을지도 모른다는 생각이 들어서 말입니다."

"간밤에 접수된 물건은 꽤 많습니다."

여인은 여전히 상냥하게 말을 하였다.

"어떤 종류의 물건을 잃어버리셨나요?"

"저어, 저어."

나는 얼핏 말을 할 수 없었다.

비록 얼굴을 마주 대하고 있는 것은 아니었지만 전화를 받는 쪽이 여자였으므로 말이 나오지 않았다.

"시계를 잃으셨나요?"

"아. 아닙니다. 저, 저는 어젯밤 가장 중요한 물건을 잃었습니다."

"알고 있어요. 잃으신 물건이 중요한 물건이라는 것을요. 그것이 무엇인가요?"

"저어, 저어."

나는 드디어 용기를 내었다.

"저는 간밤에 저의 성기를 잃어버렸습니다."

"뭐, 뭐라구요?"

여인은 비명을 발하였다.

"무엇을 잃으셨다구요?"

"성기입니다."

"오우."

여인은 무엇을 먹다가 목에 걸린 사람처럼 말을 받았다.

"없습니다. 그런 물건은 접수된 적이 없어요."

짤깍 전화가 끊겼다.

나는 무안해서 낯을 붉히며 서 있었다. 그러다가 수화기를 내려 놓고 그곳을 나왔다.

나는 또다시 걷기 시작하였다. 황당한 기분이었다. 무언가 둔중한 둔기로 한 대 얻어맞은 듯 머리가 띵해지고 있었다.

거리에서 갑자기 박수 소리가 터져나왔다. 눈을 들고 소리난 쪽을 바라다보니 수많은 사람들이 거리에 줄지어 서서 박수를 치고 있었다. 나는 재빠르게 그리로 다가가 사람들 사이를 뚫고 발돋움을 하여 보았다.

거리의 아스팔트 위로 행렬이 지나가고 있었다. 쿵작쿵작 나팔 소리가 요란하고 그들의 악기는 햇빛을 반짝반짝 반사하고 있었다.

거리의 건물 꼭대기에서 색종이가 눈처럼 쏟아져내리기 시작하였다.

짝짝짝 사람들은 박수를 쳤다. 나도 엉겁결에 박수를 쳤다. 국기를 든 꼬마들이 만세 만세를 부르짖고 있었다. 순경들은 호루라기를 불면서 밀려드는 인파를 정리하고 있었다.

그 순경을 나는 쳐다보았다. 그러다가 나는 결심하고 인파 속을 빠져나왔다.

재빠른 걸음걸이로 인근 파출소로 들어갔다.

"무슨 일입니까?"

책상에 앉아 무엇인가 쓰고 있던 형사가 나를 쳐다보았다.

"저어 저어, 한 가지 말씀드릴 것이 있어서 왔습니다."

나는 공손하게 팔을 모으며 말문을 열었다.

"뭡니까, 무슨 말씀인데요?"

"저, 저는 간밤에 물건을 잃었습니다."

"물건이요?"

형사는 고개를 번쩍 들고 날카롭게 나를 쏘아보았다.

"저어, 그건 아주 중요한 물건입니다."

"그래서요. 그것을 도둑맞았단 말입니까?"

"예. 도둑맞았는지 어쩐지는 잘 모르겠습니다만 어쨌든 잃은 것임에 분명합니다."

"그게 뭡니까? 중요한 물건이라면 뭡니까?"

"성기입니다."

"성기라뇨?"

형사는 무언가 잘 실감이 나지 않는다는 듯 내 말을 되받았다.

"성기라는 물건이 뭡니까?"

"저어, 저어."

나는 웃었다.

"그것 말입니다."

"그것이오? 그것이라뇨?"

나는 난처했다.

"저어 우리들의 그것 말입니다."

형사는 나를 멍하니 쳐다보았다. 그러다가 그제야 무슨 소린지 알겠다는 듯 약간 얼굴에 미소를 떠어올렸다.

"알겠습니다."

형사는 말을 끊었다.

"무슨 소린지 알겠습니다."

형사는 몸을 일으켜세웠다.

"이리로 오십시오. 여긴 사람이 많으니."

"그럴까요."

형사는 앞장서 걷기 시작하였고 나는 그 사내의 뒤를 따라 걸었
다. 구석진 방문을 열고 스위치를 올리자 백열등이 켜지고 좁은 방
안을 강렬한 불빛이 채우고 있었다.

"벗으시오."

형사는 방안으로 들어서자 명령조로 내게 말을 뱉었다.

"예?"

"아랫도리를 벗으십시오."

나는 당황하였다. 그리고 부끄러웠다.

"보여주시오. 당신의 피해상황을 알아야겠으니."

"꼭 벗어야만 합니까?"

"봐야 합니다. 그래야만 우리는 조서를 꾸밀 수 있잖습니까?"

나는 우울하게 혁대를 끌렀다. 그리고 바지를 내렸다. 내리면서
나는 지금까지 성기를 잃어버렸다는 것이 착각으로 판별되어 바
지를 다 벗어내린 순간에 나의 그것이 엄연히 달려 있어 오히려 더
무안을 당하지나 않을까 하는 아슬아슬한 조바심으로 손끝이 떨
리는 것을 느꼈다.

그러나 분명히 없었다. 차라리 다행스런 일이었다.

"없군."

형사는 조용히 부르짖었다.

"입으시오. 바지를 입으시오."

나는 바지를 추켜올렸다.

"나갑시다."

스위치를 내리며 형사는 방을 빠져나갔다. 우리는 파출소 안으로 돌아왔다.

"가시오."

갑자기 형사가 신경질적으로 내게 명령하였다.

"예, 뭐라구요?"

"돌아가시오."

"전, 전 물건을 잃어버렸는데요."

"알고 있다니까요."

"그럼 물건을 찾아주셔야 할 것 아닙니까?"

그러자 형사는 나를 맥빠진 눈으로 쳐다보았다.

"당신은 돌았어. 정상이 아냐."

"예, 뭐라구요?"

"당신 지금 행복한 소리를 지껄이고 있어. 언제 물건을 잃었소?"

"어젭니다. 어젯밤입니다."

"그럼 그전까지 그곳에 그것이 달려 있었단 말이겠군."

"예, 그렇습니다."

"가시오."

사내는 손가락을 들어 입구를 가리켰다.

"저, 저어, 저는……"

"가라니까 이 소새끼야!"

그는 책상을 후려쳤다. 나는 넋이 나갔다. 총알처럼 그가 가리킨 문을 빠져서 도망쳐나왔다.

얼마만큼 뛰었는지 나는 모른다. 나는 급해서 혁대가 풀어지는 것도 모르고 뛰었다. 너무나 놀랐으므로. 그의 갑자기 돌변한 태도가 너무나 의외였으므로 나는 숨이 턱에 닿을 때까지 뛰었다.

이제는 괜찮겠지. 총알처럼 뛰었으니까, 유미가 내게 내었던 첫번째 수수께끼 이후부터 바람처럼 뛰고 있었으니까 그가 아무리 뜀박질을 잘한다고 해도 내 걸음이야 따를 수 없을 테고 그러니까 내 뒤를 따라오지 못하겠지 하는 생각이 들자 나는 멈춰 서서 걸었다. 헐떡이면서 걸었다.

그러나 내가 갈 곳이라고는 아무데도 없었다. 성기를 찾아 떠난 순례의 아침은 어느덧 지나가고 정오가 다가오고 있었다.

식당에 들러 간단한 점심식사나 하려는 생각이 들었을 때 문득 내가 서 있는 곳이 김형국의 아파트 근처라는 것이 눈에 들어왔다.

김형국.

그 의외의 이름은 획기적인 생각이었다. 그렇다. 나는 왜 이때까지 김형국을 생각해내지 못하였던가. 그 녀석은 언제든 불가능한 일을 실행하고 있었잖은가. 두번째의 수수께끼도 나는 김형국의 도움으로 풀었잖은가.

그 녀석에게 의논하면 무슨 근사한 아이디어가 나올지도 모른다.

그보다도 나는 어제 유미와 정사를 벌이고 난 후 그의 집에 들렀다. 어쩌면 나의 그것을 그 녀석의 집에 떨어뜨리고 나왔는지도 모른다. 아니면 그 녀석이 내가 모르는 새에 내 그것을 강탈해갔는지도 모른다. 그 녀석은 능히 그런 짓을 할 수 있는 녀석이니까.

'자네의 성기를 몇 달간만 빌려주게. 내 것은 녹이 슬었어. 분해 소제를 해야 되겠어.'

갑자기 김형국이 내게 물건을 빌려줄 때 했던 말이 생각났다. 나는 몸을 떨었다.

맞다. 그 자식이다. 그 자식이 내 물건을 훔쳐갔을 것이다.

상상력에 확신이 서자 분노가 차올랐다. 나는 흥분했다. 한달음에 아파트의 계단을 뛰어올라 김형국의 집 앞에 서서 초인종을 눌렀다. 곧 인기척이 나더니 문이 열렸다.

다행히도 문을 열어준 사내는 김형국 자신이었다.

"웬일이야, 네가 연신 내 집을 방문하다니 웬일이냐?"

뻔뻔한 낯짝으로 시치미를 떼면서 딴전을 피우고 있었다.

나는 다짜고짜 그 녀석의 멱살을 쥐었다.

"왜 이래, 이 친구 이게 무슨 짓이야."

"내놓아."

나는 그 녀석을 밀고 방안으로 들어서면서 소리를 질렀다.

"이 도둑놈아. 내놓아. 내놓으란 말야."

"이거 놓고 얘기하자. 난 완력으로도 자넬 이길 수가 있어. 자 이것 놓아. 왜 이래? 땅꼬마 신사께서 무슨 오해를 하시는 모양인데 이거 놓고 얘기하자고. 자, 이거 놓으시라고."

"야비한 자식."

"허어 야단났군. 야단났어."

"더러운 자식."

나는 쥐었던 멱살을 풀었다. 나는 헐떡였다.

"내놓아. 내놓으란 말야!"

"뭘 말인가?"

도대체 알 수 없는 일이라는 듯 김형국이 얼빠진 소리를 냈다.

"보여주겠다. 네 놈이 시치미를 떼면 보여주겠다."

나는 혁대를 끄르고 바지를 내렸다.

김형국은 내 돌연한 행동에 눈이 둥그레져서 나의 얼굴과 내 아랫도리를 쳐다보았다.

"네놈이 훔쳐간 것을 나는 알고 있어."

김형국은 한참 동안 내 아랫부분을 내려다보았다.

그는 웃지도 않았다.

"너는 능히 그런 짓을 할 만한 녀석이야. 더이상 떠들고 싶지도 않아. 내놓아. 내놓으란 말야!"

"잘못 생각했어."

김형국은 진지하게 쳐다보았다.

"네가 내놓으란 물건이 무엇인지 이제 알겠다. 하지만 없다. 그 물건은 내게도 없다."

"뭐라고?"

"내 것도 보여줄까? 내 것도 잃어버린 지 오래야."

김형국은 바지를 벗기 시작하였다.

나는 뜨거운 침을 삼키면서 그의 행동을, 그가 바지를 내리자 드러나는 흰 살을 쳐다보았다. 나는 확인하였다. 놀랍게도 그의 몸에도 그것이 매달려 있지를 않았다.

"이젠 날 믿겠나?"

바지를 추스르면서 김형국이 내 뺨을 어루만졌다.

"난 잃어버린 지가 벌써 오래되었어."

"잘못했네. 용서해주게."

"괜찮아. 나도 처음엔 자네처럼 흥분했었으니까."

우리는 기가 죽어서 의자에 주저앉았다.

무어라고 사과할 만한 기력조차 없어서 나는 그의 눈을 꺼리며 담배를 피워물었다. 김형국은 잠자코 앉아 있었다.

나는 천천히 사과를 하면서 내가 왜 흥분하였는가, 그리고 그것이 얼마나 내게 중요한가, 또한 그것을 찾는다는 것이 내게 어떠한 결과를 가져다주는 것인가를 더듬더듬 이야기하였다.

그는 아무런 말도 없이 내 이야기를 모두 끝까지 들었다.

"그것이 마지막 수수께끼로군."

김형국은 결론을 내렸다.

"그렇게 됐네. 마지막 남아 있는 수수께끼."

"자넨 어리석어."

김형국은 조용히 날 쳐다보았다.

"내가 자네라면 날 찾아오지도 않았을 거야. 그리고 자네처럼
흥분하지도 않았을 거야."

"뭐라고? 그게 무슨 소린가?"

"생각해보게."

김형국은 손가락을 세웠다.

"자네의 그것을 훔친 사람은 다름아닌 그 여자임이 분명해."

"그럴 리가……"

"그건 분명한 일이야. 자네는 그 여자와 어젯밤 정사를 나누었
다지 않았는가."

"그래. 정사는 나누었어."

"바로 그거야. 그 여자가 훔친 것이 바로 그것으로 증명되지. 자
네의 그것과 가장 가까이 있었던 사람은 그 여자 자신일세. 그리고
그녀는 또한 자네의 그것이 없어지리라는 것을 벌써부터 알고 있
었어. 그것은 무엇을 의미하는가? 가장 은밀한 부분이 없어지리라
는 것을 보지 않고서 어떻게 아는가? 자넨 내가 그것이 없었다는
것을 알고 있었나?"

"아니. 모르고 있었네."

"그렇겠지. 보지 못했으니까. 보지 못하면 예측도 할 수 없지.
내 말이 무슨 소린지 알겠나? 범인은 아주 가까운 데에 있었어."

"그런가."

나는 무언가 알 것 같았다.

"그렇군. 그렇다면 그녀는 왜 내 그것을 훔쳤을까?"

"모르지."

김형국은 대답하였다.

"그것은 그녀와 신만이 아는 일이지."

"가겠어."

나는 일어섰다.

"어디로 가겠나?"

"그 여자에게로 가겠어. 유미에게로 가겠네."

"가면 안 돼."

김형국은 잘라 말했다.

"설사 간다 한들 그녀를 만날 리는 없어. 그녀는 이미 잠적했을 테니까."

"아냐, 그녀는 약속했어. 내가 그것을 찾아가기만 하면 나와 결혼하기로 약속했어."

"믿지 말게. 여자와의 약속을 믿지 말게."

김형국은 내 손을 붙들었다.

"전화를 걸어봐. 그녀가 집에 있는가 전화를 걸어보게."

나는 전화기로 다가가서 유미에게 전화를 걸었다. 신호가 오래 가도록 전화벨은 끊어지지 않았다. 힘없이 수화기를 놓으려는데 저편에서 전화를 받았다.

"여보세요."

낯선 남자의 음성이었다.

"저어, 오유미씨 계십니까?"

나는 정중하게 말을 꺼냈다.

"유미 누나요?"

사내가 말을 되물었다.

"안 계신데요."

"저어, 어디 가셨는지 모릅니까?"

"박물관에 가신다고 나가셨는데요."

"알겠습니다."

나는 전화를 끊었다.

"가겠어. 나는 가겠어."

"가다니 어디로 간단 말인가?"

"유미에게 가겠네."

"집에 없다면서."

"박물관에 갔다니까 찾아보겠네. 가서 무슨 일로 내 그것을 훔
쳤는가 따져보겠네."

"맘대로 하지."

우리는 헤어졌다.

나는 힘없이 층계를 내려 거리로 나왔다. 이젠 모든 것이 분명

하게 드러나기 시작하였다.

거리의 모든 사람들이, 복장을 차리고 즐겁게 떠드는 사람들이 내게 등을 보이고 있는 것이 아니라 실상은 나와 같은 피해자임을 나는 느꼈다. 내가 그들 바깥에 있지 않고 함께 있음을 나는 알았다. 그러나 그렇다곤 하더라도 그것은 내 우울한 마음을 조금도 보상하지는 못했다.

유미의 행동이 내게 불가사의한 것으로 다가와 그동안 내가 유미를 위해 했던 모든 행동조차도 우스꽝스러워지는 기분이었다.

어쨌든 나는 그녀를 만나야 한다. 그것만이 지금 내가 할 수 있는 유일한 것이다.

나는 박물관으로 가는 버스를 탔고, 박물관 앞에서 버스를 내렸다.

고궁을 비추는 가을햇살은 따스하였다. 수많은 사람들이 그들의 가족과 사진을 찍고 있었다. 그들 중의 한 사람이 지나치는 내게 사진을 한 장 찍어달라고 하였다. 나는 그렇게 하겠다고 하며 사진기를 들여다보았다.

사내와 그의 아내와 또한 그의 아이들이 사진기를 쳐다보고 숨을 죽였다.

"웃으시오."

나는 말하였다.

그러자 그들은 찡그렸다. 웃는 얼굴은 아니었다. 도대체가 웃을 줄 모르는 사람들처럼 양미간을 찌푸리고 사진기를 노려보고 서 있었다. 나는 셔터를 눌렀다.

"고맙습니다."

사내가 내게 말을 하였다.

나는 그들과 헤어져 박물관으로 걸어갔다. 층계를 오르면서 과연 내가 박물관 속에서 유미를 만날 수 있을까 생각하였다. 그러나 만날 수는 없다고 하더라도 이왕 유미를 찾아나선 길이었으니 들어가야 한다고 결심하였다.

박물관 안은 어두컴컴하였다. 밝은 데서 어두운 곳으로 갑자기 들어선 길이라 눈앞이 어릿어릿하고 물건들이 눈에 들어오지 않았다.

물건들이 유리창 속에 진열되어 누워 있었다. 수많은 사람들이 진열장 속을 들여다보고 있었다. 자기, 금관, 벼루, 그림, 병풍, 청기왓장…… 수많은 유물들이 차례차례 전시되어 있었다. 그 전시된 유물 곁에 서 있는 사람 중에 혹시 유미가 있을까 나는 주의해가면서 그들을 살펴보며 나아가고 있었다.

사람들은 지금은 사라진 영화와 기쁨의 흔적이 남아 있는 유물들을 들여다보며 조금씩 한숨과 탄식의 입김을 내뿜고 있었다. 전시된 유물들은 위엄을 떨치며 자기들을 들여다보는 사람들을 조롱하고 있었다.

그때였다.

나는 수많은 전시물을 훑어나가다가 유미가 서 있는 것을 발견하였다. 그녀의 몸이 유난히 컸으므로 관람객들 중에서도 유독 눈에 띄었다.

나는 반가워서 소리를 지를까 생각하다가 그녀가 무엇인가를 열심히 들여다보고 있었기 때문에 혹 방해가 될까 해서 조심조심 걸었다.

그녀가 들여다보고 있는 진열장 주위로는 다른 진열장보다 많은 사람들이 모여 있었다. 그들은 고개를 꺾고 진지하게 유리창 안을 들여다보고 있었다.

나도 그들 무리에 끼어 그 안을 들여다보았다.

나는 그 안에서 나의 잃어버린 성기를 발견하였다. 그것은 이미 산 자의 그것이 아니었다. 빛까지 바래서 단단하게 발기된 채 박제되어 엄청나게 견고한 자세로 우뚝 서 있었다.

그것은 한때 내 아랫도리에 달려 있던 물건이라고는 생각되지 않게 천연덕스러웠으며 그럴듯하였다. 오랜 세월이 지난 흔적처럼 푸른 청동색의 녹까지 슬어 있었다.

'손대지 마시오.'

유리 진열장 주위에 그런 문구가 씌어 있었다.

사람들은 우울하게 유리창을 통해서 그것을 들여다보고 있었다. 몇몇의 입에서는 탄식의 소리가 새어나왔다.

지금은 사라진 원시의 야성을 그리워하는 듯한, 퇴화된 눈빛을 번득이면서 그들은 잠든 그 성기가 혹시 깰까 두려워하듯 발걸음도 조심조심 떼어놓고 있었다.

나는 그제야 눈을 떼고 유미를 쳐다보았다. 오래전부터 나를 쳐다보고 있었는지 그녀의 눈과 내 눈은 어렵지 않게 마주쳤다.

내가 무어라고 한마디하려고 입을 떼려 하자 유미는 갑자기 자기 입에다 손가락을 갖다대었다.

그것은 향수에 젖어 있는 관람객의 꿈을 깨지 말라는 신호도 되지만 잠들어 있는, 한때는 나의 것이었던 신화神話의 깊은 잠을 방해하지 말라는 신호의 표시이기도 하였다.

(1972)

즐거운 우리들의 천국

내가 그 녀석을 만난 것은 무더운 여름날이었다. 그때 나는 고층빌딩 유리창 닦기를 그만두고 무어 밥벌이가 될 게 없나 이리 기웃 저리 기웃 하다 이삿짐센터에서 죽치고 있을 때였다.

물론 고층빌딩 유리창 닦기만이 내가 해온 직업은 아니었다. 나는 닥치는 대로 무엇이든 해냈다. 극장 포스터를 붙이는 일에서부터 각종 선전 벽보를 붙이는 일도 해보았다.

나는 언젠가 한 장에 일원짜리 종이봉투 만드는 것을 해보았는데 손끝이 뻣뻣해지도록 붙여보아야 하루종일 천 장도 못 만들고 손에는 더덕더덕 녹말가루가 묻어 다시는 봉투를 만들면 개새끼다 하고는 종이봉투를 박박 찢어버리고 말았는데 그뒤에 얻어걸린 직업이 벽보 붙이는 일이었다.

그것도 쉬운 일은 아니었다. 눈에 잘 띄는 곳, 일테면 담 귀퉁이

전봇대에 붙일 때면, 으레 순경나으리의 눈치라든가 구공탄 재를 한길가에 버리려고 나섰던 동리 딱정떼 아주머니들의 눈을 피해 재빠르게 붙여야 했다. 제기랄, 자기네들은 한길가에 구공탄을 버리면서 우리가 어쩌다 벽보 한 장 붙인다고 지랄들이었다. 그러나 재빠르게 붙여야 한다고 해서 마구잡이로 풀칠해서 되는대로 붙이면 아무리 열심히 골목골목을 돌아다니며 벽보를 붙인다고 해봐도 일당 받기는 어려운 일이었다.

왜냐하면 일이 끝났다고 보고하면 치사하게도 벽보 배급소 직원이 일일이 정말 잘 붙였는가 확인하고 다녔기 때문이었다.

언젠가 나는 하루종일 붙여야 할 벽보 오백 장을 초등학교 강당 벽에 모조리 붙여버린 적이 있었다. 날씨는 우라지게 덥고 그 더위 속을 한 손에는 풀통과 또 한 손에 벽보 뭉치를 들고 골목골목을 돌아다녀야 할 생각에 미리부터 염증이 나서 아예 강당 벽에 도배질하듯 얌전히 벽보를 붙인 후 배급소에 가서 일당을 달라고 했더니 직원이 확인하고 다니다가 그것을 발견하고는 이렇게 말했다.

"이 쌔끼야. 이 미쳐두 곱빼기로 미친 쌔끼야. 가버려, 당장 가버려."

나는 뭐 그 지랄을 평생 하겠다고 마음먹었던 것은 아니었으니까 그길로 풀통을 걷어차고 남은 벽보를 박박 찢어버리고는 그 일을 당장 그만둬버렸다.

다음에 내가 한 일은 암표 장사였는데 제법 요령만 있으면 돈도 두둑이 남는 장사이긴 했다.

토요일이나 일요일이면 언제든 극장은 만원이게 마련으로 어떻게든 표 살 돈 마련하고 극장 앞에 나가 수표주임 참기름 발라주고 반씩 갈라먹기로 하면 슬쩍 표를 빼돌려주는데 표 팔다가 들키면 그야 물론 수표주임이 언제 표 줬냐는 듯 따귀 올리게 마련인 것이다.

말하자면 암표 팔아 나눠먹는 것은 엄연한 묵계인데 극장 앞에 암표 단속하는 것이 자기의 임무라 눈에 띄면 매몰차게 따귀 올리고는 안면 바꾸며 으름장을 놓는 것이다. 그러니까 암표 팔 때도 요령이 필요한 것이다.

한번은 무슨 놈의 영환지 아침 열시부터 극장 앞에 손님들이 몰리고 터져나서 이거야 정말 굉장하구나 하고 열 장쯤 사서 신나게 표를 팔아 오후쯤 되니까 열 장이 스무 장으로 불어나고 스무 장이 마흔 장으로 불어나고 드디어는 저녁 무렵에 거의 백 장으로 접어들 판인데 재수없이 표 사세요 덤벼든 사람이 사복 입은 순경나으리라 꼼짝 못하고 골목으로 끌려들어가 조인트 터지고 따귀 얻어맞고 표를 압수당한 후 울화통에 주머니에 남은 두 장 가지고 혼자 극장에 들어가 분한 마음 누르고 구경을 한 후로 그 암표 장사도 그만두었다.

영화는 굉장히 웃기는 영화였는데 나는 얼마나 눈물이 나왔던지 질질 울며 영화를 보았다. 영화관 밖은 제 차례 기다리는 새끼들로 만원이었지만, 뺏기지 않고 남은 두 장 가지고 들어간 영화관

내 옆좌석은 영화 끝날 때까지 텅 비어 있었다. 사람들은 깔깔 웃고 껄껄 웃고 까르륵 웃고 호호 하하 마구 웃었는데 나는 질질 울고 내 옆좌석은 텅 비어 있었다.

암표 장사를 그만둔 후 나는 구공탄을 팔았다. 구공탄을 팔았다고 하면 내가 무슨 연탄공장 차린 것으로 알겠는데 그게 아니라 구공탄 한 스무 장 사다가 전부 밑불 든든히 붙여놓고는 새벽에 시장거리에 나가 하루만치의 구공탄 불을 원하는 사람들에게 그것을 파는 것이었다.

날씨는 추워오고 하루 벌어 하루 사는 사람들은 구공탄을 갈아 밑불을 살릴 생각은 않고 또 그렇게 하면 생으로 구공탄 한 장을 밤새도록 타버리게 하니까 그것을 대신해서 하루 쓰고 버리는 구공탄을 사서 쓰곤 했는데 그것을 맡아서 해주고 돈을 받는 일이었다.

구공탄 한 장에 이십원이라 치면 나는 사십원을 받았는데 그러니까 내가 받는 웃돈은 순전한 불값이었다. 나는 밤을 새워 불을 지켰다. 구공탄이 꺼지면 불을 새로 붙이기가 얼마나 힘든지 겪어본 자식들은 알 것이다. 밤새도록 이십여 개의 구공탄에 불을 붙이고 그것이 꺼질세라 지키노라면 낙엽이 지고 비가 내리고 그리고 눈이 왔다.

어느 날은 혼자서 이십여 개의 구공탄에 모조리 불을 붙이고 그것을 지키노라니까 야밤에 흰 눈이 펄펄 내리기 시작하고 가슴에는 된추위가 스물스물 저며드는데 손바닥에만 미지근한 불기가 한층 따스히 비춰주고 있는 것이 문득 울화통이 치밀어서 나는 일어나 단추를 끄르고 밤새 피운 구공탄 위에 모조리 오줌을 깔기고 그 일을 그만두었다.

그다음에 나는 그림책을 팔았다. 동대문시장에 나가 이상하게 사내들은 색안경을 쓰거나 얼굴을 꺾어 가리는데 계집들은 방실방실 천연덕스럽게 웃으며 그 짓들을 해대는 사진을 사서 품속에 넣고 다니며 술집 거리에 서서 술 취해 집으로 돌아가는 사람들에게 그것을 팔았다.

사내녀석들은 나이든 녀석이건 젊은 녀석이건 아씨, 책 있어, 하면 벌쭉 웃으며 따라나서서 희미한 가로등 밑에서 그것을 실컷 들여다보다가 인마 이건 봤어, 더 근사한 거 없어, 하며 히죽이곤 했다. 근사한 게 뭔데. 인마 동물하고 노는 것 말야.

맹세코 말하건대 나는 절대 그따위 것은 팔지 않았다. 사람은 마땅히 사람끼리 할 일이지 개, 아니면 말 따위와 어떻게 어울릴 수 있겠는가.

그렇다면 누구든 내게 이렇게 물을 것이다. 너는 왜 도둑질하지 않는 것이냐. 너는 왜 남의 물건을 훔치지 않는 것이냐.

물론 나도 그런 유혹은 어릴 때부터 받아왔다. 내 나이 또래의 녀석들도 손가락 사이에 면도칼 숨겨들고 다니면 반년도 못 되어서 금시계도 차고 계집도 끼고 넥타이도 매고 다니는 것을 나도 잘 알고 있고 그들로부터 유혹도 많이 받았다. 하지만 나는 죽어도 남의 물건엔 손 하나 대지 않을 것이다. 왜냐하면 이 세상 모든 물건엔 그들대로의 주인이 있는 법이다. 그것이 질서다. 나는 그것을 알고 있다. 내가 내 맘대로 남의 물건을 뺏으려 든다면 내가 사는 주위는 모두 개판으로 변할 것이다.

또 이렇게 물을 수 있겠지. 그렇다면 너는 왜 구두를 닦거나 신문을 팔거나 아니면 정비공장에 나가서 기술을 배우지 않는 것이냐.

내가 가지고 있는 것이란 몸뚱어리뿐이어서 이 몸뚱어리로 할 수 있는 일이란 극히 한정되어 있다.

나는 맹세코 남의 발바닥에 약칠 따위는 아니하려고 생각하고 있다. 나는 구두와 상대하고 싶지는 않다. 선 자 앞에 쭈그리고 앉아서 그 자식의 발바닥이나 핥아주며 무좀 청소나 해주는 일은 죽었다 깨어나도 하지 않을 작정이다.

물론 나도 기술을 배우기 위해서 그림책 파는 것을 그만두고 이발소에 들어갔던 적이 있었다.

이발사는 그래도 뚜렷한 기술이 없는 내가 배울 수 있는 유일한 직업이었다. 나는 몸뚱어리 하나밖에 없으니까.

나는 이발소에서 이발 끝낸 손님들의 머리를 쥐 잡듯이 감겨주는 일을 꽤 오래했다. 손님들은 양순해서 손톱을 세워 비누칠을 해준 후 박박 긁어주면 세면기에 코가 닿도록 머리를 처박고는 매우 시원해하는 눈치였다. 머리 감겨준 뒤에는 내 손으로 손님들의 얼굴까지도 대신 씻어주어야만 했다. 그것은 이상한 기억이었다. 나는 당연하게도 내 얼굴밖에 세수해본 적이 없었다. 어릴 때부터 으레 내 손바닥은 내가 씻는 얼굴의 눈알이든지 튀어나온 코, 입, 그리고 귀에 익숙해져 있었는데 그 손바닥으로 남의 얼굴을 세수해주노라면 이상한 느낌이 닿곤 하는 것이었다.

그것은 마치 밥을 떠서 다른 사람 입에 넣어주는 꼬락서니였다. 내 손톱이 손님들의 머리를 감기느라고 닳아서 반질반질해지자 나는 마지막으로 한 번도 내가 앉아본 적이 없는 이발대 위에 앉아서 머리를 깎아달라고 공갈을 쳤다.

마침 손님이 없어 한산했던 때라 이발사들도 내 이런 광기에 별로 반항을 보이지 않고 내 머리를 깎아주기 시작했다. 얼마나 정성들여 깎아주었던지. 나는 그들에게 감사한다.

"가거라. 이 쌔끼야."

내 머리를 다 깎아주고 수염까지 밀고, 귓구멍도 후벼주고는 이발사가 내게 말을 했다.

나는 머리 깎고 그곳을 떠났다.

다음에 내가 했던 일은 세차장에서 남의 차를 닦아주는 것이었다. 거센 물줄기를 세워놓은 차를 향해 난사하고 차 위에 기어올라 차를 윤이 나도록 닦아대는 일인데 나는 이틀 만에 그것을 그만두었다. 왜냐하면 앞에서도 나는 맞아 죽어도 남의 구두 따위를 닦지 않으려고 한다는 것을 밝힌 바가 있는데 차를 닦는 일도 마찬가지 일이었기 때문이다.

물론 차는 구두보다 고급이긴 했다. 그러나 살아 있지 않은 물건이라는 면에서는 마찬가지였다. 나는 사람들의 대갈통을 주무를지언정 죽어 있는 것과는 상대하지 않을 작정이었기 때문이다. 남의 차를 향해 물줄기를 난사할 바에는 차라리 목욕탕에 벌거벗고 들어가 더운물을 끼얹고는 남의 더운 살덩어리에서 때 벗겨내는 일을 할 작정이다. 그것은 피가 통하는 물건을 만지는 일이니까.

마치 내가 남녀가 그 짓을 하는 야비한 그림책을 팔지언정 개와 말이 사람과 더불어 그 짓을 하는 그림책은 절대로 팔지 않은 것처럼.

차를 닦다가 그만두고 내가 얻은 직업은 지금까지 내가 가졌던 직업 중에서 가장 마음에 드는 것이었다.

그것은 고층빌딩의 유리창을 닦는 일이었는데 물론 무서워서 바지에 오줌을 질금질금 쌀 만한 직업이었다.

하지만 건물 꼭대기에서 저 까마득한 거리로 수많은 사람들이 마치 벌레처럼 오가는 모습이라든가 차도 위를 굴러가는 빈대 같은 차들의 행렬을 바라보는 기분은 그야말로 스릴 만점이었다.

그것은 구름 위에서 그들을 내려다보는 기분이었다. 허락된다면 내가 언젠가 구공탄 불들을 오줌으로 껐을 때처럼 바지 단추를 끄르고 오줌을 싸갈겨 뜨거운 빗물을 난데없이 하늘 위에서 퍼부어대고 싶을 정도였다.

어쩌다 저녁 무렵 유리를 닦을 때면 도시 빌딩의 숲 사이로 지는 붉은 햇볕이 유리창에 반사되어 온통 주위가 붉게 물들고 내려다보면 조금씩 거리의 네온이 타오르기 시작하고 차들의 헤드라이트가 켜지기 시작해서 나는 마치 하늘로부터 내려진 두레박 끈을 붙들고 하늘에 매달린 기분이었다.

우물 밑은 찬연한 불빛의 바다였으며 그들은 나와는 무관했다. 나는 그들의 머리 위에서 그네를 타고 있는 기분이었다.

그러나 못 견디게 괴로웠던 일은 내가 닦는 유리창 저 너머로 사람들이 일을 하고 웃고 떠들고 타자기를 치는 분주한 모습들을 보는 것이었다.

그것은 마치 공중전화 부스 밖에서 목소리는 들리지 않는 사람의 몸짓을 들여다볼 때와 흡사한 기분이었다. 모래 갈아주지 않은 물 표면으로 자맥질하여 솟아오르며 쉴새없이 입을 뻐끔거리는 금붕어의 입놀림을 두터운 유리 어항 저편에서 보고 있을 때와 같은 단절감이 내게 있었다.

나는 투명한 유리 저편에서 하늘로부터 내려온 한 가닥의 줄에 생명을 의지하고는 그들의 틈바구니로 뛰어들기 위해서 입김을 호호 불어 김이 서린 유리창을 잘 보이도록 닦아내는 일을 해대고 있을 뿐이었다.

유리 저편의 사람들은 아무도 나의 처절한 유리 닦기를 주의하지 않았다. 나는 그들을 들여다보고 있었지만 그들은 아무도 나를 의식하지 않았다.

나는 단지 창밖의 풍경에 불과했다. 마치 내가 한때 세차장에서 닦던 윈도 브러시처럼, 버튼을 누르면 자동적으로 빗물을 반원 부채꼴로 밀어대는 윈도 브러시를 차 속의 사람들은 아무도 의식하지 않듯이 내가 닦아내는 유리창의 세척을 그들은 하나의 풍경으로서, 단순한 기계 동작처럼 느끼고 있을 뿐이었다.

그때 나는 내가 해왔던 모든 일이 그들에게는 단순한 풍경처럼 무관한 일에 불과하다는 사실을 발견했다.

나는 벽보를 붙였지만 한 번도 그 벽보가 가리키는 장소에 나 가본 적이 없으며, 나는 암표를 팔았건만 딱 한 번 빈자리 옆에 앉아 핫핫핫 웃는 웃음의 홍수 속에서 눈물을 찔금찔금 흘리며 앉아 있었을 뿐이며, 봉투를 열심히 붙였지만 편지를 보내본 적은 없으며, 구공탄에 불을 열심히 붙였지만 그것을 쪼인 적은 없으며, 그림책을 팔았지만 한 번도 그 짓을 해본 적은 없으며, 남의 머리들을 감겨주었지만 내가 감아본 적은 없으며, 남의 차를 향해 물줄기를 난사하였지만 그 속에 들어가 앉아본 적은 없었다.

그래. 나는 찔끔거리며 창밖에서 울었다. 그들이 볼 때는 창밖에서. 거리에서 보면 하늘 위에서. 아, 아, 하늘 위에서 본다면 허공에 매달려서.

나는 그날로 그 일을 그만두었는데 그 일을 그만두고 나는 참 오랫동안 놀았다. 너무 외롭고 쓸쓸해서 내가 지금껏 배가 고파도 참았던 두 가지의 일을 해볼까도 생각했다. 그 하나는 남의 물건을 훔치는 일이었고 또하나는 내가 가지고 있는 유일한 것인 피를 판다거나 지나가는 차에 부딪쳐 팔을 망가뜨리고는 억지떼를 써 돈을 우려내는 일이었다. 그것은 내가 이를 악물고 참아온 일이었지만 너무나 배가 고팠으므로 조마조마하게 할까 말까 아슬아슬하였다. 그러나 나는 참았다.

그다음에 내가 잡은 직업은 이삿짐센터 직원이었다. 이미 이사철인 봄이 지나고 땡볕이 훅훅 볶아치는 무더운 여름이었으므로 죽치고 기다려도 하루에 이사 가는 사람이 하나쯤 있을까 말까 한 이삿짐센터에서 나는 불러주기를 기다리는 창녀처럼 목을 늘여빼고 땅뺏기놀이를 하며 기다리고 기다렸다.

그때 나는 그 녀석을 만났다. 그 녀석도 나처럼 가진 기술이라고는 없고 그저 몸뚱어리 하나밖에 없는 녀석이라는 것이 한눈에도 뻔해서 만나자마자 별로 얘기를 걸려 들지 않았는데 기묘하게도 녀석이 얘기할 때마다 그저 자꾸 밑도 끝도 없는 웃음을 낄낄거린다는 것이 신경에 거슬리는 편이었다.

"일이 많냐?"

"없다."

"며칠 공쳤냐?"

"이틀."

"이틀이라구. 핫하하. 이틀이라구."

참 괴상한 웃음이었다. 도대체 앞뒤가 들어맞지 않는 거품 같은 웃음이 녀석의 대화에 느닷없이 섞여나왔다.

"한심하구나. 핫하하. 한심해."

이삿짐센터에서 불러주기를 기다리는 녀석은 나 혼자뿐이 아니고 비슷비슷한 녀석들 서너 명이 더 있었는데 우리들은 이 괴상한 친구의 등장을 모두 기이하게 여기고 있었다. 도대체가 뚜렷한 시간 약속 없이 무더운 땡볕 아래 무작정 기다려야 하는 고통 속에 앉아서 살인이라도 저지를 것 같은 무서운 광기를 겨우겨우 참아내고 있을 때 등장한 녀석의 꼬락서니가 너무 우스워서 사뭇 녀석을 학대하는 것으로 터질 듯한 광기를 겨우 달래고 있었다.

대화 속에 섞인 그의 웃음은 웃음이라기보다는 차라리 안면운동이었다. 처음에 우리는 그의 유별난 행동이라든가, 겁먹은 태도, 상식 이하의 웃음을 어떤 처세술이 묘한 녀석이 자기 자신을 두텁게 위장시켜 어느 결정적인 시기엔 그 정반대의 다른 면을 드러내 보임으로써 강한 두려움을 주려는 속셈하에 연기되는 교묘한 사기일지도 모른다고 생각했다.

왜냐하면 나를 포함해서 우리 모두가 다 그런 경험이 있었기 때문이었다. 일테면 내가 암표를 팔 때 단정히 신사복을 입었던 사내가 갑자기 태도를 바꾸고 골목길로 나를 데리고 가서 순경나으리의 본색을 드러내고 표를 압수했듯이 우리가 경험한 수많은 사건들 중엔 양면의 공포감을 비수처럼 무장하고 있는 사건들이 왕왕 있었기 때문이었다.

사실 우리가 무시해도 좋으리라 생각했던 사람이 차차 하나하

나 번데기 허물 벗듯 그러한 자기 약점을 던져버리고 결국엔 눈부
실 만큼의 늠름한 자태로 나타났을 때 우리는 그에게 두려움 섞인
찬탄을 보낼 수밖에 없지 않은가.

해서 우리는 처음에 모두 그에게 약간의 경계심까지 갖고 있을
정도였다. 그러나 단시간에 우리는 우리의 걱정이 기우라는 것을
알아냈다. 그는 말하자면 겉으로 나타난 그대로 형편없는 녀석이
었기 때문이었다.

우리가 그에게 무엇을 하던 녀석인가를 묻자 녀석은 자기가 영
화배우였다고 얘기를 했다.

"영화배우, 웃기지 마라."

내가 한 대 쥐어박을 듯이 으름장을 놓자 녀석은,

"아니다. 핫하하. 정말이다. 핫하하."

하며 정색을 했다.

"대갈통에 털 나도록 나는 네 녀석 같은 배우를 본 적이 없어."

우리들 중 누군가가 여전히 윽박질렀다.

그러자 녀석은 여전히 웃음을 질질 흘리면서 얘기를 했는데 그
는 자기가 주연도 아니고 그렇다고 조연도 아니고 엑스트라였다
고 얘기했다.

"난 말이야. 주연배우 대신에, 핫하하, 오층에서 떨어지는 역을
기가 막히게 했었다. 핫하하."

"거짓말하지 마라. 그건 사람이 떨어지지 않구 인형을 떨어뜨리

는 거야."

누군가가 아는 체를 했다.

"아냐. 핫하하. 난 정말 떨어졌었다. 핫하하."

"그래. 넌 인형이니까. 핫하하."

내가 그 녀석의 웃음을 흉내내어 한마디하자 다들 웃었다.

"인형이 떨어지면 그건 그럴듯하게 보이지 않아. 핫하하. 사람이, 사람이 떨어져야 한다. 하하하."

말하자면 녀석의 직업은 배우들의 위험한 장면을 대신해주는 대역 엑스트라였는데 일테면 배우들이 격투 끝에 말에서 떨어진다거나 고층빌딩에서 떨어진다거나 할 때 인형을 쓰면 실감이 나지 않으니까 위험 부담을 대신 맡아주는 역할을 했었다는 것이었다. 그러나 아무도 녀석의 말을 믿지 않았다. 그 말을 믿기엔 녀석이 어딘가 모자라 있었다. 날렵하게 말에서 떨어지거나 고층빌딩에서 떨어질 녀석은 전혀 못 돼 보였다.

"그리구 또 뭘 했니?"

우리는 따분하고 무료했으므로 녀석을 괴롭히는 쾌감으로 시간을 보내고 있었다. 그 짓이라도 하지 않았다면 우리는, 그리고 나는 더위에 미쳐서 발광이라도 할 판이었다. 녀석은 우리들의 집요한 힐난조의 공세가 오히려 즐거운 모양이었다. 자신이 우리의 무리에 끼어드는 일이란 자신의 모자람을 털어놓아 우리를 웃게하고 그것이 우리와 함께 어울릴 수 있는 유일한 길인 것처럼 생각하고 있는 모양이었다.

그는 자기가 엑스트라를 집어치우고 다음에는 영화 녹음하는 곳에서 효과를 맡았었다고 했다.

"효과가 뭔데?"

아주 어려운 용어가 나왔으므로 우리들 중에 누군가가 켕기는 목소리로 물었다.

그러자 녀석은 신이 나서 얘기하기 시작했다.

"영화를 다 찍고 나면 말야. 핫하하. 배우 입에 맞추어서 말야. 핫하하(이 망할 놈의 웃음은 일테면 이런 뜻이 있는 것 같았다. 얘기 뒤에 아주 우스워서 못 견딜 만한 부분이 있어서 도저히 그 얘기에 이를 때까지 기다리지 못하고 중간중간에 조금씩이라도 털어놓는다는 뜻이 있는 것 같아 귀 기울여 듣고 나면 결국엔 아무것도 아니잖냐는 기묘한 배반감 같은 것을 느끼게 되어 한결 가중된 모멸감이 녀석에게 생기게 되는 것이다). 성우가 대사를 넣는데 말야. 내가 한 것은 핫하하, 대사를 넣는 게 아니라 배우가 말야. 문을 열고 들어가면 문 여는 소리, 핫하하, 술을 마시면 술 넘어가는 소리. 그런 소리를 말야. 핫하하. 내는 거지. 새가 울면 새소리."

"새소리?"

누군가 말을 끊었다.

"새소리를 네가 낸다구?"

"내지. 핫하하."

"공갈 마라. 이 쌔끼야. 니가 새소리를 어떻게 내나?"

"낸다. 핫하하."

"내봐라."

그러자 녀석은 갑자기 몸을 바로 세웠다. 그러더니 돌연 엄숙한 표정으로 윗단추를 푼 후 자기 손을 왼쪽 겨드랑이에 끼고 산 생선처럼 요동치기 시작하였다. 땀에 젖은 겨드랑이를 오가는 손바닥의 마찰로 불쾌한 소리가 났다.

"그게 새소리냐? 이 새끼야. 그건 뭐 하는 소리다. 대낮에 땀난 연놈이 부딪는 소리다."

"아냐. 핫하하. 그냥 들으면 모르지만 마이크 통해 들으면 새소리다."

그는 다시 왼손을 오른쪽 겨드랑이에 집어넣고 또 한번 운동을 했다. 그러더니 양손을 빼고 두 손을 엉덩이에 붙이고는 푸드득푸드득 두들기기 시작하였다. 먼지가 일었다. 그 소리는 아무 소리도 아니었다. 설사 마이크를 통해 듣는다면 새소리가 틀림없다고 해도 그것은 먼지 터는 소리밖에 아니었다. 우리는 속았다.

"또 무슨 소리 낼 줄 아나?"

"난 소 우는 소리 낼 줄 알지. 핫하하."

"공갈 마라. 우리가 모른다고 공갈하지 마. 새소리, 염소 소리 모두 녹음되어 있을 텐데 니놈이 어떻게 뭘 잘한다고 소리를 내냐, 소 소리를 내고."

"녹음 안 된 소리도 있다. 핫하하. 그럴 땐 우리가 내지."

"내봐라. 소 소릴 내봐라."

아주 난처해하며 녀석이 우리를 보았다.

"재미있어서 그래. 쌔끼야."

"정말이냐? 핫하하. 정말 재미있냐?"

"재밌잖구. 그렇지 않니?"

"그럼 재밌지 않구."

"해봐라."

우리는 싱글거리며 녀석을 부추겼다. 녀석은 우리를 물끄러미 쳐다보았다.

"정말 재미있냐?"

"그렇다니까."

녀석은 갑자기 몸을 바로 세웠다. 그리고 허공을 바라보며 공허하게 짖었다. 음머─ 하고. 마찬가지였다.

그 소리는 아무 소리도 아니었다. 혹 마이크를 통해 듣는다면 소 울음소리가 틀림없다고 해도 그것은 메마른 고함소리밖에 아니었다. 우리는 또 한번 속았다.

그때였다. 건물 쪽에서 우리를 부르는 외침이 들려왔다. 우리는 허겁지겁 그리로 뛰어갔다. 기다리고 기다리던 이삿짐 부탁이 한 건 들어온 모양이었다. 우리는 화물 트럭에 짐처럼 실려서 전화 걸려온 곳으로 달려갔다. 나는 물론 녀석도 이삿짐 나르는 데는 서툴렀지만 우리들 중의 두어 명은 아주 익숙했다. 우리는 그 친구들이 시키는 대로 열심히 물건들을 날랐다.

그것들도 우리와는 무관한 물건이었다. 이사 가는 여주인이 나와서 우리가 혹시 그들이 쓰는 물건 중에 값비싼 조그만 물건을 주머니에 실례하는가를 눈여겨보고 있었으며 남자 주인은 장롱이나 냉장고 따위를 나를 때면 문턱이나 벽 모퉁이에 걸려서 흠집이 나지 않을까 감시하고 있었다.

우리는 웃통을 벗어붙이고 일을 했다. 날씨는 점점 무더워졌고 온몸엔 구슬땀이 가득했다. 악센 여주인은 전기 소켓 따위도 뜯어가는 판이어서 나는 산더미 같은 짐을 들고 층계를 오르내리면서 이를 악물고 있었다.

나는 그 짐을 나르면서 내가 고층빌딩 유리 닦는 것을 그만두던 때를 생각하였다. 그때 나는 유리창 밖에서 나하고는 무관한 사람들을 쳐다보며 그들 무리로 끼어들어가려 했던 일이 얼마나 무모한 일인가 느꼈던 것을 기억했다. 그러자 무거운 짐을 든 손에 힘이 빠져나갔다.

이 일도 나하고는 전혀 무관한 것이 아니냐는 생각이 머리를 때렸다. 나는 그들의 물건을 나르고 있다. 그러나 이 물건은 내 물건이 아니잖느냐. 내가 열심히 붙인 봉투에 내가 편지를 한 번도 띄워보내지 못한 것처럼.

짐을 나른 후 나는 화물 트럭에 올라타 짐짝처럼 그들의 새로운 동리로 찾아갔다.

나는 장롱과 냉장고, 이불보따리와 새집에서 쓸 꺼지지 않은 연탄불 사이에 이리저리 포개져서 내 곁을 스쳐지나가는 도시를 우울하게 쳐다보았다. 거리가 내 곁을 스쳐지나가고 있었다. 마치 뒤로 걷는 것처럼.

어쩌다 물구나무서서 세상을 보면 하늘이 강처럼 흐르고 키 큰 나무가 하늘의 강물에 머리를 감고 있는 것같이 보이듯이 화물 트럭에 실려서 보는, 스쳐가는 거리의 풍경은 모두 내 곁을 지나 먼 데로 먼 데로 뒷걸음질쳐대고 있었다.

그들이 새로 이사 가는 집은 아파트였다.

"재수 옴 붙었다."

이삿짐 나르기에 이골이 나 있는 우리들 중의 고참자가 툴툴거렸다.

"하필 아파트가 걸릴 게 뭐냐."

고참자의 말은 틀리지 않았다. 아파트도 오층의 새집이 우리가 짐을 부려야 하는 곳이었다.

우리는 일개미처럼 짐을 날랐다. 나는 짐을 나르면서 이번 한 번으로 이 일이 족하다고 마음을 다져먹고 있었다. 그렇다면 나는 또 무엇을 할 것인가. 이번에는 무슨 일을 해야 할 것인가. 이것은 내가 경멸하는 죽은 물질과의 싸움이다. 나는 한 번도 구두를 닦아본 적은 없다. 나는 선 자의 다리 밑에 쭈그리고 앉아 무좀 걸린 발에 아까운 침을 퉤퉤 뱉을 수는 없었다. 마찬가지로 내가 유리창과 차를 닦는 고무호스를 던져버린 것은 더이상 죽은 자와 싸우지 않기로 마음먹었기 때문이었다.

내가 들어가서 앉은 영화관, 이젠 그런 것과도 손을 떼어야만 했다. 나는 짐을 나르며 몇 번이고 마음을 다져먹었다.

한참 후에 거의 일을 끝마쳤을 때 주인집은 우리를 위해 술을 내놓았다. 우리들은 술이 먹고 싶어서가 아니라 갈증 때문에 술을 벌컥벌컥 들이켰다.

낮술은 금방 우리들을 취하게 했고 그래서 우리들의 얼굴은 뺑끼 칠한 것처럼 붉어졌다. 그리고 갑작스런 광기가 또다시 새로운 욕망처럼 우리들을 사로잡기 시작했다.

"이봐. 우리 내기할까?"

우리들 중 고참이 벌게진 얼굴로 우리의 얼굴을 쳐다보았다.

"뭔데?"

"아파트를 내려가기다."

"그야 내려가잖구."

"아니 층계로 내려가는 게 아니구, 창문으로 내려가는 거야."

다들 술기운이 갑작스레 달아올랐다.

창문가엔 층계로 들어올릴 수 없는 장롱 따위를 끌어올린 굵은 밧줄이 아직껏 매여 있었다.

"이 밧줄을 타고 내려가는 거야."

"누가 보면 어쩌려고?"

"소방훈련 한다구 그러지 뭐."

우리는 모두 술 취한 고개를 빼고 창밖을 내다보았다. 높았다. 그것은 내가 유리 닦던 고층빌딩보다 낮긴 했지만 그러나 만용을 부리기엔 섬찟한 높이였다.

"자 누가 먼저 내려가겠냐? 먼저 내려가는 친구에겐 오늘 일당의 반을 주기로 하지. 자, 아무도 없어?"

그는 우리들을 둘러보았다.

"자, 첫번째 선수."

내기를 건 녀석은 마치 경매를 붙이는 사람처럼 소리를 질렀다. 그러나 아무도 나서려 하지 않았다.

"안 계십니까? 우라질."

"내가 해볼 테다."

누군가 나섰다. 그러나 그도 창밖을 내려다보더니 머리를 긁고 돌아섰다. 그리곤 아무도 나서려 하지 않았다.

"불가능해. 그건."

내가 한마디하자 다들 맞장구쳤다.

"안 돼. 그건."

내기가 흐지부지되고 술잔이 막 끝날 즈음 누군가 용케도 구석에 앉아 땀을 뻘뻘 흘리고 있는 엑스트라를 발견했다. 그것은 정말

안성맞춤의 발견이었다.

"됐다. 저 쌔끼가 있잖아."

"옳소."

일제히 박수가 일었다.

"넌 아까 우리한테 얘기했다. 오층에서 떨어지는 건 밥 먹는 것보다 쉽다구. 인형 떨어뜨리는 건 장난이라구."

"건 안 돼. 핫하하. 안 돼. 안 된다니까. 핫하하."

"안 되긴."

나는 소리를 질러 흰 이를 드러내 보였다.

"넌 날개 소리도 낼 줄 안다구 했어. 자. 매달려봐라. 이건 떨어지는 게 아냐. 밧줄에 매달리는 거야. 그러니까 생각보다 위험하지 않아. 자 매달려봐. 이 자식아."

"왜, 왜 그래?"

"재미있으니까."

"정말이냐? 핫하하. 내가 그러면 정말 재미있단 말이니? 핫하하."

"암 재미있잖구. 그렇지 않어?"

나는 주위를 돌아보았다.

"그럼 재미있지 않구."

다들 맞장구쳤다.

"해보라니까."

"정말이니? 핫하하."

"정말이라니까."

그때였다. 녀석이 천천히 걸어왔다. 그러더니 창가에 서서 몸을 바로 세우고 심호흡을 했다. 그러더니 애원하듯 한번 더 우리를 돌아보았다.

"정, 정말이지. 핫하하. 내가 그렇게 하는 게 재미있다는 거지, 핫하하."

"그야 물론이지, 이 자식아."

그는 천천히 곡예하듯 창가에 올라섰다. 그리고 손으로 밧줄을 쥐었다. 그의 몸이 아주 조용히 접는 나이프처럼 굽혀졌다. 우리들은 모두 말이 없었다. 내심 이 자식이 그만두어줬으면 바라고 있었는지 모른다.

그의 몸이 돌연 창문 아래로 굴러떨어졌다. 그러고는 우리 시야에서 사라져버렸다. 우리는 모두 황급히 창가로 뛰어가서 밖을 내다보았다.

밧줄에 녀석은 위태롭게 매달려 있었다. 그러고는 우리들을 올려다보았다. 그의 얼굴은 새파랗게 질려 있었다. 하지만 얼굴 전체에는 가득히 넘쳐흐르는 듯한 웃음이 충만되고 있었다.

"이봐. 이 자식들아. 핫하하. 네놈들은 왜 웃지 않니? 핫하하. 내가 이렇게 한다면 재미있을 거라고 하더니 왜 웃지 않니? 핫하하."

우리들은 그러나 아무도 웃지 않았다.

나는 황급히 밧줄을 끌어올리려고 손을 내밀어 밧줄을 쥐었다.

그리고 힘을 모아 그것을 끌어올리려는 순간 밧줄 저 끝에 가득했던 둔중한 무게가 홀연 사라진 느낌을 받았다.

그때였다.

그의 몸뚱어리가 맥없이 균형을 잃더니 거짓말인 것처럼 허공을 떠서 땅 아래로 굴러떨어졌다.

나는 그때 그 자식이 허공에 떠 있는 짧은 순간에도 나를 향해 웃고 있는 듯한 환영을 보았다.

(1976)

위대한 유산

어린 시절을 어떻게 이야기할 수 있으랴. 누구에게든 어린 날의 기억은 달콤하고 포근한 추억으로 남아 있을 것이다.

집이 가난했든 부자였든, 누구에게나 어린 날의 기억은 풍요하고 정다운 느낌으로 남아 있게 마련이다. 어린 날의 추억은 그래서 언제나 질 좋은 닭털 침낭처럼 부드럽고 따뜻한 회상 속에 떠오른다.

가난한 사람들은 으레 식구가 많아서 한 끼의 밥을 먹기 위해서는 공평하게 식구 숫자대로 등분해서 몫을 나눠 갖게 되는데 대개 남의 밥은 내 것보다 더 많아 보여 티격태격 싸웠던 추억도 일단 지나고 보면 아름다운 기억으로 남아 있을 것이며, 운좋게 형편이 넉넉한 집안에서 태어난 사람들은 어린 날의 기억을 떠올릴 때면 크리스마스 전날 밤이면 어김없이 산타클로스 할아버지가 갖다주는 하모니카든지 병정인형이 생각나고, 학교에서 돌아올 때 반가

이 맞아주던 어머니의 웃음소리, 아침에 자고 일어났을 때 아차 잘 못해서 오줌을 싸고 이웃집에 소금을 얻으러 갔던 기억 들이 뒤범벅되어 떠오를 것이다.

아아, 어린 시절은 행복했어―

누구든 이런 말을 하고 있을 것이다. 어느 날 오후 책상 앞에 앉아서 따분한 근무에 시달리다가 기지개를 켜며 유리창으로 쏟아져들어오는 봄햇살을 받다 문득 까마득히 잊어버렸던 고향 개울가에서 동무들과 바윗돌을 뒤져 가재를 잡던 기억을 떠올리고는 누가 듣거나 말거나 혼잣말로 하품과 같은 말을 할 것이다.

아아, 어린 시절은 정말 좋았어.

그러나 나는 누구나 갖고 있는 닭털 침낭 같은 어린 시절을 떠올릴 재주가 없다. 나는 마치 어느 순간 기억상실증에 빠져버려 한 부분의 기억을 송두리째 잊어버린 환자처럼 어린 날의 추억을 전혀 기억하지 못하고 있다.

나는 어린 날을 회상하려면, 전쟁과 폭격과 거리에서 죽은 즐비한 시체와, 피와 아우성소리, 그런 것부터 떠올리고, 굶주리고 헐벗고 증오와 적의에 차 있는 어린 시절이 부서진 파편처럼 떠올라 아직까지 그 처절하던 기억들이 내 영혼을 이리저리 난도질하고 상처를 입히는 끔찍한 상상을 우선 하곤 한다.

가정의 평화라든지, 어머니의 웃음소리, 아버지의 엄격하면서도 자상한 사랑 따위와는 거리가 먼, 고아와 다름없다는 느낌이 제

302

일감으로 떠올라, 나는 숫제 발 빠르고 버릇없는 추억의 촉수가 내 의지와는 상관없이 어린 날의 녹슨 빗장을 벗기고 어린 날로 되돌아가는 음침하고 우울한 추억의 길고 긴 회랑으로 달려갈 때면 가지 마, 제발, 그곳은 끔찍한 지옥과 같은 곳이야, 제발, 돌아와, 하고 소리질러 꿈에서 깨어나버리곤 하는 것이다.

아버지는 알코올중독자나 다름없었으며, 어머니가 밤마다 역으로 숨어들어가 무개화차에서 부린 연탄과 조개탄을 훔쳐내오는 것으로 우리 식구는 먹고살았다. 어머니는 그래서 언제나 얼굴도, 몸도, 손도, 피부도 막장의 갱부처럼 검었으며 치마를 벗을 때면 치맛자락에서 부스스부스스 탄가루가 비듬 떨어지듯 흩날리곤 했다.

형은 전우의 시체를 넘고 넘어 앞으로 앞으로 낙동강아 흐르거라 우리는 돌진한다는, 돼먹지 못한 군가를 부르며 군인이 되고 싶어서 안달을 하고 있었지만, 아직 군대에 들어가 화랑 담배연기 속에 사라진 전우가 되기에는 나이가 어렸으므로 학교도 때려치우고 노상 미군부대 철조망 근처에서 살면서 껌이나, 초콜릿, 담배 따위나 얻어먹는 할 일 없는 똘마니가 되어 있었고, 누이는 국민학교를 졸업하고는 달리 갈 데도 없고, 어디 시집가기엔 나이도 어리고, 더욱이 미군 상대의 양갈보를 하기엔 너무 키도 작고 밉상스럽게 생겼으므로 진종일 배고파 우는 동생 녀석을 업고 달래며 어기야둥둥, 저기야둥둥, 자장가만 부르고 있었다.

동생녀석은 다섯 살인데도 제 발로 걸어다니는 것보다 누구의

등에 업혀다니는 것을 즐겨하며 때도 없이 오줌을 깔겨대는 좀 모
자란 새끼였다.

그래도 식구 중에는 내가 제일 나아서 나는 간신히 열 살이 된
어린 나이인데도 미군부대에 고정 쇼리로 취직되어 아침 일찍 미
군부대 안으로 들어가 구두도 닦아주고, 사물함도 챙겨주고, 잔심
부름도 하는 것으로 오히려 어머니가 밤마다 역 개구멍으로 숨어
들어가 석탄을 훔쳐내오는 것보다 더 많은 돈을 벌 수 있었다.

그러거나 말거나, 어머니가 밤마다 석탄을 캐다가 역원에게 들
켜 개 취급당하고 발길로 차여 낑낑 몸져누워 신음소리 내거나 말
거나, 형이 양아치가 되고, 누이가 양갈보가 되거나 말거나, 동생
녀석이 똥오줌도 못 가리는 병신이 되거나 말거나, 내가 가끔 흑인
병사들에게 붙잡혀 구두를 닦아주는 대신 그 새끼들의 아랫도리
를 입으로 핥아주고는 아아, 웩웩 구역질을 하면서 나로서는 엄청
난 금액의 팁을 받아오며 질질 웃거나 말거나, 아버지는 노상 술만
처먹었다.

그는 한시도 술에 취해 있지 않을 때가 없었다.

아침에 눈을 뜨면 술부터 찾았으며 만약 술이 떨어지면 그는 대뜸
어머니를 두들겨패거나, 형을 때렸다. 그는 두들겨패거나, 쥐어짜면
어떻게든 술이 생기게 된다는 것을 알고 있는 비열한 인간이었다.

그렇다.

모든 것을 전쟁 탓으로 돌릴 수도 있겠지. 모든 것이 전쟁의 그

무차별적 파괴 때문이라고 할 수가 있겠지. 이북에서 피난 와서 간신히 자리잡힐 만할 때 하루아침에 알거지로 만들어버린 망할 놈의 전쟁 탓이라고 할 수 있겠지.

전쟁만 없었다면 형은 지금쯤 금단추가 붙박인 교복을 입은 학생이 되었을 것이고 누이는 세라복을 입고 단발머리 늘어뜨린 중학생이 되었을 것이고, 동생은 아무데나 똥오줌을 싸지 않는 새 나라의 어린이가 되었을 테고, 어머니도 맛있는 음식을 장만하고, 아버지는 술은 아주 조금씩 마시는 사람이 되었겠지. 전쟁이 없었더라면 나는 미군들의 그것을 빨지 않아도 됐을 터이고 구구단 외우다가 집어치워버린 학교 공부를 계속할 수 있었을 것이다.

구일은 구, 구이는 씨팔, 구삼은 이십칠, 구사 삼십육계 줄행랑, 구오는 사십오, 구육은 오십하고도 넉사, 구칠은 육십에 삼, 구팔은 칠십이, 구구는 팔십일……

내 학교 공부는 그것에서 끝났다. 구구는 팔십일에서 끝났다.

전쟁만 일어나지 않았다면 그 이외에 더 많은 것을 배울 수 있었겠지.

아버지를 욕하지 마라. 아버진 워낙 저런 분이 아니셨다. 모든 게 망할 놈의 전쟁 탓이다.

죽어라고 두들겨맞은 뒤 꼬불쳐둔 비상금까지 빼앗기고 난 뒤에도 어머니는 당장 아버지를 죽여야 한다, 저런 아버지는 빨갱이보다 나쁜 사람이다라고 으르렁거리는 형에게 그렇게 말하곤 했다.

어머니 말은 맞는지도 모른다.

단칸 셋방 구석에는 피난 올 때 그 바쁜 경황에도 들고 온 고물 전축도 있고 고급 벽시계가 있는 것으로 보아 전쟁만 없었다면, 그 래서 모든 것이 빼앗기고 파괴되지만 않았다면 우리는 부자고 떵 떵거리는 금송아지였을지도 모른다. 그러나 왕년의 금송아지가 무 슨 소용이 있단 말인가. 왕년의 훌륭한 사람이 무슨 개수작이란 말 인가. 그는 무어래도, 술주정뱅이에다가 알코올중독자가 아닌가.

그가 한때 학교 선생님이었다는 것이 무슨 소용이 있으며 부모 형제 다 이북에 남겨두고 홀홀단신 가족들만 데리고 넘어왔기에 그렇지 이북에 살 땐 금송아지가 몇 마리가 있었다는 게 뭐 말라빠 진 변명이란 말인가.

셋방 주변은 온통 자갈밭으로 밤마다 문창호지 위로 왕지네들 이 서걱서걱 발소리를 내며 기어다녔다.

술만 먹으면 어머니를 패는 힘은 어디 가고 지네 하나 죽이지 못해 벌벌 떠는 눈곱 낀 아버지가 전쟁이 없었다 하더라도 술주정 뱅이 아니란 법은 없을 것이다.

누이는 똥오줌 못 가리는 동생을 업고 언제나 예배당에 드나들 며, 하나님을 찾고 예수님도 찾고 그랬지만 그것은 신앙심 때문이 아니라 그곳에라도 찾아가면 심심치 않고, 게다가 일 년에 딱 한 번 크리스마스 전날 밤이면 구제품 옷을 공짜로 나눠주기 때문이 었다.

누이는 일 년을 크리스마스 단 하루를 기다리는 것으로 용케도 견뎌냈으며 그 일 년 사이에 바짝 마른 가슴에 젖무덤도 올라오고 아주 가끔씩 아랫도리에서 코피까지 흘리는 처녀로 자라고 있었다.

그 무렵 나는 아무런 욕망도 없었다.

형은 어서 세월이 가서 나이를 먹어 군대 가기를 학수고대하고 있었고, 그러지 못할 바엔 아버지를 자기가 죽이겠다고 주머니에 칼을 품고 다녔으며, 누이는 크리스마스를, 어머니는 말은 하지 않았지만 어서 전쟁이 끝나 한시라도 빨리 서울 집으로 돌아가는 것을 희망으로 삼고 살고 있었지만 나는 종이로 만든 단정학丹頂鶴처럼 심장도, 더운 피도 없는 어린 소년이었다.

내겐 자랑스런 군인도, 크리스마스도, 전쟁이 끝난 뒤의 환도도, 하다못해 아버지를 죽이겠다는 증오심도 없었다. 중도에서 그친 학교를 다시 다니고 싶다는 간절한 소망도 없었으며 그렇다고 동생처럼 어린 것을 핑계삼아 아무데나 오줌 싸고 때도 없이 똥을 누는 그런 바보도 될 수 없었다.

나는 그저 침을 뱉어 구두를 닦고, 잔심부름하고, 가끔가다 흑인 병사들의 그것을 핥아주고 돈을 받아 어머니에게 넌지시 던져주는 것 이외에는 그 나이의 소년들이 가지고 있는 과학자가 되겠다거나 하는 희망은 꿈조차 꾸지 않았다.

내게 딱 하나의 소원이 있었다면 어떻게 해서든 미군들에게 잘 보여 그들이 본국으로 귀환할 때 나를 데려가주기를 바라는 것뿐이었다.

나는 정말 미국에 가고 싶었다.

누군가 나를 미국으로 데려가만 준다면 그들의 똥구멍이라도 나는 핥을 용의가 있었다. 그들이 자기 나라로 되돌아갈 때 그들의 보스턴백 속에라도 숨어서 이 숨막히는 곳을 떠나고 싶다는 염원 뿐이었다. 그러나 나는 막연한 희망만 가졌을 뿐 그것이 실제로 실행에 옮겨질 리는 만무하다는 것을 분명하게 알고 있었다.

나는 고아도 아니었으므로 그들에게 입양될 수 없었으며, 더구나 그들은 나를 구두를 닦는 쇼리로 부려먹기만 했지 나를 동생으로 사랑해주거나, 각별한 정을 주지는 않는다는 것을 알고 있었기 때문이었다.

저녁시간이면 나는 부대를 빠져나오며 늘 혼자 울었다. 집으로 돌아가는 길은 너무나 멀고 언제나 바람이 몹시 불었다.

형은 내게 부대 안에서 슬쩍 시계도 훔쳐내오고 카메라나 값나가는 라디오를 훔쳐내오든지 하다못해 스푼이라도 훔쳐갖고 나오라고 신신당부했지만 나는 그들이 먹다 남긴 닭다리 같은 음식물 이외에는 손끝 하나 대지 않았다.

나는 도둑놈이 되고 싶지는 않았다. 나는 헐벗고 굶주리고 있었지만 남의 것을 빌어먹는 거지는 아니었으며, 남의 물건을 쌔비는 도둑놈은 더더구나 아니었다.

나는 처마 밑에 떨어진 제비 다리를 정성 들여 싸매주는 흥부처럼 살고 싶었으며 그렇게 살다보면 신기루와 같은 박씨가 실제로 내 앞에 떨어질지도 모른다는 동화를 꿈꾸고 있는 나이 어린 몽상가였다. 돈이 열리고, 금은 보화가 쏟아져나오는 박씨가 내게 굴러 떨어질 거라는 우화를 나는 실제로 믿고 싶었다. 그렇게라도 생각지 않으면 나는 죽을 것만 같았다. 아버지에게 매맞아 죽거나(아버지는 신기하게도 나만은 때리지 않았다. 나는 그 이유를 잘 알고 있다. 그것은 내가 가족 중에서 유일하게 자기 밥벌이를 하고 가끔 아버지의 술값을 마련해주고 있기 때문이었을 것이다), 전쟁 덕에 폭탄 맞아 죽는 게 아니라 나 스스로 죽어버릴 것만 같았다. 나는 열 살도 채 못 된 어린아이였지만 꿈꾸는 몽상가였으며 고독한 염세주의자였다.

그 무렵 내가 절망에서 헤어난 것은 전혀 우연한 기회 덕분이었다. 그것을 이제부터 이야기하겠다.

그즈음 우리 동네엔 서커스가 들어왔었다. 그 당시에 서커스는 대단한 볼거리며 구경거리였다. 오락거리에 굶주려 있던 사람들은 너나없이 동네 빈터에 천막을 세우고 만국 깃발 펄럭이는 서커스장으로 밤이면 새까맣게 몰려들곤 했다.

한낮이면 손님을 끌어모으기 위해서 회칠한 어릿광대가 횟가루 방귀를 뀌고 다녔으며 뽕짝뽕짝 녹슨 트럼펫 소리도 들려오고 있었다. 온 마을이 이 낯선 이방인들로 무슨 경축일처럼 들끓어오르고 있었다. 가벼운 흥분과 축제 분위기가 온 마을의 어린이들과 어른들의 신명을 불러일으키고 있었다.

돈이 없는 사람은 대신 쌀 한 됫박으로, 쌀마저 없는 사람은 빚을 내서라도 천막으로 모여들었으며 그 안에 들어서면 원숭이가 그네를 타고, 난쟁이가 접시를 돌리고, 어릿광대가 물구나무를 서고 입으로 불을 토하고, 번쩍번쩍 금빛 옷을 입은 예쁜 아가씨들이 춤추고 노래 부르고, 나중에는 연극까지 보여주었다. 사람들은 웃다가, 박수 치다가, 놀라다가 그러고는 나중에는 목을 놓고 울었다.

그들은 전쟁에 지친 사람들에게 신선한 자극이었으며, 생기를 불어넣는 마술사들이었고, 그리고 천상에서 내려온 우리들의 우상이었다.

그들은 입으로 불을 먹고 외줄 위에서 춤추고 발로 접시를 돌리고 주머니에서 돈을 꺼내는 이상한 나라에서 온 이상한 도깨비들이었다.

그들의 말은 곧 노래였으며, 그들의 걸음걸이는 곧 춤이었다.

군인이 되기를 희망하고, 크리스마스를 꿈꾸고, 망할 놈의 전쟁이 끝나기를 갈망하는 가족들은 일단 이들이 보여주는 마술의 세계에 정신없이 빠져들었다. 그것은 하나의 광기 어린 종교와도 같았으며 한여름의 전염병과도 같았다.

나도 예외는 아니었다.

그들에게서는 외부에서 흘러들어온 싱싱하고 신선한 자극이 있었으며 몽환적인 열기가 있었다. 나는 객석 가마니 위에 주저앉아 숨을 죽이고 너무나 긴장해서 바지에 오줌을 찔끔찔끔 흘리면서 그들의 춤을, 곡예를, 마술을 바라보았다. 마술사의 손에서 비둘기가 한 마리 한 마리 튀어나와 날개를 퍼덕이며 허공을 날 때면 나는 거의 울고 있었다. 그것은 내게 충격적인 찬탄을 불러일으키는 경이로운 환상의 세계였다.

집으로 돌아와서도 나는 쉽게 잠을 이룰 수가 없었다. 귓가에 녹슨 밴드의 금속성 소리가 들려오고, 원숭이의 모습이 어른거렸다. 그러나 그 무엇보다도 그들이 내 마음을 사로잡은 것은 그들의 춤과, 노래와, 마술 때문이 아니었다.

그것은 일종의 경품행사 때문이었다.

서커스단측에서는 더 많은 손님을 유혹하기 위해서 경품을 걸어놓고 있었다. 경품은 자전거였다. 날마다 공연이 끝날 무렵이면 어릿광대가 번호표를 추천함에서 뽑아들고 번호를 불렀으며, 그 번호에 뽑힌 사람은 누구나 상관없이 찬란한 은륜銀輪의 자전거를 공짜로 탈 수 있었다.

입장을 한 손님 누구에게나 기회가 주어지는 것은 아니었다. 관람 도중에 내 나이 또래의 예쁜 소녀들이 자신의 모습이 찍힌 전신사진을 꽃바구니에 담아들고 객석을 돌아다니며 팔고 있었는데 그것을 사야만 번호표를 주었다. 도대체 어린 소녀의 사진이 무슨 소용이 있을까마는 사람들은 자신에게 행운이 올지도 모른다는 생각 때문에 다투어 그 사진을 비싼 돈을 주고 사들이고 있었다.

입장료의 세 배나 되는 비싼 금액이었다.

어릿광대가 공연이 끝나고 번호를 부를 때면 사람들은 긴장해서 번호표를 들고 숨죽이고 앉아 있었다. 어떤 날은 해당 번호가 뽑히지 않아 자전거를 타는 사람이 없었지만 어떤 날은 실제로 나도 알고 있는 동네 주민 중의 한 사람이 뽑혀서 뛰어나가 자전거를 타고 원형무대 위를 한 바퀴 맴돌고, 그리고 까무러쳐버렸을 정도였다.

자전거는 믿어지지 않는 물건이었다. 우리 동네 사람들 그 누구도 자전거를 타는 사람은 없었다.

기껏해야 동네 점포에 낡은 고물자전거가 서너 대 있을 뿐이었다. 내 어린 날 그 시절에 자전거는 지금의 승용차보다도 더 소중하고 값비싼 물건이었다. 나는 부대 내에서 멀리 떨어진 막사와 막사 사이로 심부름을 갈 때면 간혹 자전거를 빌려타고 가기도 했는데 자전거를 탈 때면 나는 구름 위에서 뛰노는 손오공과 같은 아슬아슬한 속도감을 느끼곤 했다.

자전거의 페달 위에 간신히(자전거들은 대부분 내게는 컸으므로) 발을 얹고 거의 선 채로 발을 굴리면 금빛 수레바퀴는 서서히 전진해 굴러가고, 차츰 속도는 빨라져서 날기 위해서 활주로를 빠르게 달려가는 비행기처럼 어느 순간 내 양편 겨드랑이에 날개가 돋아나는 것 같은 환각을 느끼곤 했다.

경품에 당첨이 된다면 그 자전거가 내 것이 될 수 있다는 욕망이 내게 견딜 수 없는 흥분을 불러일으켰다.

지금껏 꿈꿔오던 간절한 소망 하나가 어느 날 내게 은빛 자전거로 뒤바뀌어 그것을 탈 수 있는 박씨 하나를 내게 물어다줄 것이라고 나는 생각했다. 서커스에서 자전거 한 대를 그날그날의 경품으로 내놓은 것은 오로지 나만을 위해서 그런 것이라고 나는 일방적으로 믿어버렸다.

서커스 천막 앞 공터에는 원숭이와 더불어 번쩍번쩍 빛나는 자전거 한 대가 햇빛을 받고 서 있었다. 이따금 어릿광대가 자전거위에 올라타서 물구나무서기를 하면서 어린아이들을 웃겼으며, 실제로 구경하는 어린아이들 중에 한 사람 나와서 자전거를 타보라고 유혹해보기도 했다. 뽑힌 아이들은 너무나 기뻐서 자전거를 두어 바퀴 굴려보기도 전에 제풀에 쓰러지곤 했으며, 그러고 나서도 이렇게 말하곤 했다.

자전거를 타는 기분이란 말이야, 꼭 쌕쌕이 비행기를 타는 기분이었단 말이야.

그건 어림도 없는 소리였다. 어린 나이에 세발자전거도 제대로 타보지 못한 소년들이 두발자전거를 탄 느낌을 정확히 표현해 나타내 보이는 것은 아무래도 무리였다.

대부분 자전거를 타는 경품추첨은 해당 번호가 없는 꽝으로 끝나고 말았는데, 서커스단측에서 자전거를 상품으로 내놓고 그것을 주기 싫어서 일부러 없는 번호를 부른다는 소문도 있었지만 그렇거나 말거나 그건 나하고는 상관없는 일이었다. 나는 매일같이 서커스 구경을 갔으며 휴식시간에는 가진 돈을 다 털어 내 나이 또래의 계집아이들이 들고 다니는 전신사진을 사곤 했다.

내겐 이제 난쟁이의 재주넘기도, 원숭이의 담배 먹기도, 어릿광대의 횟방귀도, 마술도 눈에 들어오지 않았다. 나는 오직 공연이 끝나는 시간만을 기다렸다.

공연이 끝나서 어릿광대가 자전거를 타고 원형무대에 나타나 앞뒤가 막힌 상자함에서 번호표를 꺼내 큰 소리로 읽어주는 고함 소리만을 기다렸다.

나는 그가 틀림없이 내 번호를 불러주리라고 기대했다.

나는 당첨될 것이다. 그래서 나는 자전거를 탈 수 있을 것이다. 자전거는 내 것이다. 저 자전거는 내 것이다. 저 자전거가 내 것이 된다면, 나는 당장이라도 미군부대를 때려치울 것이다. 나는 미군부대를 때려치우고 산과 들을 건너서 아무데고 떠날 것이다. 집에서 멀리멀리 떨어진 곳으로 마구 달릴 것이다. 바다 위도 달릴 것이다. 바퀴가 물에 빠지기 전에 재빨리 페달을 밟는다면 자전거는 종이배처럼 물위에 뜰 것이다. 나는 자전거를 타고 바다를 건널 것이다. 그래서 아주 먼 나라로 떠날 것이다.

그것은 내가 비로소 얻은 단 하나의 희망이며, 유일한 구원이었다. 그렇다. 그것은 얼마나 작은 소망인가. 그러니 경품에 당첨돼서 두발자전거 한 대만 얻으면 전쟁이 수십 년 계속되든 말든, 아버지가 술을 더 마시든 말든, 어머니가 밤마다 역사로 숨어들어가 석탄을 훔쳐오든 말든, 더이상 아무것도 개의치 않고 아무것도 바라지 않겠다는 내 작은 소망마저 무참히 깨지고 외면당할 수 있을 것인가.

그러나 내 소원은 비참한 결말을 보았다. 나는 매일같이 서커스로 들어가 수십 장의 사진을 샀지만 단 한 번도 당첨되지 않았다. 그것은 불가사의한 일이었다. 그것은 철저한 패배였다.

나는 횟수가 거듭될수록 절망의 늪 속에 빠져들었으며 마침내 이 지옥을 벗어나지 못하고 이 암울한 수렁 속에서 죽어버리는 게 아닐까 하고 두려움을 느낄 정도였다.

그럴 수가 있을까. 자전거는 내가 어린 날에 가졌던 단 하나의 구원이었으며, 희망이었음에도 불구하고.

이제 거의 서커스 공연이 끝나고 온 마을에 충만하던 서커스 열기도 서서히 식어가서 날마다 들끓던 서커스 천막 안도 철 지난 바닷가처럼 썰렁해질 무렵, 서커스는 또다른 손님을 찾아서 또다른 도시로 떠난다는 소문이 돌기 시작하자, 나는 그들이 떠나는 날을 내가 죽어버리는 날이라고 마음을 정하고 있었다.

그들이 떠나면 나는 철로를 베고 누워 잠들어버릴 것이다. 그들이 떠나면 나는 내 발로 바닷속으로 걸어들어가 바닷물이 내 키를 넘어설 때까지 계속 걸을 것이다. 그래서 마침내 죽어버릴 것이다.

그러나 나는 아무것도 구할 수 없었다. 나는 오직 그 소녀들에

게서 산 수십 장의 흑백 전신사진만을 소중히 간직하고 있는 어리
석은 어린아이에 불과했다.

내일이면 그들이 떠나는 날 밤에도 나는 두 장의 사진을 샀으
며, 그 대가로 두 장의 번호표를 얻었지만 결과는 무참하게 꽝이었
다. 사람들은 그들이 하루에 한 사람에게 꼬박꼬박 자전거를 사은
의 서비스로 선물하겠다던 당초의 약속과는 달리 지금까지 한 달
이 넘는 동안 겨우 두 대의 자전거만을 당첨시킨 것은 분명한 사기
행위라고 수군거렸지만, 아무도 노골적으로 드러내놓고 대거리를
하는 사람들은 없었다.

서커스가 끝나고 나는 주머니에 손을 찌르고 묵묵히 집으로 돌
아가기 시작했다. 거리는 잠들어 있었고, 찬바람이 골목 어귀를 도
둑고양이처럼 내처 달리고 있었다. 골목 어귀 술집에서 나는 아버
지를 보았다. 아버지는 언제나처럼 탁자 앞에 주저앉아 막소주를
들이켜고 있었다. 머리는 산발하고, 얼굴은 몇 날 며칠을 씻지 않
아 더러운 시궁창에서 구르는 죽은 쥐의 시체처럼 초라해 보였다.
우리들은 우연히 시선이 마주쳤다. 아버지는 아버지대로 나를 보
고 말이 없었으며, 나는 거리에 구르는 짱돌을 내지르며 못 본 체
술집 앞을 지나려 했을 때였다.

갑자기 아버지가 낮은 소리로 나를 불러세웠다.

"애야, 이리로 들어와라."

나는 우물쭈물 망설였다. 그러나 일단 아버지의 명령에 따르기로

결정했다. 나는 술집 안으로 들어가 아버지 맞은편에 주저앉았다.

"어딜 갔다 오는 거냐, 이 늦은 밤중에."

"서커스요."

나는 볼멘소리로 대답했다.

"서커스. 넌 매일 밤 늦은 시간에 이 집 앞을 지나고 있었어. 그렇다면 넌 매일매일 서커스에 갔단 말이냐?"

"네."

"서커스가 그리도 재미있더란 말이냐?"

"아뇨."

"그럼 왜 매일 밤 서커스에 갔단 말이냐? 얘야, 그건 모두 사기다. 그건 모두 허깨비와 같은 짓이다. 그런 것은 도깨비들의 장난이란 말이야."

아버지는 자기 손으로 자기 술잔에 철철 넘치도록 술을 따르고 그것을 단숨에 들이켰다. 마르고 여윈 목젖이 꿈틀 하고 수축되는 것이 보였다.

아버지가 매일같이 마시는 술도 아버지의 말대로 사기나 허깨비나 도깨비 장난이란 말이에요.

나는 마구 대거리로 아버지에게 소리쳐 덤벼들고 싶은 충동을 간신히 참았다.

그때였다.

내 앞주머니에 차곡차곡 모아두었던 사진의 앞부분이 삐죽이 빠져나온 것이 아버지의 눈에 띈 모양이었다. 아버지는 잠자코 손을 뻗어 주머니 속에서 수십 장의 사진을 꺼내들었다. 아버지는 물끄러미 그것을 들여다보다가 느닷없이 킬킬거리며 웃었다.

"이게 뭐냐? 서커스의 계집애냐? 이제 보니 알겠다. 요 계집년에게 네가 홀딱 반한 모양이로구나. 요놈 봐라. 불알에 털도 안 난 녀석이 벌써부터 계집년에게 혼이 나가가지구. 이년이 너한테 시집이라도 오겠다던?"

"아니에요."

나는 순간 아버지의 손에서 사진을 빼앗아들었다.

그리고 사진을 찢기 시작했다. 나는 분노했다.

나는 아버지의 저 무능력한 비웃음에 분노하고 있었으며 저 늙은 술주정뱅이의 모욕 앞에 심한 반발을 느꼈다. 아버지는 면전에서 도전하고 있는 어린 아들의 무례한 행위를 별 표정 없이 물끄러미 바라보았다.

"그럼 뭣 때문이냐, 뭣 때문에 넌 밤마다 쥐새끼처럼 서커스를 구경하고 온단 말이냐?"

"그건 자전거 때문이에요."

"자전거?"

아버지는 전혀 뜻밖이라는 듯 어리둥절한 표정을 했다. 나는 분노에 가득차서 지금까지 있었던 참담한 패배의 기록을 낱낱이 보고하기 시작했다.

아버지는 묵묵히 술을 비우며 내 이야기를 끝까지 참을성 있게 들었다. 그는 벙어리 같았다. 나는 제풀에 고백하고는 금방 참혹한 후회감에 잠겨들었다. 이미 후회하기에는 엎지른 물이었으므로 나는 눈가에 맺힌 눈물을 손등으로 소리가 나도록 닦아내렸다.

"그 자전거가……"

오랜 침묵 끝에 아버지는 마지막 술잔을 비우며 나를 바라보았다.

"그리도 탐이 나더란 말이냐?"

"예."

"왜 뭣 때문에?"

"그것만 있다면 어디든 달려갈 수 있으니까요. 그것만 있다면 산과 들과 바다도 건널 수 있으니까요."

"바다를, 바다를 어떻게 건넌단 말이냐. 그건 배가 아니지 않느냐?"

"물에 빠지는 속도보다 내가 더 빨리 발을 구르면 물위에 뜰 수 있을 것이니까요."

"그건 그래. 그럼 그걸 타고 어디로 가겠단 말이냐."

"그건 나도 몰라요. 다만 먼 나라로 떠나고 싶다는 생각뿐이니까요."

"먼 나라. 그곳이 어딘데?"

"그건 나도 몰라요."

"너 지금 열 살이지?"

"……열 살이에요."

"벌써 그런 나이가 되었군. 난 네가 아직 강보에 싸인 어린아인 줄만 알았다. 그래서 넌 밤마다 그곳에 갔었단 말이지?"

"예."

"한 달 동안 매일같이?"

"예."

아버지는 묵묵히 귀에 꽂아두었던 담배꽁초를 입에 물고 불을 당겨 피웠다. 그의 몸은 몹시 떨리고 있었다. 그는 이미 더이상 마실 수 없을 만큼 취해 있었고 그래서 그는 무슨 황홀한 꿈속에 잠겨 있는 것처럼 보였다. 그의 눈곱 낀 두 눈은 이 지상의 사물들을 응시하지 않고 아득히 먼 꿈속을 더듬어 바라보고 있는 것처럼 몽롱하게 풀려 있었다. 그는 허깨비를 바라보는 미친 사람처럼 보였다.

"너 내일도 서커스에 가서 표를 사겠단 말이냐?"

오랜 침묵 끝에 아버지는 생각난 듯 낮은 목소리로 물었다.

"예. 하지만 내일은 마지막 날이에요. 그 사람들은 내일 공연을 끝내면 천막을 걷어서 어디론가 멀리 떠나버릴 거예요."

"만약에, 만약에 말이다. 내일이 마지막 날인데도 네가 자전거를 타는 추첨에서 당첨되지 못하면 어떻게 할 것이냐?"

"그럼 난 죽어버릴 거예요."

나는 망설이지 않고 단호하게 대답했다. 나는 아무에게도 고백하지 않고 나 혼자만의 비밀로 결심해두었던 각오를 입 밖으로 뱉어내었다.

"어떻게 말이냐. 어떻게 죽겠단 말이냐?"

"바닷물 속으로 걸어들어가겠어요. 바닷물이 내 키를 넘을 때까지 걸음을 멈추지 않을 거예요."

"넌 아직 죽을 나이가 아니다."

돌연 웃으며 아버지가 나를 쳐다보았다. 그의 두 눈이 부드럽게 나를 달래고 있었다.

"넌 이제 겨우 열 살이 아니냐. 내가 네 나이 때는 언제나 하나님이 내 곁에 함께 있곤 했었단다. 웬만한 부탁쯤은 그 할아버지가 모두 들어주셨단다. 꼬마야, 내가 네 소원을 들어주도록 하겠다. 그 대신 너도 내 부탁을 들어줄 수 있겠니? 오, 물론 아주 간단한 부탁이지. 일테면 말이다. 네가 내일 그 계집애에게 사진을 사고 경품에 당첨되어 자전거를 탄다면 이 애비도 함께 자전거에 태워주겠다는 약속을 할 수 있겠니? 이 애비도 함께 태워서 바다를 건널 수 있겠니?"

"하지만 두 사람이 타면 우리는 물속에 빠져버릴 것이에요."

"이 애비도 페달을 빨리 구르면 되지 않겠냐? 한 사람보다 두 사람이 발을 구르면 더 빨리 달릴 수 있겠지."

"그럴 수 있겠네요."

"넌 내일 분명히 자전거를 탈 수 있을 것이다."

아버지는 순간 단호하게 말을 잘랐다. 그의 목소리는 지금껏 들어왔던 술 취한 꼬부라진 목소리가 아니었다. 확신과 신념에 불타는 목소리였다.

"이제 넌 희망을 가져도 좋은 나이다. 넌 해낼 것이다. 넌 할 수 있다. 내 말을 믿어라. 넌 내일 자전거를 탈 수 있다. 내 말을 믿어라. 넌 절망하기엔 이른 나이다. 네가 제일 좋아하는 숫자가 뭣이냐?"

"팔십일이에요."

"어째서?"

"내가 외운 구구단의 가장 마지막 숫자니까요. 구구는 팔십일이니까요."

"그래 그럼 내 말을 잘 들어라. 내가 네게 기적을 만들어 보이겠다. 내일 그 소녀에게 팔십일번이라는 번호를 사도록 해라, 알겠니?"

"……하지만."

"약속해라. 자전거를 타면 네가 나를 태우고 산과 바다를 건너서 어디론가 태워주겠다고 약속했듯이 네가 팔십일번의 번호표를 사면 나는 네가 자전거를 타게 해주겠다. 우리 서로 약속하기로 하자. 내 말을 잊어서는 안 돼. 팔십일번이다. 알겠니?"

"알겠어요…… 하지만 어떻게 아버지가……"

"일테면, 일테면 말이다. 아버지에게도 희망이란 것이 있는 법이니까 말이다. 일테면 뭐랄까 망할 놈의 하나님에게 빌어보기로 하자꾸나, 알겠니?"

"예."

"술 한잔 마시겠니."

아버지는 마지막 남은 술잔을 가리키며 멋쩍게 웃었다.

"아뇨. 난 마실 줄 몰라요."

"그럼 돌아가거라. 가서 자거라. 가서 좋은 꿈을 꾸거라."

다음날 나는 약속을 지켰다.

나는 약속대로 서커스의 소녀에게서 팔십일번의 번호표를 샀으며 아버지는 내게 기적을 베푸셨다.

나는 예언대로 자전거를 탈 수 있게 된 것이다. 서커스의 어릿광대가 무대로 뛰어나온 내게 이렇게 물었다.

"넌 아직 자전거를 타기엔 어린 나인데."

나는 울음이 북받쳐 대답할 수 없었지만 그의 눈앞에서, 만장한 서커스 관객들 앞에서 꿈에도 그리던 자전거를 타고 한 바퀴 맴을 돌아보았다.

나는 아버지의 하나님이, 술주정뱅이인 아버지에게 날마다 술을 마시게 하는 술주정뱅이 하나님이 아버지의 소원을 들어 단 한 번의 기적을 베풀도록 한 것이라고 믿어 의심치 않았다.

아주 먼 후일 나는 아버지가 내게 기적을 베풀어주기 위해서 그가 가진 것을 모두 팔아 그 돈으로 미리 곡마단 쪽에 들러서 자전거를 사두었다는 것을 알게 되었다. 그러니까 아버지는 나와의 약속을 지키기 위해서 미리 서커스단을 찾아가 단장에게 경품으로 내놓았던 자전거를 현금으로 사둔 후 어릿광대에게 그 자전거를 팔십일번의 경품표를 산 소년에게 선물로 주라고 부탁을 해두었던 것이다. 아버지는 그 자전거를 사기 위해서 그가 가진 모든 것을 팔았으며 그래도 돈이 모자라 단장에게 이렇게 말했다는 것이다.

"모자라는 돈 대신 단원들이 원한다면 날마다 원숭이들에게 먹이를 먹이고 말의 갈기를 빗질해주겠소. 그래도 부족하면 서커스를 선전하는 현수막을 들고 단원들이 떠나는 새로운 동네로 나가 매일같이 춤을 추겠소. 만세도 부르겠소."

그날 내가 아버지가 보여준 기적으로 자전거를 경품으로 탄 후 원형무대에서 자전거에 올라타 울면서 맴을 돌고 있을 때 아버지는 천막의 한구석에서 몰래 숨어 보며 이렇게 말했다는 것이다.

"하나님. 이제 저 아이는 어디든 제가 가고 싶을 때 달려갈 수 있을 것입니다."

아버지는 나하고의 약속을 지키셨지만 그래서 기적을 베푸셨지만 나는 아직 아버지하고의 약속을 지키지 못하고 있다. 그 어두운 술집에서 자신을 태우고 산과 들과 바다를 함께 다니자던 약속을 나는 아직껏 이행치 못하고 있는 것이다. 왜냐하면 그는 이미 죽었으므로, 죽어서 무덤 속에 묻혀 있으므로.

그러나 아버지는 내게 기적을 베풀어 그것으로 위대한 유산을 남겨주신 것이다. 절대의 절망 속에서도 희망을 잃어서는 안 된다는 것과 기적은 간절히 소망하는 사람의 것임을, 단 한 번의—그렇다, 단 한 번이었다—모범으로 보여주신 것이다.

아버지와의 약속은 먼 후일 그가 자전거를 미리 사두고 어릿광대와의 묵계하에 서로 짜고 함께 베푼 것이라는 것이 밝혀졌듯 아주 먼 후일에야 지켜질 수 있을 것이다.

그날이 언제인가 물을 필요는 없다. 아주 먼 후일 나는 아버지를 등뒤에 태우고 함께 산과 바다를 건널 것이다. 아버지는 그가 말했듯 힘차게 페달을 밟아 우리는 절대로 바닷속으로 침몰하지는 않을 것이다.

(1982)

달콤한 인생

1

간밤에 내린 눈으로 거리는 미끄러웠다. 아직 녹지 않은 눈이 쌓여 거리는 속력을 줄인 차량들로 꽉 막혀 있었다.

그는 미끄러지지 않도록 주의하면서 지하도 입구 쪽으로 걸어갔다. 입구 쪽 작은 매점에는 신문들이 가판대에 꽂혀 있었다. 비에 젖지 않게 신문은 두터운 비닐로 포장되어 있었다.

그는 조간신문을 한 장 샀다. 그리고 계단을 내려와 평소 하던 대로 정기통행권 패스를 구멍에 넣은 후 역 구내로 빠르게 내려갔다. 육 분 간격으로 출발하는 지하철 전동차가 도착할 시간이 거의 되었으므로 그는 뛰듯이 걸음을 빨리했다. 예상대로 전동차는 정시에 멎었다. 그는 아슬아슬하게 전동차에 올라탔다. 다행히 빈자리가 드문드문 남아 있었다. 그는 내리기가 수월해 보이는 입구 쪽 자리를 골라 앉았다.

다섯 정거장이면 내려야 하는 짧은 거리였지만 다음다음 역은 각 노선들이 교차되는 환승역이었으므로 삽시간에 지하철 안은 발 디딜 틈 없이 인파로 가득차, 입구 쪽에서 먼 위치에 있다가 내릴 때 고생했던 경험이 있었기 때문이다.

자리에 앉고 나서 그는 가판대에서 산 신문을 펼쳐들었다.

찬찬히 신문을 훑어볼 여유는 없었다. 일면에서부터 대충 큰 활자만 읽어내려가던 그의 시선이 사회면의 작은 기사에 멎었다. 기사의 내용은 다음과 같은 것이었다.

'지난밤 열한시 Y역 구내에서 노숙자 한 사람이 불의의 사고로 지하철 레일에 떨어진 어린아이를 구출했다.'

Y역은 그가 항상 내리는 역이었다. 그의 회사는 Y역에서 오 분 거리에 있었다. 그는 다시 기사를 읽어내려갔다.

'그 노숙자는 어린아이를 구하고 달려오는 열차와 충돌, 현장에서 즉사했다. 경찰에 따르면 그 노숙자의 신원은 전혀 밝혀지지 않았다고 한다.'

그는 다시 한번 그 기사를 훑어보았다. 기사의 내용으로 보아 감동적인 미담이었지만 톱뉴스로 부각되지 못하고 단신으로 처리된 것은 그 노숙자의 신원이 밝혀지지 않았기 때문이라고 그는 생각했다. 그는 팔짱을 낀 채 맞은편에 선 한 여인의 코트에서 단추

하나가 실밥이 풀어져 대롱대롱 위태롭게 달려 있는 것을 눈으로 좇으며 짧은 상념에 빠져들어갔다.

2

그가 태어난 것은 그의 어머니가 피난길에 올랐을 때였다. 몹시 추운 1월이었다. 피난을 떠날 무렵 그의 어머니는 이미 만삭이었다. 웬만하면 그냥 집에 머물면서 해산을 할 수도 있었지만 이미 한 번 유산의 혹독한 경험이 있었던 터라, 경기도 여주의 친정집으로 피난을 가서 그곳에서 해산을 하는 편이 좋으리라 생각했기 때문이었다. 아니, 남편만 있었더라도 그녀는 집을 떠나지 않았을 것이다. 남편은 어느 날 국방군에 징집되어 하루아침에 전선으로 끌려갔다. 그녀는 아무도 돌봐주지 않는 고독 속에서 아이를 낳느니 친정집으로 가서 아이를 낳고 싶었다. 그래서 무턱대고 피난길에 올랐다.

그녀는 아무것도 가진 것이 없었다. 몹시 추웠으므로 옷을 두둑이 입었을 뿐 워낙 몸이 무거워 짐을 따로 챙겨들 여력이 없었다.

여주까지는 먼길은 아니었지만 차를 얻어타고 가거나 기차를 타고 갈 수도 없었고 또 몸이 무거웠으므로 언제쯤 도착하게 될지 그녀는 아득하기만 했다.

다행히 한강은 얼어붙어 나룻배를 이용하지 않고도 건널 수가 있었지만 한강을 건너고부터가 문제였다. 피난민들은 대개 온 가족이 나서서 짐이 가득 든 수레를 밀고 끌거나 소달구지에 잔뜩 짐을 싣고 피난을 가고 있었는데 그녀만은 가족이 없는 홀몸이었다. 게다가 그녀에겐 오직 걷는 것이 유일한 피난 방법이었다.

잠실 근처에 이르렀을 때 격심한 진통을 느끼기 시작했다. 우연히 함께 피난길을 가던 아낙네가 고통스러워하는 그녀의 모습을 보고 직감적으로 아이를 낳으려 한다는 것을 알아차렸다. 마음씨 착한 아낙네는 우선 그녀를 길거리의 빈집으로 데려갔다.

그곳은 누에를 치던 헛간이었다. 누에는 아무도 돌봐주는 사람이 없어 한꺼번에 죽어 있었다.

아낙네는 불을 피우고 물을 끓이기 시작했다. 아낙네의 남편은 그렇지 않아도 바쁜 피난길에 무슨 상관이냐고 투덜거렸지만 그도 역시 인정이 많은 사람이었으므로 헛간의 널빤지들을 모아서 불을 피울 수 있게 도왔다. 짐수레에서 담요를 가져다가 바람을 막은 차일막 속에서 그녀는 분만을 시작했다. 아낙네는 눈썰미가 있었으므로 산파 노릇을 곧잘 해냈다.

마침내 한밤중이 되었을 때 여인은 아이를 낳았고 아낙네는 탯줄을 잘랐다. 아이는 태어나자마자 힘차게 울었는데 사타구니에 고추가 달린 사내아이였다. 사내아이라고 하자 여인은 울면서 말했다.

"애아버지가 이 소식을 알면 좋아할 텐데."

아이가 태어났을 때 수호천사는 그 아이 오른편에, 악마는 그 아이 왼편에 섰다. 이처럼 모든 사람들은 자신만의 수호천사와 악마를 하나씩 갖고 태어난다. 마치 왼팔과 오른팔, 두 팔이 있듯이 사람은 누구나 두 개의 영을 갖고 태어나는 것이다.

"나는 이 아이를 반드시 천국으로 이끌고 말 것이다."

아이가 태어났을 때 수호천사는 이렇게 말했다. 그러자 이 말을 들은 악마는 낄낄 웃으면서 말을 받았다.

"그렇게는 잘 안 될걸."

원래 악마 역시 하느님에 의해서 창조된 거룩한 천사였는데, 어느 날 하느님의 권위에 도전해서 그 뜻을 배반했다. 그 이후부터 악의 천사로 전락하여 지옥의 겁벌劫罰을 받게 된 것이다.

"나는 이 아이를 파멸로 이끌 거야."

악마는 자신있게 말했다.

"나는 이 아이를 자살하게 만들 거야."

악마가 인간에게 거둘 수 있는 최고의 승리는 인간을 자살에 이르게 하는 일이었으므로 그렇게 말했던 것이다. 이 말을 들은 수호천사가 빛나는 날개를 펄럭이며 말했다.

"절대로 그렇게 할 수는 없을 거야. 나는 반드시 이 아이를 보호하고 지켜나가겠다. 네가 아무리 파멸시키려 하고 멸망의 구렁텅이에 빠뜨리려 갖은 함정을 파놓는다 하더라도 이 아이는 절대로 희망을 잃지 않을 거야."

"이봐."

악마가 말했다.

"잘난 체하지 마. 너는 이 아이의 인생을 알고 있잖아. 이 아이는 이처럼 불행하게 태어났어. 이제 곧 이 아이의 엄마는 죽을 거야. 그것을 모를 네가 아닐 텐데. 난 이 아이에게 권력과 재물과 명예를 주겠어. 그 대신 이 아이의 영혼을 소유하겠어. 그리하여 이 아이에게 허무와 절망을 키워주겠어. 그렇게 해서 마침내 이 아이가 자살하도록 만들 거야. 두고봐, 최후의 승리는 내가 얻게 될 것이니."

순간 천사가 소리쳐 말했다.

"물러가라, 악마야. 이 아이에게 손끝 하나 대지 마라. 난 이 아이를 지키고 있는 수호천사다. 난 이 아이를 반드시 영원한 천국으로 이끌겠어."

그러나 천사는 알고 있었다. 인간은 이 지상에 태어난 이상 인생이라는 편력遍歷을 거쳐야 하는 지상의 순례자인 것을. 그러나 천사와 악마에게는 그런 인생의 편력이 없다. 따라서 그 어떤 천사도 인간에게 결정적인 영향을 미칠 수는 없다. 엄청난 힘을 가진 대천사도 인간을 억지로 천국으로 이끌 수는 없는 것이다. 그 선택은 오직 인간 스스로의 자유의지에 달려 있을 뿐이다. 오히려 악마는 인간을 유혹하는 강력한 미끼를 갖고 있다. 그것은 방금 악마가 말했던 것처럼 권력과 재물과 명예다. 이 미끼들은 오직 악마의 소유다. 그에 비하면 천사가 가진 무기는 미약하기 이를 데가 없다. 악마가 '유혹하는 자'라면 천사는 인간을 유혹하지 않는다. 다만 인간의 마음속에서 '살아 있는 소리'로만 존재한다. 사람들은 이것을 양심良心의 소리라고 하지만 사실은 그 사람 속에 깃들여 있는 수호천사의 목소리인 것이다.

그러자 악마는 소리쳐 외쳤다.

"좋아, 네가 이 아이를 그 잘난 천국으로 이끌려 한다면 나는 이 아이를 불타는 지옥으로 이끌겠어. 좋아, 이 아이가 어떻게 될 것인지는 아무도 몰라. 어쨌든 이 아이는 우리들의 격전장이 되고 말았어. 나는 이길 자신이 있어. 두고보라고, 최후의 승리자는 반드시 나일 것이니."

사람들은 자신의 수호천사와 악마를 인식하지 못한다. 왜냐하면 수호천사는 신과 인간의 중재자라서 신의 뜻을 인간에게 전하고 인간의 기원을 신에게 전하는 영적인 존재이므로. 악마 역시 영적 존재인 것은 마찬가지다. 그러나 갓 태어난 아이들은 수호천사와 악마의 존재를 알아본다. 아이들이 웃고 있을 때는 수호천사와 서로 말을 하고 있는 것이다. 악마의 말처럼 태어날 때부터 불행하게 태어난 이 아이는 자신의 눈앞에서 수호천사와 악마가 서로 자신의 운명을 통해 강력한 싸움을 벌이겠다고 다짐하는 것을 물끄러미 지켜보았다. 그러나 아이를 낳은 어머니도 산파 역할을 했던 아낙네도 이들 영적 존재의 싸움은 전혀 눈치조차 채지 못하고 있었던 것이다.

그러나 그날 밤 악마가 예언한 것처럼 첫번째 불행이 시작되었다. 날이 샐 무렵 헛간에서는 아이와 엄마가 잠들어 있었고 아낙네의 가족들은 헛간 바깥에서 깊은 잠에 빠져 있었다. 동트는 여명 속에 다시 고단한 피난길이 시작되고 있었는데 이를 본 적군의 비행기가 갑자기 기총소사를 시작했다. 비행기에서 쏟아지는 기관총탄은 한데서 잠들어 있던 아낙네 가족을 비껴 헛간을 관통했다. 정신을 차린 아낙네가 불붙기 시작하는 헛간 안으로 뛰어들어갔을 때는 이미 처참한 상황이었다.

아이의 어머니는 온 가슴을 붉은 피로 물들인 채 숨을 거두기 직전이었고 엄마의 품에 안긴 아이는 불에 덴 듯 울고 있었다.

"이 아이를⋯⋯"

숨을 거두면서 여인은 말했다.

"이 아이를 부탁합니다."

채 말을 끝내기도 전에 여인은 숨을 거두었다. 여인의 불행을 예언했던 악마는 이 처참한 광경을 지켜보며 이렇게 말했다.

"이것은 다만 시작에 지나지 않아. 난 반드시 이 아이를 자살시키고 말 거야. 그래서 저 잘난 체하는 천사를 이기고 빛나는 승리를 거두고 말 거야."

아낙네는 어쩔 수 없이 그 아이를 받아들였다. 인정 많은 아낙네는 "이 아이를 부탁합니다"라는 유언을 남기고 죽어간 여인의 말을 차마 모른 체 뿌리칠 수가 없었던 것이다.

다행히 아낙네에게는 젖먹이 딸아이가 있었다. 젖은 딸아이에게 먹이고도 남았으므로 또 한 명의 아이에게 젖을 먹이는 것은 어려운 일이 아니었다. 아낙네는 갈 길이 급해 죽은 여인의 시체를 파묻어주지도 못하고 강보에 싸인 아이를 자신의 품에 안은 채 피난길을 떠났다.

아낙네의 남편이 피난길을 떠나기 전에 죽은 여인의 짐을 뒤져서 신분증을 찾아냈다.

'심분녀.'

신분증에는 여인의 이름이 그렇게 적혀 있었고, 여인의 본적지와 주소가 함께 적혀 있었다. 경황중에도 아낙네의 남편은 그 신분증을 소중히 간직했다.

아낙네는 자신의 젖먹이 딸은 포대기에 업고 갓난아기는 품에 안고 고된 피난길을 계속했다. 두 아이가 한꺼번에 배가 고파 울면 아낙네는 두 아이를 쌍둥이처럼 양옆에 끼고 함께 젖을 먹였다. 갓난아기는 잘 먹고, 잘 자고, 잘 자랐다. 그것은 순전히 그 아이를 보호하는 수호천사의 보살핌 덕분이었다. 악마 역시 수호천사의 보살핌을 방해할 마음은 없었다.

왜냐하면 어린아이에게는 악마가 끼어들 여지가 없기 때문이었다. 악마는 '유혹하는 자'인데, 천국에서 떨어져나온 지 얼마 안 되는 아이들의 심성에는 유혹을 받아들일 인식이 존재하지 않기 때문이었다. 또한 천사와의 내기 때문에도 우선은 이 아이가 무럭무럭 잘 자랄 필요가 있었다.

아낙네는 목적지인 평택에 무사히 도착했다. 그동안 아낙네는 아이에게 정이 들어 자신이 직접 낳은 친자식 같은 느낌이 들었다. 남편도 갓난아기가 남의 아이 같지 않았다. 그래서 부부는 머리를 맞대고 의논한 끝에 아이의 이름을 '박순택'이라고 지었다. 남편의 성을 아이에게 물려준 것이다. 일 년 먼저 낳은 딸의 이름은 '박순녀'였으므로 '순녀'와 '순택'은 한 살 터울의 오누이가 되었다.

순택은 평택에서 자라났다. 평택은 아버지의 고향으로 미군기지가 있었다. 가난했던 엄마는 미군기지로 몰래 들어가 석탄을 훔쳐 파는 것으로 살림에 보탰다. 몸이 날래고 민첩한 순택은 철조망 속으로 숨어들어가 고체연료인 해탄骸炭이 가득 쌓여 있는 차량 위로 기어올라가서 코크스라고 불리는 검은 석탄을 바닥 위에 던져 떨어뜨려놓았다. 그리고 나서 휘파람을 불면 엄마는 기지 안으로 숨어들어가 치마폭 한가득 코크스를 담아들고 빠져나오곤 했다. 간혹 미군 보초병에 들켜도 순택은 워낙 어리고 귀여웠으므로 병사들로부터 초콜릿과 과자 등을 얻고 무사히 빠져나오곤 했다. 엄마가 훔쳐온 코크스는 한겨울을 지내는 연료가 되기도 했고, 내다 팔아 살림에 보태는 가욋돈이 되기도 했다.

그러던 어느 날이었다.

달도 없는 칠흑 같은 밤이었다. 그런 날은 석탄을 훔쳐 나오기가 한결 수월했기 때문에 엄마와 순택은 한밤중에 미군기지로 다가갔다. 엄마는 얼굴에 숯검정을 칠하고 있었다. 순택은 아직 학교에 들어가지 않은 여섯 살의 나이였으나 같은 나이의 아이들보다 똑똑하고 다람쥐처럼 민첩했다.

순택은 평소 하던 대로 철조망 속으로 숨어들어가 조심스럽게 살금살금 기어서 차량 앞으로 다가가보았다. 막사에는 불이 켜져 있었으나 보초병이 있는가 없는가를 알아보기 위해서 작은 돌멩이 하나를 막사 유리창에 던져보았다. 쨍그랑 하는 소리가 났으나 막사 안에서 나오는 사람은 없었다. 순택은 안심하고 화차 위로 기어올라가 검은 코크스 덩어리를 레일 바닥에 집어던졌다. 엄마가 가져갈 한 번의 적정량을 잘 알고 있었으므로 그는 더이상 욕심부리지 않고 던질 만큼 던지고는 됐다는 신호로 휘파람을 불었다. 곧이어 어둠 속에서 엄마의 모습이 나타났다. 엄마는 유령처럼 나타나 레일 바닥에 떨어진 코크스 덩어리를 재빠르게 치마폭에 담고 있었다.

그때였다. 갑자기 차량기지의 정문이 열리고 역과 연결된 철로를 통해 화차 하나가 들어오고 있는 모습이 보였다. 생전 처음 보는 듯한 화차의 불빛이 눈부시게 기지로 진입해들어오고 있었는데 그 밝은 불빛 속에 엄마의 허우적거리는 모습이 드러났다. 열차는 속력을 줄이고 있었지만 이상하게도 엄마는 그 차를 피하지 못하고 허둥대고 있었다. 순간 순택은 엄마의 발이 레일 사이에 끼어 꼼짝할 수 없는 상황이란 걸 깨달았다.

"엄마."

순택은 소리질렀다.

"도망쳐요, 엄마."

수호천사는 이 순간 순택의 눈을 자신의 날개로 가려 비극적인 처참한 광경을 보여주지 않으려 했다. 그러나 순택의 눈을 가리려는 천사의 날개를 악마는 입김을 불어 치우면서 이렇게 말했다.

"눈을 가린다 해서 비극이 사라져버리는 것은 아니야. 이 잘난 체하는 천사야. 있으면 있는 대로 없으면 없는 대로 있는 그대로의 인생을 보여주는 게 현명한 방법이야."

그러고 나서 악마는 이렇게 말했다.

"자 똑똑히 보아라, 아가야. 하나도 남김없이 똑똑히 보아라."

순택은 악마의 선택대로 전부 똑똑히 볼 수 있었다. 레일에 낀 발목 때문에 도망치지 못하고 허둥대는 엄마를 향해 화차의 차량이 서서히 밀고 들어와서 마침내 엄마의 몸을 산산조각으로 찢어버리는 광경을.

"엄마."

순택은 소리쳐 울면서 화차에서 뛰어내려왔다. 엄마는 걸레처럼 레일 위에 쓰러져 있었다. 말로 형언할 수 없는 처참한 광경이었다. 죽어가는 엄마의 눈이 뭔가 말을 할 듯 말을 할 듯하면서 순택의 눈동자 위에 계속 멎어 있었다. 훔쳐낸 석탄 덩어리들이 분수처럼 피가 솟구쳐나오는 엄마의 치마폭 위에서 흔들리고 있었다.

"봐라."

악마가 순택의 귓가에서 속삭이며 말했다.

"이것이 인생이다. 인생이란 이처럼 처참한 것이다. 겨우 몇 덩어리에 불과한 석탄 때문에 네 엄마는 이처럼 비참하게 죽어간다."

천사는 순택을 위해 아무런 일도 할 수 없었다. 왜냐하면 순택은 위로를 받을 나이도 아니었으며 절망을 희망으로 바꿀 자유의지를 가진 성인도 아니었다. 천사가 해줄 수 있는 유일한 도움은 순택의 눈에서 계속 눈물이 흘러내리게 하는 일뿐이었다.

그렇다. 눈물은 천사가 가진 묘약이다. 악마는 인간을 절망시킬 수는 있지만 눈물을 갖고 있지는 못하다. 눈물은 오직 천사만이 가진 보석이다. 그러므로 우리가 절망하고 있을 때 눈물을 흘릴 수 있다면 우리는 천사로부터 위로를 받고 마침내 절망에서 벗어날 수 있는 것이다.

이로써 순택은 여섯 살의 나이에 자신을 낳은 생모에 이어 자신을 길러준 양모까지, 두 사람의 엄마를 잃어버렸다.

하루아침에 아내를 잃어버린 아버지는 순택을 미워하였다. 그는 아내의 죽음이 오로지 순택 때문이라고 굳게 믿고 있었다.

그래서 그는 순택을 고아원에 맡겨버렸다. 워낙 사이가 좋았던 누나 순녀는 아버지가 순택을 고아원에 버리자 울면서 말했다.

"아빠, 왜 순택이를 고아원에 버리는 거야. 순택이는 고아가 아니잖아."

그러자 아버지는 퉁명스럽게 말했다.

"그 자식은 원래 네 엄마가 낳은 애가 아니란다."

"그럼?"

"길거리에서 주워온 남의 아이란다."

그리고는 자신이 안 할 말을 했다 싶었던지 얼른 이렇게 덧붙였다.

"어쨌든 잊으렴. 순택이는 이제부터 네 동생이 아니니까."

그후부터 순택은 고아원에서 자라게 되었다. 비참하게 죽은 엄마의 모습은 어린 영혼에 깊은 상처를 입혔다. 명랑했던 그는 어느새 표정이 어둡고 말수가 적은 아이가 되어 있었다.

밤이면 순택은 울면서 잠이 들곤 했는데 그럴 때면 아무것도 해줄 수 없는 천사는 꿈을 빌려서 간혹 엄마의 모습으로 나타나 그를 위로했다. 그게 천사가 해줄 수 있는 유일한 것이었다.

순택은 고아원에서 초등학교와 중학교를 다녔다. 그는 공부를 잘하지는 못했지만 총기가 있었다. 특히 손재주가 뛰어났다. 고아원에서 무엇이든 물건이 고장나면 순택이가 나서서 고쳤다. 그래서 고아원 원장은 순택이를 '만물박사'라고 불렀다. 그는 기계를 뜯어보기를 좋아했는데 어떤 기계든 한번 뜯어보면 그대로 맞출 줄 알았을 뿐 아니라 웬만한 기계는 스스로 조립하여 만들 줄도 알았다.

고아원 옆에는 철도역이 있었다. 하루에 수십 번 완행열차가 섰다가 떠나곤 했다. 그 기차를 타면 서울까지 갈 수 있다는 걸 알게 된 순택은 밤이 되면 고아원 앞 언덕에 올라가서 불을 한껏 밝힌 열차가 힘차게 기적을 울리며 달리는 것을 물끄러미 바라보았다. 언제부터인가 순택은 그 기차를 타고 말로만 듣던 서울로 떠나고 싶어졌다. 그는 자신이 고아가 아니면서도 어째서 고아원에 살고 있는지 그 이유를 알지 못했다. 그는 아버지가 자신을 왜 고아원으로 보냈는지 도무지 알 수 없었다. 그는 아버지보다 누나 순녀가 더 보고 싶었다.

마침내 열다섯 살이 되었을 때 순택은 고아원을 도망쳤다. 이른 저녁 어둠이 내리자 역사로 숨어들어간 순택은 열차가 들어오기를 숨죽여 기다렸다. 이윽고 밤기차가 속력을 줄이고 들어왔다가 가득 손님을 태우고 떠나기 시작하자 순택은 뛰어서 기차의 난간을 부여잡았다. 간신히 열차 속으로 뛰어든 순택은 눈물을 흘리면서 멀어져가는 고향을 바라보았다.

이때 그의 귓가로 악마가 다가와 속삭였다.

"잘했어. 이제 넌 자유다. 넌 이제 그 지긋지긋한 고아원을 벗어나 마음대로 날갯짓하면서 날아다닐 수 있는 거야."

밤새도록 달린 기차는 마침내 서울역에 도착했다. 떠날 때와 마찬가지로 기차가 채 멎기 전에 뛰어내린 순택은 역사의 개구멍으로 빠져나왔다.

서울은 한마디로 거대한 마천루였다. 만날 사람도 없고 오갈 데도 없던 순택은 하루종일 서울을 쏘다녔다. 순택이 믿을 거라곤 자신의 뛰어난 손재주뿐이었다. 그는 전파상이나 고물상, 공작소 같은 곳에서 틀림없이 자신을 취직시켜주리라 믿고 있었다. 간신히 말로만 듣던 청계천을 찾아가 그 수많은 상점들을 본 순간 순택은 우선 기가 죽었다. 그는 자전거 같은 간단한 기계들을 고치는 수리점 앞에 서서 한참을 쳐다보다가 주인으로 보이는 사람에게 물었다.

"아저씨, 심부름할 아이가 필요치 않으세요?"

눈에 색안경을 들이대고 용접을 하고 있던 사내는 이렇게 대답했다.

"꼬마야, 넌 아직 어리다. 엄마 젖이나 더 빨고 오려무나."

순택은 하루종일 거리를 쏘다녔다. 그는 지치고 배가 고팠다. 주머니에는 겨우 두 끼 정도 먹을 수 있는 돈이 들어 있을 뿐이었다. 그는 시장 거리에서 국밥을 시켜 먹었다. 이미 어둠이 내리고 있었다. 겨우 한 끼로 허기를 채운 순택이 막 시장 거리를 나서려는데 누가 순택을 정통으로 들이받았다. 순택은 그 자리에서 쓰러졌다. 동시에 "도둑이야" 하는 소리와 함께 "도둑 잡아라" 하며 한 여인이 뛰어오는 모습이 보였다. 그 순간 순택과 부딪쳤던 소년이 재빠르게 일어서더니 바람처럼 도망쳐버렸다.

"도둑 잡아요, 도둑이요."

여인은 비명을 지르면서 종종걸음을 쳤으나 순택과 부딪쳤던 도둑은 인파 속으로 흔적도 없이 사라져버린 후였다. 여인은 혼잡한 인파 속에서 날카로운 면도날로 찢긴 자신의 핸드백을 들어 보이며 울부짖고 있었다.

순택은 시장 거리를 걸어나오고 있었다. 넘어졌다 일어섰던 터라 온몸에는 먼지가 묻어 있었다. 바지에 묻은 먼지를 터는데 뒷주머니에서 뭔가 묵직한 게 느껴졌다. 무심코 뒷주머니를 만져보았는데 무슨 물건이 들어 있었다. 꺼내보니 지갑이었다. 향수 냄새 같은 게 풍기는 것으로 보아 여자의 지갑 같았다. 지갑을 열어보고 순택은 깜짝 놀랐다. 지갑 속에는 수북이 상당한 액수의 돈이 들어 있었다.

순택은 지갑이 그 울부짖던 여인의 것임을 알아차렸으나 그 지갑이 어째서 자신의 주머니 속에 들어 있는가는 알 수 없었다.

큰 거리로 막 빠져나왔을 때 순택은 누군가 강한 힘으로 자신의 한쪽 팔을 껴안는 것을 느꼈다.

"따라와, 이 새끼야."

꼼짝할 수 없을 만큼 강하게 팔을 결박당한 채 순택은 건물 속으로 끌려갔다. 순택 또래로 보이는 소년과 삼십대 사내였다. 허름한 빌딩 속 화장실로 들어가자 소년이 문을 안에서 걸어잠근 후 말했다.

"하마터면 놓칠 뻔했어요."

사내가 입을 뗐다.

"내놔."

"뭘 말이에요?"

순택은 어리둥절한 눈으로 되물었다.

"어쭈 이 새끼 봐라, 제법인데."

사내는 순택의 몸을 뒤져 지갑을 찾아냈다. 내용물을 확인한 후 사내는 안심이라는 표정으로 지갑에서 천원짜리 지폐 하나를 꺼내주며 말했다.

"어쨌든 고맙다."

그들은 잠갔던 문을 열고 밖으로 나가려다 순택을 돌아보며 한마디 덧붙였다.

"갈 데 있냐?"

순택은 대답 대신 머리를 흔들었다.

"그럼 우리와 함께 갈 테냐?"

순택은 어쩔 수가 없었다. 그는 머리를 끄덕였다. 그러자 사내가 말했다.

"그럼 나를 따라와."

그렇게 해서 순택은 소매치기가 되었다. 그들은 일정한 지역을 정해놓고 판을 벌이는 큰 소매치기들이 아니라 그때그때 상황에 따라 소매치기를 하고 도망쳐다니는 뜨내기들이었다. 순택의 뛰어난 손재주는 곧 소매치기 수법에 익숙해졌다. 특히 옷 속으로 숨어들어가 속주머니의 지갑을 훔쳐내는 안창따기의 전문가가 되었다. 순택은 자신이 하는 일이 나쁜 일이라는 생각은 갖고 있지 않았다. 먹고살기 위해서는 어쩔 수 없지 않느냐는 정도로만 생각하고 있었다.

순택은 인정받는 기술자가 되었다. 그는 담배를 피우고 술도 마시게 되었다. 그가 소매치기들 사이에서도 알아주는 최고의 기술자가 된 것은 불과 열일곱 살의 나이였다. 소매치기들은 그를 '번개'라고 불렀다. 손이 번개처럼 빠르고 행동이 번개처럼 민첩하다고 해서 붙여진 별명이었다.

그러나 여전히 밤이면 꿈속에 엄마가 나타났다. 엄마는 꿈속에서 울고 있었다. 순택도 엄마를 만나면 함께 울곤 했는데 그것은 천사가 꿈을 빌려 엄마의 모습으로 나타나 점점 죄에 물들어가며 타락해가는 그의 모습을 슬퍼했기 때문이었다.

그가 첫번째로 체포된 것은 열여덟 살 때였다. 혼잡한 버스 속에서 소매치기를 하다가 손님에게 발각되어 버스째 경찰서 앞으로 끌려간 그는 현장에서 체포되었다. 아직 미성년이었으므로 소년원으로 들어갔다. 첫번째 전과였다. 육 개월 정도 소년원에 수용되었다가 나온 후 순택은 잠시 다른 일을 할까도 생각해보았다. 여전히 기계들을 수리하고 제작하는 일이 마음에 끌렸으나 당장 먹고사는 데는 다른 방법이 없었다. 그는 다시 소매치기를 시작했고, 요주의 인물로 찍혀서 그랬는지 이상하게도 손쉽게 현장에서 붙잡혔다. 그래서 불과 스물두 살밖에 안 된 나이에 그는 별이 다섯 개인 전과 5범이었다. 그는 아무런 희망도 없이 그날그날을 살아가는 인간쓰레기였다.

그러던 어느 날이었다.

교도관 한 사람이 순택을 찾아와 누군가 면회를 왔다고 말해주었다. 도무지 찾아올 사람이라고는 없었으므로 순택은 반신반의하며 면회실로 나가보았다. 철창 너머에는 한 사람이 서 있었다. 젊은 여인의 모습이었다.

"나를 모르겠니."

여인은 흐느껴 울면서 말했다. 순택은 여인을 똑바로 쳐다보았으나 전혀 기억이 나지 않았다.

"누구십니까."

떨리는 목소리로 순택이 묻자 여인은 울면서 대답했다.

"순택아, 나야. 네 누나인 순녀다."

십육 년 만에 보는 누나의 얼굴이었지만 그제야 순택은 한눈에 순녀의 모습을 알아볼 수 있었다. 나중에 알게 된 것이지만 신상기록부를 본 교도관 한 사람이 평택의 가족에게 순택의 소식을 알려주었던 것이다. 그 교도관은 순택으로부터 자신이 고아가 아니라는 얘기를 여러 차례 들은 게 마음에 남았던 모양이었다.

십 분도 안 되는 짧은 면회시간이어서 줄곧 울기만 할 수밖에 없었지만 그래도 누나를 만난 후부터 순택은 표정이 밝아지기 시작했다.

이제 내겐 누나가 있다.

나는 이제 더이상 고아가 아니다.

일 년 후 그는 교도소에서 출감했다. 감옥을 나서자 그의 동료들이 기다리고 있었다. 소매치기 사이에서도 '번개'라고 불렸던 순택이었으므로 그의 출감을 동료 소매치기들이 눈이 빠져라 기다리고 있었던 것이다.

"수고했어, 번개."

그의 친구 '딱부리'가 다시는 감옥에 들어가지 말라고 두부를 내밀면서 말했다.

"얼마나 기다렸는 줄 알아?"

그러나 순택은 두부를 다 먹고 나서 결연히 말했다.

"난 이제 손을 끊겠어. 난 이제 번개가 아니야."

"무슨 소리야."

"난 고아도 아니고 날 기다리고 있는 가족도 있어. 난 이제 고향으로 내려가겠어."

감옥에서 줄곧 다져왔던 결심이었다. 짧은 면회시간 동안 누나 순녀는 울면서 말했다. 그동안 너를 찾기 위해 얼마나 많은 노력을 했는지 모른다. 고아원에서도 전혀 네 행적을 모르더라. 아버지는 너를 기다리고 있다. 지난 일을 후회하고 계시다. 그러니 다른 생각 말고 고향으로 돌아오라. 그러나 순녀는 더이상의 깊은 말은 하지 않았다. 순택이가 길거리에서 주워온 아이라는 출생의 비밀에 대해서는 입을 다물었던 것이다.

순택은 기차를 타고 고향으로 내려갔다. 그는 엄마와 살던 고향을 잊은 적이 없으므로 십여 년 만에 찾아가는 길이 전혀 낯설지 않았다. 옛날 집은 작은 구멍가게로 변해 있었는데 그것이 아버지와 누나의 살림터전이었다. 아버지는 완전히 늙고 병까지 들어 있었다. 아내를 잃은 뒤부터 아버지는 모든 슬픔과 외로움을 술로 달래고 있었다. 하루종일 술에 취해 있을 때가 대부분이었다. 처음에 아버지는 십여 년 만에 나타난 순택이가 무슨 해코지라도 하는 줄 알고 당황했으나 늠름한 청년으로 성장한 순택이를 보자 마음의 문을 열었다.

순택은 아버지를 원망하는 마음이 없었던 터라 곧 아버지와 누나를 위해 열심히 일하기 시작했다. 비록 작은 구멍가게였지만 부지런한 순택이가 있어서 가게는 날로 번창했다. 그러나 아버지의 병은 점점 더 심각해지고 있었다. 골수까지 병이 들어 다시는 일어설 수 없을 만큼 중환자가 되었을 무렵, 아버지는 순택을 불렀다.

"술 한잔 따라다오."

간경화로 온몸이 붓고 복수가 찬 아버지는 숨찬 목소리로 그렇게 말했다. 의사는 절대 술을 마셔서는 안 된다고 했으나 순택은 서슴없이 술을 따라주었다. 아버지는 천천히 한 잔을 다 마시고 나서 깊은 한숨을 쉬면서 입을 열었다.

"오래전부터 너에게 할말이 있었다."

아버지는 마음속에 간직해왔던 비밀을 털어놓기 시작했다.

"언젠가 때가 되면 너에게 모두 이야기하리라 결심하고 있었던 말이다."

그리고 아버지는 순녀를 다른 자리로 피하게 한 후 말을 이었다.

"너는 내 아들이 아니다. 그리고 네가 어렸을 때 죽은 네 어미도 실은 너를 낳은 친엄마가 아니란다."

숨이 차서 헐떡이는 목소리로 아버지는 출생의 비밀을 털어놓았다. 전쟁이 발발한 이듬해 추운 1월의 피난길에서 어떤 젊은 여자 하나가 누에를 치던 헛간에서 해산을 시작하였다는 것. 마침 지나가던 가족이 이를 보고 산파 노릇을 하였다는 것. 한밤중에 여인은 아이를 낳았는데 사타구니에 고추가 달린 사내아이였다는 것. 사내아이라고 말했을 때 여인은 울면서 '애아버지가 이 소식을 알면 좋아할 텐데' 하고 말했다는 것. 그러나 날이 밝을 무렵 비행기에서 쏟아지는 기총소사가 헛간을 관통했다는 것. 뛰어들어가보니 그 여인은 가슴을 피로 물들인 채 숨져가고 있었고, 숨이 끊어지기 직전 '이 아이를 부탁합니다'라고 말했다는 것.

그러고 나서 아버지는 어렵게 말을 꺼냈다.

"네가 바로 누에 헛간에서 총탄을 맞고 죽은 여인의 아이란다. 집사람이 차마 너를 버리고 갈 수 없어 거두어들인 거지."

간신히 말을 마친 아버지는 머리맡에 놓인 서랍을 뒤져서 오랫동안 간직하고 있던 물건을 꺼내들었다. 그것은 죽은 여인의 짐을 뒤져 찾아내었던 여인의 신분증이었다.

"이것이 너를 낳은 어머니의 신분증이란다."

낡은 신분증에는 한 여인의 이름과 본적지 그리고 주소가 적혀 있었다.

'심분녀.'

그것이 신분증에 적혀 있는 순택의 생모 이름이었던 것이다. 순녀는 문밖에서 이 모든 말을 엿듣고 있었다 .

"내가 죽으면 이 신분증에 적힌 주소로 찾아가보아라. 친아버지를 만날 수 있을지도 모른다."

순택은 아무런 감정도 보이지 않았다. 그는 묵묵히 신분증을 지갑 속에 넣었다.

자신의 운명을 예감하고 있었던 것일까. 얼마 안 있어 아버지는 숨을 거뒀다. 아버지의 장례를 치른 후 순택은 누나에게는 아무런 말도 없이 집을 나와 밤기차를 탔다. 기차에 앉아 차창 너머로 멀어져가는 고향을 바라보면서 순택은 다시는 이곳을 찾지 않으리라 결심했다. 출생의 비밀을 안 이상 이곳은 고향도 아니고 남아 있는 누나도 가족이 아닌 타인에 불과할 뿐이었다. 나는 떠돌이다. 인생의 변두리를 끊임없이 헤매고 있는 나그네며 행려병자다.

순택이 찾아간 곳은 경기도 여주였다. 신분증에 적혀 있는 엄마의 본적지였던 것이다. 흥천면은 그대로 남아 있었고 인근 농가에 물어보니 상백리란 동리도 없어지지 않고 남아 있었다. 마침 한여름이었으므로 포도가 무르익고 있는 과수원들이 널리 퍼져 있었고 동네 한복판에는 수백 년은 됨직한 향나무가 자라고 있었다. 그 나무 그늘 아래 동네 노인들이 앉아서 더위를 피하고 있었다.

순택은 노인들에게 다가가서 주소를 말하고 찾고 있는 집을 물어보았다. 그러나 오래전의 일이었으므로 마을 이름은 그대로였으나 번지수는 모두 바뀌어 노인들은 한결같이 모른다고 머리를 흔들 뿐이었다.

"그러면 이 마을에 심씨 성을 가진 사람이 살고 계십니까?"

순택의 생각에 엄마가 혼자서 피난길에 나섰다면 아이를 낳기 위해 친정집으로 가고 있었던 게 틀림없었다. 그렇다면 이 동리 어딘가에 심씨 성을 가진 사람이 살고 있을 것이다. 그러자 노인 한 사람이 장기를 두다 말고 순택을 쳐다보며 말했다.

"심씨 성을 찾소?"

"그렇습니다."

"내가 바로 심가요."

노인은 의아한 눈빛으로 순택을 쳐다보며 말했다.

"그런데 무슨 일로 심가 댁을 찾는 거요?"

"혹시,"

순택은 조심스럽게 입을 열었다.

"심분녀란 사람을 찾을 수 있을까 해서요."

순간 노인은 귀신에 홀린 표정으로 순택을 쳐다보았다.

"분녀라면 내 딸 이름인데 어찌하여 젊은이가 내 딸 이름을 알고 있고, 또 내 딸을 찾고 있단 말이오."

순택은 그 자리에 주저앉으며 말했다.

"심분녀는 제 어머니고, 저는 바로 심분녀의 아들입니다."

"그러면,"

노인은 와들와들 떨면서 말했다.

"너는 누구냐."

노인은 순택으로부터 자신의 딸이 피난을 오던 중 비참하게 죽었고 그 와중에 태어난 손자 녀석이 이렇게 살아왔다는 사실을 전해 듣자 한참을 넋 놓고 앉아 있다가 마침내 긴 한숨을 쉬면서 말했다.

"이게 꿈이냐 생시냐, 도무지 알 수가 없구나."

그러나 순택이 자신의 손자이고 또한 자신이 순택의 할아버지라는 것은 틀림없는 사실이었다. 순택이 갖고 있는 죽은 여인의 품속에서 나온 신분증이 그 사실을 입증해주고 있었다.

며칠 뒤 순택은 자신의 친아버지를 만날 수 있었다. 아버지는 서울에 살고 있었다. 순택은 할아버지와 함께 서울로 올라왔다. 상당한 부잣집이었다. 아버지는 연락을 받고 기다리고 있었다. 두 사람은 만나자마자 서로가 혈육임을 금방 알아볼 수 있었다. 그만큼 닮았던 것이다.

"몇 살이냐?"

아버지는 순택이에게 물었다.

"스물네 살입니다."

이십사 년 만에 비로소 아버지는 자신의 유복자를 만났다. 아버지는 한쪽 다리를 약간 절고 있었는데, 전쟁중에 입은 부상 후유증이었다. 아버지는 큰 공장을 운영하고 있었다. 물론 아버지는 전쟁중에 행방불명된 아내를 기다렸다. 그러나 기약 없이 기다리고만 있을 수는 없었다. 재혼을 했고, 열다섯 살 딸아이가 하나 있었다. 아버지는 순택에게 다시 물었다.

"이름은?"

순택은 대답했다.

"박순택입니다."

그러자 아버지는 정색을 하며 말했다.

"너는 박씨가 아니다. 너는 한씨다. 이제 너는 새 이름을 갖게 될 거다. 지금 이 순간부터 박순택은 죽은 이름이다."

순택은 새 이름을 갖게 되었다. 선우였다. 박순택은 한선우로 이름이 바뀌었다. 이름만이 아니라 인생 전체가 바뀌었다. 선우는 아버지의 호적에 입적됨으로써 아버지의 정식 아들이 되었으며 새어머니를 갖게 되었다. 또한 새 누이동생도 생겼다. 아버지의 말대로 박순택이라고 불렸던 그의 과거는 이제 죽은 이름이자 죽은 인생이었다.

선우는 더이상 미군기지에서 석탄을 훔치다 화차에 부딪쳐 죽은 엄마의 모습을 기억하고 있는 불쌍한 소년이 아니었다. 고아원에서 사춘기 시절을 보냈던 불우한 소년도 아니었다. 그뿐 아니라 불과 스물두 살의 나이에 별이 다섯 개였던 전과 5범의 인간쓰레기도 아니었다. 이 모든 과거는 아버지의 말대로 버려진 이름과 더불어 죽은 과거가 되어버렸다.

"나는 네가 어디서 무엇을 하면서 어떻게 자라왔는지 묻지 않겠다. 알고 싶지도 않다. 한 가지 분명한 사실은 너는 틀림없는 내 아들 한선우라는 것이다."

이렇게 선우는 완전히 다른 사람이 되어서 다른 인생을 살게 되었다. 선우는 아버지의 사업체에서 일을 하기 시작했다. 손재주가 뛰어나서 어릴 때부터 '만물박사'라고 불렸던 별명 그대로 기계에는 특별한 재능을 갖고 있었기 때문에 곧 아버지의 공장에서 두각을 나타낼 수 있었다. 아버지의 공장은 산업화의 바람을 타고 라디오, 선풍기, 텔레비전과 같은 가전제품을 생산하고 있었는데 선우는 금방 제2의 기술자가 될 수 있었다. 아버지의 공장은 하루가 다르게 번창하기 시작했고, 선우는 서른이 되기 전에 공장장이 되었다.

아버지는 선우가 한시라도 빨리 결혼을 해서 자신의 사업체를 물려받고 자신의 대를 이어주기를 고대하고 있었다. 그러나 선우는 작업복을 입고 공장에 틀어박혀 하루종일 기름을 묻히며 일에 열중할 뿐 그 나이 또래 청년이면 누구나 좋아하는, 여자와의 데이트 따위에는 관심도 없었다.

선우의 나이가 서른이 넘어가자 아버지의 성화는 닦달로 이어졌다. 선우는 할 수 없이 집안에서 소개해주는 여성과 선을 보았다. 한마디로 영화배우처럼 예쁜 여성이었다. 미국에서 유학을 마친 여성이었는데 처음 만났을 때 그녀는 선우의 손톱에 낀 때를 보고 웃으며 이렇게 말했다.

"여자를 처음 만나러 나올 때 손톱을 깎는 것은 최소한 지켜야 할 예의가 아닐까요."

선우는 부끄러워하며 대답했다.

"하루종일 기계만 만져서 그렇습니다."

언젠가부터 그는 사람보다 기계와 어울리기를 좋아했다. 기계는 말이 없지만 늘 사람보다 정직했고, 그리고 애정을 기울이면 기울인 만큼 정확했다. 막강한 권력을 가진 정치가의 집안과 산업사회에서 단시간에 부를 축적한 재산가의 집안은 서로 필요에 의해서 정략적인 혼인을 해야 할 처지에 놓여 있었다. 정치는 돈을 필요로 하고 있었고, 또한 아버지는 자신의 재산을 보호하고 사업을 밀어줄 강력한 후원자가 필요했던 것이다.

그렇게 해서 정치가의 딸인 유미와 선우는 약혼을 하고 곧 결혼식을 올리게 되었다. 유미를 만날 때마다 선우는 손톱을 깎았다. 손톱을 깎아도 손톱 사이의 검은 기름때는 남아 있었고, 아무리 목욕을 하고 머리를 감아도 몸에서 나는 기름 냄새를 어쩔 수 없었다. 유미를 만날 때면 선우는 항상 마음속으로 열등의식을 느끼고 있었다. 미국에서 피아노를 전공한 엘리트답게 유미는 지적 욕구가 가득한 여성이었고, 어두운 과거를 지녔으며 제대로 된 학교생활이라고는 해보지 못했던 선우와는 여러모로 대비되었다.

유명한 피아니스트를 꿈꾸었던 유미의 손은 한때 남의 속주머니 속에 들어 있던 지갑을 꺼내는 데 명수여서 '번개'라는 별명을 가졌던 선우의 손과는 비교가 되지 않을 정도로 깨끗하고 아름다웠다. 연주회에서 피아노의 건반을 두드리는 유미의 손은 검은 기름때를 묻힌 그의 더러운 손과는 비교가 되지 않을 정도로, 마치 꽃 위를 날아다니는 흰나비처럼 아름다웠다. 선우는 흰 드레스를 입고 나온 연주회장의 유미를 보고 숨이 막혀서 과연 저 여인이 내 약혼자일까, 나와 평생을 같이할 사람인가 의심해보기도 했다.

그날 밤 연주회가 끝나고 집까지 바래다주었을 때 집 앞 어두운 골목에서 유미가 선우에게 말했다.

"키스해주세요."

선우가 망설이자 유미는 그의 품속으로 뛰어들었다. 선우의 목에 매달린 유미는 이렇게 속삭였다.

"난 선우씨의 손톱에 낀 때는 싫지만 몸에서 나는 기름 냄새는 좋아요."

결혼을 앞두고 선우는 문득 평택에 있는 누나 순녀를 떠올렸다. 지난 십여 년 동안 한 번도 떠올리지 않았던 누나였다. 모습을 떠올리자 선우는 갑자기 누나가 보고 싶어졌다. 그는 곧장 차를 타고 평택으로 달려갔다. 십여 년 만에 찾아간 동네는 많이 변해 있었다.

거리에는 미군을 상대로 한 유흥가들이 새로 밀집해 들어섰고, 그들을 맞는 화려한 네온의 간판들이 울긋불긋 명멸하고 있었다.

그 번화가 끝에 자신이 살던 집 자리가 그대로 남아 있었다. 구멍가게는 예전 그대로였다. 도로보다 낮은 구멍가게는 쉴새없이 오가는 트럭들의 먼지를 뒤집어쓰고 늙은 노파의 허리처럼 가라앉아 있었다. 한때 자신이 부지런히 일하던 구멍가게를 보니 선우는 마음이 착잡했다.

그때였다.

담배라도 사러 왔는지 꼬마 하나가 가게 앞으로 다가가자 가게 문이 열리며 한 여인이 나타났다. 어두웠지만 가로등에 비친 여인의 모습을 본 순간 선우는 그녀가 다름아닌 누나 순녀임을 알 수 있었다.

순녀는 예전 그대로의 모습이었다.

소년에게 담배를 주고 거스름돈을 내주는 누나를 본 순간 그는 단숨에 달려가 자신의 모습을 나타내고 싶었다. 그러나 달려나가고 싶은 마음과는 달리 그의 몸은 제자리에서 얼어붙은 듯 꼼짝도 하지 않았다. 순간 그는 자기가 진심으로 사랑하는 사람은 순녀임을 깨달았다. 자신이 진짜로 결혼해야 할 사람은 유미가 아니라 어쩌면 저 순녀일지도 모른다고 그는 생각했다.

그러나 그는 자신의 운명을 거역할 수 없었다. 그는 홀연히 몸을 돌려 도망치듯 돌아왔다. 그로부터 며칠 뒤 그는 유미와 결혼식을 올렸다.

결혼식을 올리기 위해 입장하는 선우의 오른쪽에는 수호천사가 있었고 왼쪽에는 악마가 있었다. 그들은 그렇게 선우와 함께 입장했다.

선우가 태어날 때부터 '반드시 천국으로 이끌 거'라고 맹세한 수호천사와 '반드시 자살하게 만들 거'라고 맹세한 악마는 선우의 일생을 통해 끊임없이 경쟁해온 것처럼 결혼식장에서도 예외가 아니었다. 웨딩 마치에 발맞추어 입장하는 선우의 곁에 서서, 악마는 천사를 쳐다보며 이렇게 말했다.

"난 이 아이가 태어났을 때 말했어. 이 아이에게 권력과 재물과 명예를 주겠다고. 저 모든 권세와 영광은 내가 받은 것이니 누구에게나 내가 주고 싶은 사람에게 줄 수 있다고. 자, 보라구. 이 아이는 이제 큰 부자가 되었어. 그리고 저 아름다운 부인을 보라구. 저 화려한 웨딩드레스와 눈부신 반지를 보라구. 이제부터 이 아이의 영혼은 내 것이야. 두고봐, 최후의 승리가 다가오고 있어. 네가 아무리 이 아이를 수호하는 천사라 할지라도 이 아이의 운명은 결코 바꿔놓지 못할 거야."

결혼 후 선우는 행복했다. 화려한 성격의 유미는 사람들과 어울리기를 좋아해서 자주 화려한 파티를 열었다. 산업사회의 급속한 팽창과 함께 사업은 번창일로였고 선우는 최고의 기업가가 되었다. 그러나 여전히 선우는 사람들과 어울리기보다는 작업복을 입고 공장에 틀어박혀 기계와 어울리는 것을 더 좋아했다. 유미는 결혼하자마자 아이를 가졌고 곧 아들을 낳았다. 건강하고 예쁜 아들이었다. 선우는 아들의 이름을 영석이라고 지었다. 자신을 꼭 빼닮은 아들을 바라보는 기쁨은 이 세상의 그 무엇과도 바꿀 수 없는 행복이었다.

그 무렵이었다.

어느 날 업무 때문에 차를 타고 가던 선우는 사거리의 신호등에 걸려 잠시 멈춰 있었다. 그때였다. 인파 속에서 한 사람이 쏜살같이 뛰쳐나오다 선우가 타고 있던 차에 부딪혀 쓰러졌다. 거의 동시에 그 사람을 쫓는 고함소리와 함께 몇 사람이 달려오는 게 보였다. 그러자 차에 부딪힌 사람은 빠르게 몸을 일으키다가 한순간 뒷좌석에 앉은 선우 쪽에 눈길이 멎었다. 두 사람의 눈이 마주친 순간 선우는 소스라치게 놀랐다. 그것은 오랫동안 잊고 있었던 '딱부리'의 눈동자였다. 딱부리의 눈빛도 비록 찰나였지만 경악하고 있었다. 딱부리는 뒤쫓아오고 있는 사람들을 피해 순식간에 사라졌지만 그 경악하는 눈빛만은 선우의 가슴속에 오랫동안 남아 있었다.

불과 십여 년 전만 해도 자신은 전과 5범의 소매치기가 아니었던가. 쫓기고 있는 것으로 보아 딱부리는 아직도 소매치기 세계에서 손을 씻지 못한 모양이었다. 마지막으로 교도소를 나섰을 때 다시는 감옥에 들어가지 말라고 두부를 내밀던 딱부리, 아니 그보다도 가출하여 처음으로 서울에 올라온 어린 그를 유혹하여 소매치기 세계로 끌어들인 사람이 바로 딱부리가 아니었던가.

뭔가 불길한 예감은 곧 현실로 다가왔다. 그로부터 며칠 뒤 공장을 나서서 집으로 향하고 있던 승용차 앞으로 사람 하나가 뛰어들었다. 한눈에 보아도 일부러 보상금을 노리며 뛰어든 고의적인 교통사고였다. 운전사를 뒤따라 나가보니 사내는 아스팔트 위에 쓰러져 있었다. 입가에는 피가 흘러내리고 있었다. 그런데 갑자기 죽은 듯 쓰러져 있던 사내가 선우에게 속삭이며 말했다.

"이보게, 나야 딱부리. 긴가민가했더니 번개가 분명하네. 어떻게 된 거야, 번개. 한탕 크게 한 거야?"

그길로 딱부리는 병원에 입원했다. 다음날 밤 선우는 혼자서 딱부리를 찾아갔다. 침대 위에 누워 있던 딱부리가 기다리고 있었다는 듯 싱글싱글 웃으며 말했다.

"이렇게 혼자서 오실 줄 알고 있었지. 번개, 도대체 어떻게 된 거야. 뒷조사를 했더니 이름도 바뀌셨구, 엄청난 부자가 되셨더군. 예쁜 아내에 아들 녀석까지 있으시더군. 번개, 이 불쌍한 딱부리를 그동안 잊지는 않으셨겠지."

선우는 주머니에서 돈이 들어 있는 봉투를 내밀며 말했다.

"다시는 내 앞에 나타나지 마. 만약 한 번만 더 나타난다면 그땐,"

선우는 이를 악물면서 말했다.

"죽여버리겠어."

그러자 딱부리는 느물거리며 말을 받았다.

"여부가 있겠는가. 절대로 나타나지는 않을 걸세. 그 대신 그 손목에 찬 시계도 내게 마지막으로 선물하지 않겠는가."

선우는 자신의 손목에 찬 시계를 보았다. 아내로부터 받은 예물 시계였다. 그러나 그는 두말없이 시계를 풀어주고 병실을 빠져나왔다. 그날 밤 그는 아내에게 변명하듯 말했다.

"미안해. 오늘 우연히 거리에 나갔다가 예물 시계를 소매치기당했어."

그러자 유미는 웃으면서 말했다.

"다른 시계를 사드릴게요. 걱정하지 마세요."

그로부터 일 년 뒤쯤 선우를 찾아온 사람이 있었다. 형사였다. 며칠 전 소매치기가 한 명 잡혔는데 장물 중에 고급시계가 있어서 그 출처를 추궁했더니 훔친 게 아니라 한선우 사장이 주었다고 했다는 것이다. 경찰서에 가서 확인을 부탁한다는 나름대로의 정중한 요청이었다. 경찰서 취조실에서 선우는 딱부리와 마주앉았다. 그는 포승줄로 묶여 있었다.

"잘 왔어, 번개. 저 시계를 내가 훔쳤다는 거야. 그래서 그게 아니라 네가 주었다고 여러 차례 설명했는데도 내 말을 통 안 믿는 거야. 그렇지 번개, 이 시계는 선물로 내게 준 거지?"

선우는 묵묵히 앉아 있었다.

"이 녀석의 말이 사실입니까?"

형사는 날카로운 눈으로 선우를 바라보았다.

"솔직히 대답해, 번개. 네 말 한마디에 죽느냐 사느냐 내 인생이 달려 있어."

"모릅니다."

선우는 대답했다.

"저 시계는 일 년 전 제가 잃어버린 것입니다."

그러자 형사는 딱부리를 끌고 유치장으로 사라졌다. 사라지기 전 딱부리는 경찰서가 떠나가도록 소리를 질러댔다.

"야, 이 새끼야. 번개 새끼야. 네놈이 전과 5범이라는 것을 모르는 사람이 없어. 두고봐, 이 새끼야. 너를 죽여버릴 테니까."

며칠 뒤 딱부리는 유치장에서 목을 매 자살했다. 죽기 전 유서를 남겼는데 그 유서의 내용이 곧바로 신문에 활자화되었다.

J전자의 제2인자인 한선우가 한때 박순택으로 불렸던 소매치기, 그것도 전과 5범인 안창따기 명수 '번개'였다는 기사가 대서특필되었다. 아내가 물었다.

"이 모든 게 사실이에요?"

그는 아무런 말도 할 수 없었다.

"솔직하게 대답해주세요, 여보."

그는 아내와 아내의 품에 안겨 있는 아들을 보았다. 아들은 요즘 들어 '아빠 아빠' 소리를 제대로 하고 있었다.

"미안하지만,"

그는 간신히 입을 열었다. 아들의 맑은 눈을 본 순간 더이상 거짓말을 해서는 안 된다고 생각했기 때문이었다.

"사실이오. 하지만 그건 모두 과거의 일이오."

아내는 큰 소리로 울기 시작했다. 아들이 아빠 아빠 하고 그의 품에 안기려고 하자 아내는 아이를 그의 품에서 떼어놓으며 소리쳤다.

"안 돼요. 그 더러운 손으로 아이를 만지게 할 수는 없어요. 당신은 더이상 이 아이의 아빠가 아니에요."

행복했던 결혼생활은 끝이 났다. 그뿐 아니라 번창하던 사업도 쇠퇴하기 시작했다. 낮에는 사업가로 행세하다가, 밤이면 남의 호주머니를 터는 이중인격자로 매도당했다. 그가 만든 전자제품은 더이상 팔리지 않았다. 유미는 이혼을 요구했다. 막강한 권력을 가진 유미의 아버지 역시 자신의 정치적 생명이 위험했으므로 딸에게 이혼을 독촉했다.

"당신은 더러운 사람이에요. 난 더러운 당신과 함께 살 수 없어요."

결국 두 사람은 이혼을 했다. 그는 아내의 요구를 모두 들어주었다. 그 대신 한 가지만은 결코 양보하지 않았다. 아들을 자신의 손으로 키운다는 조건이었다. 유미도 새 출발을 하는 데 아이가 걸림돌이 된다고 생각했는지 끝까지 고집을 부리지는 않았다. 그는 그가 가진 거의 모든 재산을 아내에게 위자료로 주었다.

그는 다시 무일푼의 빈털터리로 돌아갔다. 그의 아버지는 여전히 몇 개의 사업체를 가지고 있었으나 사람들의 손가락질을 받는 아들에게 일을 맡기는 것은 무리라고 생각했다.

이혼을 한 후 아내는 다시 미국으로 피아노 유학을 떠났으며, 그로부터 일 년 뒤 재혼했다는 기사를 신문에서 보았다. 사진 속의 아내는 새로운 남자와 팔짱을 끼고 환한 미소를 띠고 있었다.

그후부터 선우는 사람들 사이에서 사라졌다. 그는 더이상 촉망받는 기업가 한선우도 아니었고, 전과 5범의 소매치기 박순택도 아니었다. 그를 기억하는 사람은 아무도 없었다. 심지어 그의 아버지조차 그의 행방을 알지 못했다. 그는 어느 날 아들 영석이를 데리고 갑자기 사라져버렸다.

선우는 지방의 소도시로 내려가 그곳에 정착했다. 그는 고장난 가전제품을 고쳐주고 간단한 전기설비를 해주는 전파상을 열었다. 열심히 일했지만 간신히 입에 풀칠할 정도밖에는 되지 못했다. 그러나 그는 행복했다.

그의 곁에 아들 영석이가 있다는 사실 하나만으로도 그는 행복했다. 그는 이 세상이 그를 알아보지 못하고 잊어버린 채 그저 가만 내버려두면 좋겠다고 생각했다. 그는 어린 시절부터 줄곧 빛과 어둠, 희망과 절망, 기쁨과 슬픔, 행복과 불행과 같은 극단적인 삶속에서 살아왔으므로 사랑하는 아들과 함께 밝은 빛도 어둠도 아닌 제3의 공간에서 그 누구의 눈에도 띄지 않게 편안하게 살고 싶었다. 그것만이 자신이 바랄 수 있는 최선의 행복일 거라고 굳게 믿고 있었다.

그의 즐거움은 하루일을 마치고 홀로 마시는 술이었다. 가게문을 잠그고 중고 텔레비전의 지지거리는 화면을 바라보면서 홀로 술을 마셨다. 그럴 때마다 아들은 곁에서 그가 만들어준 온갖 장난감을 갖고 놀았다. 실제로 움직이는 자동차를 비롯하여 로봇, 비행기 등 아들이 원하는 장난감이라면 그는 무엇이든 만들어줄 수 있었다.

어느덧 아들 영석이 초등학교에 들어갈 나이가 되었다. 그 무렵 어느 날이었다. 영석이 갑자기 심한 고열에 휩싸이기 시작했다. 인근 동네 병원에 데려갔더니 마침 유행하는 독감이라며 주사를 놔주었다. 그러나 열은 쉽게 내리지 않았다. 얼마 후 열은 내렸지만 영석은 급속도로 쇠약해지기 시작했다. 피부는 창백해지고 조금이라도 걸으면 어지러워 쓰러질 정도로 빈혈증세를 보였다. 몸을 움직일 때마다 아프다고 비명을 질렀다. 놀라서 병원으로 데려가자 의사는 심한 감기 뒤끝에 보일 수 있는 일시적인 후유증일 뿐이라고 했다.

그러나 영석의 병은 심상치 않았다. 걸핏하면 코에서 피를 흘리고, 한번 흘리기 시작하면 쉽게 그치지 않았다. 그는 무서웠다. 다시 병원으로 갔을 때 의사는 아이의 변화된 안구를 살펴보더니 한시라도 빨리 종합병원으로 데려가라고 말했다.

종합병원에서는 영석의 척추에서 골수를 뽑았다. 검사가 끝난 후 의사가 말했다.

"선생님 아들은 백혈병에 걸렸습니다. 급성 백혈병입니다. 상태가 아주 위독합니다."

그는 영석을 병원에 입원시켰다. 그러나 간신히 입원만 시켰을 뿐 치료비에 쓸 돈이 전혀 없었다. 그는 자신이 어떤 행동을 취해야 할지 곰곰이 생각해보았다. 문득 까마득히 잊고 있던 아버지를 떠올렸다. 아버지를 만나서 사정을 하면 도움을 받을 수 있을 것 같았다. 그는 기차를 타고 서울로 올라갔다. 서울을 떠난 뒤 오 년 만의 일이었다. 아버지가 경영하고 있는 회사를 찾아갔다. 입구를 지키고 있던 수위가 엘리베이터를 타려는 그를 막아세웠다.

"어딜 가십니까?"

그는 이 건물의 주인인 아버지를 만나러 간다고 말을 하려다 말고 문득 맞은편 거울에 비친 자신의 모습을 보았다. 거울에는 초라하고 남루한 한 사내의 모습이 떠오르고 있었다. 그 모습을 본 순간 그는 아무런 말도 할 수 없었다. 그는 쫓기듯 빌딩을 나와 광장 앞 가로수 밑에 주저앉았다.

아버지가 나올 때까지 차라리 이곳에서 기다리자고 그는 생각했다. 딱 한 번만이다. 딱 한 번만 아버지에게 도움을 청하자. 그는 저녁이 오고 어둠이 내릴 때까지 기다렸다.

그러던 어느 순간 그의 얼굴에서 미소가 떠올랐다. 그는 앉은자리에서 벌떡 일어나 미련 없이 그곳을 떠났다. 그리고 지하도를 내려가 화장실에서 얼굴을 씻었다. 주머니에서 빗을 꺼내 머리를 단정히 빗었다. 세면대에는 누가 쓰다 버린 면도기가 놓여 있었다. 그는 그 면도기로 수염을 말끔히 깎았다. 거울에 비친 그의 모습은 한결 말쑥하게 보였다. 그는 가판대에서 신문을 한 장 사서 네 겹으로 접었다. 신문을 산 것은 읽기 위해서가 아니었다. 다른 사람들의 시선을 가리기 위해서였다.

딱 한 번, 이번 한 번뿐이다. 그는 결심했다.

그는 달려오는 지하철을 탔다. 마침 퇴근시간이었으므로 지하철 안은 인파로 흘러넘치고 있었다. 그는 날카로운 눈으로 승객들을 살펴보았다. 이십여 년 만이었지만 그의 눈빛은 녹슬지 않았다. 한때 그는 사람의 겉모습만 보아도 그 사람의 속주머니 내용물을 환히 꿰뚫어볼 수 있었다. 퇴근하는 직장 여성의 핸드백을 터는 일은 소용없는 일이었다. 오직 단 한 번의 기술로 아들의 치료비를 충당할 수 있는 거액의 돈을 확보해야 했다. 그는 사냥감을 물색하기 위해서 지하철 안을 맴돌았다. 마침내 그는 한 사람을 발견했다. 괜찮은 기업체의 중견간부인 듯한 중년 사내였다. 다행인 것은 사내가 약간 술에 취해 있다는 사실이었다. 사내는 손잡이에 매달려서 반쯤 졸고 있었다. 그는 사내의 등뒤로 바짝 달라붙었다. 접은 신문지로 주위의 시선을 가린 후 팔꿈치로 사내의 몸을 더듬어 지갑이 들어 있는 속주머니의 위치를 가늠했다. 날카로운 면도칼이 있었더라면 십상이겠지만 그는 어쩔 수 없이 사내의 벌어진 코

트 속으로 맨손가락을 찔러넣었다. 무딘 손끝은 예전의 그 날카롭
던 손이 아니었다. 그는 땀을 흘리면서 사내의 속주머니로 손을 찔
러넣고 다른 한 손으론 사내의 신경을 분산시키기 위해 거칠게 몸
을 압박했다. 사내가 성가신 눈빛으로 반대편을 노려볼 때 그는 번
개처럼 사내의 속주머니 단추를 풀고 지갑을 꺼냈다. 하마터면 놓
칠 뻔했지만 그는 지갑을 자신의 속주머니에 넣은 후 다음 정거장
에서 내렸다.

온몸에 땀이 흘러 젖은 걸레와도 같았다. 그는 휘청이면서 공중
화장실로 걸어갔다. 화장실의 문을 잠그고 헐떡이며 훔친 지갑을
꺼냈다. 지갑 속에 꽂혀 있는 카드는 그대로 쓰레기통에 버렸다.
카드는 아무런 소용이 없는 물건이었다. 주민등록증이나 운전면
허증 같은 신분증도 쓰레기통에 버렸다. 지갑의 지퍼를 열었다. 두
툼한 돈봉투가 들어 있었다. 마침 월급날이라도 되었는지 봉투 속
에는 돈이 가득 들어 있었다. 다행인 것은 수표는 몇 장 되지 않고
대부분 현금이라는 점이었다. 그는 지갑을 통째로 쓰레기통에 버
리고 곧바로 화장실을 나왔다. 그길로 기차를 타고 병원으로 내려
왔다. 영석은 어느새 머리를 완전히 깎은 채 아버지를 기다리다 잠
들어 있었다. 그는 잠든 아이를 바라보며 맹세하듯 중얼거렸다.

"나는 반드시 너를 살려내고 말 테다. 만약 필요하다면 사람의
배를 면도칼로 가르고 간을 훔쳐서라도 너를 살려낼 테다."

그러나 영석의 병은 날로 걷잡을 수 없이 되어갔다. 더구나 급

성인 탓에 병은 급속도로 진행되었다. 거의 모든 곳에서 출혈을 보이더니 혼수상태에 빠져들었다. 수혈을 하면 잠시 정신이 들긴 했지만 그때뿐이었다. 이미 안구의 변화와 출혈로 앞을 거의 보지 못하는 영석은 정신이 들 때마다 그의 얼굴을 두 손으로 붙잡고 손가락으로 더듬으면서 이렇게 말하곤 했다.

"아빠 나는요, 아빠를 사랑해요."

"나도 너를 사랑하고 있단다."

"울지 마세요, 아빠."

아들은 쉬엄쉬엄 말했다.

"잠이 들면 아픈 게 덜하니까 아주 깊이 잠들면 아주 안 아프게 될 거예요. 그러니 아빠, 내가 죽더라도요 그냥 깊이 잠들었다고만 생각하세요."

며칠 뒤 실제로 아들 영석은 깊이 잠들었다. 이제 겨우 일곱 살의 어린 나이였다.

죽은 아이를 부둥켜안고 있는 그의 등뒤에서 수호천사는 함께 울고 있었다. 울고 있는 천사를 향해 악마는 침을 뱉으며 이렇게 말했다.

"이런 게 인생이란 말이냐. 이런 게 네가 말하는 달콤한 인생이란 말이냐. 이건 비극이라기보다는 차라리 유치한 희극이다. 울지 마라, 이 무능한 수호천사야. 도대체 너는 이 인간의 무엇을 지켜주었단 말이냐. 자 이제 때가 왔다. 자, 함께 가자. 인생이란 이처럼 비참한 것이다. 나와 함께 절망의 어둠과 죽음의 안식처로 떠날 때가 되었다."

밤이 늦은 시각.

늙고 병든 노숙자 한 사람이 지하도 계단을 내려가고 있었다. 한 손에 작은 짐 가방을 들고 있었고, 다른 한 손에는 반쯤 마시다 남은 술병이 있었다. 머리는 헝클어져 있었으며, 옷은 더럽고 남루했다. 오랫동안 감지 않은 머리는 흰 백발이었고, 약간 다리를 절고 있었다.

밖은 몹시 춥고 칼바람까지 부는 한겨울이었지만 그래도 지하도 안은 온기가 있어 따뜻한 편이었다. 그는 구석진 자리를 잡고 벽에 기대어 앉았다. 그리고 버릇처럼 가방 속에서 작은 그릇 하나를 꺼내 앞자리에 놓았다. 그는 천천히 남은 술을 들이켜기 시작했다.

지나가던 행인 몇이 작은 그릇 속에 동전을 던져넣었다. 동전과 그릇이 부딪쳐서 짤랑 하고 소리를 낼 때마다 그는 술병에서 입을 뗀 후 중얼거리며 말했다.

"고…… 고맙습니다."

술병이 비자 그는 그릇 속의 돈을 헤아려보았다. 그러나 아직 한 병 더 술을 사서 마시기에는 형편없이 부족한 돈이었으므로 한참을 더 기다려야 했다. 마침 어느 아낙네가 지나가다 말고 물끄러미 그의 모습을 보았다.

"가엾어라."

아낙네는 지갑에서 지폐를 한 장 꺼내 그의 그릇 속에 던져넣었다.

"고맙습니다."

그는 인사를 하고 그릇 속의 돈을 모아 손바닥에 움켜쥔 후 빠르게 일어서서 지하도 계단을 뛰어올라갔다. 밤거리에는 싸락눈이 내리고 있었고, 골목에서 골목으로 찬바람이 불어오고 있었다. 슈퍼마켓으로 들어가자 가게 주인이 낯을 찌푸리며 말했다.

"들어오지 말라니까."

가게 주인이 백원짜리 동전을 던져주며 말했다. 그러나 그는 비틀거리며 들어가 소주 한 병을 집어 계산대 위에 놓았다. 그리고 움켜쥐었던 손바닥을 펴서 돈을 떨어뜨렸다. 술 한 병을 사고도 동전 몇 개가 남았다. 계산을 치르고 가게를 나와 다시 지하도 계단을 내려갔다. 밤늦은 시간이었으므로 오가는 사람들의 행렬도 한결 줄어들고 있었고, 지하상가의 불빛도 하나둘씩 꺼져가고 있었다.

그는 기둥벽 쪽에 자리를 잡고 옆구리에 끼고 다니던 포장종이를 펼쳐놓았다. 그리고 기둥벽에 몸을 기대고 비스듬히 누웠다.

그때였다. 누군가 그의 두 다리를 거칠게 걷어찼다. 건장한 차림의 젊은 노숙자였다.

"이 영감탱이야. 여긴 내 자리야. 딴 데 가서 찾아보시지."

그는 말없이 일어나 포장종이를 걷어들고 다른 자리를 찾아갔다. 한구석에 자리를 깔고 나서 그는 다시 술을 마시기 시작했다.

새삼스럽게 비참하다는 생각이 들었다. 그는 술을 마시면서 자신이 누구인가를 생각해보았다.

나는 누구인가. 나는 누구인가.

한때 그는 박순택이란 이름으로 불린 적이 있었다. 그러나 박순택도 그가 아니었다. 또한 한때 한선우란 이름으로 불린 적도 있었다. 그러나 한선우도 그는 아니었다. 한때 소매치기를 한 적도 있었고, 한때 아름다운 여인과 결혼하고 아이를 낳은 적도 있었다. 그러나 그 모든 기억들은 그와는 전혀 상관없는 허깨비 그림자들이었다. 그것들은 모두 불빛을 비춰 미닫이문 위에 그림자놀이를 하는 것에 지나지 않았다. 손가락을 이리저리 움직여 개의 형상을 만들고, 여우의 형상을 만들고, 늑대의 형상을 만들면 미닫이문 위에 개와 토끼, 여우의 그림자가 떠오른다. 미닫이문 위에 떠오르는 개는 개가 아니다. 그것은 다만 그림자에 불과하다. 마찬가지로 그가 살아온 인생은 하나의 그림자놀이에 불과했다. 알 수 없는 손이 이리저리 움직여 만들어내는 인생의 그림자 춤이었던 것이다.

그는 술을 마시면서 계속 생각했다.

나는 왜 이곳에 있는 걸까. 왜 이곳에 앉아 있는 걸까.

아들 영석이 죽었을 때 그는 고향으로 내려갔었다. 그는 엄청나게 달라진 번화가 한 모퉁이에서 예전 그대로의 구멍가게 하나를 발견할 수 있었다. 그러나 가게 안으로 들어갔을 때 그곳에는 누나 대신 한 중년의 사내가 있었다. 사내는 씹어뱉듯이 말했다.

"그 여자는 미쳤어. 제정신이 아니야."

실제로 누나는 제정신이 아니었다. 수용소로 찾아갔지만 그조차 누구인지 알아보지 못했다. 마음속으로 의지하고 있던 유일한 가족이자 고향이었던 누나의 비극이 모두 불행한 결혼 때문이라고 생각한 그는 그길로 가게를 찾아가 사내를 향해 칼을 휘둘렀다. 그리고 나서 그는 체포되었고 오랫동안 감옥에 갇혀 있었다. 그는 감옥에서 늙고 병들었으며 거의 식물인간처럼 되었다. 그는 자신의 이름은 물론 자신이 누구인지조차 까맣게 잊어버렸다. 아니, 기억하고 싶지 않았는지도 몰랐다.

"행복했던 때를 생각해보십시오."

이따금 찾아오던 교회의 목사가 그에게 말했다. 그러나 그는 자신이 행복했던 때를 떠올릴 수가 없었다. 아주 어렸을 때 엄마와 함께 화차로 숨어들어가 레일 바닥으로 해탄을 떨어뜨리면 엄마가 치마 한가득 그것을 받아들고 집으로 돌아와 온몸에 숯검정을 묻힌 채로 호롱불빛에 그림자놀이를 하던 기억만 아득히 떠오를 뿐이었다.

엄마는 여우를 만들고 여우처럼 울었다.

엄마는 개를 만들고 개처럼 짖었다.

그러나 무엇보다 아름다웠던 것은 엄마가 만든 나비였다. 엄마가 만든 그림자 나비는 어디든 날아다녔다. 그의 머리 위에도 앉고 어깨 위에도 앉았다. 그러나 그뿐이었다. 엄마의 발이 레일에 끼어 꼼짝도 못하고 그 몸 위로 화차가 서서히 밀고들어와 갈가리 찢는 모습을 두 눈 뜨고 본 이후부터 그의 인생은 언제나 충격적이고 처참했다. 겨우 몇 덩어리에 불과한 석탄 때문에 엄마가 비참하게 죽어갔듯이 그의 아내는 그를 버렸으며, 그의 아이는 죽었고, 그의 누나는 미쳐버렸다.

이것이 인생이란 말인가.

그는 계속 술을 마시면서 악마의 속삭임을 들었다.

자, 이렇듯 인생이란 그림자놀이와 같이 허망한 것이다. 더이상 살아서 무엇을 하겠느냐. 이 세상 어디에 쉴 곳이 더 남아 있겠는가. 이 세상은 끝없는 절망과 어둠뿐이다. 자 이제 무엇을 더 망설이고 있느냐.

그는 단숨에 술을 벌컥벌컥 들이켰다. 한꺼번에 적지 않은 술을 들이켜서인지 몽롱한 느낌이었다.

자, 일어나라.

악마가 말했다.

용기를 내어 일어나라. 고통은 잠깐이고, 안식은 영원하다.

손바닥에는 동전 몇 개가 남아 있었다. 그는 매표소로 가서 일 구간의 지하철표를 샀다.

지하철표를 사고 역구내를 걸어가는 그의 등뒤에는 악마와 천사가 나란히 서 있었다.

"봐라."

악마는 천사를 향해 말했다.

"아직도 이 아이를 천국으로 이끌 수 있다고 생각하느냐. 자, 이 아이를 지금 이 순간 그 잘난 천국으로 이끌어보시지. 이 아이는 지금 불타는 지옥으로 제 스스로 걸어가고 있다. 내 말이 맞았지. 이 아이를 자살하게 만들겠다는 내 약속이 맞았지. 마침내 내가 내기에서 이기게 된 거야."

그러자 천사는 고개를 흔들면서 말했다.

"아직 끝난 게 아니야. 난 아직도 이 아이의 수호천사야. 난 이 아이를 반드시 천국으로 이끌고야 말겠어."

"천국이라고."

갑자기 악마가 킬킬 웃으며 말했다.

"웃기는 소리 하지 마. 이제 두고봐. 이 아이는 이 세상을 저주하면서 스스로 달려오는 열차에 몸을 던져 죽어버리고 말 테니. 이제 곧 알게 될걸. 이 잘난 체하는 천사나으리. 승리는 내 것이라는 걸 똑똑히 깨닫게 될 테니까."

인생 마지막 순간에 어디로 가는지 모르는 일 구간 지하철표를 사들고 그는 죽음으로 가는 개찰구로 천천히 걸어갔다. 그것만이 그가 선택할 수 있는 마지막 행동이었다. 그래서 그는 더이상 망설이지 않았고 머뭇거리지도 않았다.

그는 구멍 속에 표를 밀어넣었다. 개찰구가 열리자 그는 비틀거리면서 다시 지하철 정류장을 향해 계단을 내려가기 시작했다.

그는 마지막 남은 술을 단숨에 들이켰고, 빈 술병을 쓰레기통에 집어던졌다. 늦은 시각이었지만 정류장에는 지하철을 기다리는 사람들이 많았다.

그는 이미 마음의 결심을 군혔으므로 거추장스럽게 들고다니던 짐 가방을 의자 위에 내려놓았다. 이제는 정말 빈손이었다. 그는 사람들을 헤치고 전동차가 도착하는 앞자리로 갔다. 그는 전동차가 어떻게 들어와서 어떻게 멈추는지, 몇 분 간격으로 차가 들어오는지 잘 알고 있었다. 또한 단 한 번에 성공하기 위해서는 차가 속력을 줄이기 직전에 지하철 레일을 향해 몸을 던져야 한다는 것도 잘 알고 있었다. 그렇게 되면 아무리 급브레이크를 밟는다 하더라도 전동차는 속력을 줄이지 못하고 레일 위에 떨어진 그를 그대로 짓밟고 지나가 마침내 그의 몸을 갈가리 찢어버리게 될 것이다.

모든 준비는 끝났다.

그는 심호흡을 하면서 주위를 둘러보았다. 결심을 군히자 오히려 마음이 담담해졌다. 인생 마지막 순간에 바라보는 모든 풍경은 의외로 명료하고 아름다웠다.

이윽고 다음 열차가 역 구내로 들어오는 것을 알리는 신호음이 뚜뚜ー 뚜뚜ー 하면서 울리기 시작했다. 거의 동시에 붉은 신호등이 깜박깜박 명멸했다. 천장에 걸린 마이크에서 승무원의 목소리가 흘러나왔다.

"다음 열차가 도착하고 있습니다. 승객 여러분은 안전선 안쪽에서 기다리셨다가 차례차례 승차하여주십시오."

열을 지어 기다리고 있던 승객들은 본능적으로 몸을 세우고 깜깜한 터널 속에서부터 열차 앞머리의 불빛이 조금씩 밝아져오는 것을 지켜보고 있었다.

그는 바짝 레일 쪽으로 다가섰다. 이번이 처음이자 마지막 기회였다. 더이상 미룰 수는 없다고 다시 한번 마음을 다잡았다. 터널 안쪽으로부터 빠르게 미끄러져들어오는 열차의 속력 때문에 차가운 바람이 순식간에 그의 얼굴로 불어왔다. 이윽고 터널을 통해 진동하는 레일의 기계음 소리가 심장의 박동 소리처럼 가깝게 다가서고 있었다.

그는 물에 뛰어들기 직전의 수영선수처럼 천천히 몸을 굽혔다.

그때였다.

날카로운 비명소리가 역 구내를 흔들었다.

"어머나, 내 애기."

사람들은 비명소리가 흘러나온 쪽을 쳐다보았다. 한 여인이 울부짖으며 절규하고 있었다. 거의 동시에 지하철 바닥의 레일 위에서 어린아이의 울음소리도 함께 들려오고 있었다. 엄마의 품에 있던 어린아이가 자칫 한순간에 레일 바닥으로 굴러떨어진 모양이었다.

"살려주세요."

여인은 계속 울부짖었으나 사람들은 꼼짝도 할 수 없었다. 터널에서부터 이미 다음 열차의 불빛이 눈부시게 쏟아져들어오고 있었던 것이다. 그것은 불가능한 일이었다. 열차가 들어오고 있는 그 짧은 순간에 바닥으로 뛰어내려 아이를 구해내는 것은 불가능한 일이었다. 그 누구도 손을 쓸 수가 없었다. 모두들 이 처참한 비극의 현장을 그대로 똑바로 눈뜨고 지켜볼 수밖에 없는 상황이었다.

그때 그의 머릿속으로 갑자기 밝은 불빛 속에 드러난 과거의 한 장면이 떠올랐다. 허우적거리는 엄마의 모습이었다. 열차는 속력을 줄이고 있었지만 레일에 발이 낀 엄마는 그 열차를 피하지 못하고 허둥대고 있었다.

엄마.

그는 소리질렀다.

"도망치세요, 엄마."

그 순간 그는 레일 위로 뛰어들었다. 그는 현실에서 과거로 뛰어들었다. 그는 허둥거리는 엄마를 부둥켜안았다. 그의 두 손은 기적적으로 아이를 받쳐올렸다. 그리고 순식간에 아이를 사람들 쪽으로 집어던졌다. 사람들 입에서 탄성이 터져나온 것과 동시에 급브레이크를 밟은 열차의 바퀴가 레일과 부딪쳐 불꽃을 일으키며 사내의 몸을 강타했다. 사내의 몸은 열차의 바퀴와 레일 사이에 끼어 한참을 그대로 전진했다. 붉은 피가 분수처럼 쏟아져나왔다. 열차는 마침내 멈춰 섰지만 사내의 몸은 전혀 움직이지 않았다.

역무원 하나가 빠르게 뛰어내려 사내의 몸을 확인했다.

그동안 레일에 떨어졌던 아이는 엄마의 품으로 무사히 돌아갔다. 이제 사람들의 관심은 사내 쪽으로 쏠렸다.

"어떻게 됐습니까?"

누군가 한 사람이 용기를 내어 물었다.

"죽었습니다."

역무원이 침통한 소리로 대답했다.

바로 이 순간 천사와 악마도 사람들 틈에서 죽은 사내의 모습을 쳐다보고 있었다.

"이 비겁한 천사야."

화가 난 악마가 투덜대며 말했다.

"이번 승부는 정정당당하지 않아. 네가 자살하려는 그 녀석보다 한발 앞서, 엄마와 아기로 변신하여 살려달라고 울부짖은 것은 분명한 반칙이야."

"하지만."

승리감에 젖은 수호천사는 웃으며 말했다.

"그 아이가 동정심을 갖지 않았더라면 나는 날개를 잃었을 거야. 그 아이가 나를 살려주지 않았더라면 나는 영원히 날 수 없었을 거야. 어쨌든 나는 이겼어. 약속했던 대로 나는 이 아이를 영원한 천국으로 이끌게 되었어. 자, 보라고."

수호천사는 쓰러져 죽어 있는 사내의 모습을 가리켰다. 사내의 육신 위로 맑고 투명한 영혼이 떠오르고 있었다. 그를 낳았던 어머니와 그를 길렀던 어머니, 두 영혼이 사내의 영혼을 양옆에서 부축하며 떠받들고 있었다.

"바보 같은 녀석."

악마는 허탈한 목소리로 말했다.

"이번에는 분명히 내가 이길 수 있었는데 마지막 한순간에 그만 그 한줌의 동정심 때문에 이렇게 지고 말았어. 아쉽지만 할 수 없지. 어쨌든 잘 가게, 친구."

악마는 손을 흔들어 보이고는 다른쪽 계단으로 천천히 올라가며 말했다.

"언젠가 또다시 만나게 되겠지. 그땐 우리 또다시 멋진 승부를 해보세나. 그땐 반드시 내가 이기고 말 테니까."

3

"다음 정차할 곳은 Y역입니다. 내리실 문은 왼쪽입니다."

지하철 안내방송이 짧은 상념에 빠져 있는 그를 일깨웠다. 그는 벌떡 자리에서 일어났다.

어두운 터널을 지나 낯익은 역의 풍경이 천천히 속력을 줄이며 멎어서는 차창 밖으로 판에 박은 그림처럼 다가오고 있었다. 어제도 그러했듯이, 어제의 어제도 그러했듯이.

그는 사람 사이를 뚫고 간신히 지하철에서 내렸다. 그가 내리자 열차는 곧 출발했다. 순간 그는 신문기사를 떠올렸다. '어젯밤 열한시경 신원을 알 수 없는 노숙자 한 사람이 레일에 떨어진 어린아이를 구하고 자신은 달려오는 열차에 치여 현장에서 즉사했다.' 바로 이 역이었다. 열차 앞쪽이었으니 지금 그가 서 있는 부근일 것이다. 그는 잠시 고개를 돌려 방금 열차가 빠져나간 역 구내의 레일 바닥을 쳐다보았다. 그러나 그 어느 곳에서도 간밤에 있었던 처참한 비극의 흔적은 찾아볼 수 없었다.

자세히 살펴보기에는 시간이 너무 없었으므로 그는 계단을 향해 걷기 시작했다.

아직도 손에 들려 있는 신문을 어떻게 할까 하는데 마침 쓰레기통이 눈에 띄었다. 그는 신문을 쓰레기통에 함부로 구겨넣었다. 그리고 휘파람을 불며 빠르게 Y역 구내를 빠져나갔다.

(2001)

깊고 푸른 밤

1

그는 약속대로 오전 여덟시에 눈을 떴다. 눈을 뜨고 뻣뻣한 팔을 굽혀 손목시계를 보았다. 정각 아침 여덟시였다. 누가 깨워준 것도 아닐 텐데 그처럼 곤한 잠 속에서도 시간의 흐름을 예민하게 감지하고 있는 동물적인 본능이 그를 정확한 시간에 자명종 소리를 내어 깨워준 셈이었다.

낯선 방이었다.

그는 자기가 지금 어디서 잠들어 있는가를 아직 잠이 완전히 달아나지 않은 혼미한 의식 속에서 헤아려보았다. 그는 눈이 몹시 나쁜 사람이 안경도 없이 사물을 바라보는 것 같은 느낌을 받았다. 보이는 것은 모두 흐릿했고 머리는 죽음과 같은 잠에도 불구하고 먼지가 갈피마다 낀 듯 복잡하고 어지러웠다.

집안은 조용했고, 닫힌 커튼 사이로 눈부신 아침햇살이 비비고 쏟아져들어오고 있었다. 한 삼십 분 더 잠을 잘 수 있는 시간적 여유는 있었다.

준호와 그는 여덟시쯤 일어나 세수를 하고 늦어도 정각 아홉시에는 출발하기로 약속을 해두었던 것이다.

샌프란시스코에서 로스앤젤레스까지 줄곧 5번 도로로 달린다면 여섯 시간이면 닿을 수 있을 것이다. 101번 도로로 내려간다고 해도 일곱 시간에서 여덟 시간이면 충분할 것이다. 그러나 그들은 해안선을 따라 꼬불꼬불한 1번 도로로 내려가기로 합의를 봐두었으므로 1번 도로를 따라 로스앤젤레스까지 가는 길은 시간을 짐작할 수 없는 거리였다. 쉬지 않고 달린다고 해도 열 시간은 넘게 걸릴 것이다. 아니다. 열 시간이라는 것도 막연한 추측일 따름이다.

1번 도로의 대부분은 바닷가의 가파른 해안선을 따라 형성된 이차선의 관광도로에다 한여름의 우기에는 길가 벼랑에서 굴러떨어지는 낙석과 흙더미로 길이 종종 폐쇄되기도 한다. 그러므로 어쩌면 시간이 훨씬 더 걸릴지도 모른다. 최소한 아홉시쯤에는 출발을 해야만 오늘밤 안으로 로스앤젤레스에 도착할 수 있을 것이다.

그들은 일주일 전 로스앤젤레스를 떠났다. 그들은 15번 도로를 따라 베이커에서 127번 도로로 갈라져 데스밸리, 죽음의 계곡을 거쳐 129번 도로를 따라 내려오다가 오랜차에서 395번 도로를 만낮으며 그 길을 따라서 내려오다가 프리맨에서 178번 도로를 따라 베이커즈필드에 도착했다.

베이커즈필드는 찰스 디킨스의 소설에 나오는 남주인공 이름 같은 도시였다. 베이커즈필드에서 그들은 99번 도로를 타고 북상했다.

그들은 프레즈노에서 99번 도로를 버리고 41번 도로로 접어들었다. 41번 도로는 요세미티의 국립공원으로 들어가는 간선도로였다. 요세미티를 거쳐 그들은 120번 도로로 빠져나와 맨데카에서 일차로 90번 도로를 다시 만났다가 5번 도로를 만났으며, 205번 도로를 거쳐 마침내 그들은 580번 도로로 해서 샌프란시스코에 들어선 길이었다.

그들은 지도 한 장만을 들고 로스앤젤레스를 떠났었다. 그들은 수없이 갈라지고 방사선으로 펼쳐진 거미의 줄과 같은 도로들을 따라 숨가쁘게 캘리포니아의 구석구석을 헤매며 온 것이었다.

그들은 사막과 눈雪의 계곡을 거쳐 바다를 향해 한꺼번에 달려왔다. 이제는 바다를 볼 계획이었다. 바다를 보기 위해서는 아무래도 해안선을 끼고 달리는 1번 도로가 최고의 지름길이라는 사실은 지도만을 보아도 알 수 있었다.

이제 일주일 동안 내내 쉬지 않고 강행군을 벌여온 그들로서는 어지간히 지치고 피로했으므로 빨리 로스앤젤레스로 돌아가고 싶은 욕망뿐이었다. 그리고 돈도 거의 바닥나 있었다. 가는 도중에 휘발유를 한 번쯤 가득 채워야만 불안하지 않을 것이며, 식사는 간이매점에서 싸구려 햄버거로 때운다 해도 모텔비는 아슬아슬하게 남을까 말까 하는 금액이 주머니에 들어 있을 뿐이었다. 그래서 내처 이날 안으로 로스앤젤레스로 돌아가야만 했다. 그러기 위해서는 최소한 아홉시에는 출발을 강행해야 했다.

그는 무거운 몸을 일으켰다.

잠시 그가 지나온 여정을 머릿속으로 더듬는 동안 잠기운은 서서히 가시고 있었으며, 그래서 그는 비로소 안경을 찾아 쓴 것 같은 명료한 의식을 되찾았다.

어젯밤 두시까지 술을 마셨으므로 그는 겨우 여섯 시간 정도 눈을 붙인 셈이었다. 그러나 그는 비교적 일찍 잠이 든 셈이었고, 남은 사람들은 그가 잠이 든 뒤에도 더 많은 술을 마시고 더 많은 이야기를 나누고 더 많은 술에 취했을 것이 분명했으므로 아마도 날이 밝을 무렵에야 지쳐서 쓰러진 채 잠이 들었을 것이었다.

그는 깊은 잠 속에서도 간간이 매캐한 담배연기를 맡으며 귀를 찢는 듯한 음악 소리와 두런거리는 사람들의 목소리들을 듣고 있었다. 그는 간밤에 엉망으로 취해 잠이 들었었다. 몸을 저미는 피로에 한꺼번에 너무나 많은 위스키를 마신 모양이었다. 몹시 취해서 누군가와 심한 말다툼을 했던 것도 어렴풋이 떠올랐다.

그를 떠밀어 부축해서 잠을 재우고 난 뒤에도 모처럼의 파티는 새벽까지 계속되었을 것이 분명했다. 그는 머릿속이 쏟아져내릴 듯한 통증을 느꼈다. 그는 더듬거리며 일어섰다.

방문을 열고 나서자 채광이 좋은 거실로 은가루 같은 오전의 햇살이 한가득 흘러넘치고 있는 것이 보였다.

거실은 난장판이었다. 탁자 위에는 마시다 남은 위스키 병과, 술잔, 엎질러진 술, 피우다 함부로 비벼 끈 담배꽁초, 레코드판, 누군가 밟았는지 부서진 레코드판의 잔해들, 기타, 먹다 남은 빵 부스러기들, 씹다 버린 치즈 조각, 그리고 마리화나를 가득 담은 담배함이 놓여 있었고, 그것을 피우기 위한 파이프와 기구들이 내팽개쳐져 놓여 있었다. 온 거실에 술냄새와 담배 냄새 그리고 밤새워 피웠던 마리화나의 독한 풀냄새가 뒤범벅이 되어 구역질나는 냄새로 가득차 있었다.

대여섯 명의 사람들이 거실 바닥에 뒤엉켜 잠들어 있었다. 유리창을 통해 들어온 햇살의 무차별한 공격에도 그들은 곯아떨어져 있었다. 그들은 서로서로의 다리와 팔을 베고 잠들어 있었다. 안색이 몹시 나쁜 그들의 얼굴은 마치 물속에 가라앉은 익사해 죽은 시체를 끌어올린 형상을 하고 잠들어 있었다. 머리칼이 긴 여자는 커다란 곰인형을 부둥켜안고 있었다. 그는 준호가 어디 있는가 둘러보았다.

준호는 소파 위에서 담요를 뒤집어쓰고 잠들어 있었다. 머리맡에 빵 부스러기가 부서져 있는 것으로 보아 아마도 무엇인가 먹다가 잠이 들어버린 것이 분명했으며 그것으로 그는 준호가 간밤에 마리화나를 몹시 피웠다는 사실을 알 수 있었다. 그는 마리화나를 피우면 자꾸 무엇이든 먹으려 했다. 그는 준호가 마리화나를 피운 후 한 파운드의 빵과 샌드위치 세 개를 꾸역꾸역 먹는 것을 본 적이 있었다.

그는 준호의 머리를 흔들었다. 그는 쉽사리 눈을 뜨지 않았다. 그는 조금 심하게 준호를 흔들었다. 준호는 간신히 눈을 떴다.

"일어나."

그는 낮은 소리로 말했다.

"아홉시가 되었어."

"제발."

그는 돌아누우며 말했다.

"조금만 더 잡시다, 형. 어제 다섯시에야 잠이 들었어."

"일어나 이 쌔끼야."

그는 준호의 머리칼을 움켜쥐었다. 그의 머리칼엔 여자용 헤어핀이 꽂혀 있었다. 아마도 어떤 여자가 그의 머리칼을 정성들여 빗어준 후 자신의 헤어핀을 꽂아준 모양이었다. 헤어핀은 나비 모양으로 제법 아름다웠다.

"아아. 제발. 제발."

준호는 두 손으로 빌면서 중얼거렸다.

"한 시간만. 한 시간 후에 떠나도 늦진 않아."

"일어나야 해. 당장 떠나야 해."

"우라질. 부지런을 떨고 있네. 여긴 한국이 아니야. 여긴 미국이야 형. 좋아 씨팔. 내 안경 어디 갔지. 내 안경 좀 찾아봐, 형."

그는 준호의 안경을 찾기 위해서 난장판이 된 거실을 훑어보았다. 준호는 눈이 몹시 나빠 안경을 쓰지 않으면 한 치 앞을 구별하지 못한다. 준호의 안경은 그의 눈이었다. 그는 운전을 전혀 하지 못했고 오직 준호만이 운전을 할 줄 알았으므로 어제까지의 여행도 준호 혼자서 계속해왔던 것이다. 안경이 없다면 그는 운전을 할 수 없게 된다.

그는 불타버린 잿더미 속에서 살림도구를 챙기는 사람처럼 엉겨붙어 잠들어버린 사람들을 헤치고 다녔다. 누군가 그의 발에 밟혔다. 잠결에 둔한 비명소리를 지르며 한 사내가 그를 올려다보았다.

"미안합니다."

그는 웃으며 말했다. 전혀 낯선 얼굴이었다. 그는 어젯밤 아홉 시쯤 이곳에 도착했었다. 샌프란시스코에 도착한 것은 오전이었지만 둘이서 시내를 돌아다니다가 저녁 무렵에야 이곳으로 찾아온 것이었다. 준호가 알고 있는 유일한 사람의 집이었다. 하지만 주소만 알고 있을 뿐 전화번호도 알고 있지 않았다. 주머니에 돈이 없었으므로 노상에서 잠을 잘 수는 없는 노릇이었다. 그들이 무어라 하든, 싫어하든 좋아하든 준호가 알고 있는 주소에 적힌 집을 찾아 하룻밤 신세를 지지 않으면 안 될 만한 상황에 놓여 있었다. 대충 눈치로 보아 그들이 찾아가는 사람도 준호와 절친한 사람으로 보이지 않았고 그저 오가다가 주소만 적어준 겨우 안면만 있는 사람처럼 보였다. 그러나 어떤 사이라도 상관없었다. 하룻밤만 신세지면 그것으로 충분했다. 쫓아내지만 않는다면 차고 속에서라도 하룻밤 자고 떠나면 그만이었다.

주소 하나만을 갖고 집을 찾는 것은 구름 잡는 식이었다. 산호세에 있는 사내의 집을 찾은 것은 아홉시가 지날 무렵이었다. 집을 찾는 데만 세 시간이 넘어 걸린 셈이었다. 마침 집안에서 토요일을 맞아 파티가 벌어지고 있었는지 대여섯 명의 사람들이 모여 있다가 그들을 맞아주었다. 준호가 한때 노래를 부르던 제법 유명한 가수라는 사실을 그들은 모두 알고 있어 보였다. 그래서 그들은 기대했던 것보다는 훨씬 환대를 받을 수 있었다. 파티를 위해 아이들을 친척집에 미리 맡겨두었다는 집주인은 그들에게 웃으며 말했다.

"잘됐습니다. 우리도 모처럼 파티를 벌일 참이었는데 실컷 노세요."

그들은 이미 전주가 있었는지 다들 눈이 풀어져 있었다. 그들은 악수를 나누었고, 서로 통성명을 하고 웃음을 나누었다. 그러나 그는 그들의 이름을 하나도 기억하지 못하고 있었다. 밤 두시까지 그들은 떠들고 웃고 그리고 춤을 추었다. 취한 여인 중의 하나가 풀장에 들어가 옷을 입은 채로 수영을 했다. 그는 취한 김에 그 여인을 따라 팬티만 입고 물속에 뛰어들었던 기억이 어렴풋이 떠올랐다. 그것은 이상한 일이었다.

아홉시부터 밤 두시까지 무려 다섯 시간을 그들과 끊임없이 이야기를 나누고, 무엇을 마시고 먹고 춤을 추고 나중에는 몹시 다투기도 했지만 잠들어 있는 그들의 얼굴은 전혀 낯이 설었다. 그들은 누군인지, 이름이 무엇인지, 왜 그가 그들과 싸웠는지, 옷을 입은 채 풀장에 뛰어든 여인은 누구인지, 준호의 안경을 찾으며 거실을 살살이 돌아다니는 그의 마음은 두터운 암벽과도 같이 단절되어 있었다.

그는 간밤에 그토록 지리한 여행 끝에 마침내 이 집 앞에 다다랐을 때 초인종을 누르자 불빛 아래에서 나타나는 얼굴들을 보며 이상한 충격을 받았던 기억을 떠올렸다. 그들은 모두 가면을 쓴 사람처럼 보였다. 몸은 지치고 피로해서 쓰러질 것만 같았다. 그들은 이제 마악 임종을 한 뒤 영혼이 육신을 빠져나가 거칠고 황량한 어두운 벌판을 이리저리 배회하다 우연히 만난 아직 이승에서 방황하는 죽은 자들의 혼령들처럼 보였다.

이제 다시는 잠든 그들과 이야기를 나눌 수 없는 것이며 또다시 그들을 만나지도 못할 것이다.

그는 여행을 떠나고 나서부터 아름다운 풍경이나 거대한 사막, 선인장, 눈 덮인 요세미티 공원의 절경을 볼 때면 언제나 그런 감상적인 비애를 느끼곤 했다.

다시는 만나지 못할 것이다.

시속 칠십 마일의 빠른 속도로 스쳐지나가는 차창에 잠시 머물다 스러지는 저 풍경은 또다시 만나지 못할 것이다. 한 번의 만남

이 영원한 과거로 소멸되고 말 것이다. 저 끝간 데를 모르는 벌판. 초록의 융단 위에 구름에 가리어진 빛의 그늘이 대지 위에 이따금 그림자놀이를 하고 있었다. 어린 날 우린 흐린 저녁불 아래에서 두 손으로 벽에 그림자를 만들어보곤 했었지. 여우, 토끼, 개의 그림 자를 손가락을 구부려 벽에 만들어보곤 했었지.

짓궂은 구름은 이따금씩 하늘의 햇빛을 가려 지상에 그림자를 드리우곤 했다. 어떤 때는 여우비를 뿌리고 어떤 때는 얽힌 대지의 머리칼을 빗질하듯 슬며시 쓰다듬고는 사라지곤 했다. 그러한 것. 잠시 보이는 구름의 장난으로 여우비를 내리고 심심풀이 장난으로 서늘한 그림자를 드리우는 찰나적인 어둠도 그것으로 그만이 었다. 다시는 만날 수 없을 것이다.

저 구름도, 햇빛도, 먼 벌판에 민머리로 빛나는 구름도, 가끔 거 웃처럼 웃자라 있는 몇 그루의 나무도 다시는 만나지 못할 것이다.

그가 지나온 5번 도로도, 101번 도로도, 죽음의 계곡도, 사막도, 베이커즈필드도 다시는 만나지 못할 것이다. 잠들어 있는 사람들 의 얼굴들. 이름을 기억할 수 없는 사람들. 그들의 목소리, 그들의 웃음소리는 영원히 기억되지 않을 것이며, 그들은 이제 이 한 번만 의 해후로 영원히 잊혀질 것이다.

그는 준호의 안경을 스피커 옆에서 찾아냈다. 안경은 밟혀서 테 가 몹시 구부러져 있었지만 다행히도 안경알은 건재했다. 그는 안 경을 들고 소파로 다가갔다. 안경을 찾느라고 시간을 지체하는 동안 준호는 다시 깊은 잠에 빠져 있었다. 그는 준호의 머리를 거칠게 흔들었다. 신음소리를 내며 준호는 눈을 떴다. 그는 안경을 준호의 얼굴 위에 씌워주었다.

"일어나. 벌써 아홉시 반이야."

"아아."

준호는 하품을 하며 몸을 일으켜세웠다.

"유난히 부지런을 떠는군. 젠장. 형은 그래도 일찍 잠이 들었잖아. 난 다섯시가 넘어서 눈을 붙였단 말이야."

"떠나자, 떠나면 잠이 안 올 거야. 여기서 시간을 지체할 순 없어."

"씨팔."

그는 웃었다.

"외박을 하고 집으로 돌아가려는 사람 같애. 여긴 미국이야, 형. 로스앤젤레스로 돌아가봤댔자 반겨줄 사람은 없어. 로스앤젤레스가 서울인 줄 아슈. 젠장할. 아이구 머리 아파. 머리가 아파 죽겠어. 커피나 한잔 마셨으면 좋을 텐데."

순간 준호의 코에서 붉은 핏물이 맥없이 굴러떨어졌다. 그것은 코피였다.

"얼씨구 코피까지 나는군."

준호는 휴지를 찢어 동그랗게 만든 후 코를 틀어막고서 일어섰다.

"내 양말이 어디 있을 텐데."

그는 더듬거리며 소파 밑을 뒤졌다. 그는 한 짝의 양말을 소파

밑에서 찾아내었고 다른 한 짝의 양말을 곤히 잠든 여인의 머리 쪽
에서 찾아내었다. 준호는 낑낑거리며 양말을 신다 말고 물끄러미
여인의 얼굴을 들여다보았다.

"형. 이애의 이름이 뭐였지?"

"몰라. 간밤에 난 엉망으로 취했었어."

"맞아."

준호는 낄낄거리며 웃었다.

"형은 미친 사람 같았어. 이 친구들이 깨어나면 형을 떼지어 죽
일지도 몰라. 형은 간밤에 너무 심했어. 풀장에도 뛰어들어갔었다
고. 저 레코드판을 깬 사람이 누군 줄 알우. 형이야."

그는 유쾌하게 웃었다.

"형은 어젯밤 저 유리창도 부쉈다구. 풀장 옆에 있는 돌멩이를
집어던져 유리창을 깼어. 내버려두었으면 온 집안을 부쉈을 거야.
웃겼어. 형은 미친 사람 같았어. 나중엔 온 집안에 불을 지른다고
설쳐댔었다고."

그는 부끄러웠다.

"그러니까 서두르자. 이 친구들이 깨기 전에."

"이 친구들은 얼굴에 오줌을 싸도 깨어나진 않을 거야. 밤새 춤을
추고 마리화나를 빨고, 술까지 처먹었으니까. 지독한 친구들이야."

어느 정도 코피가 멎었는지 준호는 틀어막았던 휴지 조각을 빼
서 재떨이에 버렸다.

"갑시다. 젠장."

그는 한데 뭉쳐 잠든 사람들을 밟으며 거실을 가로질렀다. 준호는 냉장고를 열어 주스통과 우유, 그리고 빵조각을 비닐봉지 속에 가득 넣었다.

"커피를 마시면 정신이 날 텐데. 아, 아. 커피를 좀 먹었으면."

준호는 거실 한 가장자리에 코를 처박고 잠든 사내를 흔들어 깨웠다.

"이봐, 친구. 이봐, 친구."

사내는 짜증난 얼굴로 무어라고 중얼거리며 눈을 떴다.

"우린 떠나겠어. 친구 고마웠어. 친구. 가만있자. 이 친구의 이름이 뭐였더라. 형, 이 집 주인 이름이 뭐였지."

"생각나지 않아."

"가만있어봐. 어디 주소를 적어둔 종이가 있을 텐데."

준호는 주머니를 뒤졌다. 그러나 메모지는 어디론가 달아나버린 모양이었다.

"어이 친구."

할 수 없다는 듯 간신히 눈을 떴다. 다시 눈을 감은 사내의 얼굴을 가볍게 두드리며 준호는 소리질렀다.

"우린 가겠어. 고마웠어. 친구. 로스앤젤레스에 오면 연락하게."

"잘 가."

꿈에 잠긴 목소리로 그는 중얼거렸다.

"하룻밤 신세졌어요. 우린 갑니다."

그는 부드러운 목소리로 인사말을 했다.

"안녕히 가세요. 안녕……"

"갑시다, 형."

먹을 것이 든 비닐봉지를 들고 준호는 어느 정도 원기를 회복했는지 기분좋게 소리질렀다. 그들은 문을 열고 밖으로 나섰다. 무지막지한 햇빛의 광채가 수천 개의 플래시를 일제히 터뜨리듯 그들의 얼굴을 공격했다. 밤길을 달려왔으므로 집 앞의 돌연한 햇빛과 진초록의 나무와 장미와 숲 들은 일제히 아우성을 치며 덤벼들었다. 새떼들이 잔디밭 위에 앉아서 귀가 따갑도록 지저귀고 있었다. 집 앞 정원에 세워둔 준호의 검은 차가 없었다면 그들은 돌연히 다가온 이 정원 풍경을 어떻게 받아들여야 할지 어리둥절한 기분이었을 것이다. 준호의 차는 해안에 정박한 낡은 폐선처럼 보였다. 수천 마일을 쉬지 않고 달려왔으므로, 비와 눈과 먼지와 흙탕물에 뒤범벅이 되어 더럽고 불결해 보였다. 차창은 먼지로 반투명의 잿빛 유리처럼 더러웠으나 브러시가 만든 부채꼴의 반원만큼은 깨끗했다. 그 낡은 중고차로 일주일 동안 수천 마일을 쉴새없이 달려왔다는 사실이 믿어지지 않을 정도였다. 멕시코 녀석에게 이천 달러를 주고 샀다는 볼품없는 구형의 차는 그러나 의외로 견고하고 조그만 고통쯤에는 신음소리 하나 내지 않는 충직한 노예와도 같았다. 그 먼길을 달려오는 동안 딱 한 번 죽음의 계곡 그 가파른 언덕길에서 왈칵 오바이트한 것을 빼놓고는 내내 건강하고 명랑했다.

그들은 차의 문을 열고 좌석에 앉았다. 차 안은 난장판이었다. 여기저기 눌러 끈 담배와 먹다 흘린 빵조각들. 낡은 옷. 펜트하우스에서 잘라낸 여인들의 벌거벗은 사진들. 요세미티 공원에서 산 자동차 체인. 일주일 만에 벌써 낡아 너덜거리는, 캘리포니아의 도로망을 상세히 알려주고 있는 지도책. 그러나 막상 앉자 이상한 행복감과 안도감이 충만하기 시작했다.

남은 것은 이 집을 떠나는 일뿐이었다.

"잠깐."

운전대를 잡았던 준호가 깜빡 잊었다는 듯 운전대에서 손을 떼며 그를 보았다.

"큰일날 뻔했군. 잠깐만 기다려요, 형."

그는 차의 문을 열고 정원을 되돌아 집안으로 사라졌다. 그는 시트 바닥에 굴러떨어져 있는 담뱃갑에서 담배를 한 대 꺼내 피워물었다. 입안이 깔깔해서 담배 맛이 나질 않았다. 그는 시트 바닥에서 간밤에 그들이 유일하게 구원의 메시지처럼 들고 물어물어 찾아왔던 주소가 적힌 메모지를 발견했다. 그는 메모지를 꺼내보았다.

'정준혁.'

그곳엔 그들이 하룻밤 묵었던 집의 주인 이름이 적혀 있었다.

알 것 같기도 모를 것 같기도 한 이름이었다. 다시는 만날 수 없는 사람의 이름이었다. 이곳을 떠난다면 이 지상에 이러한 집이 있었다는 것은 영원히 망각 속에 묻혀버리게 될 것이다. 이곳을 떠난다면 분명히 하룻밤 머물렀던 저 집 안에서의 기억은 흔적도 남아 있지 않게 될 것이다. 요세미티의 방갈로에서 하룻밤 자고 일어났을 때 아침에 문을 열고 나서자 문득 막아섰던 엄청난 전나무의 꼿꼿한 나뭇등걸처럼 아아, 눈 덮인 나무숲 너머로 햇살을 받고 빛나던 산봉우리들. 얼어붙은 폭포가 산봉우리에 손바닥에 그어진 손금처럼 흘러내리고 있었다. 푸르다 못해 창백하게 질린 벽공의 겨울 하늘을 등뒤로 하고 눈 덮인 산봉우리들은 상아象牙의 탑처럼 백골로 우뚝 서 있었다. 그곳을 떠나와 이곳에 있듯이 이곳을 떠난다면 그 기억들은 뒤범벅된 머리의 갈피 속에 끼어들어 더러는 금방 잊히고 더러는 생선의 가시처럼 틀어박혀 어쩌다 기억이 나곤 하겠지. 그들이 이 집을 떠난다 해도 이 집은 이 집대로 존재할 것이다. 그들이 눈 덮인 계곡을 떠나왔다 해도 그 전나무는 늘 그 자리에 존재하듯이 그들이 180번 도로를 떠나왔다 해도 늘 그 자리에 그 도로는 놓여 있을 것이다. 프레즈노는 언제나 그 자리에 존재할 것이며 샌프란시스코는 그곳에 있을 것이다. 마치 우리가 두터운 책을 읽어내릴 때 눈으로 훑어내리면 내용은 머릿속에 전이되어 기억되나 페이지는 가차없이 흩어져나가버리듯. 책을 거꾸로 읽는 사람은 없듯이 우리는 일단 스쳐지나온 길을 고스란히 거꾸로 되돌아갈 수는 없는 것이다.

준호가 집에서 나왔다.

그는 파이프와 마리화나를 가득 담은 담배쌈지를 들고 있었다. 그럼 그렇지, 그가 그것을 그냥 놓고 나올 리는 없었다.

"하마터면 큰일날 뻔했어, 형."

준호는 만족하게 웃으며 운전대에 앉았다.

"이건 아주 좋은 거야. 아주 비싼 거야. 이 정도면 육십 달러가 넘을 거야."

그는 그것을 소중하게 다루며 차 앞 캐비닛을 열고 그 속에 집어넣었다.

"이걸 저번처럼 버리면 그땐 형이고 뭐고 골통을 부숴버리겠어. 알겠수?"

"알겠다."

준호는 주머니에서 자동차 키를 꺼내들고 구멍 속에 집어넣고 비틀어보았다. 차는 부드럽게 작동했다.

"멋있어. 형. 이 자식은 정말 멋진 놈이야."

준호는 기분이 좋은 듯 운전대를 쾅쾅 때렸다. 제풀에 클랙슨이 두어 번 크게 울렸다. 잔디밭에 떼지어 앉았던 새들이 놀라서 일제히 박수를 치며 일어섰다.

"갑시다. 자. 출발이야. 잘 있거라. 이 우라질 놈의 집. 잘 있거라 덜떨어진 암놈 수놈 들아."

차는 일단 후진을 한 후 방향을 잡았다. 그리고 달려나가기 시작했다. 그는 고개를 젖혀서 그가 하루 묵었던 집을 돌아보았다. 회백색의 양옥집은 초록의 숲속에서 잠시 반짝이며 빛났다가 스러졌다. 뭔가 강렬한 인상을 머릿속에 접목시켜두지 않으면 안 된다고 그는 생각했다. 그것은 여행을 떠나고 나서 줄곧 머릿속을 지배해온 일관된 흐름이었다. 마치 책을 읽다 인상적인 구절이 나오면 귀찮더라도 붉은 색연필로 언더라인을 그어서 표시해놓듯이. 그래야만 책을 다 읽은 후 책장을 펄럭펄럭이며 대충 훑어보아도 인상적인 장면을 떠올릴 수 있을 것이다. 이 여행이 끝난 후 집으로 돌아가 먼 후일에라도 머릿속에 각인시켜둔 풍경과 많은 기억을 떠올리려면 뭐든 집중력을 가지고 봐두어야 할 것이다. 방향을 잃은 사람이 밤하늘에 빛나는 별과, 나뭇등걸의 나이테를 보고 방향을 잡듯이.

그러나 그가 하루 머물렀던 집은 기억 속에 새겨놓기 전에 벌써 맹렬한 속도로 달려나가는 차의 전진으로 아득히 멀어져갔다. 이제는 잊어버릴 의무만이 남아 있는 셈이었다. 그래서 그는 잊기로 했다.

2

날씨는 기가 막히게 좋았다. 미국에서도 가장 좋은 캘리포니아의 날씨였다. 비록 겨울이긴 했지만 햇볕은 귤과 오렌지와 그 풍성한 캘리포니아의 채소를 익히는 부드러운 입김을 가지고 있었다. 햇볕은 작은 미립자로 형성된 분말 같았다. 습기가 깃들여 있지 않은 햇볕이었으므로 쥐면 바삭 부서져버릴 것처럼 햇볕은 건조해 있었다. 햇볕은 그늘 속에서도 빛나고 있었으며 야자수의 열매 위에서도 빛나고 있었다. 그늘은 햇볕이 눈부신 만큼 짙었지만 금박의 햇볕 가루가 생선 비늘처럼 모여 있었다.

산호세를 지나 1번 도로로 접어들기 위해서는 우선 101번 도로를 거치지 않으면 안 되었다. '살리나스'라는 도시에서 갈라져야만 해안으로 나갈 수 있었다.

운전은 준호의 차지였고, 지도를 읽고 판독하는 것은 그의 몫이었다. 지난 일주일 내내 그들은 그렇게 여행을 해왔다. 길이 갈라지는 두어 마일 전방이면 도로표지판이 우뚝 서서 방향을 가리키고 있었다. 어쩌다 잠깐 한눈을 팔면 갈라지는 교차점을 놓치게 되는데 그렇게 되면 방향감각을 잃어버리게 된다. 무시무시한 속도로 달려가는 고속도로에서 일단 잃어버린 방향을 되찾아가는 것은 최초의 단추를 잘못 채운 외투를 벗고 다시 입을 때처럼 짜증스러운 일이었다.

고속도로에서는 모든 것이 맹렬한 속도로 굴러가고 있었다. 차가 굴러가고 있는 것이 아니라 도로 자체가 무서운 속도로 움직이고 있는 착각에 빠져들게 된다. 그들은 운전대를 잡고 가만히 앉아 있는 느낌을 받는다. 도로는 미친 듯이 질주하고 도로 양옆에 키 큰 농구선수들처럼 서 있는 야자수 나무들은 휙휙 스쳐지나간다. 모든 차들은 일정한 골문을 향해 볼을 쥐고 달려가는 선수들처럼 대시하고 있으며 야자수 나무들은 그 공을 방해하는 상대편 선수들처럼 막아서고 있는 것처럼 보인다. 거대한 에스컬레이터 속에 갇혀 있는 환상을 불러일으킨다. 그런 맹렬한 속도감에서 잠시 한눈을 팔면 간선도로를 알리는 도로표지판을 잃어버리게 되는데 일단 방향을 잃어버리면 자동기계 속에서 스스로 조립되고, 절단되고 포장되는 상품처럼 조잡한 불합격품이 되고 마는 것이다.

도로는 거대한 이동 벨트이며 그 위를 굴러가는 차들은 빠르게 조립되는 상품들처럼 보인다. 운전을 하는 준호나 쉴새없이 방향을 잡고 주위를 환기시키는 그나 무시무시한 메커니즘을 이기는 길은 살인과도 같은 전쟁에서 쓰러지지 않는 것이었다. 지도는 그들의 유일한 나침반이었다.

"어떻게 된 거야. 나올 때가 되었어. 형."

산호세를 출발해 101번 도로를 따라 미친 듯이 달려오던 준호는 삼십 분쯤 지나자 숨가쁜 소리를 질렀다.

"잘 봐. 씨팔. 한눈팔지 마. 살리나스야."

"알고 있어. 줄곧 지켜보고 있다니까."

그는 충혈된 눈으로 소리질러 말을 받았다.

모건 힐. 길로이. 프런데일에서 156번 간선도로가 갈려나간다.

차는 방금 프런데일을 지났다. 프런데일을 지나면 산타리타. 산타리타를 지나야만 살리나스다. 산타리타를 지나야만 1번 도로로 빠져나가는 간선도로 표지판이 고속도로에 서 있을 것이다.

"살리나스, 살리나스."

그는 잊어버리지 않기 위해서 중얼거린다. 살리나스는 무엇을 뜻하는가. 그것은 샌프란시스코와 로스앤젤레스로 가는 도로 위에 위치한 작은 도시에 지나지 않는다. 미국의 도시는 어느 도시건 같다. 크고 작은 차이만 있을 뿐 같은 빌딩과 같은 고속도로와 같은 슈퍼마켓, 동일한 이름의 햄버거집, 거대한 체인스토어. 같은 얼굴, 같은 말, 같은 문화를 갖고 있다. 도시는 으레 검둥이들의 세계이며 도시의 다운타운은 무질서한 낙서와 더러운 휴지 조각들로 가득차 있다.

그러나 그는 늘 배반당하면서도 다가올 '살리나스'란 도시는 뭔가 다를 것 같은 희망을 갖고 있다.

"살리나스, 살리나스."

그는 간이역을 알리는 역원의 목소리처럼 장난스레 중얼거렸다.

"다음 역은 살리나스입니다. 살리나스에 내리실 분은 미리미리 준비해주십시오."

살리나스. Salinas. 에스. 에이. 엘. 아이. 엔. 에이. 에스. 살리나스.

그곳엔 무엇이 있는가. 공룡이 있을까. 아직 발견되지 않은 유인원의 두개골이 햄버거집 계단에 묻혀 있을지도 모른다. 금광을 캐기 위해 서부로 달려들어오던 백인을 죽이던 독 묻은 화살촉이 마당에 묻혀 있을지도 모른다. 살리나스, 살리나스. 어디서 많이 듣던 이름이다. 존 스타인벡의 소설, 『에덴의 동쪽』의 무대가 살리나스였지, 아마. 그 자식은 살리나스를 에덴 동산으로 비유했어.

그는 수천 마일을 여행해오면서 때가 되면 미국 어느 도시에서나 볼 수 있는 동일한 간이 음식점에 들어가서 식사를 하곤 했다. 똑같은 구조와, 똑같은 가격, 똑같은 양, 똑같은 메뉴의 간이 음식점 의자에 앉아 핫도그를 먹고, 아이스크림을 먹을 때면 음식점 한 구석에 비치해둔 전자오락 기계 앞에서 그 도시 젊은이들이 열중해서 우주에서 쳐들어온 외계인을 죽이는 모습을 보곤 했다.

그는 식사하는 동안만 그 도시에 머물러 있을 것이다. 그러나 그들은 이곳에서 태어났으며, 그곳에서 자라고 때가 되면 사타구니에 털이 돋아날 것이며, 연애를 할 것이며, 그리고 결혼을 하고 늙어갈 것이다. 태어난 곳에서 죽을 것이다. 때로는 태어난 고향을 떠나겠지. 운이 나쁜 녀석은 이미 한국전쟁에서, 월남 정글 속에서 죽었을지도 모른다. 그들의 전 인생이 그에게는 삼십 분에 불과했다.

그가 빵을 먹고 아이스크림을 먹는 동안 그들은 전 인생을 그곳에서 살고 있는 것이다. 그가 이제 식사를 끝내고 그 낯선 음식점과 낯선 도시를 떠난다면 그들은 죽음을 맞이하게 될 것이다.

살리나스.

그곳엔 무엇이 있을까. 그 똑같은 음식점 구석에서 애꿎은 외계인을 죽이는 젊은이들이 태어나서, 자라고, 사랑하고, 애를 낳고, 죽어가는 우스꽝스런 곡예를 변함없이 펼치고 있겠지.

"뭐 하고 있어, 살리나스야. 뭘 하는 거야."

그는 옆좌석에서 벼락같이 소리지르는 준호의 외침소리에 정신이 번쩍 들었다.

"형은 좀 이상해. 넋이 나간 사람 같아. 미친 거야. 씨팔. 어떻게된 거야. 깜빡 졸았어?"

차선을 바꾸기 위해서 회전등을 켜고 쉴새없이 차의 뒤쪽을 바라보며 준호는 신경질적으로 소리질렀다.

1번 도로를 알리는 마지막 표지판이 고가교 위에 붙어 있었다. 도로표지판은 으레 서너 개의 간선진입로 전부터 씌어 있게 마련이었다. 도로표지판은 앞으로 있을 세 개의 간선도로망을 안내해주고 있는데 차례가 되면 맨 밑부분에 씌어진 도로 이름이 윗부분으로 올라가게 된다. 그것은 그 도로가 임박했다는 사실을 가르쳐주는 신호이기도 했다.

차는 아슬아슬하게 1번 도로로 빠져들었다. 겨우 안심했다는 듯준호가 그를 보며 말했다.

"배가 고프슈? 그럼 빵을 먹어. 어떻게 된 거야, 길 안내조차 제대로 할 줄 모르니."

그는 대답하지 않았다. 배도 고프지 않았다.

차는 '살리나스 도시' 옆을 스쳐지나가고 있었다. 그곳엔 유인원의 두개골도 인디언의 화살촉도 남아 있지 않았다. 고속도로 양 옆으로 똑같은 야자수와 집들과 거리가 스쳐지나가고 있을 뿐이었다.

이젠 곧장 1번 도로를 따라 내려가면 되었으므로 어느 정도 심리적 안정감을 느꼈는지 준호가 라디오의 음악을 틀었다. 그는 음악을 몹시 크게 듣는 버릇을 갖고 있었다. 차 속에서 음악을 듣기 위해서 실내 앰프까지 설치해둔 그는 있는 대로 볼륨을 높이는 나쁜 버릇을 갖고 있었다. 그것은 음악을 감상하는 것이라기보다는 음악의 비 속에 갇혀 있는 기분이었다. 차 문은 굳게 닫혀 있으므로 작은 밀실과도 같다. 달리는 작은 밀실 속에서 스테레오의 음향이 귀를 찢을 듯이 들려온다는 것은 차라리 고통이었다. 그러나 그는 될 수 있는 대로 내색을 하지 않기로 마음을 굳게 먹었다.

준호는 그의 고등학교 이 년 후배였다. 그의 동생과 같은 나이 또래고 또한 절친한 친구였으므로 보통 이상의 친밀감을 갖고 있었다. 그가 로스앤젤레스에서 준호 그를 만난 것은 전혀 우연이었다.

그는 여행을 떠나온 길이었고, 준호 역시 여행을 떠나온 길이었지만 목적하는 바는 달랐다. 준호는 여행을 떠나온 김에 아예 미국에서 눌러살려고 작정을 하고 있었다. 준호는 한때 제법 이름이 알려진 가수였고, 그의 노래 가사를 그가 몇 개 써준 것도 있었다. 그러나 그는 인기 절정에서 소위 대마초를 피운 죄로 지난 사 년간 무대를 빼앗긴 불운한 과거를 가지고 있었다. 노래를 부르지 못하

404

는 동안 그는 이것저것 사업에 손을 대어 제법 돈도 모았지만 결국 끝내는 빈털터리가 되고 말았다.

그는 CM송도 작곡하고 양복점도 하고 나중에는 제주도에서 감귤농장을 경영하기도 했었지만 그의 방랑벽이 그를 빈털터리로 만들어버렸다. 결국 대마초 가수들을 구제한다는 발표가 난 후에도 그는 노래를 부르지 않았다. 그는 자신이 노래를 부르기엔 너무 늙었으며 좋지 않은 목소리를 갖고 있다는 것을 알고 있었다. 그는 두 아이와 아내가 있는 가장이었는데 우연히 미국을 여행할 수 있는 기회를 갖게 되었으며 이 기회를 이용해서 일단 해외로 빠져나왔지만 이미 돌아갈 시간은 초과되어 있었다. 그는 내친김에 미국에 눌러앉겠다고 말했다.

그가 준호에게 왜 돌아가지 않느냐고 묻자 그는 대답했다.

"무서운 나라야. 난 악몽에서 깨어난 것 같아. 씨팔 난 미국에서 살 거야."

그는 지난 사 년간 어쩔 수 없이 낭인생활을 할 수밖에 없었던 쓰라린 과거가 준호를 그렇게 만들었다고 애써 생각하려 했다. 그는 알고 있었다. 준호를 위시해서 많은 젊은 가수들이 마약중독자로 몰려 두들겨맞았으며, 정신병원에 수용되기도 했으며, 끝내는 사회의 도덕적 패륜아로 지탄받고 격리되었던 쓰라린 과거를. 그들을 만약 단순한 범법자로 다루었다면 길어야 일 년, 집행유예 정도로 끝났을 것이다. 그러나 그들은 사회적 여론으로 두들겨맞았으며, 그리고 언제까지라고 정해지지 않은 이상한 압력으로 재갈을 물리고, 격리되었던 것이다. 그것이 우연히 해외로 나온 여행에서 그를 밀입국자 신세로 전락시키게 한 동기가 되었을 것이다.

그는 빈털터리였다. 여행을 할 때 갖고 나온 돈은 바닥이 났으며 더구나 그 돈에서 나머지 부분을 모두 중고차 한 대 사는 데 써버린 것이었다. 차가 없으면 로스앤젤레스에서는 꼼짝도 할 수 없다는 사실을 불과 이 개월 동안 머물면서 뼈저리게 느낀 모양이었다. 그는 뉴욕과 시카고를 거쳐 로스앤젤레스로 숨어들어온 길이었다. 준호는 방 하나를 빌려주는 다운타운의 싸구려 하숙방에서 지내고 있었다. 한 달에 백 달러만 내면 방을 빌려주는 유령과 같은 집이었다. 빅토리아풍의 거대한 저택은 한때는 꽤 화려한 고급 저택이었겠지만 할렘 가에 위치하고 있었으므로 더럽고 퇴락한 멋대가리 없이 크기만 한 집이었다.

준호는 그 방에서 아무런 대책 없이 지내고 있었다. 여행기간은 이미 만료되었으며 일차로 연장한 여권기간도 며칠 있으면 끝날 판이었다. 처음엔 그를 반겨주던 친구들도 하루이틀이 지나자 그를 경원하게 되었으며 그가 돌아가지 않고 어떻게 해서든 이곳에서 뿌리를 내리고 살려고 한다는 계획을 안 순간부터 그를 만류하고 그를 비웃고 마침내는 상대할 수 없는 인물로 백안시하고 있었다. 준호는 자기가 여권기간을 더이상 연장할 수 없다는 사실을 잘 알고 있었다. 한국 영사관 측이 납득할 만한 다른 이유를 발견할 수 없었기 때문이었다.

그는 이미 한국을 떠난 지 반년이 넘어가고 있었으며 상대적으로 미국생활에는 익숙해져가고 있었지만 어디까지나 여행자도 아니고 그렇다고 정식으로 이민해온 사람도 아닌 어정쩡한 이방인이 되어가고 있었다. 그는 단돈 이십 달러면 놓을 수 있는 전화를 가설하고 밤이나 낮이나 받는 사람이 부담하는 국제전화만 걸어대었다. 며칠 동안 준호의 싸구려 하숙방 침대에서 함께 자본 일이 있는 그로서는 밤이건 낮이건 때도 없이 국제전화를 거는 준호의 고함소리를 꿈결 속에서 듣곤 했다.

"나야 나, 뭘 하니. 여긴 미국이야. 여긴 로스앤젤레스야. 거긴 어떠냐. 눈이 오니, 눈이 많이 온다고. 거리가 막혔겠구나. 여기야 눈이 올 리가 없지. 여긴 언제나 여름이니까 말야. 뭐 재미있는 일 없니. 너 목소리가 왜 그래, 감기 걸렸구나. 여편네하고 잘 땐 이불 덮고 자라고 이 새끼야. 하루에 몇 탕 뛰니. 몸조심해. 우라질 새끼야. 가끔 내 마누라 좀 만나니? 가끔 불러내서 밥이라도 사줘라. 그렇다고 데리고 자란 소리는 아냐."

준호의 수첩에는 그가 알고 있는 모든 친구, 모든 사람, 방송국, 회사, 한때 알고 지내던 여자친구들의 전화번호가 깨알같이 적혀 있었다. 그는 하룻밤에도 몇 차례씩 받는 사람 부담으로 국제전화를 걸곤 했다. 그는 그런 전화가 되풀이될수록 상대편이 싫어하리라는 것을 모르는 어리석은 녀석이었다. 처음에 한두 번은 의례적으로 전화를 받아주지만 그 통화료가 엄청나다는 것을 안 뒤부터는 그의 전화를 기피하게 될 것이라는 사실을 모르는 듯 무턱대고 전화를 걸곤 했다.

그는 잘 알고 있었다. 준호가 마침내는 아무에게도 전화를 걸 수 없게 될 것이며 그 누구와도 통화를 할 수 없게 될 것이라는 사실을. 준호는 나머지 돈 중에서 상당 부분을 마리화나를 사는 데 써버리고 있었다. 지난 사 년간 바로 그 마(麻)의 풀잎으로 쓰라린 경험을 맛보았는데도 불구하고 준호는 피와 같은 돈을 아낌없이 마리화나를 사는 데 써버렸으며 밤이건 낮이건 그 독에 취해 있었다. 그는 한 개의 빵을 먹기보다도 마리화나를 피웠으며 마리화나는 그의 모든 것이었다. 마리화나는 그의 빵이었으며, 술이었으며, 물이었으며, 그의 피였다. 그는 아침에 눈을 뜨자마자 그것을 피웠으며, 차를 타고 가면서도 그것을 피웠다.

그가 그것을 다시 피운다는 사실은 로스앤젤레스 한국 사람들에게 파다하게 소문이 번져 있었다. 그래서 사람들은 그를 구제할 수 없는 녀석, 도덕심이라고는 찾아볼 수 없는 놈, 염치없는 새끼로 취급하고 있었다. 마리화나를 사기 위해서 친구들에게 돈을 구걸하는 놈이라고 준호를 인간쓰레기 취급을 하고 있었다. 그런 의미에서 로스앤젤레스에서 생활한 지 석 달 만에 그는 철저한 거렁뱅이가 되어가고 있었다. 아무도 그를 찾아오지 않았으며 그 역시 그 누구도 찾아가지 않았다.

그는 서서히 죽기를 작정하고 날마다 마시고 먹는 술과 밥 속에 일정한 미량의 독을 넣어두는 자살자와도 같았다.

그가 우연히 준호를 만났을 때 준호는 그에게 말했다.

"잘됐어, 형. 나하고 함께 이곳에서 눌러삽시다."

그에게는 아무런 대책도 없었다. 뭘 어쩌자는 것인지, 그에게는 아무런 대책도 없었다. 뭘 어쩌자는 것인지, 이렇게 살다보면 남아 있는 그의 가족들은 어떻게 할 것인지, 구체적인 대안이나 계획도 없이 그는 마리화나에 젖어 풀린 눈으로 킬킬 웃으며 이렇게 말했다.

"씨팔, 아이들은 고아원 보내고 아내는 돈 많은 홀애비한테 시집이나 가라지 뭐. 언젠가는 만나게 되겠지요. 씨팔."

준호와 여행을 떠난 후부터 그는 될 수 있는 대로 신경을 가라앉히려고 마음 굳히고 있었다. 아무리 절친한 사이라도 여행을 하다보면 서로의 단점만 극명하게 드러나 보이게 마련이었다. 그래서 하찮은 일에도 언성을 높이고 으르렁거리고, 증오하고, 폭력을 휘두르게 되는 법이었다.

이미 요세미티의 공원 입구에서 그들은 대판 싸웠다. 요세미티가 고산지대이고 겨울철이기 때문에 눈이 덮여 있으리라는 것쯤은 상식적인 일이었다. 그런데도 두 사람은 자동차 체인을 준비하지 않았다. 진입로 입구에 선 교통안전 순시원이 체인을 감지 않은 그들을 통과시켜주지 않는 것은 당연한 일이었다. 별수없이 체인을 사기 위해서 오십 달러라는 거액을 예기치 않게 쓸 수밖에 없었다. 준호도 그도 자동차의 바퀴에 체인을 달아본 적은 없었다.

체인을 파는 주유소의 늙은 주인이 수수료를 주면 체인을 달아준다고 했는데 그 값은 삼십 달러였다. 삼십 달러를 주고 체인을 다는 것은 미친 짓이었다. 그들은 눈이 쌓인 주유소 뒤뜰에서 체인을 감기 위해서 악전고투를 했다. 눈발이 시야를 가릴 정도로 몰아치고 있었다.

그는 차바퀴에 체인의 끝부분을 가지런히 얽어매어 들고 있었고 차는 한 바퀴 구를 정도만 전진시키도록 약속했다. 그러나 그것은 뜻대로 되지 않았다. 하마터면 거친 차의 반동으로 체인을 든 그의 손이 차바퀴 속으로 말려들어갈 뻔했다.

"주의해. 하마터면 손이 으스러질 뻔했어."

그는 구르는 차의 바퀴에서 손을 급히 빼려다가 차체의 날카로운 금속 부분에 긁혀서 피가 나오는 손을 들여다보며 으르렁거렸다. 손은 얼어붙은 눈에 얼음처럼 굳어 있었다.

"그걸 놓으면 어떻게 해."

운전대에 앉은 준호도 지지 않고 맞받아 소리질렀다.

"체인이 겨우 감아지는 판인데 그걸 놓치면 어떡하냐고, 씨팔."

"손이 부러질 뻔했어, 이 쌔끼야. 손이 바퀴에 들어가 으스러질 뻔했다고."

그는 피가 흐르는 손을 준호에게 내밀었다. 순간 준호는 그의 손을 뿌리치며 소리질렀다.

"겁 좀 내지 마라, 무서워 좀 하지 마. 손이 부러지진 않으니까."

그는 그때 아직 남아 있는 자동차의 체인을 보았다. 그는 거친 동작으로 자동차의 체인을 집어들었다. 그는 감당할 수 없는 살의를 느꼈다.

"차에서 내려 이 새끼야."

준호가 무어라고 중얼거리며 달래듯 웃었다.

"체인이 필요한 건 자동차 바퀴지 내 얼굴이 아니야."

그는 준호의 머리칼을 움켜쥐고 자동차의 시트에 함부로 쥐어박았다. 준호는 의외로 얌전하게 그의 폭력을 감수하고 있었다. 갑자기 준호의 양순한 비폭력이 그를 부끄럽게 만들었다. 필요 이상으로 신경질을 부린 자신에 대해서 그는 침이라도 뱉고 싶은 모멸감을 느꼈다. 그러나 새삼스레 준호에게 사과를 하고 싶은 마음은 들지 않았다. 어쨌든 두 사람은 하나의 공동 운명체라는 사실이 가라앉은 분노 뒤끝에 참담하게 스며들고 있었다.

준호의 골통을 자동차 체인으로 부숴버린다면 어떻게 할 것인가. 어떻게 해서 저 눈 덮인 산을 넘을 수 있을 것인가. 애초부터 끓어오르는 분노와 적의는 준호의 탓이 아니었다. 그것은 그의 마음에 가득히 있는 일관된 흐름이었다.

지난가을 김포비행장을 떠날 때부터 그의 마음속에는 절박한 분노와 자포자기적 울분이 용암처럼 끓어오르고 있었다. 그는 그런 의미에서 여행을 떠난 것은 아니었다. 그는 도망쳐온 셈이었다. 그는 디즈니랜드에서도, 유니버설 스튜디오에서도, 할리우드에서도, 한국인 식당에서도, 할리우드의 싸구려 창녀 아파트에서도, 그녀의 금발 음모 위에 입을 맞추면서도 내내 가슴속에서 분노의 붉은 혀가 쉴새없이 낼름거리는 것을 느끼고 있었다.

자동차의 체인이 그를 화나게 한 것은 아니었다. 준호의 버릇없는 말대꾸가 그를 분노케 한 것은 아니었다. 그는 모든 것, 보고, 듣고 말하고 느끼는 그 모든 것에 분노하고 있었다. 그는 김포공항을 떠나면서부터 줄곧 분노하고 있었다. 그를 전송하기 위해 따라나온 아내의 눈과 두 아이의 고사리 같은 손에도 분노하고 있었으며 짐을 체크하는 세관원의 손끝에도 분노하고 있었다. 그즈음 결혼한 뒤 처음으로 부부싸움 끝에 아내를 때렸다. 아내는 그에게 울면서 말했다. 당신은 변했어요. 당신은 이상해졌어요. 한 회분씩 쓰는 신문 소설에도 분노하고 있었으며 그가 쓰는 모든 소설에도 분노하고 있었다. 활자화된 문장을 보면서도 분노하고 있었으며 그는 신문을 보면서도 분노하고 있었다. 분노를 참을 만한 절제는 나사가 풀려 그의 용솟음치는 분노의 힘을 감당치 못하고 있었다. 그는 그의 작품이 영화화된 극장 앞에 쭈그리고 앉아서 늘 상한 짐승처럼 이를 악물고 있었다.

그는 자신의 분노에 겁을 집어먹기 시작했다. 그는 자신이 피로해진 탓이라고 생각했다. 신경쇠약이 재발된 모양이라고 그는 스스로 심리분석을 해보기도 했다. 지난 십여 년 동안 한시도 제대로 쉬지 못하고 혹사한 탓으로 신경이 팽팽한 바이올린의 현처럼 끊어져버린 모양이라고 자위해보기도 했다. 그러나 참을 수 없는 분노는 더이상 긴장과 자제로써도 눌러 진정시킬 수가 없었다. 분노는 그의 입을 뛰쳐나오고, 그의 손끝은 불수의不隨意 근육처럼 움직였다. 술좌석에서 그는 술만 마시면 마주앉은 사람들과 싸웠고 어떤 때는 병을 깨고 술상을 뒤집어엎어버리기도 했다. 그가 여행을 떠나온 것은 그런 모든 분노의 일상생활에서 도망쳐온 것이었다.

밤늦게 로스앤젤레스의 공항에 내려서 긴 복도를 걸어가며 그는 자신이 도망쳐왔다기보다는 망명해온 것이 아닌가 하는 느낌을 받았다. 그렇다. 그건 여행도 아니었고 까닭 없이 치미는 분노의 일상에서부터 탈출해온 것도 아니었고, 망명의 길을 떠나온 것이었다. 그는 정치가가 아니었으므로 정치적인 망명을 해온 것은 아니었다. 그는 음악가가 아니었으므로 예술의 자유를 획득하기 위해서 망명해온 것은 아니었다. 그는 그렇게 비유하는 것이 감히 허용된다면 그저 하나의 평범한 지식인에 불과할 따름이었다. 그는 언젠가 소련에서부터 음악의 자유를 얻기 위해 서방으로 망명했던 유명한 피아니스트 아슈케나지와 인터뷰를 한 적이 있었다. 그에게 왜 조국 소련을 버렸느냐고 묻자 그는 이렇게 말했었다. 난 피아노 앞에 내가 원할 때 언제라도 앉을 수 있는 자유를 얻기 위해서 망명을 했습니다. 마찬가지로 내가 원하지 않을 때 언제라도 휴식을 취할 수 있는 자유를 얻기 위해서도 망명을 했습니다.

그러면 나는 무엇인가, 무엇을 위해서 망명을 한 것일까. 보다 큰 자유를 위해서 망명을 떠나온 것일까, 분노로부터의 망명인가, 숨막히는 일상으로부터의 망명인가.

"어젯밤 일이 생각나우?"

여전히 귀를 찢을 듯한 요란한 음악의 홍수 속에 갇혀 반은 음악감상에 반은 운전에 몰입한 꿈꾸는 듯한 미소를 띠며 준호가 그를 돌아보았다.

길은 팔차선의 고속도로로부터 사차선의 간선도로로 한결 좁아져 있었다. 아직 본격적인 해안도로가 시작되지는 않고 있었다. 바다는 아직 어느 곳에서도 보이지 않았다. 차는 유명한 피서지인 몬테레이 해안을 향해 치닫고 있었다.

"형은 어젯밤 미친 사람 같았어."

"그 음악 좀 낮춰라."

그는 될 수 있는 대로 감정을 나타내지 않는 낮은 목소리로 말을 뱉었다. 준호는 볼륨을 죽였다.

"지금쯤 그 새끼들은 모두 잠에서 깨어났을 거야. 어쩌면 형을 찾아나섰을지도 몰라. 왜냐하면 형은 어젯밤 완전히 미쳤으니까."

"난 기억나지 않아. 아무것도 기억할 수 없어."

"형은 어젯밤 위스키를 반병이나 나발불었어. 첨엔 잘나갔지. 인사도 하고, 악수도 하고 춤을 추었어. 그때까진 좋았어. 그런데 갑자기 발광하기 시작했어. 그 쌔끼들이 형과 말다툼을 하기 시작했어. 그들이 형에게 말했어. 우리는 미국 시민이다, 한국은 더이상 우리들의 조국이 아니다. 그러자 형은 갑자기 날뛰기 시작했어. 어떻게 된 거야. 형은 애국잔가. 정말 웃겼어. 난 형이 그토록 애국자인지 몰랐어. 형은 소리를 버럭 질렀어. 함부로 말하지 마이 쌔끼들아, 너희들은 그런 말을 할 자격이 없는 놈들이야, 하고 말이야. 정말이지 큰 실수였어. 형은 뭐야. 민족주의잔가. 형은 레코드판을 부수고 유리창을 깼어. 우리가 말리지 않았다면 모든 유리창을 다 깼을 거야. 생각나?"

"생각나지 않아."

그는 침통한 목소리로 대답했다. 그것은 거짓말이었다. 자욱한 아침 안개 속에 드문드문 드러난 나무의 등걸처럼 어렴풋이 간밤의 기억이 연결되지 않고 고립된 섬처럼 떠오르고 있었다.

"난 그렇게 화를 내는 모습은 본 적이 없었어. 형은 깡패 같았어. 미친 사람 같았어."

드디어 폭발했다.

그는 팔짱을 끼고 묵묵히 생각했다. 기어코 잠재되어 있던 분노가 방아쇠를 당긴 총알처럼 뛰쳐나갔다. 극심한 피로 끝에 마신 술기운이 그의 억눌린 분노의 용수철을 잡아당긴 모양이었다.

"그들은 형과 골치 아픈 정치 얘기를 하자는 것은 아니었어. 그들은 그저 즐기기 위해서 정치 얘기를 꺼낸 것뿐이었어. 그건 즐거운 일이니까 말야. 그들은 모이기만 하면 궁정동 파티 때 여배우

누구누구가 앉아 있었다는 화제를 꺼내고 그걸 즐기기 위해서 되풀이하는 것뿐이야. 고의적인 것은 아니었어. 그런데 형이 지나치게 오버액션한 거야. 그들은, 그들은 고마운 놈들이야. 그들은 우리를 재워줬어. 술도 주고 빵도 주었어. 그리고 우린 그 집에서 주스와 빵과 우유와 마리화나를 훔쳐나왔어. 나도 그놈들이 뭘 하는 놈들인지 몰라. 엘에이 한국 음식점에서 만난 것뿐이야. 샌프란시스코에 오면 한번 들러달라고 주소를 적어주더군. 그뿐이야. 그런데 형이 그들의 파티를 망쳤어. 아. 바다야. 저것 봐, 바다야. 태평양이야."

준호는 갑자기 탄성을 올리며 클랙슨을 울렸다. 그는 차창 밖을 목을 빼어 바라보았다. 몬테레이 관광지대로 넘어가는 언덕 위로 바다가 보였다.

해안선을 따라 수많은 요트와 배 들이 부두에 매여 있는 것이 보였다. 바람을 타고 바다 냄새가 비릿하게 풍겨왔다. 인근 도시에서 차를 타고 온 주민들이 바닷가 부두에 차를 세우고 해바라기를 하고 있는 것이 보였다. 아직 본격적인 바다는 시작되지 않고 있었다. 갈매기들이 종이연처럼 바람에 쏠려 날리며 부둣가에 세워진 요트의 돛과 보트의 마스트 위로 솟구치고 있었다. 제방에서 나이든 할아버지 하나가 갈매기들에게 먹이를 주고 있었다. 수많은 갈매기들이 노인의 주위로 새카맣게 모여들고 있었다.

갈매기들은 인간에게 익숙해 있는 것처럼 보였다. 노인의 머리 위에도, 어깨 위에도, 손바닥 위에도 갈매기들은 서슴지 않고 앉아서 그가 나눠주는 먹이를 날카로운 부리로 쪼아대고 있었다. 도시로 흘러들어온 바닷물은 파도도 없이 잔잔해서 거대한 호수처럼 보였다. 정오의 햇살이 프라이팬 위에서 끓는 기름처럼 부서지고 있었다.

"몬테레이야. 세계에서 돈 많은 놈들이 모여 산다는 유명한 별장지대야."

길 양옆으로 울창한 수풀이 전개되었다. 숲속에는 고급 주택이 고성古城처럼 솟아 있었다. 바다에서 불어오는 바람을 막기 위한 방풍림이 병풍처럼 둘러서 있는 숲 사이로 파란 잔디가 보였다. 잔디밭에는 수많은 사람들이 떼지어 몰려 있었다. 그것은 골프장처럼 보였고 마침 대회라도 벌이고 있는 것일까, 많은 사람들이 한 사람의 뒤를 쫓아 느릿느릿 걷고 있었다.

"영화 속에 나오는 바닷가의 풍경은 모두 이곳에서 찍는다고. 저 집들 좀 봐. 도대체 저 집엔 어떤 놈들이 살고 있을까. 어떤 새끼들이 저런 엄청난 집에서 살고 있을까. 몬테레이 일대를 좀 보겠어. 여긴 유명한 관광지대라고."

준호는 흥분한 사람처럼 쉴새없이 떠들고 있었다. 그러나 그는 아무런 흥미도 느끼질 않고 있었다.

로스앤젤레스에서 단지 고급 주택이 밀집해 있다는 이유 하나 때문에 비버리힐스를 샅샅이 누비며 소위 집 구경을 한 적도 있었다. 비버리힐스는 소문대로 엄청나게 좋은 저택들이 열대지방의 울창한 숲속에 펼쳐져 있었다. 그것은 집이라기보다는 하나의 성들이었다.

"난 저런 집에서 살 거야. 형. 백인 관리인을 두고 영화 〈바람과 함께 사라지다〉에 나오는 뚱뚱한 흑인 같은 하인을 두고 저런 집에서 살 거야. 형. 놀라지 마. 저 집들 중에는 우리나라 사람도 살고 있어. 난 소문을 들었어. 우리나라에서 몇백만 달러 재산 해외 도피시켜 가지고 나온 전직 고관들이 저 안에서 숨어살고 있다고 그러는 거야. 그 사람들은 개인 경호원까지 두고 있다는 거야. 웃기는 놈들이야. 우리들 세금으로 재산 만들어 해외로 도망쳐나온 놈들이야. 형, 내 재산을 팔아 모두 해외로 가져온다면 얼마나 될까. 아파트가 하나 있어. 그걸 팔면 십만 달러는 되겠지. 제주도에 있는 감귤농장 팔면 글쎄 오만쯤 받을 수 있을까. 십만 달러는 받을까. 가지고 있는 가구, 텔레비전, 냉장고, 전축, 모든 것을 팔면 오만 달러는 챙길 수 있을까? 그럼 이십오만 달러가 되는 셈이로군. 이만하면 어때. 형. 나도 부자야. 미국에서 캐시로 이십오만 달러를 가진 놈이 누가 있으려고."

그는 준호가 허세를 부리고 있다는 것을 잘 알고 있었다. 그는 준호가 겨우 작은 아파트 한 채만을 갖고 있다는 사실을 알고 있었다. 제주도의 감귤농장은 이미 경영 실패로 남에게 넘어간 지 오래라고 자기 입으로 이야기하지 않았던가. 준호는 모래성을 쌓는 어린아이처럼 멋대로 상상하고 멋대로 꿈을 부풀리는 유치한 게임을 즐기고 있는 것뿐이었다.

그는 비버리힐스의 엄청난 저택에서도 디즈니랜드의 정교한 인형에서도, 유령의 집에서도, 죽음의 계곡의 그 황량한 벌판 속에서도 라스베이거스의 불야성 같은 밤의 야경 속에서도, 요세미티의 눈 덮인 설경 속에서도, 아무런 충격도 감동도 받지 않았었다.

그는 철저한 불감증 환자였다. 그것은 '크다'는 느낌 이외에 아무것도 아니었다. 그는 호기심 때문에 여행을 떠나온 것은 아니었다.

비버리힐스를 보기 위해서, 할리우드에서 〈목구멍 깊숙이〉라는 섹스영화를 보기 위해서, 디즈니랜드의 병정인형을 보기 위해서 여행을 떠나온 것은 아니었다. 그는 아무것도 보지 않기 위해서 여행을 떠나온 것뿐이었다. 그는 장님과 다름없었다.

미국으로의 여행은 그가 스스로 선택한 유배지로의 여행이었다. 미국의 풍요한 문명과 엄청난 자연 풍경은 그에게 아무런 무서움도 열등의식도 불러일으키지 못했다. 그는 아주 작은 하나의 섬에서부터 배를 타고 대륙의 뭍으로 귀양 온 죄인에 불과했다. 대륙에서 본다면 그가 태어나고 자라고, 사랑하고, 교미를 하고, 결혼을 하고, 아이를 낳고, 늙어 죽어갈 그의 섬은 조그만 촌락에 지나지 않았다.

나뭇가지 위에 열린 나무 열매 하나 때문에 이웃과 싸우고, 동네를 가로지르는 냇물 하나 때문에 전쟁을 일으킨 가엾고도 어리석은 원주민들의 섬이었다. 그가 자신은 지식인이라고 말할 수 있었던 것은 기껏해야 닭은 다리가 두 개이며, 개는 다리가 네 개라는 사실을 구별할 줄 안다는 이유 때문이었다. 그는 하나에서부터 열까지 셀 수 있는 사람이었으므로 지식인이었다. 그는 태양이 동쪽에서 떠서 서쪽으로 진다는 것쯤은 물론 알고 있었다. 그는 그가 아는 모든 것을 원주민들에게 가르쳐주는 것만이 지식인의 역할이라고 믿고 있었다.

그래서 그는 아직 다섯까지의 숫자밖에 모르는 원주민들에게 여섯과, 일곱과, 여덟을 알려주었으며 그가 알고 있는 모든 지식은 어느 날 명령에 의해서 불법으로 인정되었다.

미국의 풍요가 내게 무엇이란 말인가. 미국의 자유가 내게 무엇이란 말인가. 미국의 병정인형과 아름다운 정원이, 웅장한 저택과 핫도그와 아이스크림이, 사막과 설원이 내게 무엇이란 말인가. 그의 가슴속에는 터질 듯한 분노 이상의 아무런 감정도 존재하지 않고 있었다.

준호의 말대로 그 역시 가지고 있는 집과 그가 소유하고 있는 가구와 지금껏 고생해서 번 그 모든 것을 팔아버린다면 겨우 이 거대한 미국의 거리 한 모퉁이에 자그마한 빵가게 정도는 낼 수 있을 것이다.

"형."

갑자기 준호가 소리를 질렀다.

"바다야. 형, 바다야."

바다가 활짝 젖혀진 커튼 뒤에 나타나는 무대 위의 풍경처럼 돌연 그들의 앞을 가로막았다. 그것은 예기치 않았던 풍경의 전개였다.

바다는 푸르다못해 검었으며 거친 파도가 벼랑을 할퀴고 있었다.

시야는 막힌 데 없이 투명했다. 이미 도로는 이차선으로 좁아졌으며 길 아래로 칼로 벤 것 같은 벼랑이 끊임없이 이어지고 있었다.

태양은 이글이글 불타고 있었으며 바다의 수평선은 좀더 하늘로 밀착되려는 욕망으로 팽팽히 긴장되고 있었다. 벼랑 아래는 분노에 뒤틀린 바윗덩어리들과 붉은 황토가 입을 벌리고 아우성치고 있었고 거센 파도가 산기슭을 질타하고 있었다.

우와와─ 우와와─ 거센 바닷바람이 열린 차창 틈으로 쏟아져 들어오고 있었으며 하늘로는 바람에 쏠려가는 갈매기들이 목쉰 소리로 울며 날아가고 있었다. 그들이 가야 할 도로는 바다로 흘러내린 벼랑과 깎아지른 듯 붉은 단애斷崖의 산기슭 사이로 도망치고 있었다. 바닷가로 흘러내린 벼랑에는 쓸모없는 풀더미들이 웅크리고 웃자라고 있었다.

준호는 바다가 잘 보이는 지점에 차를 세웠다. 그는 차의 캐비닛을 열어 파이프와 마리화나를 꺼냈다. 그는 부스러기 하나도 흘리지 않으려고 주의하며 마리화나를 손끝으로 딱딱하게 짓이겨서 파이프 속에 집어넣었다. 파이프 속엔 얇은 섬유망이 그물처럼 떠

받치고 있었다.

그는 준호의 버릇을 잘 알고 있었다. 무엇이건, 아름다운 풍경을 보면 준호는 버릇처럼 파이프를 꺼내들곤 했다.

그것을 피우면 아름다운 풍경이 더욱 광채를 띠고 강조되어 빛나오는 것일까. 아니면 대자연의 경관 속에서 느껴오는 밑도 끝도 없는 고독감과 절망감을 달래기 위해서 환각이 필요하게 되는 것일까. 잠을 자기 위해 침대 위에 누우면 으레 준호는 마리화나를 볼이 메도록 빨곤 했다.

그것을 피우면 모든 풍경이 그가 원하는 대로 변질되는 것일까. 무엇이 그를 쓰라린 지난 사 년간의 고통 뒤끝에도 그것을 피우게 하는가. 그것은 아무도 간섭하지 않는 미국의 자유 때문인가. 그 자유를 만끽하고 싶다는 욕망 때문인가.

준호는 불을 붙이고 서둘러 연기를 들이마셨다. 목젖이 튀기도록 기침을 했다. 그러나 아까운 연기는 흘러나오지 않았다. 연기가 이미 그의 폐부 속에서 모조리 연소되었기 때문이었다.

쓴 풀잎 냄새가 차 안을 가득히 메웠다. 한꺼번에 많은 양을 들이마시는 심호흡으로 짓이겨진 풀잎은 벌겋게 달아오르고 그 연기를 들이마시는 바람 소리가 풀무 소리처럼 건조하게 들려왔다. 그는 한가득 연기를 들이마시고 될 수 있는 대로 오래 참기 위해서 숨을 끊었다.

그의 눈이 튀어나올 듯이 충혈되고 그의 목이 뱀의 그것처럼 부풀어올랐다. 더이상 견딜 수 없을 만큼 참았다가 그는 발작적으로 기침을 하기 시작했다.

"저것 봐."

그의 눈이 서서히 풀려가고 있었다. 그의 눈은 이 지상의 아무 것도 보지 않고 있었다. 준호는 가까운 곳과 먼 곳을 동시에 응시하는 듯한 초점 없는 눈으로 그를 돌아보았다.

그의 눈은 꿈에 잠겨 있는 것 같았다. 황홀한 미소가 그의 얼굴에 번져나갔다.

"저것 봐, 형. 하늘 좀 봐. 얼마나 아름다워. 무지개 같아. 저 파도 좀 봐. 저 파도 좀 봐."

그는 넋 나간 목소리로 킬킬거리며 웃었다. 그가 이유 없이 웃는다는 것은 그가 서서히 황홀경에 빠져들어가고 있다는 사실을 말하는 신호였다.

"한 모금 빨아봐, 형."

준호는 그에게 파이프를 내밀었다. 그는 머리를 흔들었다.

"괜찮아. 무서워하지 마. 한 번만 빨아봐. 형의 얼굴이 예뻐졌어."

킬킬 그는 계속 웃었다.

"아아, 저 갈매기 좀 봐. 저 갈매기 좀 봐. 종이학 같아."

남아 있는 풀잎의 연기를 그대로 낭비하는 것이 아까운 듯 그는 볼이 메도록 연기를 들이마셨다. 풀은 완전히 타버려 검은 재밖에 남지 않았다. 그는 파이프를 털어 재를 버렸다.

"형, 왜 우리가 이곳에 있을까. 우린 왜 이곳에 있지. 그건 참 이상한 일이야."

준호는 비닐봉지를 뒤져 식빵을 게걸스럽게 먹기 시작했다. 준호가 너무 행복하게 보였으므로 그는 말없이 준호의 옆얼굴을 들여다보고 있었다. 그는 꿈을 꾸고 있는 몽유병 환자처럼 보였다. 그래서 그의 꿈을 소리를 내거나 흔들어 깨우는 것으로 방해해서는 안 될 것 같은 느낌을 받았다.

내버려둬.

그는 자신에게 준엄하게 명령했다.

그의 꿈을 깨워서는 안 돼. 그를 방해하지 마.

준호는 식빵을 먹다 말고 기운이 빠진 듯 눈을 감았다. 입가에 씹다 흘린 빵 부스러기가 묻어 있었다. 목이 마른 듯 그는 벌컥벌컥 주스를 들이마셨다.

"여기가 어디지. 여기가 어디일까, 형. 우리는 지금 어디에 앉아 있지."

그는 꿈을 꾸듯 몽롱한 목소리로 중얼거렸다. 갈매기 서너 마리가 지친 날개를 쉬기 위해서 차창 밖 차체 위에 맥없이 주저앉았다. 준호의 얼굴은 창백하게 질려 있었다. 한꺼번에 너무 많은 연기를 들이마신 모양이었다. 얼굴은 밀랍처럼 희었지만 눈가만은 붉게 상기되어 있었다.

그는 준호가 어느 정도 정신을 차릴 때까지는 길을 떠날 수 없다는 느낌을 받았다. 그는 준호 이상으로 깊은 꿈속에 잠겨 있었다. 요세미티의 눈길을 달리면서 준호는 온통 흰 설경의 눈부신 아름다운 풍경을 보자 버릇처럼 파이프를 꺼내들었다. 그것은 남아 있는 단 한 줌의 마리화나였다. 그가 운전중에도 한 모금씩 마리화나를 빨고 있다는 것은 잘 알고 있었지만 얼어붙은 눈길을 운전하면서 마리화나를 빤다는 것은 미친 짓이었다.

"불안해하지 마, 형."

운전중에 그것을 피울 때면 그는 준호에게 노골적으로 못마땅한 표정을 짓곤 했다. 그런 낌새를 눈치채고 그를 안심시키기 위해서 준호는 짐짓 밝게 웃어 보이곤 했다.

"한 모금만 빨면 오히려 운전이 잘돼. 걱정하지 않아도 돼."

그의 말대로 지난 일주일 동안 내내 준호는 조금씩 꿈에 젖어 있었다. 그러나 그의 운전 솜씨는 나무랄 데가 없었다. 그의 말대로 미량의 마리화나는 오히려 긴장을 풀어주고 피로를 없애주는 윤활유 역할을 하는 모양이었다. 그러나 얼어붙은 급커브의 요세미티 절벽길 위에서 그것을 피운다는 것은 아무래도 무리였다. 그것은 자살행위였다. 그가 겨우 세 모금 정도 남아 있는 파이프 속의 마리화나를 강제로 빼앗아 차창 밖으로 털어버렸을 때 준호는 그에게 핏대를 올리며 덤벼들었다.

"아끼던 마지막 한 모금의 마리화나였어. 왜 그걸 버린 거야. 멕시칸 놈들에게 육십 달러 주고 산 마지막 물건이야. 미친 것은 내가 아니야. 미친 것은 형이야."

"난 죽고 싶지 않아. 이 쌔끼야, 난 죽기 위해서 여행을 떠나온
게 아니야."

그는 냉정하게 대답했었다.

"난 그걸 피우지 않으면 아무것도 보이지 않아. 씨팔. 더이상 아
름다운 경치는 눈에 들어오지 않을 거야."

"그렇다면 넌 이걸 네 마음대로 피우기 위해서 미국에 불법체류
자로 남겠다는 것이냐?"

"이건 마약이 아니야. 이건 술보다도 해독이 적어."

할 수 없이 체념한 준호는 그러나 요세미티를 거쳐 샌프란시스
코로 오는 동안 내내 우울하고 말이 없었다. 그는 지독한 우울증
에 빠진 환자처럼 보였다. 그때 그는 준호에게 소리내어 말은 하
지 않았지만 그에게 내내 미안한 마음을 느끼고 있었다. 준호의
말대로 그것은 술보다 더 해독이 적은 단순한 풀잎 같은 것인지
도 모른다. 한 번도 그것을 피워본 적이 없는 그로서는 그것은 단
지 조그만 환상을 불러일으키는 풀잎 같은 것으로 우울하거나,
절실하게 고독할 때, 심리적인 위안을 만족시켜주는 약의 효능을
지닌 순한 약초와 같은 것일지도 모른다. 그것은 그의 공포를 달
래주는 유일한 풀잎이었다. 왜 그것을 빼앗았을까. 무엇엔가 조
금이라도 마취되어 있지 않으면 견뎌낼 수 없는 저 엄청난 고독
속에서 그가 가질 수 있는 심리적 위안을 내가 무슨 자격으로 빼

앗을 수 있을 것인가.

눈을 감고 있던 준호가 비틀거리며 일어섰다. 그는 벼랑 끝에
서서 구역질을 하기 시작했다. 그리고 방금 전에 먹은 주스와 빵을
토해내기 시작했다.

"이런 일이 없었어. 너무 심하게 빨았나봐."

그는 창백하게 질린 얼굴을 들고 준호를 돌아보았다.

그의 눈가엔 눈물이 맺혀 있었다.

"갑시다. 형, 미안해."

3

그들은 카멜 해안과, 울창한 해안가의 산림지대인 빅서를 지나
루치아와 고르다를 지났다. 도로는 줄곧 바닷가의 해안을 끼고 뻗
어나가 있었다. 이차선이었지만 오가는 차는 거의 없었으므로 일
방통행이나 다름없었다. 가도가도 끝없는 바다뿐이었다. 간혹 길
왼편으로 구릉지대가 지나고 목초지대가 펼쳐지기도 했다. 바닷
가 벼랑 위에 아슬아슬하게 세워진 별장들이 새둥우리처럼 숨어
있는 것을 볼 수 있었다.

차는 수천 마일을 쉴새없이 달려왔으므로 장거리경주를 달려온
운동선수처럼 지치고 헐떡이고 있었지만 아직 원기는 왕성했다.
오랫동안 빠른 속도로 달려나가다보면 차체와 인간이 한 덩어리

가 된 것 같은 느낌을 받을 때가 있었다. 비록 경사진 벼랑을 따라 구불구불 펼쳐진 1번 도로를 달려간다고는 해도 어느 순간부터 두 사람의 의식은 아무것도 생각나지 않는 가수假睡상태로 들어가게 된다. 운전대를 잡은 손은 무의식적으로 커브를 따라 때로는 완만 하게 때로는 급하게 회전을 하고 있었지만 눈은 차창 너머로의 먼 불확실한 길목에 머물러 있으며 머리는 백지처럼 단순해지게 마 련이다. 그것은 일종의 무아지경 속의 반사동작일 뿐이었다.

자연 두 사람의 입에서는 말이 없어진다. 스위치를 눌러 음악을 듣는 일도 귀찮아진다.

납과 같은 무거운 침묵이 두 사람을 짓누르기 시작했다. 차츰 주위의 풍경도, 바다도, 기울어져가는 태양도, 핏빛 황혼도, 눈에 들어오지 않는다. 시간 개념과 공간 개념이 마비되기 시작한다.

차는 오직 한 곳의 목표만을 향해 달려가도록 양 눈 옆을 안대 로 가린 경주용 말처럼 오직 끊임없이 펼쳐진 하나의 선, 도로망을 따라서 질주하고 있다.

캠브리아와 모로 베이를 지나기 시작한다. 때로는 우연히 추월 해서 달려가는 스포츠카 한 대를 따라 속도경쟁을 벌여보기도 한 다. 그러나 중고차가 성능이 좋다고는 하지만 오직 속도를 내기 위 해 만들어진 스포츠카를 따라잡을 수 없는 것이다. 어느 정도 따라 붙던 차는 다시 적막한 도로 위에 홀로 달리는 장거리 주자처럼 낙 오되게 마련이다. 마주 달려오는 차도 오후가 되자 거의 보이지 않는다. 뒤따라오는 차도 보이지 않는다. 이따금씩 벼랑 위에 서 있는 별장들을 발견하기는 하지만 인기척이 느껴지지는 않는다.

바닷가도 쓰레기 하치장처럼 버려져 있을 뿐이다. 도시에 인접한 바닷가에서 만날 수 있는 파도를 타는 젊은이들도 보이지 않고 바다는 변방지대의 기슭을 핥고만 있을 뿐이다.

움직이는 것은 갈매기와 정직한 태양뿐이다. 태양빛은 시간에 따라 때로는 눈부시게 때로는 황홀하게 때로는 지치고 병든 얼굴로 시시각각 변하고 있다. 어떤 때는 긴 띠와 같은 구름이 태양을 가리기도 한다. 그럴 때면 태양은 어디론가 유괴당해가는 사람처럼 보인다. 구름의 검은 띠가 태양을 납치해가며 어디로 끌려가는가 상상할 수 없게 태양의 눈을 가리고 입에 재갈을 물리고 있다. 바람은 불기도 하고, 거짓말처럼 잔잔하게 가라앉기도 한다.

삐죽삐죽 돋아난 곶뿌리들이 함부로 찢은 은박지처럼 구겨져서 바닷속에 침몰하고 있다. 원래는 바다와 육지가 한 덩어리였던 것을 분노한 신이 두 조각으로 찢어낸 것 같은 거친 경계선은 벼랑과 절벽으로 나뉘어 있었다.

어디에 있는가 구태여 지도를 볼 필요는 없다. 로스앤젤레스까지 아직 멀었다. 쉴새없이 달리고 있지만 워낙 경사가 심한 도로이므로 한껏 속력을 낼 수는 없다. 이 밤 안으로 로스앤젤레스에 도착할 수 있을 것 같지는 않다. 그러나 밤을 새워서라도 달려야 할 것이다. 도로변의 모텔에서 하룻밤을 자고 달릴 만큼 여유가 있지 않다. 오늘밤에 도착하지 못한다면 내일 아침에라도 도착할 수 있을 것이다.

가야 할 목적이 있다는 것은 어쨌든 고마운 일이다. 로스앤젤레스에 돌아간다 해도 그들을 반겨줄 사람은 없다. 그들이 떠날 때 아무도 전송해주지 않았듯 그들이 도착한다 해도 아무도 그들을 반겨주지 않을 것이다.

요세미티 절벽 위에서 굴러떨어져 죽는다 해도 그들의 시체는 봄이 되어서야 발견될 것이다. 아무도 그들의 신원을 확인하지 못할 것이다. 어쩌면 그들이 가졌던 여권 조각을 발견하게 될지도 모른다. 그들은 죽음의 계곡에서도 요세미티에서도 99번 도로 위에서도 죽을 수가 있었다. 그러나 그들은 죽지 않았다. 99번 도로 위에서 달려오는 차와 부딪쳐 산산조각으로 죽어간다 해도 아무도 그들이 누구인지, 어딜 가는 길이었는지, 왜 그 도로 위를 달려가고 있었는지 모를 것이다. 그것은 그들이 돌아가고 있는 로스앤젤레스에서도 마찬가지다. 그들이 침대 위에서 죽는다 해도 그들의 시체는 한 달 뒤에나 발견될 것이다. 더이상 견딜 수 없는 악취에 옆방에서 얼굴을 알 수 없는 멕시코인이 문을 부수고 들어오기 전에는. 그러나 죽음을 생각할 이유는 없다. 분노를 끓어오르는 용암처럼 가슴 깊이 간직하고 있다고 하지만 아직 죽음을 생각할 나이는 아니다. 그는 죽기 위해서 여행을 떠나온 것은 아니었다. 그는 다만 분노했으므로 여행을 떠나왔다. 무엇 때문일까. 그의 분노는 무엇 때문일까. 무엇이 그를 분노케 했는가. 무엇이 준호를 두렵게 하며 무엇이 준호에게 끊었던 마리화나를 피우게 했는가. 무엇이 그에게 가족을 버리고 불법체류자로 남게 한 것일까.

차는 점점 속력이 빨라진다. 모로 베이에서 잠시 바다를 버리고 1번 도로는 101번 도로와 만난다. 101번 도로는 성난 짐승과 같은 차량들로 만원을 이루고 있다. 차들은 탈곡기에서 떨어져내리는 낟알처럼 구르고 있다. 휘이잉 소리가 난다. 차는 그 흐름에 섞여든다. 그들이 탄 차를 앞질러서 옆으로 따라붙으며 달려가는 각양각색의 차 속에 앉은 사람들은 묵묵히 입을 다물고 있다. 속력을 빨리할 때마다 고속도로의 표면과 바퀴 부분이 맞닿아 입을 맞추는 소리가 난다. 차체의 미세한 진동이 피부에 느껴진다. 아직 날이 저물지 않았지만 어떤 차들은 불을 밝히고 있다. 차들은 아프리카의 초원지대를 달리는 동물들처럼 아스팔트의 정글 속을 돌진하고 있다. 누군가가 추적해오는 것 같은 놀라움 속에 한 마리가 내닫기 시작하자 온 야생동물이 내처 뛰어달리듯, 기린과 무소와 하마와 타조와 온갖 동물들이 도망치듯, 차들은 미친 듯이 달려나간다. 달려나가는 속도감 이외에는 아무것도 존재하지 않는다.

차가 101번 도로를 버리고 다시 1번 도로로 접어들자 이상한 고독감이 스며든다. 마침 해가 지기 시작한다. 한낮을 지배했던 태양의 제왕은 왕좌에서 물러나기 시작한다. 빛을 모반하는 저녁노을이 혁명을 일으켜 피와 같은 붉은 노을을 깃발처럼 드리운다. 파도가 한결 높아진다. 헤드라이트 불빛이 점점 뚜렷해진다. 태양은 마침내 임종을 맞았지만 그의 후광을 온누리에 떨치고 있다. 하늘은 저문 태양의 마지막 각혈로 붉게 물들어 있다. 어둠이 새앙쥐처럼 빛의 문턱을 갉아내리고 있는 것이 보인다. 초조初潮와 같은 피의 여광을 갉아내리는 어둠의 구멍으로 수술대 위에 올라선 마취 환자의 잃어가는 의식처럼 점점 사라져간다. 그것은 처절한 아름다움으로 승화된다. 태양은 완전히 사라졌지만 황금의 빛과 노을은 한데 섞여서 거대한 불꽃놀이를 하고 있는 것처럼 보인다. 바다의 군대들이 몰락해가는 하늘의 왕국을 향해 집중적으로 포화를 쏘아올리고 있다. 터진 포탄의 불꽃이 하늘의 어둠 속에 점화되어 폭발하고 있다. 빛의 파편이 깨어져 흩어진다.

차는 필사적으로 달려나간다. 헤드라이트가 빛의 기둥이 되어 심해어深海漁의 눈처럼 밝아온다. 차선에 박힌 붉은 형광표시등이 반딧불처럼 떠오른다. 빛은 완전히 사라지고 사방은 칠흑 같은 어둠뿐이다. 달은 보이지 않는다. 그런데도 밤하늘엔 무수한 별들이 붙박여 있는 것이 보인다. 시야는 온통 차단되었다. 바다는 더이상 보이지 않는다. 바다는 보다 검은빛으로 음흉한 짐승처럼 웅크리고 있다. 벼랑도 보이지 않는다. 이따금씩 벼랑에 선 집들에서 내비친 불빛들만이 깜박일 뿐이다. 머리가 맑아진다. 의식이 물처럼 투명해진다. 차는 어둠의 두터운 벽을 뚫는 나사못처럼 달려나간다. 나가도 나가도 어둠의 벽은 끝을 보이지 않는다. 헤드라이트가 눈먼 곤충의 더듬이처럼 재빨리 달려나가는 차의 한 치 앞을 더듬어 감지한다.

준호는 말없이 운전대를 잡고 있다. 그는 벌써 오후 내내 말 한마디를 않고 있다. 그 역시 한마디의 말도 하지 않았다. 그들은 함께 있을 뿐 절대의 고독 속에 앉아 있다. 차는 제 스스로 자전하는 지구처럼 굴러간다. 어둠 속에 헤드라이트 불빛을 받은 도로표지판이 이따금씩 척후병처럼 떠오른다. 그것은 무한대의 우주 속을 스쳐가다 마주치는 이름 모를 운석처럼 보인다.

도로표지판이 '글로버 시티'를 가리키고 재빨리 물러간다. 차의 계기가 칠십 마일을 가리키고 있다. 바늘은 칠십 마일을 오버하기도 하고 못 미치는 분기점에서 경련을 하기도 한다. 오일 게이지는 거의 바닥나 있다. 로스앤젤레스까지 가려면 한 번쯤 기름을 풀로 채워야 할 것이다. 한밤중에 이 적막한 도로에서 기름이 떨어진다면 속수무책이 될 것이다. 그런데도 입을 열어 말하기조차 귀찮아진다. 기름이 떨어지기 전에 조그마한 동네가 나타나겠지, 저 정도의 기름이라면 앞으로 사십 마일은 더 달릴 수 있을 것이다. 기름이 떨어지면 탱크에 오줌을 쌀 것이다. 그러면 오줌에 떠오르는 기름으로 십 마일은 더 달릴 수 있을 것이다.

차는 한곳에 정지되어 있는 것처럼 보인다. 흘러가는 것은 도로다. 그들은 탄광의 마지막 막장에 들어선 탄부 같은 느낌을 받는다. 어쩌다 저 먼 도로 끝에서부터 떨리며 달려오는 차의 헤드라이트가 보인다. 이쪽을 향해 달려오는 불빛은 조금씩 더 분명해진다. 그러다가 어느 틈에 얼굴을 맞대고 스쳐지나간다. 스쳐 사라지는 차는 그들이 달려온 길을 되돌아가고 있을 것이다. 건전지 불빛을 밝혀들고 들판을 헤매는 어린아이처럼 핸들을 잡은 손이 저리고 아픈지 이따금 준호는 운전대에서 손을 떼고 손을 흔든다. 바다는 보이지 않지만 바위에 부딪치고 으깨지는 파도의 포말은 환각 조명을 받은 무희의 스타킹처럼 번득인다. 파도는 입맛을 쩝쩝 다시고 있다. 길 가운데 그어진 도로의 경계선이 미친 듯이 차 앞으로 달라붙고 있다. 그것은 날이 선 작두의 칼날처럼 보인다. 차는 맨발로 서서 그 시퍼런 칼날 위를 춤추며 달려가고 있다. 맹렬한 속도감으로 차는 사정 직전의 동물처럼 몸을 떨고 있다. 이따금 급커브의 도로를 따라 차가 회전할 때마다 바퀴가 무디어진 칼날을 숫돌에 갈 때처럼 불꽃을 튀기며 비명을 지른다. 어둠은 달려가는 속도만큼 뒷걸음질치고 있다. 차의 속도 계기가 팔십 마일을 가리키고 있다. 이건 위험한 속도다. 그는 그러나 입을 열어 주의하라고 말하고 싶지는 않다. 내버려두기로 한다.

벼랑길을 따라 커브를 도는 순간 차의 속력은 줄어든다. 격렬한 고통으로 차는 울부짖는다. 오후 내내 굶었지만 아무것도 먹고 싶지 않다. 배가 고픈 듯도 싶지만 참을 만하다. 말라빠진 식빵을 씹는 것은 모래를 씹는 느낌일 것이다. 지도를 펼쳐보아 지금 그들이 어디에 위치하고 있는가 알아보고 싶은 생각조차 일지 않는다. 지도를 보기 위해서는 실내등을 켜야 한다. 실내등을 켠다면 그들은 서로의 얼굴을 마주보게 될 것이다. 흐린 불빛 아래에서 서로의 어두운 모습을 마주본다는 것은 우울한 일이다. 내버려두기로 한다. 이대로 1번 도로를 따라가면 도착할 것이다. 그것뿐이다. 긴 여정의 반은 분명히 넘어왔을 것이다. 어쩌면 더 많이 왔을지도 모른다. 아주 짧은 시간 안에 로스앤젤레스에 도착할지도 모른다. 아니다. 그것은 어디까지나 그렇게 되기를 바라는 희망일 뿐이다. 그들은 영원히 그곳에 도착하지 못할지도 모른다. 그들은 이 세상에 존재하지 않는 어떤 환상의 도시를 찾아 맹목적으로 질주하고 있는지도 모른다. 로스앤젤레스는 이 세상에 존재하지도 않는 가공의 지명이다. 가공의 도시를 향해서 수천 마일을 달려오고 있는 것이다. 그러나 어쨌든 상관없는 일이다. 1번 도로 끝에 무엇이 있는가 미리 점쳐볼 필요는 없다. 달려가는 속도감만 느껴진다면 살아 있다는 느낌을 확인할 수 있으므로. 달려가는 차창 앞 불빛 속에 황급히 뛰어 어둠 속으로 숨는 동물의 모습이 흘끗 보인다. 집을 잃은 개일까 아니면 무리에서 떨어져나와 길을 잃어버린 늑대일까.

이따금 벼랑에서 굴러떨어진 흙더미들이 도로 가장자리에 산재되어 있는 것이 보인다. 그러나 사람의 모습은 어느 곳에서도 보이지 않는다. 울창한 숲에서 부러져내린 나뭇가지들이 도로 위에, 살은 뜯기고 남은 몇 점의 뼈처럼 떨어져 있는 것도 보인다. 이상하게도 하늘은 투명하게 맑았지만 달빛은 찾아볼 수 없다. 하늘엔 무수한 별들이 크리스마스트리의 색전구처럼 일제히 빛나고 있다. 그중에는 이제야 막 수억 광년의 우주공간을 거쳐 갓 도착한 새로 형성된 별들도 있었으며 숨이 끊어져 막 죽어가는 별들도 있었다. 제 무게를 못 이겨 하늘에 굵은 획을 그리며 추락하는 별똥별도 보인다.

그때였다.

잠자코 침묵을 지키던 준호가 캐비닛을 열어 녹음 테이프를 꺼냈다. 그는 그것을 카트리지 속에 집어넣고 스위치를 눌렀다. 그는 그것이 무엇인지 잘 알고 있었다. 그것은 준호의 아내가 보내준 녹음 테이프였다. 여행중에 그들은 그 녹음 테이프를 수십 번도 넘게 들었다. 그래서 삼십 분짜리 카세트의 녹음 내용을 처음부터 끝까지 외울 수 있을 정도였다.

테이프가 천천히 돌아가고 스피커에서 준호의 아내 목소리가 흘러나오기 시작했다.

―오랜만이야. 전번에 당신의 편지를 받았어요. 당신이 편지에 부탁했던 대로 아이들 목소리를 녹음해서 보내려고 준비하고 있어…… (잠시 침묵) 요즈음 어떻게 지내시는지요…… 나는 아이들 돌보는 것으로 하루해를 보내요. 편지에 씌어 있는 대로 몸은 건강하다니 안심은 되지만 어떻게 먹고, 어떻게 자고, 옷은 어떻게 갈아입는지 그게 제일 염려스러워…… 당신의 게으른 성격을 잘 알고 있는 나로서는 옷도 되는대로 입고 다녀 냄새를 풀풀 풍기고

세수도 일주일 이상 하지 않고 이빨도 닦지 않고 다녀서 거지 꼬락서니가 될 것 같아서 늘 마음에 걸려. 발은 적어도 이틀에 한 번은 닦아요. 머리도 이틀에 한 번은 감고요. 그리고 제발 콧수염은 기르지 마…… (잠시 침묵) 무슨 말을 해야 할지 모르겠어. 평소에 우리가 얼굴을 맞대고는 정다운 이야기를 나눠본 적이 없는데 녹음기로 당신 본 듯하고 이야기를 하려니 쑥스럽고 어색하기만 해요…… (잠시 침묵) 당신에 관한 신문기사가 주간지 같은 데 나오고 있어. 당신이 미국에서 주저앉았다고 그러는 거야. 좀 빈정대고 있는 투의 기사가 나오더니 지금은 오히려 잠잠해요…… (잠시 침묵) 준겸이가 요즈음 아빠를 찾고 있어요. 하루에도 수십 번씩 아빠가 어디 갔느냐고 찾고 있어…… (잠시 침묵) 그럴 때면 나는 아빠가 미국에 갔다고 이야기해줘. 준겸이는 로봇 타고 우주인 만나러 간 걸로 알고 있어. 그애는 미국이 만화영화에 나오는 안드로메다라는 별인 줄로만 알고 있어. 지구를 공격하는 외계인을 물리치기 위해서 마징가 제트라는 로봇을 타고 우주로 떠났다고 믿고 있어…… 은경이는 새학기에 이학년이 되니까 준겸이보다 아빠를 덜 찾고 있지. 하지만 철이 들어서 입 밖으로 말하지 않을 뿐이지. 며칠 전에 학교에 제출하는 일기장을 본 적이 있었어. 그 일기장엔 아빠 이야기뿐이었지…… (잠시 침묵) 아빠가 왜 돌아오지 않는지 그게 이상하다고 썼어요. 하느님 아빠를 돌아오게 해주세요라고 썼었어요…… (전화벨 소리) 잠깐 기다려, 전화 왔나봐.

조금 이따 다시 녹음할게…… (잠시 침묵) 다시 이야기를 계속하 겠어. 아까 내가 어디까지 이야기했었지…… (잠시 침묵) 준겸아 준겸아 이리 와봐. 이리 와서 아빠에게 말해봐…… (잠시 침묵) ……아빠가 어디 있는데, 아빠가 없잖아. 아빠는 녹음기 속에 들 어 있어 바보야. 거짓말 마. 누나. 아빠가 어떻게 저렇게 조그마한 녹음기 속에 들어갈 수 있단 말야. 누나는 거짓말쟁이야…… (먼 곳에서) ……아빠한테 이야기해봐라…… (가까운 곳에서) …… 아빠야, 나 준겸이야. 아빠 어디 있어? 마징가 제트를 타고 나쁜 외계인을 쳐부수고 있는 거야? 언제 올 거야? 나도 아빠하고 같이 로봇을 타고 싶어. 나도 이담에 크면 우주 비행사가 될 거야? 그 래서 초록별 지구를 공격하는 나쁜 우주인을 쳐부술 거야…… 아 빠 심심해…… 엄마는 가끔 울어…… (녹음 스위치 꺼지는 소리) …… (잠시 침묵) …… (먼 곳에서) ……준겸아 노래 한 곡 불 러봐라. 싫어. 아이 착하지 노래 한번 불러봐, 아빠 앞에서. 아빠 가 어디 있는데. 아빠가 있어야 노래를 부르지…… 우리 준겸이 착하지…… 자 일어서서…… 노래를 불러봐요…… (잠시 침묵) …… (느닷없이 힘차게) ……우우우 따다다 우우우 따다다 번개 보다 날쌔게 날아가는 우리의 용감한 정의의 용사 우리가 아니면 누가 지키랴 우우우 따다다 우우우 따다다 올 테면 와라 겁내지 말 고 쳐부숴야지 정의의 용사 마징가 마징가 제트 우우우 따다다 우 우우 따다다…… (박수 소리) …… (먼 곳에서) ……잘 불렀어요. 그럼 은경이가 한 곡 불러야지. 은경이는 요즘 앞니가 모두 빠졌대요. 앞니 빠진 새앙쥐 우물 곁에 가지 마라…… (잠시 침묵) ……아빠…… (잠시 침묵) ……아빠…… (다시 침묵) …… (노랫소리) ……아빠하고 나하고 만든 꽃밭에 채송화도 봉숭아도 한창입니다. 아빠가 매어놓은 새끼줄 따라 나팔꽃도 어울리게 피었습니다…… (박수 소리) ……자 이번에는 둘이서 합창을 해봐라. 똑바로 서야지. 아빠한테 인사를 하고…… (잠시 침묵) ……나의 살던 고향은 꽃피는 산골 복숭아꽃 살구꽃 아기 진달래 울긋불긋 꽃대궐 차리인 동네 그 속에서 놀던 때가 그립습니다…… (박수 소리) …… (잠시 침묵) ……따로 할말은 없는 것 같아요. 여긴 무지무지하게 추워요. 몇십 년 만의 추위라고 야단들이야. 아파트 내에서는 난방이 되어 있지만 따로 석유난로를 피워야만 견딜 만해요…… 어쩌자는 것인지…… (긴 침묵) ……당신이 어쩌자는 것인지 모르겠어…… 아무런 대책도 없이 무엇을 어떻게 하자는 것인지 이해가……

순간 준호는 스위치를 눌러 카세트를 꺼버렸다. 차 안은 침묵으로 무겁게 가라앉았다. 그는 그러나 그 녹음 테이프를 수십 번 들어왔으므로 더 이어지는 준호 아내의 녹음 내용을 거의 외우고 있었다.

생명력이 결여된 단조로운 목소리가 끊겨버린 후부터 어둠을 뚫고 달려가는 차의 엔진 소리가 해소병에 걸린 환자의 헐떡이는 가래 소리처럼 상대적으로 크게 높아졌다. 단 한 번도 쉬지 않고 달려온 차는 이제 더이상 버틸 힘도 없이 비명을 지르고 있었다. 차체는 관절이 부서지는 소리를 내며 몹시 심하게 요동을 치고 있었다. 쇳덩어리들이 끊임없이 가열되는 열로 불덩어리처럼 뜨거워지고 좀체로 불평하지 않던 과묵한 차는 부서질 듯 흔들리고 있었다.

과열된 온도를 알리는 계기에 붉은 불이 켜져 있었다. 위험을 알리는 비상신호였다. 더이상 견디어나갈 수 없는 극한점에 이른 차는 비등하는 물처럼 끓어오르고 있었다.

그런데도 준호는 차의 속력을 줄이지 않았다. 차의 엔진을 끄고 오랜 휴식시간을 줘서 과열된 열기를 식히지 않으면 안 될 만큼 절박한 상황에 맞닿고 있음에도 불구하고 준호는 속력을 줄이지 않았다. 오히려 차의 속력은 더 빨라지기 시작했다.

속력을 알리는 계기의 바늘이 칠십오 마일을 초과하고 있었다. 바늘은 팔십 마일을 향해 육박해들어가고 있었다.

차가 고통을 호소하며 몸을 떨었다. 바늘은 팔십 마일에서 팔십오 마일로 치닫고 있었다. 차체는 수전증에 걸린 알코올중독자의 손처럼 와들와들 떨고 있었고, 좁은 도로를 비상하기 시작했다. 도로경계선의 일정한 선을 따라 달려가는 차는 맹렬한 속도감으로 추락해버릴 것처럼 휘청거렸다. 차는 날기 위해서 활주로를 굴러가는 비행기처럼 달려나갔다.

위험하다는 본능적인 직감이 그의 머릿속을 파고들었다. 그러나 그는 입을 열지 않았다.

내버려둬. 내버려둬.

그는 자신에게 준엄하게 명령했다.

그가 하고 싶은 대로 내버려둬.

갑자기 차 안에서 뭔가 타고 있는 듯한 기분 나쁜 냄새가 난 듯싶더니 차창 앞 차체에서 연기가 뭉게뭉게 솟아오르기 시작했다. 연막탄을 뿌린 듯 시야가 흐려졌다.

차가 돌연 도로를 벗어나 경치를 구경하기 위해서 벼랑 위에 둔 공터의 난간을 향해 미끄러져들어갔다. 견고한 쇠난간과 차의 앞부분이 날카로운 파열음을 내며 부딪쳤다. 차는 가까스로 멈춰 섰다. 조금만 더 가속도의 충격으로 전진했다면 차는 쇠난간을 부수고 벼랑 아래로 굴러떨어졌을 것이다. 헤드라이트 한쪽이 쇠난간과의 충돌로 산산조각으로 깨어지며 꺼졌다.

그들은 넋 나간 사람들처럼 좌석에 앉아 꼼짝도 하지 않았다. 굳게 닫힌 차체에서는 끊임없이 연기가 솟아오르고 있었다. 과열된 엔진이 타오르고 있는 모양이었다. 빨리 보닛을 열어 엔진을 식히고 순환 펌프 속에 찬물을 부어주지 않으면 엔진은 완전히 연소되어 타버릴 것이다.

그런데도 준호는 운전대를 잡고 꼼짝도 하지 않았다. 그는 준호의 옆얼굴을 쳐다보았다. 그는 거짓말처럼 울고 있었다. 쇠난간과의 충돌로 한쪽 눈을 실명당한 헤드라이트의 흐린 불빛은 간신히 차의 내부를 밝히고 있었는데 그의 얼굴에서는 눈물이 굴러떨어지고 있었다.

"난 가겠어."

젖은 목소리로 준호는 중얼거렸다.

"난 돌아가겠어. 로스앤젤레스에 도착하는 즉시 비행기 좌석을 예약하겠어. 다행히 떠나올 때 왕복 티켓을 사두었기 때문에 문제는 없어. 형, 난 돌아가겠어. 난 결심했어."

준호는 볼을 타고 흘러내리는 눈물을 손등으로 연신 씻어내리고 있었다.

"우리가 왜 이곳에 앉아 있지. 이곳은 남의 땅이야. 왜 우리가 이곳에 있지. 왜 우리가 이곳에 있는지 난 그 이유를 모르겠어. 난 아무것도 얻을 수 없고 구할 수도 없어."

그는 묵묵히 흐느끼는 준호의 말을 듣고 있었다. 준호는 자기 얼굴에서 흘러내리는 눈물을 몹시 창피하게 여기는 사람처럼 난폭하게 눈물을 닦아내며 짐짓 볼멘소리로 물었다.

"로스앤젤레스는 아직도 멀었어? 씨팔, 도대체 얼마나 남은 거야."

"아직도 멀었어. 내일 새벽에야 도착할 수 있을 거야."

"우린 지금까지 사천 마일을 줄곧 달려왔어. 그런데도 아직 멀었다고. 어떻게 된 거야. 우린 달릴 만큼 달려왔어. 우린 일번 도로를 달렸어야 했어. 그런데 우린 엉뚱한 길을 달려온 것 같아. 형은 미쳤어. 형은 지도 하나 제대로 볼 줄 모르는 미친놈이야. 형은 정신이 나갔어. 저걸 봐."

준호는 헤드라이트를 껐다 다시 켰다. 난간 옆에는 도로표지판이 서 있었다. 일단 껐다가 켜진 불빛 속에 그들이 지금껏 달려온 도로의 명칭을 가리키는 고유 번호가 씌어 있었다.

246 West.

"저걸 봐. 어떻게 된 거야. 우린 지금까지 이백사십육번 도로를 달려온 거야. 일번 도로는 어떻게 된 거야. 일번 도로는 어디로 사라진 거야. 우리는 일번 사우스 쪽으로 가야만 한다고. 그래야만 로스앤젤레스에 갈 수가 있는 거야. 제발 지도 좀 봐. 가만히 있지만 말고."

준호는 실내등을 켰다. 그는 미친 듯이 지도를 펼쳐들었다.

"우리가 있는 곳이 어디쯤이야. 말해봐. 일번 도로는 보이지도 않아. 어떻게 된 거야. 우린 알래스카 쪽으로 가고 있었을까. 아아 우라질."

준호는 난감한 듯 운전대를 후려쳤다. 짧은 클랙슨 소리가 났다. 지금껏 조용히 앉아 있던 그가 갑자기 킬킬거리며 웃기 시작했다. 그의 입에서 거품과 같은 웃음이 흘러나왔다.

"그 지도는 엉터리야. 우린 속았어. 우린 엉뚱한 길을 지금까지 달려온 거야."

"그럴 리가 없어. 지금 농담하는 거야? 우린 분명히 로스앤젤레

스 쪽으로 달려가고 있었다고. 왔던 길을 되돌아나가면 일번 도로
와 다시 만날 수 있을 거야. 우린 간선도로로 잘못 빠져들어온 것
뿐이야."

"로스앤젤레스에는 영원히 도착할 수 없을걸."

그는 여전히 킬킬거리며 말을 이었다.

"난 알고 있어. 처음부터 일번 도로는 로스앤젤레스로 가는 도
로는 아니었어. 로스앤젤레스는 이번 도로로 삼번 도로로 달려간
다 해도 영원히 도착할 수 없을 거야. 왜냐하면 로스앤젤레스란 도
시는 이 세상에 존재하지도 않으니까. 그건 지도 위에만 씌어 있는
가공의 도시 이름일 뿐이야. 되돌아가봐. 넌 일번 도로를 영원히
만날 수 없을 테니까."

"난 가겠어. 돌아가겠어."

준호는 시동을 걸기 시작했다. 그러나 차는 꼼짝도 하지 않았
다. 차는 이미 싸늘하게 식어 있었지만 기능이 마비되어 있었다.
열심히 스위치를 내려도 차는 미세한 반응조차 않았다. 준호는 액
셀러레이터를 밟고, 점화 스위치를 넣었다. 그는 이미 숨을 거둔
익사체의 입에 인공호흡을 계속하는 어리석은 인명구조원에 지나
지 않았다.

"엔진이 타버렸어. 아니면 기름이 떨어졌든지. 우린 꼼짝도 할
수 없어. 차는 망가졌어. 날이 샐 때까지 기다리지 않으면 안 돼."

"마치 이렇게 되기를 바란 사람처럼 말을 하는군. 난 갈 수 있

어. 이 차를 움직일 수 있어. 난 이 차를 누구보다 잘 알고 있어. 헤
드라이트가 켜지는 것은 엔진이 완전히 타버리지 않았다는 증거
야. 차는 멀쩡해. 차는 다만 지쳐버린 것뿐이야."

준호는 결사적으로 운전대를 부여잡았다. 그의 얼굴은 눈물과
땀으로 뒤범벅되어 있었다.

"이곳에서 꼼짝하지 못하면 우린 죽을 거야. 새벽이 오면 기온
이 내려갈 거야. 시동이 걸리지 않으면 히터도 나오지 않아. 우린
얼어죽을 거야. 여긴 벌판이야. 수십 킬로미터 이내에 인가가 없을
지도 몰라. 온갖 야생동물들이 우릴 보고 덤벼들지도 몰라. 대답해
봐. 내 말을 듣고 있는 거야? 뭐라고 말 좀 해봐."

그는 대답 대신 캐비닛을 열어 한줌의 마리화나와 파이프를 꺼
내어 밀었다. 준호는 불가사의한 표정으로 그를 보았다.

"무서워하지 마. 이걸 피워. 그러면 행복해질 거야. 잠이 올 거
야. 꿈도 꿀 수 있겠지. 우린 절대로 죽지 않아. 봐라, 저 꿈틀거리
는 검은 것이 무엇인지 아니. 그건 바다야. 태평양이야. 저 바다는
네가 돌아가려는 나라의 기슭과 맞닿아 있지. 우린 틀림없이 돌아
가게 돼. 길을 찾을 수 있을 거야. 날이 밝으면 우린 돌아갈 수 있
게 돼. 로스앤젤레스는 멀지 않아. 그곳에서 비행기를 타고 당장에
라도 저 바다를 건너갈 수 있을 거야."

"형."

준호는 긴장된 목소리로 그를 불렀다.

"도대체 뭘 하는 거야."

"네가 원치 않으면 내가 피우겠어."

그는 준호가 늘 하던 짓을 봐둔 대로 마리화나의 풀잎을 손끝으로 이겨서 조그만 덩어리를 만들어 파이프의 얇은 섬유망 위에 띄워올렸다.

"양이 너무 많아. 제발 유치한 짓 좀 하지 마. 이건 독한 거야. 형같이 처음 피우는 사람에겐 이건 너무 독해."

그는 성냥을 꺼내 풀잎에 불을 붙이고 깊게 빨아들였다. 마른 풀잎이 빨아들이는 호흡으로 한순간 빨갛게 달아올랐다. 그는 입 안에 가득한 연기를 가슴 깊이 들이마셨다. 가슴이 터질 것처럼 방망이질해댔다. 발작적인 기침이 나올 것 같았지만 그는 물속에서 코를 막고 숨을 오래 참기 내기하듯 숨을 끊고 가슴속에 들이마신 연기가 폐부 깊숙이 스며들기를 기다렸다. 눈알이 튀어나올 듯이 팽창되었다. 더이상 참는 것은 무리였다. 그는 밭은기침을 했다.

다시 연기를 빨아들이며 그는 머리를 부여잡았다. 머리 부분까지 연기가 스며든 것 같은 느낌이었다. 오래 저장하기 위해서 연기로 소독하는 훈제의 고깃덩어리처럼 그의 머리는 독한 풀잎의 연기로 그을리고 있었다.

순간 몸을 가눌 수 없을 만큼 극심한 현기증이 일었다. 그는 헐떡이며 차창에 머리를 대고 몸을 바로잡았다. 눈이 극도로 예민해져서 야생동물의 그것처럼 밝아졌다. 가슴이 쪼개질 것 같은 압박감이 다가왔다. 누군가 목을 조르고 있는 듯한 질식감이 그를 몸부림치게 했다. 숨을 들이마셨지만 호흡기도가 파열된 듯 들이마시는 공기의 저항이 느껴지질 않았다. 그의 몸속에서 뭔가 가볍게 빠져나와 떠오르는 것 같은 느낌이 들었다. 그의 온몸에서 완전히 힘이 빠져나갔다.

"형, 괜찮아? 정말 괜찮겠어?"

아득히 먼 곳에서 아련한 목소리가 들려왔다. 그는 그 목소리가 날아온 방향을 보았다. 그곳에는 어리둥절한 표정 하나가 돌연변이를 일으킨 채소처럼 기괴한 모습으로 뒤틀리고 있었다.

"괜찮아."

그는 자신있게 대답했다. 그는 자신이 말을 하지 않고 그의 입을 빌려 누군가 대신 말해주는 것 같은 착각을 느꼈다. 그는 천천히 일어섰다. 그리고 비틀거리며 차의 문을 열고 밖으로 나갔다.

"어딜 가는 거야, 형."

"바람 좀 쐬겠어."

"안 돼. 위험해. 나가지 마. 돌아와. 안 돼. 제발. 도대체 뭘 하는 거야."

그는 난간을 붙들고 벼랑 아래를 노려보았다. 그곳에는 미친 말갈기와 같은 바람이 몰아치고 있었다. 지축을 흔드는 파도 소리가 후퇴를 모르는 군대의 발걸음처럼 진군해들어오고 있었다. 어디선가 큰 북을 두드리는 듯한 타격음이 둥둥 울리고 있었다.

벼랑은 가파르지 않았다. 그것은 제법 급하게 바다 쪽으로 뿌리내린 작은 곳에 불과했다. 벼랑을 따라 샛길이 뻗어내리고 있었다. 그는 그 샛길로 굴러내렸다.

그는 헛발을 디뎌 넘어졌으나 곧 일어났다. 그는 구르고 뛰고 달리고 넘어지면서 샛길을 내려갔다. 균형을 잃은 그의 발길은 바닷가의 돌더미 위에 와서 멎었다. 무수한 돌들이 해변을 가득 메우고 있었다.

달빛은 없었지만 다행히도 하늘의 무성한 별들이 합심해서 걸어준 빛의 동냥으로 그의 눈은 밝았고 원하는 것은 무엇이든 볼 수 있었다.

성난 파도의 포말이 비가 되어 그의 몸을 적시고 있었다. 그는 무릎을 꿇고 돌 위에 주저앉았다. 그는 즐겁고 유쾌하고 그리고 슬펐다.

그는 거센 파도에 의해서 바다를 건너 밀려온 죽은 시체처럼 바위 위에 쓰러져 누웠다. 그를 낯선 땅으로 유배시켜온 파도들은 서둘러 물러가고 갓 도착한 빈손의 파도들만 그를 사로잡기 위해서 그물을 던지고 있었다. 그제야 줄곧 그의 마음속에 끓어오르던 분노의 불길이 서서히 꺼져가는 것을 보았다. 파도에 의해서 밀려온 낯선 뭍으로의 망명이 그의 분노를 잠재운 것은 아니었다. 그는 그가 살아온 모든 인생, 그가 보고 듣고 느꼈던 모든 삶들, 그가 소유하고 잃어버리고 허비했던 명예와 허영, 그가 옳다고 믿었던 정의와 법法, 때로는 성공하고 때로는 배반당했던 그의 욕망, 끊임없이 추구하던 쾌락과 성욕, 그가 한때 가졌고 버렸던 숱한 여인들, 그 모든 것들로부터 무참하게 얻어맞고 마침내 처절하게 패배당한 것 같은 느낌을 받았다. 처절하게 패배당했다는 사실을 깨달았을 때 그의 분노는 참따랗게 재를 보이며 소멸되었다.

이제는 원한도, 증오도, 적의도, 미움도, 아무것도 가질 이유가 없었다. 그는 딱딱한 바위의 표면 위에 입을 맞추며 그를 굴복시킨 모든 승리자들에게 용서를 빌었다. 그리고 이젠 정말 돌아가야 한다고 다짐했다. 그는 너무 지쳐 있었으므로 그 누구에게든 위로받고 싶었다.

(1982)

긴급조치 시대의 '웃음'

김형중(문학평론가)

긴급조치 시대의 '웃음'

1

최인호가 작품활동을 시작한 것은 한국일보 신춘문예에 단편 「벽구멍으로」가 당선되던 1963년이다. 당시 열아홉의 고등학생이었음을 감안한다면, 그가 소위 '천재(낭만주의자들이 고육지책으로 고안해낸)'까지는 아니더라도, 글쓰기에 관한 한 타고난 재능과 감각의 소유자였단 세간의 평에 이견을 제기하기는 힘들 듯하다. 실제로 그는 자신을 1970년대 한국의 가장 문제적인 작가 반열에 올려놓은 두 단편 「술꾼」과 「타인의 방」에 대해 중단편소설전집(문학동네, 2002) '작가의 말'에서 이런 언급을 한 적이 있다. "내 기억이 정확하다면 「술꾼」은 두 시간에 걸쳐 단숨에 쓴 작품이다." "「타인의 방」 역시 『문학과지성』 창간호에 의뢰를 받고 하룻밤 사이에 완성했던 단편소설이었다."

범인들이 들으면 시기와 질투를 부를 수도 있을 만큼 오만하고, 자신의 창작과정을 숨기게 마련인 작가의 입장으로서는 지나치게 솔직한 말이다. 하지만 이후 그가 문단 안팎에서 보여준 놀랄 만한 생산력으로 미루어보건대 저 말은 과장이 아니다. 그는 작품활동 초기에는 한국문학사에서 유례를 찾아보기 힘들 정도로 다작이었던, 그러나 동시에 가장 많은 수작들을 써낸 단편 작가였다. 그리고 이후로는 수많은 장편 베스트셀러들(『별들의 고향』『내 마음의 풍차』『적도의 꽃』『잃어버린 왕국』『왕도의 비밀』『상도』 등등)을 출간해 한국문학사상 독자들에게 가장 사랑받는 장편 작가들 중 하나가 되었다. 또한 그는 영화감독으로 활동한 적이 있을 뿐만 아니라 시나리오와 희곡 작가로도 활동했고, 그래서 그의 작품을 원작으로 한 영화나 TV드라마 들 또한 쉽게 헤아리기 힘들 정도로 많다. 게다가 그가 관여한 영화나 드라마 들은 대부분 상업적으로도 성공했다.

그러므로 그의 작가 경력 오십 년을 짧은 글 안에 일목요연하게 정리하기란 불가능하다. 다만 중단편소설(그리고 『별들의 고향』이나 『지구인』 같은 몇몇 장편들)에 국한할 경우, 도식적이나마 그의 문학세계를 '한국적 모더니티의 탐구'라는 말로 정리하는 것은 가능하지 싶다. 그가 1970년대 한국의 가장 중요한 작가들 중 하나라는 평가를 받게 된 것도 이와 관련되는데, '도시화' '산업화' '소외'

'물화' 같은 말들만큼 1970년대 한국을 적절하게 표현할 만한 단어들은 그다지 많지 않을 것이고, 또 바로 저 단어들이 줄곧 최인호를 따라다니던 키워드들이기도 했기 때문이다. 최인호는 1970년대 산업화 시기 한국의 도시 문화와 그 속에서 살아가는 인간 군상들의 '일상적이고 심리적인' 변화에 누구보다 민감했던 작가다.

그런데, 그가 주로 포착하고자 했던 것이 산업화 시대 한국인들의 '일상적이고 심리적인' 변화(집단적이고 사회적인 변화가 아니라)였다는 말에는 주의가 필요하다. 작가 최인호를 다른 1970년대 작가들과 구별하게 해주는 특징들이 바로 그것이기 때문이다. 1970년대는 카프KAPF 이후 그 맥이 끊겼던 소위 '민중문학'이 재등장한 시점으로 평가되는 것이 한국문학사의 일반적인 관습이다. 전태일의 죽음, 그리고 유신체제의 출범과 함께 시작되었던 이 시대를, 문학사는 황석영이 『객지』를 쓰고, 윤흥길이 『아홉 켤레의 구두로 남은 사내』를 쓰고, 조세희는 『난장이가 쏘아올린 작은 공』을 썼던 시대로 기록한다. 이 작품들이 보여준 문학적 성취나 사회적 파장을 염두에 둘 때 그와 같은 평가가 딱히 과장되었다고는 말하기 힘들다. 1970년대는 아무래도 1980년대의 저항적이고 집단적인 주체들이 예비되는 시기였던 것이다. 최인호가 문학사에서 상대적으로 저평가되었다면 이런 이유가 컸다고 하겠다. 그의 소설들은 당시의 주류 소설들과는 달리, 한국적 모더니티를 개인 심리와 일상의 관점에서 다루고 있었던 것이다.

2

 물론 그의 새로움을 일찍이 알아본 이들도 없지는 않았다. 초창기의 최인호는 김현 같은 염결한 문학주의자로부터도 많은 기대를 한몸에 받았던(그러나 「황진이」 연작과 『바보들의 행진』 이후, 이 기대는 그리 오래가지 않았던 것으로 보인다) 작가로 알려져 있다. 그리고 그 근거가 된 작품이 바로 1971년작 「타인의 방」이다. 산업화 시대의 병폐로 흔히 거론되곤 하는 '소외' 혹은 '물화'를 감각적인 문체로 적절하게 형상화했다는 이유 때문이다.

 일종의 변신담인 이 작품은, 카프카의 「변신」이 그렇듯이 그리 복잡하지 않은 줄거리로 이루어져 있다. 얼마 동안의 출장으로부터 돌아온 사내가 있다. 정황상 (당시의 한국 자본주의처럼) 탐욕스러운 것으로 보이는 아내는 거짓 메모를 남기고 외출중이다. 그사이 그가 별다른 이유 없이 사물로 변해간다는 것이 이야기의 전부다. 그러나 이 작품에는 이야기가 없는 대신 많은 사물들이 있다. 욕조, 식탁, 수저, 소켓, 빵, 샤워기, 옷, 전등, 거울, 껌, 루주 등등. 분량에 비할 때 이처럼 많은 일상의 사물들이 나열된 작품도 흔치는 않을 것이다. 그런데 어느 순간 이 방의 모든 사물들이 살아나 사내에게 말을 걸어온다. 특이한 것은 더 많은 사물들이 활동할수록, 사내는 반대로 사물처럼 굳어간다는 점이다. 결국 소설 말미 그는 하나의 사물로 전락한다. 아내가 돌아오지만 그녀가 발견한 것은 남편이 아니라 얼마간 가지고 놀다 다락방에 처박아버리게 될 이상한 물건뿐이다. 아내는 다시 외출한다. 요약하자니 앙상해지고 말았지만, 최인호가 그 사물들이 뿜어내는 매혹과 공포, 그리고 사내가 겪는 심리적 불안을 묘사하는 데 사용한 언어들은 1970년대 한국소설에서는 드물게 감각적이고 현대적이다.

한국의 1970년대는 거대한 국가폭력을 동반한 급격한 현대화가 진행되던 시기였다. 따라서 「타인의 방」의 그 '아파트'를 당대 한국의 알레고리로 읽는 것은 충분히 타당한 독법이다. 방의 주인이 바뀌었다. 사물들은 활기차고, 대신 인간은 사물이 되어간다. 즉 이 방에서는 사물이 주인이고 인간이 그 타자이다. 게다가 아내의 반복되는 외출은 이러한 상태가 영원히 순환할 것임을 암시한다. 소위 '인간 소외'나 '물화'라고 불리는 현대 특유의 문제적 상황이 한국에서 중요한 문학적 테마로 여겨지기 시작한 것도 이즈음일 것이다. 「타인의 방」은 그런 방식으로 최인호가 1970년대 한국사회의 변화에 아주 민감한 작가임을 알린 작품이고, 한국문학사에 그를 1970년대 문학의 선두 주자들 중 하나로 자리매김하게 한 작품이다.

그러나 「타인의 방」 이전에 최인호가 「견습환자」(1967)로 (재)등단했고, 「타인의 방」 이후에도 「즐거운 우리들의 천국」 「위대한 유산」 「깊고 푸른 밤」 같은 문제작을 썼다는 사실에 대해 문학사는 그리 큰 비중을 두어 기록하지 않는다. 이런 사정 이면에는 크게 두 가지 이유가 있었던 것으로 보인다. 첫째로, 그의 문학에 대한 어떤 광범위한 편견이 존재하고 있었던 듯싶다. 그의 장편소설들이 누린 대중적 인기(대중적 인기라는 기준이 작품의 낮은 질을 즉각 반영하는 것은 아니다) 탓에, 『별들의 고향』 이후의 최인호는 소위 '중간소설'을 즐겨 쓰는 작가로 분류됨으로써 정전들의 문학사에서는 자주 배제되곤 했던 것이다(그러나 이제 와 생각해보면 '중간소설'이라는 장르 명칭은 얼마나 엉뚱하고 모호한가). 둘째로, 당시 한국의 문학장은 그의 작품들이 선구적으로 제기하고 있는 문제들에 대해 적절히 대응할 만한 개념적 도구나 패러다임을 가지고 있지 못했던 것 같기도 하다. 즉, 주로 집단적 주체의 형성과 거대 권력에 대한 저항에 초점을 맞춘 비평행위가 주류를 점하고 있는 상황에서, 황석영, 윤흥길, 조세희 등에 비해 상대적으로 최인호 특유의 심리주의적이고 미시적인 고현학은 어딘가 가치중립적이고 트리비얼리즘적인 데가 있어 보였던 것이다.

나로서는 후자의 이유가 더 본질적이었다고 보는 편인데, 한국 사회가 산업화 시대를 훌쩍 지나 전 지구적 신자유주의 체제에 거의 완전히 포섭되어버린 지금 시점에서 돌이켜보면, 그의 문학은 이채롭기 그지없다. 그는 너무 일찍 미시적이었고 유머러스했으며, 감각적인데다 염세적이었다. 그런 의미에서 그는 채 그 의미를 다 인정받지 못했던 어떤 문학적 변이의 시작이었다. 이제 (이 글을 준비하는 동안) 그가 가버린 지금, 그 변이의 의미에 대해 묻는 것은 때늦기는 했으나 필요한 일인 듯싶다.

3

그가 누린 대중적 인기 탓에 종종 간과되곤 했지만, 우선은 최인호의 소설세계가 한국문학사에서는 이례적일 정도로 어둡고 절망적이었던 사실(마치 IMF 이후의 한국문학처럼)은 재삼 강조할 필요가 있다. 가령 초기작인 「위대한 유산」의 화자가 어떤 방식으로 현실을 인식하는지 보자.

아아, 어린 시절은 정말 좋았어.

그러나 나는 누구나 갖고 있는 닭털 침낭 같은 어린 시절을 떠올릴 재주가 없다. 나는 마치 어느 순간 기억상실증에 빠져버려 한 부분의 기억을 송두리째 잊어버린 환자처럼 어린 날의 추억을 전혀 기억하지 못하고 있다.

나는 어린 날을 회상하려면, 전쟁과 폭격과 거리에서 죽은 즐비한 시체와, 피와 아우성소리, 그런 것부터 떠올리고, 굶주리고 헐벗고 증오와 적의에 차 있는 어린 시절이 부서진 파편처럼 떠올라 아직까지 그 처절하던 기억들이 내 영혼을 이리저리 난도질하고 상처를 입히는 끔찍한 상상을 우선 하곤 한다.(「위대한 유산」, 302쪽)

인용문으로 미루어보건대 화자가 강조하는 현실의 비극성은 철두철미하다. 그에게 현실은 시체, 피, 아우성, 굶주림, 헐벗음, 증오, 적의, 파편, 처절함, 난도질, 끔찍함 같은 어휘들로만 표현될 수 있다. 게다가 이 화자는 심지어 그와 같은 현실로부터 벗어나기 위해 우리가 종종 상상해내곤 하는 '아름다웠던 유년'이라는 신화마저도 부인하는데, 그 부인은 자못 악의적이어서 '상실된 것은 상실감의 결과일 뿐 그 역은 아니다'라는 지적의 잔인한 전언을 연상하게 할 정도다. 그에게 삶이란 기원에서부터 종말까지, 유년에서 노년까지, "지옥과 같은 곳"이다.

극도로 비극적인 현실 인식은 이 작품에서만 도드라지는 것이 아니다. 우찬제는 최인호 소설의 이와 같은 특징을 간략하게 "소망의 양태와 체험한 사태 사이의 극명한 대조"(우찬제, 「자전거 타고 바다 건너기」, 『달콤한 인생』, 문학동네, 312쪽)라고 요약하기도 하는데, 그와 같은 대조는 전체 작품에 두루 걸쳐 있다. 그가 무슨 말을 떠들고 다니건, 「술꾼」의 어린 주인공이 처한 절망적인 상황에 나은 미래가 있다고 말하기는 힘들다. 게다가 이 녀석은 그 어떠한 자구의 노력이나 의지도 없이 이른 나이에 알코올중독자가 되어 있다. 우리가 잃어버린 낙원으로 상상하곤 하는 유년기라도 결코 동화처럼 아름다운 적은 없었다는 사실은, 위악적이라고 할 수밖에 없는 성장소설 「처세술개론」에서도 거듭 변주되어 강조된다. 노숙자 주인공의 그보다 더 비참하려야 할 수 없는 죽음을 다룬 작품 「달콤한 인생」의 제목은 '결코 달콤해질 수 없는 인생'의 반어임에 틀림없고, 「깊고 푸른 밤」의 두 주인공이 제아무리 팔십 마일의 속력으로 차를 달려도 캘리포니아는 그들 앞에 모습을 드러내지 않을 것이라는 사실 또한 독자들은 이미 알고 있다. 최인호의 주인공들은 하나같이 (작가가 누린 인기와는 무관하게) 빠져나갈 수 없는 어떤 악무한의 극악한 현실 속에 내던져진 존재들이다. 그들은 모두 선험적인 지옥을 산다. 무슨 연유일까?

물론 그와 같은 비극적 현실 인식이 최인호의 것만은 아니다. 동시대 작가들이었던 조세희나 황석영, 혹은 윤흥길의 세계가 최인호의 세계보다 견딜 만하다고 말하기는 힘들기 때문이다. 그들의 세계도 지옥이긴 마찬가지다. 그러나 다른 작가들과 당대 현실 인식에 있어서의 비극성을 공유함에도 불구하고, 그 비극성의 연원을 밝히는 방식에 있어 최인호는 1970년대의 주류 작가들과 사뭇 달랐다. 실은 독자들과 평자들이 간과했달 뿐 이미 「견습환자」에서부터 그 차이는 드러나고 있었던 것으로 보인다.

「견습환자」는 어떤 의미에서 「타인의 방」보다 훨씬 문제적으로 읽히는 작품이다. 무엇보다도 이 작품이 그리고 있는 지옥이 '노동의 지옥'이나 '가난의 지옥'이라기보다는 '일상의 지옥'이자 '신체의 지옥'이기 때문이다. 다른 작가들과 달리 최인호는 이 작품에서 '정치권력'이나 '계급권력'이 아니라 '생명권력'의 작동방식을 문제삼는다.

입원한 다음날, 한 떼의 의사들이 병실로 몰려와, 겁에 질려 있는 나를 전범戰犯 다루듯 사납게 벽 쪽을 향하게 한 다음, 주삿바늘로 옆구리를 찔러 굉장한 양의 노르께한 액체를 빼내었고, 나는 집행을 기다리는 죄수처럼 유난히 하얀 병실 벽을 마주 바라보며 그들의 작업이 끝날 때까지 약간 울고 있었다.

그리고 작업을 끝마치고 사라져가는 그 집행인들의 흰 가운에서 병실 벽처럼 차디찬 체온을 절감했다.

나는 이렇게 입원생활을 시작했으며, 어느 틈엔가 아침이면 체온계를 입에 물고 사탕을 깨물세라 조심스럽게 녹이는 유아처럼 체온을 재는 모범환자가 되고 말았다.(「견습환자」, 8쪽)

이 작품의 무대는 병원이다. 화자는 습성 늑막염으로 입원하게 되었는데, 인용문에서 벌어지는 저 일을 겪기 전까지 일상에 그다지 곤란을 느끼지는 않았던 상태다. 그렇다면 그가 병 때문에 병원을 찾았다기보다는 차라리 병원이 그를 환자로서 호출했다고 하는 편이 맞는 말이겠다. 이제 그가 의사들의 시선에 노출되면 사태는 급변한다. 의학적 시선 앞에서 그는 아감벤이 말한 소위 '벌거벗은 생명'의 지위로 전락하는데, 의학권력은 그를 죄수나 전범 대하듯 취급하고, 지켜야 할 여러 규칙들에 순응해야만 하는 '모범환자'로 만든다. 아감벤의 어법를 빌리자면, 그는 이제 '비오스bios'로서가 아니라 '조에zoe'로서 다루어진다.

병에 걸린 신체라는 사실 자체만으로 관찰과 구금의 대상이 되어야 하는 사태는, 푸코가 『임상의학의 탄생』과 『감시와 처벌』에서 밝힌 그대로 근대적 생명권력 출범 이후의 일이다. 아감벤은 푸코를 따라 권력이 작동하는 방식상의 그러한 변화가 1914년 제1차 세계대전 이후 서구세계에서부터 급격히 일반화되었으며, 이후로 근대 권력의 축도는 감옥이 아니라 병원이나 수용소가 되었다고 말한다. 물론 이때의 생명권력은 정치권력이나 계급권력과는 달리 공적인 영역과 사적인 영역을 구분하지 않는다(생명권력에 관한 한 이른 시기에 중요한 언급을 남긴 아렌트는 이 구분이 사라지는 것을 무척이나 염려했다). 고래로부터 사적인 영역에 속해 있던 양육과 번식과 삶과 죽음이 이제 일상적인 수준에서 관리와 규율의 대상이 된다. 즉 정치의 대상이 된다. 그런 의미에서 최인호는 작품활동 초입부터 한국의 모더니티를 다른 방식으로 이해하고 있었던 것으로 보이는데, 그에게 문제는 거시권력이 아니라, 일상의 미세한 부분에서까지 촘촘하게 작동하는 규율권력, 곧 생명권력이었던 것이다.

1990년대에 이르러 한국 지성계에 푸코가 소개되고, 최근에는 아감벤의 저작들도 번역되어 생명권력에 대한 관심이 증폭되기 전까지(다른 말로 한국의 문학장이 생명권력의 문제를 다룰 만한 개념적 도구들을 충분히 갖추게 되기 전까지), 한국에서 권력의 문제는 항상 계급이나 정치와 연관되어 있었단 사실을 감안할 때, 「견습환자」는 선구적이고 문제적인 데가 있는 작품임에 틀림없다. 게

다가 저 작품이 발표되고 얼마 되지 않아 유신헌법이 선포되었고, 이후 박정희가 죽기 전까지(실은 이후로도 오랫동안) 한국사회는 줄곧 '긴급조치'와 '비상계엄' 상태를 유지했다는 사실은 충분히 강조되어야 한다. 긴급조치와 계엄이란 항상 주권권력이 창출하는 '예외상태'와 관련이 있고, 예외상태 속에서 주체들은 법의 바깥에서 법에 매여 있는 존재, 그래서 '죽여도 죄가 되지 않는' 호모 사케르의 지위로 전락하기 때문이다.

푸코와 아감벤의 관점에서 볼 때, 한국의 1970년대는 그야말로 항상적인 예외상태를 유지함으로써 생명권력이 그 지배를 철저하게 관철시킨 전형적인 사례로 거론될 만하다. 그리고 최인호의 「견습환자」가 예견하고 경고한 것이 바로 그와 같은 사태였다. 그의 비극적 세계 인식은 이제 권력이 공적인 영역만이 아니라 사적인 영역까지 관리하기 시작했다는 사실, 그리하여 권력의 바깥 같은 것은 그 어디에도 없다는 사실, 그로부터 비롯된다. 따라서 병원에 웃음을 도입하고, 그 견고한 시스템에 파열을 내려던 '나'의 시도가 실패로 돌아가는 것은 당연한 일이다. 생명권력의 바깥은 존재하지 않기 때문이다. 최인호의 비극적인 세계 인식의 기원이 바로 여기다.

4

최인호가 이른 시기부터 '생명 권력'의 문제를 직관적으로 문제시하고 있었다는 사실은 그가 즐겨 등장시키는 인물들의 유형을 통해서도 확인이 가능하다. 이와 관련해서 눈여겨볼 작품이 바로 「즐거운 우리들의 천국」이다. 이 작품의 주인공이 전전한 직업들은 대략 이렇다. 종이봉투 만들기, 벽보 붙이기, 암표 팔이, 불붙은 구공탄 장사, 음화(포르노) 밀매, 이발소 보조, 세차장 차 닦이, 고층빌딩 유리창 청소부, 이삿짐센터 직원. 여기에 장편 『지구인』의 차력사, 서커스 단원, 동성애자, 상이군인 등과 『바보들의 행진』의 호스티스나 「술꾼」의 알코올중독자들, 「달콤한 인생」의 소매치기나 「깊고 푸른 밤」의 대마초에 중독된 전직 가수를 더할 수도 있을 것이다. 그러나 너무 다양해서 그 종류를 다 나열하기 힘든 저 인물군들에게도 공통점은 있다. 그들이 하나같이 비정규적이고 비정상적인 직업이나 취향을 가진 인물들이라는 점이다. 이 말을 마르크스식으로 번역해서 그들은 모두 '룸펜 프롤레타리아트'에 속한다고 말할 수도 있겠지만(이 이상한 계급 범주는 이제 어딘가 지나치게 체계적이고 철 지난 듯한 인상을 풍긴다), 여기서는 달리 아감벤식으로 번역해서 그들 모두가 '비식별역'에 속해 있다고 말해도 무방하다. 그들은 정상적인 사회에서 배제되어 있을 뿐만 아니라, 전통적인 계급 구분에서마저도 변두리나 경계에 속해 있다. 라캉의 '실재'가 그렇듯 상징적 질서에 난 구멍과 같아서, 어떤 경우 '남/여' 구분을 통해서도 식별되지 않고, '직업/범죄'의 구분을 통해서도 식별되지 않는다. 그런 의미에서라면 그들은 이 사회 안에 있지 않다. 그러나 그들은 또한 여전히 이 사회 안에 포함되어 있기도 한데, 그들의 비정상적인 추방상태가 사회의 정상성에 대한 반증이 되기 때문이다.

아니나 다를까, 단편 「즐거운 우리들의 천국」에는 거대한 유리로 된 장벽의 형상이 등장한다.

유리 저편의 사람들은 아무도 나의 처절한 유리 닦기를 주의하지 않았다. 나는 그들을 들여다보고 있었지만 그들은 아무도 나를 의식하지 않았다.

나는 단지 창밖의 풍경에 불과했다. 마치 내가 한때 세차장에서 닦던 윈도 브러시처럼, 버튼을 누르면 자동적으로 빗물을 반원 부채꼴로 밀어대는 윈도 브러시를 차 속의 사람들은 아무도 의식하지 않듯이 내가 닦아내는 유리창의 세척을 그들은 하나의 풍경으로서, 단순한 기계 동작처럼 느끼고 있을 뿐이었다.

그때 나는 내가 해왔던 모든 일이 그들에게는 단순한 풍경처럼 무관한 일에 불과하다는 사실을 발견했다.

(······)

그래. 나는 찔끔거리며 창밖에서 울었다. 그들이 볼 때는 창밖에서. 거리에서 보면 하늘 위에서. 아, 아, 하늘 위에서 본다면 허공에 매달려서.(「즐거운 우리들의 천국」, 285~286쪽)

식별역에 대해 비식별역은 구성적이다. 그렇다면 비식별역의 창출이야말로 생명권력이 끊임없이 자신을 재생산하는 무대가 된다. 비식별역에서 주체는 벌거벗은 생명이 되고, 생명정치의 대상이 되며, 그럼으로써 정상적인 '노모스'의 경계를 설립하고 생명정치를 영속시키는 역설적 존재가 된다. 실은 배제되는 방식으로 포함되는 그들이 있음으로 인해, 법은 유지되고 정상성은 강화된다. 그들의 추방상태가 항상적으로 유지되는 것, 그것이야말로 생명정치에 있어서는 관건인 셈이다. 인용문에서 최인호가 묘사하고 있는 저 풍경이 드러내는 진실이 바로 그와 같다.

안에서 보면 창밖이고, 거리에서 보면 하늘 위이고, 하늘 위에서 보면 허공인 곳의 다른 이름은 비식별역이다. 유리창은 그와 정상적인 세계를 가로막는 거대한 장벽이지만, 그 장벽은 또한 투명해서 유리창 밖에 매달려 있는 그를 두고 우리는 장벽 밖에 있다고 말하기 힘들다. 그가 판 암표를 샀고, 그가 건네준 음화를 훔쳐보았고, 그가 닦은 차에 탄 적이 있으므로, 정상인들은 분명 그를 이 세계 내부에서 만난 적이 있다. 하지만 화자 자신은 결코 그런 것들을 누려보지 못했으므로 그는 또한 외부에 있다. 그런 방식으로 유리벽 밖의 저 인물은 포함되면서 동시에 배제되는, 벌거벗은 생명에 대한 아주 적절한 상징이 된다.

이처럼 최인호의 인물들이 비식별역에 속해 있음을 특별히 강조하는 것은, 우선 이른 시기에 최인호가 한국적 모더니티의 이면을 다른 방식으로 관찰하고 있었음을 다시 한번 강조하기 위해서다. 그는 개발 독재가 실은 생명정치의 다른 이름임을 일찌감치 알아차린 명민한 작가였던 것이다. 그러나 반드시 그 이유만은 아니기도 한데, 더 중요한 것은 이런 인물들이 이십 년 정도 세월을 격한 후에나(생명정치적 현상이 지배적이게 되는 1990년대 이후에나) 우리 문학에서 각광받게 될 존재들의 선배격이라는 사실이다. 그들이 의식했건 의식하지 않았건, 김영하의 양아치들, 성석제의 삼마이들, 백민석의 하위문화적 아나키스트들은 그런 의미에서 최인호가 이른 시기에 그려낸 인물들의 형제이자 후배 들이다. 다만 우리가 그 사실을 이제 알아보고 있을 뿐……

게다가 이와 같은 절망적 현실을 돌파하(려)는 방식에 있어서도 최인호의 인물들은 동시대 작가들보다는 이즈음의 작가들과 더 많은 친연성을 보여준다. 「즐거운 우리들의 천국」 마지막 장면은 다음과 같다.

그의 몸이 돌연 창문 아래로 굴러떨어졌다. 그러고는 우리 시야에서 사라져버렸다. 우리는 모두 황급히 창가로 뛰어가서 밖을 내다보았다.

밧줄에 녀석은 위태롭게 매달려 있었다. 그러고는 우리들을 올려다보았다. 그의 얼굴은 새파랗게 질려 있었다. 하지만 얼굴 전체에는 가득히 넘쳐흐르는 듯한 웃음이 충만되고 있었다.

"이봐. 이 자식들아. 핫하하. 네놈들은 왜 웃지 않니? 핫하하. 내가 이렇게 한다면 재미있을 거라고 하더니 왜 웃지 않니? 핫하하."

우리들은 그러나 아무도 웃지 않았다.

나는 황급히 밧줄을 끌어올리려고 손을 내밀어 밧줄을 쥐었다. 그리고 힘을 모아 그것을 끌어올리려는 순간 밧줄 저 끝에 가득했던 둔중한 무게가 홀연 사라진 느낌을 받았다.(「즐거운 우리들의 천국」, 299~300쪽)

우리는 이미 「견습환자」의 주인공이 생명정치의 장으로서의 병원에 무엇으로 저항하려 했는지에 대해 알고 있다. 그것은 '웃음'이었다. 그가 이해하지 못했던 것은 의학권력은 왜 웃지 않는가 하는 점이었고, 그래서 그는 해괴한 행동들로 병원에 웃음을 퍼뜨리려고 시도했던 적이 있다. 인용문의 '녀석'도 마찬가지다. 그는 (틀림없이 자발적으로) 죽는 순간 만면에 웃음을 지어 보인다. 그럼으로써 유머 없는 세계에 죽음으로 저항한다. 물론 그의 시도는 우습기보다는 그로테스크하고 비극적이며 한없이 허무하다. 비식별역과 노모스를 가르는 견고한 벽이 한 인간의 자발적 죽음으로 무너질 리도 없고, 고작 웃음 따위가 그 정교한 시스템에 균열을 가져올 리도 만무하기 때문이다.

그러나 1976년의 저 '녀석'이 죽어가면서도 몰랐던 것은, 그로부터 한 세대가 지나고 나면, 한국문학에 자신과 동일한 방식으로 체계에 저항하는 주인공들(나는 지금 박민규와 윤성희와 김애란 같은 작가들의 그 철없고, 놀이에 능하고, 잘 웃는 주인공들을 염두에 두고 있다)이 즐비하게 될 것이라는 사실, 그래서 자신이 일으키고 있는 것이 일종의 문학적 변이의 기점에 해당한다는 사실이었다.

5

어쩌면 작가 최인호가 끝내 몰랐던 것도 그와 같았을 것이다. 그는 자신도 모르는 채로, 한국문학에 아주 많은 유산들을 남기고 갔다. 작가들에게는 훌륭한 문체와 수많은 인물들과 참조해야 할 많은 주제들을 남겼고, 문학사가들에게는 수많은 스캔들과 다시 배치해야 할 정전들을 남겼으며, 비평가들에게는 다시, 혹은 새롭게 해명해야 할 많은 난제들을 남겼다. 게다가 독자들에게는 많은 읽을거리들을 남겼을 뿐만 아니라, 심지어 대중문화계 인사들에게마저 엄청난 양의 문화 콘텐츠를 남겼다. 그런 의미에서라면 모든 문제적인 작가들이 다 그렇듯이, 그 또한 생물학적 나이와 무관하게 너무 일찍, 요절한 작가다.

1945년   10월 17일 서울에서 변호사였던 아버지 최태원崔兌源과 어머니
　　　　손복녀孫福女의 3남 3녀 중 차남으로 출생.

1951년   1월 6·25동란으로 인해 부산으로 피난.

1952년   3월 초등학교 입학. 2학기 때 2학년으로 월반.

1953년   서울에 돌아와 영희초등학교로 전학.

1954년   덕수초등학교로 전학.

1955년   아버지 별세.

1958년   서울중학교 입학.

1961년   서울고등학교 입학.

1963년   고등학교 2학년 때 단편「벽구멍으로」가 한국일보 신춘문예에
　　　　입선.

1964년   연세대학교 문리대 영문과 입학.

1966년   11월 공군 사병으로 군 입대.

1967년   단편「견습환자」가 조선일보 신춘문예에 당선. 11월에는 단편「2와
　　　　1/2」로『사상계』신인문학상을 수상.

1969년   단편「순례자」(『현대문학』) 발표.

1970년   단편「술꾼」(『현대문학』),「모범동화」(『월간문학』),「사행」(『현대
　　　　문학』) 발표. 공군을 제대하고 11월 황정숙과 결혼.

1971년 단편 「예행연습」(『월간문학』), 「뭘 잃으신 게 없으십니까」(『신동아』), 「타인의 방」(『문학과지성』), 「침묵의 소리」(『월간중앙』), 「미개인」(『문학과지성』), 「처세술개론」(『현대문학』) 발표.

1972년 단편 「황진이 1」(『현대문학』), 「전람회의 그림 1」(『월간문학』) 발표. 장편 『별들의 고향』을 조선일보에 연재. 「타인의 방」「처세술개론」으로 현대문학 신인상을 수상. 연세대학교 영문과 졸업. 딸 다혜 출생. 단편 「전람회의 그림 2」(『문학과지성』), 「영가」(『세대』), 「황진이 2」(『문학사상』), 「병정놀이」(『신동아』) 발표. 중편 「무서운 복수」(『세대』) 발표. 장편 『내 마음의 풍차』를 중앙일보에, 『바보들의 행진』을 일간스포츠에 연재. 장편 『별들의 고향』(전2권), 소설집 『타인의 방』 출간.

1974년 단편 「기묘한 직업」(『문학사상』), 「더러운 손」(『서울평론』) 발표. 희곡 「가위 바위 보」를 산울림 극단에서 공연. 장편 『바보들의 행진』, 소설집 『영가』 출간. 세계 13개국 순방. 『맨발의 세계 일주』 출간. 아들 성재(도단) 출생.

1975년 단편 「죽은 사람」(『문학과지성』) 발표. 『샘터』에 『가족』 연재 시작. 장편 『구르는 돌』 『우리들의 시대』(전2권), 『내 마음의 풍차』 출간. 영화 〈걷지 말고 뛰어라〉 감독.

1976년 단편 「즐거운 우리들의 천국」(『한국문학』) 발표. 장편 『도시의 사냥꾼』을 중앙일보에 연재.

1977년 「개미의 탑」(『문학사상』), 중편 「두레박을 올려라」, 희곡 「향기로운 잠」(『문학사상』), 「다시 만날 때까지」(『문학과지성』), 「하늘의 뿌리」(『문예중앙』) 발표. 장편 『파란 꽃』을 서울신문에 연재. 장편

『도시의 사냥꾼』(전2권), 소설집 『개미의 탑』 출간.

1978년 중편 「돌의 초상」(『문예중앙』) 발표. 장편 『천국의 계단』을 국제 신보에, 『지구인』을 『문학사상』에, 『사랑의 조건』을 『주부생활』 에 각각 연재. 소설집 『돌의 초상』『작은 사랑의 이야기』 및 산문 집 『누가 천재를 죽였나』 출간.

1979년 단편 「진혼곡」(『문예중앙』) 발표. 장편 『불새』를 조선일보에 연재. 장편 『사랑의 조건』『천국의 계단』(전2권) 출간. 미국 여행(3개월 간 체류).

1980년 장편 『지구인』(전3권), 『불새』 출간.

1981년 단편 「아버지의 죽음」(『세계의문학』), 「이상한 사람들 1, 2, 3」(『문 학사상』), 「방생」(『소설문학』) 발표. 장편 『적도의 꽃』을 중앙일보 에 연재. 『안녕하세요 하나님』 출간.

1982년 장편 『고래사냥』을 『엘레강스』에, 『물위의 사막』을 『여성중앙』 에 연재. 단편 「위대한 유산」(『소설문학』), 「천상의 계곡」(『소설문 학』), 「깊고 푸른 밤」(『문예중앙』) 발표. 「깊고 푸른 밤」으로 제6회 이상문학상 수상. 장편 『적도의 꽃』, 소설집 『위대한 유산』 출간.

1983년 장편 『물위의 사막』, 소설집 『가면무도회』 출간. 장편 『밤의 침 묵』을 부산일보에 연재.

1984년 장편 『겨울 나그네』 동아일보에 연재. 소설로 쓴 자서전 『가족1』 출간.

1985년 장편 『잃어버린 왕국』 조선일보에 연재. 장편 『밤의 침묵』 출간.

1986년 장편 『잃어버린 왕국』, 산문집 『모르는 사람에게 보내는 편지』 출 간. 영화 〈깊고 푸른 밤〉으로 아시아영화제 각본상, 대종상 각본상 수상.

1987년   장편『저 혼자 깊어가는 강』, 소설로 쓴 자서전『가족2』출간. 가
         톨릭에 귀의(영세명 베드로). 어머니 별세. 〈잃어버린 왕국〉 KBS
         다큐멘터리 촬영차 장기간 일본에 체류.

1988년   〈잃어버린 왕국〉 다큐멘터리 5부작 KBS 방영.『어머니가 가르쳐
         준 노래』『생활성서』에 연재 시작.

1989년   산문집『잠들기 전에 가야 할 먼길』출간. 장편『길 없는 길』중
         앙일보에 연재 시작.

1990년   『현대문학』에 장편『구멍』연재.

1991년   장편『왕도王都의 비밀』조선일보에 연재. 산문집『사람들 사이
         에 섬이 있다』출간.

1992년   동화집『발명왕 도단이』출간. 중편「산문」(『민족과문학』) 발표.
         『샘터』에 연재중인『가족』200회 기념으로, 가족 1『신혼 일기』,
         가족 2『견습 부부』, 가족 3『보통 가족』, 가족 4『이웃』출간. 영
         화〈천국의 계단〉시나리오 집필.『시나리오 선집』3권 발간.

1993년   『길 없는 길』(전4권) 간행. 가톨릭『서울주보』에 칼럼 연재 시작.
         〈일본 속 한민족 탐방〉으로 일본 여행.

1994년   교통사고로 16주간 입원 치료. 장편『허수아비』출간. 동남아, 유
         럽, 백두산 여행. 1개월간 중국 답사 여행.『별들의 고향』재출간.

1995년   『왕도의 비밀』(전3권) 출간. 광복 50주년 기념 SBS 다큐멘터리
         6부작〈왕도의 비밀〉촬영. 중국을 6개월간 여행. 한국일보에
         『사랑의 기쁨』연재 시작. 동아일보 칼럼 집필.

1996년   산문집『사랑아 나는 통곡한다』출간. 다큐멘터리 6부작〈왕도의

비밀〉SBS에서 방영.

1997년　장편『사랑의 기쁨』(전2권) 출간. 장편『상도商道』한국일보에 연재. 가톨릭대 국문학과 겸임교수. 장녀 다혜, 성민석군과 결혼.

1998년　『사랑의 기쁨』으로 제1회 가톨릭문학상 수상.

1999년　『내 마음의 풍차』재출간. 가톨릭신문에『영혼의 새벽』연재 시작. 산문집『나는 아직도 스님이 되고 싶다』출간. 작은누이 명욱 교통사고로 별세. 소설가 박완서와 15일간 미국의 콜롬비아 대학을 비롯 여러 대학에서 강연.

2000년　산문집『날카로운 첫키스의 추억』출간. 월간『들숨날숨』에『이상한 사람들』연재.『가족』연재 300회 자축연. 시나리오〈몽유도원도〉집필. 소설가 오정희와 15일간 미국의 UCLA 대학을 비롯 여러 대학에서 강연. 큰누이 경욱 별세.『상도』(전5권) 출간. 외손녀 성정원 출생.

2001년　소설집『달콤한 인생』, 산문집『어머니가 가르쳐준 노래』, 동화집『도단이의 모험』출간. 장편『해신』중앙일보에 연재.

2002년　최인호 중단편소설전집(전5권), 연작소설『나의 사랑 클레멘타인』『어디서 무엇이 되어 다시 만나랴』, 장편『영혼의 새벽』(전2권) 출간.

2003년　장편『해신』(전3권) 출간.

2004년　가족소설『어머니는 죽지 않는다』, 장편『제왕의 문』(전2권), 산문집『순례자의 꽃밭』출간.

2005년　장편『유림』(1~5권), 산문집『하늘에서 내려온 빵』출간.

2006년　장편『제4의 제국』(전4권), 산문집『문장文章』(전2권) 출간.

2007년 짧은소설집『꽃밭』, 장편『유림』(6권) 출간.

2008년 청소년소설『머저리 클럽』, 산문집『하늘에 계신 우리 아빠』『산
        중일기』출간.

2009년 산문집『가족 앞모습』『가족 뒷모습』『최인호의 인연』출간.

2010년 산문집『천국에서 온 편지』, 동화집『빨리 어른이 되고 싶어』
        출간.

2011년 장편『낯익은 타인들의 도시』, 동화집『빨간색은 어디에 있을까』
        출간.『낯익은 타인들의 도시』로 제14회 동리문학상 수상.

2012년 장편『소설 공자』『소설 맹자』출간.

2013년 장편『할』, 산문집『최인호의 인생』출간.
        9월 25일 침샘암으로 별세.

한국문학의 '새로운 20년'을 향하여

문학동네가 창립 20주년을 맞아 '문학동네 한국문학전집'을 발간한다. 1993년 12월 출판사 간판을 내건 문학동네는 이듬해 창간한 계간 『문학동네』와 함께 지난 20년간 한국문학의 또다른 플랫폼이고자 했다. 특정 이념이나 편협한 논리를 넘어 다양한 문학적 입장들이 서로 소통하는 열린 공간이고자 했다. 특히 세기말 세기초에 출현하는 젊은 문학의 도전과 열정을 폭넓게 수용해 한국문학의 활력을 높이는 데 이바지하고자 했다.

돌아보면 세기말은 안팎으로 대전환기였다. 탈이념화를 중심으로 디지털 기반 정보화와 신자유주의 세계화가 서로 뒤엉켰다. 포스트 시대의 복잡성은 광범위하고 급격했다. 오래된 편견과 억압이 무너지는가 싶더니 도처에 새로운 차이와 경계가 생겨났다. 개인과 사회를 하나의 개념으로 묶어내기 힘든 형국이었다. 많은 시대가 겹쳐 있었고, 많은 사회가 명멸했다. 과잉과 결핍이 롤러코스터를 타고 전 지구적 일극 체제를 강화했다.

지난 20년간 문학을 둘러싼 환경은 호의적이지 않았다. 새삼스럽지만, 문학의 위기, 문학의 죽음은 언제나 현재진행형이다. 그래서 문학의 황금기는 언제나 과거에 존재한다. 시간의 주름을 펼치고 그 속에서 불멸의 성좌를 찾아내야 한다. 과거를 지금-여기로 호출하지 않고서는 현재에 대한 의미부여, 미래에 대한 상상은 불가능하다. 한 선각이 말했듯이, 미래 전망은 기억을 예언으로 승화하는 일이다. 과거를 재발견, 재정의하지 않고서는 더 나은 세상을 꿈꿀 수 없다. 문학동네가 한국문학전집을 새로 엮어내는 이유가 여기에 있다.

이번 전집은 몇 가지 특징을 갖는다. 먼저, 한글세대가 펴내는 한국문학전집이라는 것이다. 문학동네는 전후 한글세대를 중심으로 1990년대 이후 한국문학의 주요 생태계를 형성해왔다. 이번 전집은 지난 20년간 문학동네를 통해 독자와 만나온 한국문학의 빛나는 성취를 우선적으로 선정했다. 하지만 앞으로 세대와 장르 등 범위를 확대하면서 21세기 한국문학의 정전을 완성해나가고자 한다.

문학동네 한국문학전집의 두번째 특징은 이번 문학전집이 1990년대 이후 크게 달라진 문학 환경에 적극 대응해온 결과물이라는 것이다. 문학동네는 계간 『문학동네』의 풍성한 지면과 작가상, 소설상, 신인상, 대학소설상, 청소년문학상, 어린이문학상 등 다양한 발굴 채널을 통해 새로운 문학적 징후와 가능성을 실시간대로 포착하면서 문학의 영토를 확장하는 데 기여해왔다. 그래서 이번 전집을 21세기 한국문학의 집대성을 위한 의미 있는 출발이라고 해도 좋을 것이다.

셋째, 이번 전집에는 듬직한 동반자가 있다는 것이다. 김승옥, 박완서, 최인호, 김소진 등 작가별 문학전(선)집과 최근 100종을 돌파한 세계문학전집, 그리고 현재 19권까지 출간된 한국고전문학전집이 그것이다. 문학동네는 창립 초기부터 한국문학의 해외 진출을 위해 지속적인 노력을 기울여왔다. 문학동네 한국문학전집은 통상적으로 펴내는 작품집과 작가별 전(선)집과 함께 한국문학의 특수성을 세계문학의 보편성과 접목시키는 매개 역할을 수행해나갈 것이다.

새로운 한국문학전집을 펴내면서 '문학동네 20년'이 문학동네 자신의 역량만으로 이루어졌다고 자부하려는 것은 아니다. 문인, 문단, 출판계, 독서계의 성원과 격려가 없었다면 문학동네의 오늘은 불가능했을 것이다. 그러므로 오늘, 문학동네 성년식의 진정한 주인공은 문학인과 독자 여러분이어야 한다. 이 자리를 빌려 거듭 감사드린다. 창립 20주년을 맞아, 문학동네는 한국문학의 더 나은 미래를 위해 한국문학전집 1차분 20권을 선보인다. 문학동네는 해를 거듭할수록 그 가치를 더해갈 한국문학전집과 함께, 그리고 문학인과 독자 여러분과 함께 '새로운 20년'을 향해 한 걸음 한 걸음 나아가고자 한다. 많은 관심과 성원을 부탁드린다.

문학동네 한국문학전집 편집위원
권희철 김홍중 남진우 류보선 서영채 신수정 신형철 이문재 차미령 황종연

최인호

1945년 서울에서 태어나 연세대 영문과를 졸업했다. 1963년 단편 「벽구멍으로」가 한국
일보 신춘문예에 입선되고, 1967년 단편 「견습환자」가 조선일보 신춘문예에 당선되며
작품활동을 시작했다. 소설집 『타인의 방』『잠자는 신화』『영가』『개미의 탑』『위대한
유산』 등과, 장편소설 『별들의 고향』『도시의 사냥꾼』『지구인』『잃어버린 왕국』『길 없
는 길』『왕도의 비밀』(1995, 2004년에 『제왕의 문』으로 개제 출간), 『상도』『해신』『어
머니는 죽지 않는다』『제4의 제국』『유림』『낯익은 타인들의 도시』『소설 공자』『소설
맹자』『할』 등이 있다. 동리문학상 현대문학상 이상문학상 가톨릭문학상 불교문학상 등
을 수상했다.

문학동네 한국문학전집 006

견습환자
ⓒ 최인호 2014

1판 1쇄 2014년 1월 15일
1판 3쇄 2017년 5월 30일

지은이 최인호
펴낸이 염현숙

펴낸곳 (주)문학동네
출판등록 1993년 10월 22일 제406-2003-000045호
주소 10881 경기도 파주시 회동길 210
전자우편 editor@munhak.com | 대표전화 031) 955-8888 | 팩스 031) 955-8855
문의전화 031) 955-3576(마케팅) 031) 955-8864(편집)
문학동네카페 http://cafe.naver.com/mhdn | 트위터 @munhakdongne

ISBN 978-89-546-2326-1 04810
      978-89-546-2322-3 (세트)

www.munhak.com